校园媒体如何专业：

中山大学“谷河青年”报道作品解析

阮映东　刘颂杰 —— 主编

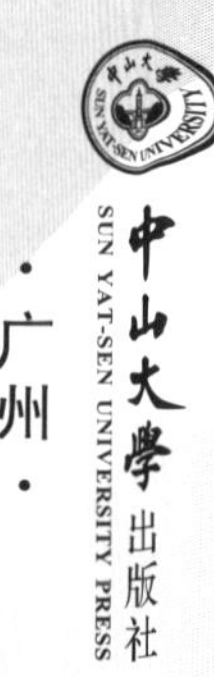

·广州·

图书在版编目（CIP）数据

校园媒体如何专业：中山大学“谷河青年”报道作品解析/阮映东，刘颂杰主编．—广州：中山大学出版社，2023.11
ISBN 978－7－306－07856－8

Ⅰ.①校…　Ⅱ.①阮…②刘…　Ⅲ.①新闻报道—作品集—中国—当代
Ⅳ.①I253

中国国家版本馆CIP数据核字（2023）第133850号

XIAOYUAN MEITI RUHE ZHUANYE：ZHONGSHAN DAXUE “GUHE QINGNIAN” BAODAO ZUOPIN JIEXI

出 版 人：王天琪
策划编辑：井思源
责任编辑：井思源
封面设计：周美玲
责任校对：王贝佳
责任技编：靳晓虹
出版发行：中山大学出版社
电　　话：编辑部 020－84110283，84113349，84111997，84110779，84110776
　　　　　发行部 020－84111998，84111981，84111160
地　　址：广州市新港西路135号
邮　　编：510275　　传　　真：020－84036565
网　　址：http://www.zsup.com.cn　E-mail：zdcbs@mail.sysu.edu.cn
印 刷 者：佛山市浩文彩色印刷有限公司
规　　格：787mm×1092mm　1/16　21.25印张　380千字
版次印次：2023年11月第1版　2023年11月第1次印刷
定　　价：78.00元

序言一

寄语“谷河青年”：新视角、新眼光、新思路、新方法

阮映东　中山大学新闻传播学院党委书记

中山大学新闻传播学院新闻实训平台“谷河青年”刊载的优秀作品即将集结出版了，在数字媒体飞速发展的今天，这些曾经获过奖、产生过一定影响的文字再度付诸铅字，以纸媒的形式出版发行，令人倍感欣喜。

谷河是中山大学东校园里一条静静的小河，波光旖旎的河畔，新闻知识在已有20年办学历史的新闻传播学院中薪火相传。多年来，新闻人以学科和专业特有的方式，记录着所闻、所见、所思、所想，创作出一篇篇作品，形成了新闻实训平台“谷河青年”。

新闻传播学者的基本素养是采编和撰写。套用罗丹关于美和发现的那句名言，“世界上不缺少好新闻，只是缺少发现好新闻的眼睛”。“谷河青年”正是基于这一想法所推行的实践，希望青年学子们能够通过自己的观察和思考，用手中的笔发掘有价值、有意义、有深度的新闻报道。

“谷河青年”刊载的文章既有时代风雨，也有身边小事；既宣讲党的政策，也抒发个体情感……无论题材大小、篇幅长短，都遵循写真、写实、写生动的基本要求。

我们希望“谷河青年”新闻实训平台上推出的优秀作品能陆续集结出版。“革命人永远年轻”，新闻传播人更应该这样。因为不断以新的视角、新的眼光、新的思路、新的方法去挖掘、思考和报道是新闻传播的应有价值和终极意义。

一代又一代“谷河青年”，将成长为主流媒体的从业人员。“谷河青年”

中的每一篇文章，都将记录我们的青春成长和学业进展。

以此为纪念。

以此为序。

阮映东

癸卯年春节于广州

序言二

从校园出发，心怀天下、眼观全球

钟智锦　中山大学新闻传播学院院长

2023 年是中山大学新闻传播学院（原名传播与设计学院）建院二十周年，也是学院的学生媒体“谷河青年”成长起来的第八个年头。八年来，学院门前的谷河静静地流淌，陪伴着学院的发展变化，见证着“谷河青年”的进步和成长。

在社会科学中，新闻传播学是一个理论和实践并重的“入世之学”，这个专业的学生天然地具有强烈的社会责任感和浓厚的公共意识。开创一个学生媒体平台，令同学们能够有机会实现自己的新闻理想，是新闻传播学教育“实践育人”的有效途径。八年来，“谷河青年”虽然是“铁打的营盘流水的兵”，但一直秉承着“做有质量、有深度的新闻”的宗旨，不随波逐流、不哗众取宠、不追求流量，同学们虽然身处校园，但心怀天下、眼观全球。新闻的选题起步于校园生活，但并未止步于大学校园，同学们既关注奥运会、世界杯等年轻人热爱的选题，又深度思考环保、公共健康、国际政治、反恐等全球性严肃议题。参与新闻实践能够令学生深刻体会新闻生产的全流程，在梳理历史、核实信息、追寻真相、记录思想的过程中，练就理性缜密的思维和精炼的新闻文笔，同时逐步了解这个世界的复杂和多样，培养“热血”与“理性”兼具的专业素质。“谷河青年”的新闻稿多次荣获各类校园媒体奖项、多次被专业媒体转载，这些外界的荣誉和肯定是对“谷河青年”的极大鼓励！

“谷河青年”的成长离不开同学们的努力，更离不开指导老师们的心血和学院、学校的支持。未来，学院会一如既往地呵护这个珍贵的校园媒体，老师们会一如既往地指导一批又一批的“谷河人”。希望“谷河青年”成长为有影响力的校园媒体，希望谷河旁边的青年们成长为国家的栋梁之材！

序言三

愿专业、深度的基因在“谷河青年”自由绽放

刘颂杰

“声不同，道不孤”，八年前初创的中山大学谷河传媒确定了这条Slogan（标语）并传承至今。

2015年10月的一个晚上，参与筹建谷河传媒的几位同学，围坐于贝岗夜市的桌旁。几番头脑风暴，“布谷岛”成为这个新创校园媒体的微信公众号名字。几天后，在字斟句酌的发刊词中，他们写道：“我们起于谷河之畔的传播与设计学院，取字‘谷’；我们要让（大学城岛上）二十万年轻人不再孤独，取音‘不孤岛’。所以我们叫‘布谷岛’。愿我们如布谷清脆的鸣叫，给你带来亲切、好看、有温度、有力度的新闻。”

在众多的校园媒体中，如何发出自己不同的声音？谷河传媒最终确定的编辑方针是：服务青年与社区发展、关注大学与教育议题、追求专业与深度品质。谷河传媒要“严格按照专业标准来要求学生做原创报道，不搞标题党、不重眼球效应、不过度娱乐化、不做碎片式快餐稿，服务社区，认知中国”。

八年后，传播与设计学院已更名为“新闻传播学院”，并迎来了建院二十周年，谷河传媒的微信公众号也改名为“谷河青年”。站在这样一个特殊的节点回望谷河传媒的八年，校园媒体乃至大学新闻实训教育的意义变得更加清晰可见。

学生媒体能否专业？何以专业？谷河传媒走了一条独特的路，以新闻学子为主导，坚持“非课程化”的学生社团属性。谷河传媒构建了专业媒体的组织架构，包括综合新闻部、深度报道部、财经新闻部、国际报道部、文体报道部、视觉影像部和设计排版部等，并建立完善的采写发稿工作流程，每周召开选题会。学生自主操作新闻选题，老师只给予必要的编辑指导。事实证明，没

有学分激励的“用爱发电”，是可行的。

正如钟智锦院长在本书序言里说的，“参与新闻实践能够令学生深刻体会新闻生产的全流程，在梳理历史、核实信息、追寻真相、记录思想的过程中，练就理性缜密的思维和精炼的新闻文笔，同时逐步了解这个世界的复杂和多样，培养‘热血’与‘理性’兼具的专业素质”。我想这也是大学新闻教育的意义之所在。

可以说，谷河传媒从创立之初，就努力坚持“原创 + 深度”。开篇之作是一篇关于校园火灾的报道，在火灾后一两个小时内发出的这篇报道使“布谷岛”迅速引起读者关注。此后，谷河传媒抓住了“习马会”这个独特视角，回溯两岸领导人从青年时代以来的成长史，以此展望、分析两岸的未来。该报道后来被“上观新闻”、澎湃商业周刊中文版微信号、界面等媒体转载，业界的朋友都很惊讶学生媒体能做出这样独到的报道。

初创期的另外一场“漂亮战”就是谷河传媒全员动员，第一时间对 2015 年 11 月的“巴黎恐怖袭击”进行跟踪报道。11 月 14 日一早，谷何传媒成员看到突发消息之后，马上在编辑群里展开讨论，启动报道。同学们迅速找到一个刚刚离开法兰西大球场的留学生朋友，第一篇采访稿就出炉了。另一边，同学们联络到国际关系学院研究恐怖主义问题的学者，做了专访。当天下午正式推送两篇文章，财新网进行转载。此后几日，“布谷岛”从西欧穆斯林社群、媒体如何报道恐怖袭击等视角，持续对此事进行报道。

南京大学新闻传播学院的白净教授在一篇文章中说，谷河传媒通过采访专家及综合分析文献资料，挖掘突发事件背后的深层次原因以及媒体对报道恐怖事件的反思，“这些内容无论是选题，还是内容本身，都已接近专业媒体水平，代表校园媒体的成熟”。

创立初期奠定的“深度报道”标杆和内容气质，在此后各届的谷河传媒编辑部中得到了很好的传承。记得有一次我走进谷河传媒编辑部的办公室，发现一整面的白板上，密密麻麻画满了错综复杂的关系链条，仔细一看，是同学们正在操作一个有关全国校园媒体的深度报道。可以想见，同学们花费了非常多的精力在研究、探讨甚至争论这个选题的操作路径。在那一瞬间，我们似乎能听到新闻业的新芽长出的声音，这是我们期待的结果。

金庸去世的那一天，当网络上都还在讨论作为武侠作家的金庸时，谷河传媒决定操作《报人查良镛》的选题。同学们判断，稿子必须连夜做出来，否则第二天专业媒体一定会有大量这方面的文章。于是，几名写稿和设计制作的同学熬夜把稿子做了出来，成为当时微信公众号中视角独特的一篇推送文章。台风“山竹”来袭的第二天，风势依然强劲，谷河传媒的学生记者冒着风险赶赴深圳一线，做出了对民间救援队的独家报道。新型冠状病毒肺炎疫情期间，居家的同学们动用各方资源，从社区、国际、财经等角度做出了有谷河特色的重磅报道。2022 年北京冬奥会期间，谷河传媒调动了熟悉各语种的同学参与外宣报道，多篇独家报道被专业媒体转载……类似这样的场景，构成了谷河传媒八年成长路的一个个重要的瞬间。

当然，做事不能仅靠热情。学校和学院都给予了谷河传媒非常大的支持，让同学们有了更好的工作环境。学院领导都非常重视谷河传媒这个实训平台，时任传播与设计学院院长张志安教授指导创设了谷河传媒，确定谷河“深度 + 原创”的发展方向；现任新闻传播学院院长钟智锦教授鼓励谷河传媒培养学生“热血”与“理性”兼具的专业素质，同时着眼国际传播，加大国际报道力度。在组织流程和架构上，谷河传媒不断在尝试，努力使每一届编辑部的衔接更为顺畅。学院的实务课老师，如陶建杰、龚彦方、陈敏、杜江等老师，也常常指导谷河传媒编辑部的工作。

后来，谷河传媒公众号的名字改为“谷河青年”，但“声不同，道不孤”的精神一代代地被传承下来。再后来，学院的名字也改为“新闻传播学院”，但新闻学子追求专业和深度的态度一直没有变。

八年来，谷河传媒获得了不少荣誉：2016—2022 年连续获得 *China Daily* 校园学报新闻奖的多个重要奖项；2018 年 11 月，获得第五届红枫大学生记者节“十佳校园媒体”称号；2020 年 8 月，获得澎湃新闻“最澎湃校园媒体奖”（全国共五个校园媒体获此奖），同年 10 月获得大学生校园媒体大赛“优秀校园媒体”奖。

“声不同，道不孤，必有邻”，此期间我们也收获了不少同道好友。在学界，香港中文大学新闻传播学院、北京大学汇丰商学院等兄弟院校专程来谷河传媒考察交流。在业界，财新传媒、封面传媒、澎湃新闻、腾讯新闻等都给予了谷河传媒大力的支持。

来自读者、学界和业界的认可和鼓励，是谷河传媒继续前进的动力：广东卫视副总监王世军老师在转发《一个中国留学生的巴黎惊魂夜》时说，这篇文章值得广播电视记者学习；香港《南华早报》记者评价谷河传媒的“海湾石油降价”报道是事件发酵三天以来第一篇能够完整叙述事件的前因后果并深入解释大背景的报道，“冷静、克制、平衡”；白净老师在转发“工地水鬼”

报道时说“调查报道的火种生生不息”；《广州大学城“围墙史”》让居住在大学城的教授们称赞文章“史料丰富”，看了让人感觉“来龙去脉非常清楚”。

……

回首这八年，为什么要做谷河传媒？

我想用2015年发刊词中的一句话作答：“纸媒会不会死我们不知道，我们只坚信，阅读不会死。因为，阅读，并且经由阅读建立一个精神互联的网络，是我们这些不甘孤单的年轻人的存在方式。”

作为一个校园媒体，我们看重的是同学们在这里能够得到历练和成长。当我们的报道推动了公共教学楼安全设施的完善、大学城交通信号灯的修复，赢得“GOGO新天地”停车场物业和车主冲突双方的称赞时，我们看到了文字的力量，我们感受到了做新闻人的欣喜。

今天，我们把“谷河青年”八年的成长轨迹汇集在这本书里呈现在读者面前，谢谢史轩阳、付赢、隆侍佚和郑植文等同学对书稿的初步整理和排版。感谢社会各界对“谷河青年”们的关心和帮助，让我们继续携手同行！

希望在未来的日子，严肃与幽默，犀利与趣味，持重与活力，这些看似矛盾的品质，依旧能够在同学们年轻热血的基因里和谐并存且自由绽放。

目　　录

第一章

校园报道：好选题就在身边

大学生代课：一场隐藏在高校里的灰色交易

撰文　刘　炜　李　彤
编辑　邢　璐
2017 年 3 月 3 日

浩缜（化名）的手机屏幕忽然亮起，是一条新消息的提醒："今天第一大节需要代课，理南，男，点名，带价私信。"浩缜短暂思考后，迅速发送回复："我可以代。"

拎着早餐走出饭堂，天空仍是灰蒙的，浩缜在一排整齐排列的小黄车中骑上一辆，飞快赶往理南楼。到达理南楼的 301 教室时，教室里仅坐着零星几人。他径直走到距讲台最远那列的倒数第 5 排的座位，这是他眼里最好的座位。

约 5 分钟后，教室里的人慢慢多了起来，教授也已到达。浩缜掏出手机，悄悄拍下教授与课室时钟同框的画面。确认画面足够清晰后，浩缜将照片发给昨天新添加的微信好友，那边很快就回了信息，"麻烦啦，兄弟"，后附了一个 20 块的红包。教授开始上课，浩缜收取红包后却没有再看讲台一眼，从书包里掏出练习纸开始埋头做起高数题。

一个半小时很快过去，临近下课时，教授突然把桌面上的名单递给助教准备点名。浩缜停下笔，翻出微信聊天记录，再次仔细确认对方的名字。"曾庞达？""到！"浩缜举起手，头微微低下，努力回避助教的视线。讲台上的助教并没有发现任何异样，直接在名字后面打了勾，继续念起后面的名字。

浩缜是一个职业代课者。

近几年，大学生代课现象在各高校中屡见不鲜。寻求代课的大学生们，往往通过 QQ 或微信的代课群等平台发布代课信息，寻找合适的代课者进行交易。大学生代课行业日益成熟，并在长期运作中形成固定的市场价与规范的行业规定，以代课为兼职赚钱的一批专业代课者队伍逐渐壮大起来。

伸向大学的市场之手

浩缜来自广州一所重点大学，他每周会代上3节课左右，一个月通过代课能赚两三百块。接受采访时，他笑言：“我这赚得不算高，我有个舍友一周代课就赚了400块，一个月最高有1000块进账，他都快变全职代课者了。”

据了解，在广东地区的不少大学里，代课已有相对稳定的市场价格，并且根据不同的课程情况会有相应的加价。浩缜向“谷河青年”展示了他所在的微信代课群，群成员多达422人，群里实时更新各种找人代课的信息。“现在都有标准的市场价了”，浩缜说，“一般来说，我们早上一个半小时的课，市场价是20块。晚上的晚修是两个多小时，市场价是30块。不过如果有些同学找得比较急的话会加5～10块。若有特殊要求，例如小测验或是听写单词之类的，需要提前说，一般会再加5～10块。体育课也能代上，收费也会高些。而且还有体育代考，60元包A过”。

有需求就会有市场，专业代课者们如今除了进行普通代课外，还可以提供长期代课的服务。部分大学生由于各种原因，需要为自己的某一门课程寻找长期代课，长期代课者不仅需要完成日常考勤与随堂任务，还需要完成期末考试和论文。“这里有着巨大的利润空间。”大学生柏盛（化名）向“谷河青年”表示，他身边有不少人经常寻找代课或帮别人代课。对于代课行为，他觉得“不用干活，坐在课堂上还能干自己的事，钱就进账了，比送快递和帮人打饭赚得多多了”。

学生需求的增加，促使代课行业迅速发展起来，形成了一条完整的运作链条。“谷河青年”潜入广州部分高校的代课群开展调查，其中多数代课群的群成员人数超过300人。

在“谷河青年”观察的代课群中，部分代课群有严格的群管理规定，群主实行严格的群成员管理制度。以广东某两所高校的代课群为例，代课群内的群公告处都公示了多条明确的群规定，包括群成员实名制、群内禁止转发红包链接、发布广告不可以刷屏且需要按照格式编辑文字、求填问卷需要先发10个以上的红包等内容，群主会不定期地进行成员管理（如将发布广告或无用信息的刷屏者踢出群聊）和群内信息规范化（如不允许代课者私聊价格，避免出现私聊后压价等情况）。其他一部分代课群，由于群主没有实行严格的管理规定、信息规范与成员监督工作，群内信息相对复杂、混乱，堆积着各种代课或兼职信息、外卖等红包分享链接、校内外信息咨询以及二手产品售卖等内容。

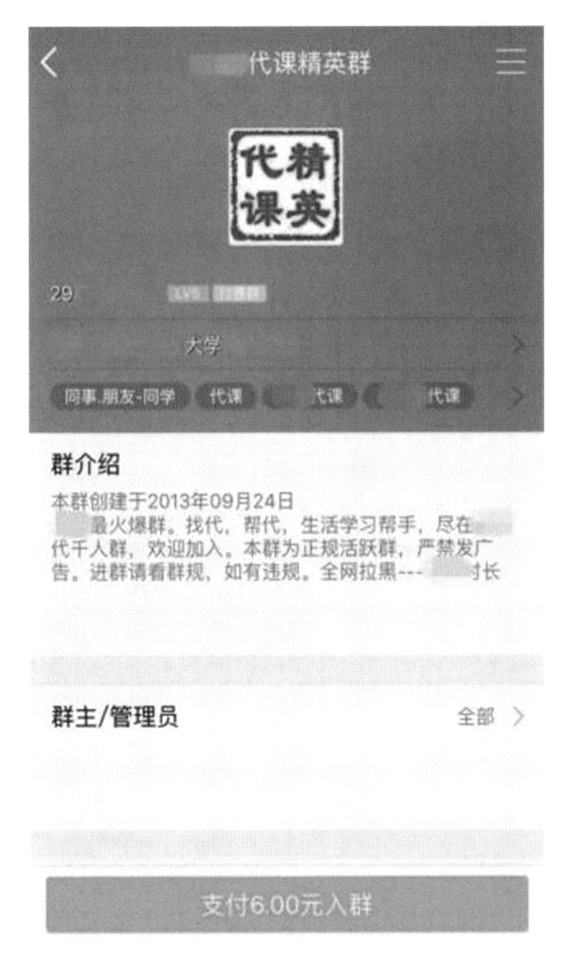

某高校代课群截图，支付 6 元即可进群

根据几周的观察，“谷河青年”基本摸清了代课群内代课的一般流程：求代课者在代课平台发布信息（格式如“周四 78 节求代，女，25”），有意代课者会通过添加求代课者微信获取进一步的联系；好友添加通过后，求代课者会告知代课者具体的课程名称、上课时间与地点等信息，双方确定交易后，求代课者需在代课平台发布“已找到，谢谢”等信息通知群内其他成员；求代课者通过支付宝或微信完成线上支付，或选择在上课后再支付现金。代课流程高度公式化，几乎所有代课者都会遵循这一套流程。

大学生代课正逐渐出现市场化、产业化的发展趋势，各种代课平台也成为隐藏在大学校园里的灰色交易地带。

体制矛盾下的衍生品

对于选择请人代课，不同的人有不同的需求出发点。“一般主要是这天有事，没时间上这节课，就找人代”，大学生小迪（化名）回复“谷河青年”，“这周我还找了，因为周末要回去考长途。”

上课与实习的时间冲突，也是代课现象出现的主要原因之一。据了解，有不少大三、大四的学生，因为实习与课业发生冲突而会选择找人长期代课。浩缜的一位师兄就是他的固定客源，“他每周都要出去实习，实习就和学校里的课冲突了，所以每周五都会找我代课”。

许多学生在大三、大四阶段都需要完成学校要求的专业实习，其中不少人为提高将来就业的竞争力，还会自行申请参加校外的其他实习。当课业与实习发生冲突时，学生往往倾向于选择后者，因而会通过请人代课来完成学校的课程。另外，部分学生出于懒惰或对课程不感兴趣等个人原因而请人代课的现象也十分常见。浩缜在接受采访时也透露，有一部分人找代课纯粹是因为早课睡过头、懒得上课或者通过代课挤出时间去玩等，“这就是学生自己的问题了”。

谈及为何选择请人代课而非向老师请假时，浩缜和小迪都反映了自己学校请假制度程序麻烦、申请较难的情况。小迪表示自己选择代课，主要是因为学生请假较为困难，“请假程序很麻烦，官方说只有直系亲属丧事才能请假，我觉得这完全不合理、不够人性化，而且我们班主任真的严格按照官方要求去做，所以一般有事，课又不多的话我就找代课了”。而浩缜则认为学校未能对大三、大四学生的实习需求给予充分考虑，“学校大四的课程比较多，会影响到他们出去实习工作，而且请假的话也比较麻烦，还不一定批准，所以（他们）才找的代课”。

亟待解决的特殊需求与烦琐的请假制度之间存在矛盾，与此同时，不少大学为提高学生出勤率，设计了花样百出的签到方式，例如要求在课堂现场与老师或 PPT 自拍合照发至指定邮箱、面对面建群领红包等等。请假不易、翘课不敢，因此学生宁愿选择付费请人代课，以求减小上课缺席所带来的风险。

代课亦有风险

“一旦遇上比较负责任的老师就很可怕了。”浩缜想起之前自己代课被抓的经历，至今仍心里戚戚。“那门课的老师是很负责任的老师，几乎认得每一位学生。上课前，他盯了我一会，我那时候心里有点发毛，心想着不会是发现我是代课的吧。课上点名的时候，我紧张地代答到，还刻意地低下头不想让他看到我的脸。谁知他直接把名单放下，径直地朝我走来，对我说知道我是代课的，让我下次再也不要代课了”，浩缜下意识捂了下自己的胸口，“我真的差点被吓死了，整个人完全懵了，不过幸运的是没什么处罚”。他还补充道，“不过就这么一次，多数老师都是睁一只眼闭一只眼，比较通情达理的”。

柏盛则和“谷河青年”谈道，“辅导员突击点名不可怕，可怕的是他还认得你，一揪就揪出来了。要是被抓到了的话，后果就很严重了，会被全校通报批评，情况严重的要记过”。他继续说，“可是就算是这样，还是有很多人会选择代课。无论你怎么禁止，需求还是在那里”。

代课被抓仍是少数情况，代课交易中发生的各种突发状况更是求代课者担忧的问题。小迪就称，自己曾经历过代课者临时有事而突然取消交易的情况，“真的很烦这种，最后只能自己临时再找了”。她还表示自己曾听说过代课者在协商好交易后实际并未到场代课的违约行为，在请人代课时她也会考虑要求代课者与自己的同伴邻座，以对代课交易进行一定的监督。

一场看似简单的代课，背后需要寻求代课者承担的风险实际并不小。在担心由代课被抓带来的严厉惩罚的同时，完成代课的过程并非易事，有时还可能要面对有钱在手却难求一人的困窘。然而即使知晓代课的种种风险，当源源不断的代课需求与日益成熟的代课行业共同出现时，这群人里的“胆大者”们仍会愿意尝试。

代课的未来：回归与前进

面对日益普遍的代课现象，大学生、辅导员及任课老师作为其中不同的利益方，也有着各自不同角度的看法与理解。

“我觉得代课行为挺好的，双方自愿，而且大学多上一节课少上一节课也没什么所谓，如果认为每一节课都很重要的人也不会找代课”，小迪对于大学生代课行业给出肯定的评价，她认为代课能够帮助解决考勤过于严格、请假程序麻烦等的制度弊端，"非常人性化"。而大学生宝贤（化名）则表示非常反感代课行为，她认为代课行为等同于欺骗，是一种对其他同学不公平的行为，尽管她同样认为学校在权衡学生学习与其他需求时有不足之处，但她强调学生不应"以错制错"，采取一种错误的行为去解决现有的矛盾。

中山大学社会学与人类学学院辅导员韩老师认为，大学生代课行为"已经涉及不诚信的问题"，"作为学生，本职任务是学习"。她建议学生还是应该将学习摆在首位，对自己的时间进行合理协调和安排。

据"谷河青年"了解，尽管目前许多院校在学生培养计划中都设置了专业实习的学分要求，部分学校会提供多个实习项目供学生选择，帮助其在规定时间内完成实习，但也有一部分学校要求学生自行寻找实习项目，除帮助学生购买保险等之外，学校并未给予学生更多实习方面的帮助。另外，还有不少院校并未对学生的实习时间进行合理安排，导致不少学生在日常课程繁多的情况下，还需要想办法挤出时间完成实习，以达到学分要求。由此可见，学生的学业课程与实习之间的矛盾实际上并未得到解决。

除了学生的综合需求与学校教学管理体制之间存在矛盾外，大学生代课现象的出现，也从侧面体现出当前大学课堂教学效果不佳的问题。

大学生代课行业的不断发展，主要还是受"需求拉动市场"原理的影响，而在这份强烈需求的背后，反映的不仅仅是大学生对于学生身份认同不足的问题，更多的还是学生的综合需求与学校教学管理体制之间存在的矛盾以及大学课堂教学质量需提高的现状。

代课行为是一种不合规定的行为，从某种角度而言甚至是学生不负责任、不诚信的表现。但是在这一行为普遍化的过程中，作为培养大学生的重要基地，大学也需要反思自身存在的问题。

代课现象缘何而起，就应缘何而灭。反思体制之弊，重塑好学之风，在实现教育立人目标的路上，学校应与学生并肩同行。中国的大学，未来仍有漫长的路要走。

中大人，你有没有在这里摔过跤？东校园：会及时处理

撰文　皇甫思逸　赵　萱
编辑　张楚璇
2018年10月29日

中山大学东校区（现称"中山大学东校园"）自2004年建成并投入使用至今已有14年，历经风雨洗礼的公共教学楼也出现了不少安全隐患，如台阶下陷、天花板漏水等，或轻或重地影响了师生的学习生活。

对此，学校总务处表示，会认真对待每一次接到的情况反映和投诉，出现问题一定会及时想办法解决。中航物业管理有限公司相关负责人也表明了公司对师生人身安全的重视，待其处理好遗留的宿舍楼问题后，在不改变楼梯本身设施的情况下，公司将逐步对教学楼的破损部分进行维修。

"谷河青年"通过采访发现，类似的安全隐患同样出现在广州大学城的其他高校中，例如有的学校教学楼发生的"水管破裂"等。

最是那猝不及防的"一摔"

据反映，中山大学东校园公共教学楼A栋前的台阶出现下陷。针对此情况，"谷河青年"做了观察实验。2018年9月20日20:40，"谷河青年"来到公共教学楼A栋门口的台阶前进行观测。统计发现，10分钟内该教学楼共进出约389名师生，有至少48人在台阶处发生不同程度的踉跄和摔倒。

经测量，正常台阶高度为10厘米左右，而高出来的这个台阶约为18厘米。这并不符合人类下楼梯的习惯。

"从大一上学期去A栋上课起，我们寝室就交流过那个台阶，然后提醒全寝室的人注意。"差点在台阶处摔倒的2017级资讯管理学院的徐同学说道："因为大一上学期常去，现在感觉还好，每次到了那里都会条件反射般地注意台阶了。"

知道情况的同学会在高的一台阶处直接跳下来以避免摔跤。除了自身多加

注意外，徐同学还向"谷河青年"表示，希望"谷河青年"能把相关情况反映给校学生会，经校学生会向上反映进而解决问题。

A 栋教学楼入口处开裂的台阶

负责 A 栋的某执勤阿姨表示，在值班过程中，曾发现有同学在经过楼梯时踉跄了一下。在"谷河青年"表示是楼梯有一台阶存在高度较高的问题后，阿姨表示这个应该是需要混凝土填补的，稍后就会反映给上级领导。

2018 年 9 月 8 日，中大东校园更换了物业公司，由以前的物业公司更换为中航物业管理有限公司。新物业公司的经理方女士告诉"谷河青年"，公司目前的工作重点为修复宿舍楼。在我们提出 A 栋教学楼楼梯存在的问题后，她拿出手机记下了"A 栋、楼梯"的字样。

但同时，她也表示："如果是教学楼本体设施，我们是不能改变的；如果是坏了，我们应该能修。"随后，方女士再次重申，新物业公司现在面临着大量遗留的宿舍楼问题，"学生住的地方的问题还是紧急一点"。

9 月 21 日，"谷河青年"与校总务处取得联系，相关人员表示暂时没有收到过关于 A 栋教学楼的投诉，但其表示如果真的有问题，只要接到投诉，学校一定会解决的。

教学楼是使用频率高、人员流动密集的公共场所和教学场所，需要一个宁静的环境，因而教学楼的维护和修理工作往往在长假期中进行。"我们总不能让学生上课时听见外面乒乒乓乓的响声吧？"此外，工作人员也表示："其实上个暑假我们已经对公共教学楼进行了一定的维修，只是暑假时间较短，（维修工作）还没有完全完成。"

“隐形门”

教学楼入口的玻璃门是每一位到公共教学楼上课的学生的必经之处。每栋教学楼入口处都有一个大玻璃门及其两侧的小玻璃门，全部玻璃门都能够朝内、朝外打开。

但由于故障，A 栋教学楼的小玻璃门朝内开时会卡住，只能朝外开。晚上，保安因为考虑到朝外开门更容易造成行人碰撞，所以把小玻璃门关闭了。也正因如此，白天习惯走小玻璃门的同学和老师，可能会在夜间进出时因为没有注意到玻璃门而一头撞上。

从一扇故障玻璃门的处理中不难发现学校对师生安全问题的重视。截至发稿时，公共教学楼 A 栋的小玻璃门故障已顺利解决，该门与其他玻璃门一样可以同时朝内打开，避免了不慎“撞门”的尴尬。

截至发稿时，公共教学楼 A 栋的小玻璃门已被修好并呈开启状态

“小小水患”

每逢大雨，公共教学楼的走廊中有好几处天花板就开始漏水，保洁阿姨只能在相应的天花板下方放置水桶，隔一段时间换桶倒水。

总务处对此表示：“这个应该是房屋的构造有问题，要请专业队伍来修。不过暑期已经修过，漏水的原因是伸缩缝变形。”说到具体修复时间，总务处工作人员表示，还是得等到长假期间再进行更完善的修复，现在只能临时修补。

漏水的天花板下放置着垃圾桶接水

下雨天的并生问题还有地板湿滑。不少师生均反映，下雨天在公共教学楼走动时都要非常小心，一个不留神就容易滑倒。

“谷河青年”在采访中发现，物业楼管对此采取了一些举措。

保洁阿姨每次在漏水时，都会及时摆上水桶，下雨天以及积水较多时，会在地板上铺上防滑垫。同时，保洁阿姨会不断在积水处拖地。

不过，上述举措并没有从根源上解决天花板滴水的问题，反而给学生带来了不便。“之前铺了防滑垫也没用，铺了还容易把学生绊倒，也没什么效果。”一位值班阿姨说：“公共教学楼那么大的地方不可能所有走廊都铺防滑垫，并且它会烂，有些学生不看路还会更容易绊倒。烂一点剪一点，防滑垫又重，洗也洗不了。”

有些同学对铺防滑垫的反应也比较强烈：“那个防滑垫真的很绊人，上下课人很多迈不开步子的时候，防滑垫鼓起来比地滑影响还要大。”

有受访老师表示，地板湿滑问题可能和瓷砖的选择有关系，而全面更换瓷砖需要较长的工期和较大的资金投入。

公共教学楼的台阶下陷、天花板滴水导致的地板湿滑都是实际存在的问题，也是14年的岁月在东校园留下的烙印。构建完善的学校安全保障制度，对当代中国学校来说，是一个不容忽视的问题。这需要校方、师生、安保人员等多方力量的共同努力。

在采访中，学校总务处和物业公司都表明了对相关问题的重视态度，并表示将尽快采取措施加以解决。

不只是中山大学

相似的情况也出现在大学城的其他校园里。据其他高校的同学描述，他们的教学楼也普遍存在着不少问题，其中以“水管破裂”最为严重和常见。

“竖着的排水管是给楼顶排水用的”，一位来自某高校的同学说道，“但由于水量大，较低楼层的管道承受的压力过大，水就喷出来了”。但该同学也表示，今年5月之后没有出现过这种情况了，“应该是学校已经做了相关修复”。

同样的问题也困扰着另外一所大学的同学，学校教学楼甚至因此常常停水。据该校同学表示，目前这个问题依然处于待解决的状态。

大学城的“15年风雨”

广州大学城总体规划建设于2003年1月正式启动，至2004年7月建成。仅耗时19个月，便建成了面积达225万平方米的141栋现代化建筑、66千米的城市市政道路、120千米的校区道路，8.6平方千米的绿化工程。

2004年9月1日，大学城一期进驻十所高校。十年后，暨南大学和广州医科大学进驻大学城二期。据广州市规划局公布的《广州大学城发展规划》，大学城规划人口为35万～40万人。

广州大学城已建设和使用多年，为广州的高等教育发展发挥了巨大的作用，但也不可否认，大学城还存在着许多尚待处理的问题和亟需改进的空间。有关方面表示，已经采取相应措施以解决问题。

记者手记

距离完成稿件已经四年多，但是当时采访的经历还是历历在目。最开始是因为老师不小心撞到了教学楼的玻璃门才开始关注这个话题，去教学楼现场考察后，我们发现出门楼梯、雨天潮湿的地板等都是“事故高发地”。之后，为了记录下最真实的现场，我们两位记者在第五教学楼门口蹲守，架好三脚架拍摄视频，发现不少同学都会在问题台阶处踉跄一下，这也为我们的报道提供了真实、直观的动图证明。

在问题之外，我们最关心的则是问题如何解决。采访了多个普通工作人员后，我们终于在教学楼的另一个维修现场见到了物业经理，并进行了现场采访。至今还令我们印象深刻的是，稿件发出半个多月后，教学楼管理人员先后进行了粘贴警示、施工整改（附图如下），真正解决了安全隐患问题，这让我们觉得新闻报道真正发挥了作用。

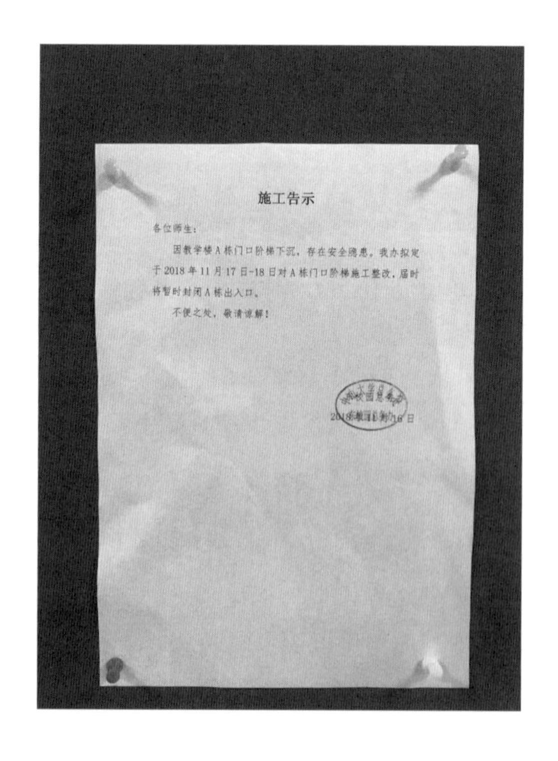

施工告示

各位师生：

因教学楼A栋门口阶梯下沉，存在安全隐患，我办拟定于2018年11月17日-18日对A栋门口阶梯施工整改，届时将暂时封闭A栋出入口。

不便之处，敬请谅解！

总体上讲，这是一个非常“小”的选题，因为它就是我们身边最经常发生的事情。然而回顾这篇稿件，敏锐地感知、巧妙地处理一个“小话题”，却也恰好是这篇报道的精华之处，也是我们在初期新闻实践中迈出的较为踏实的一步。

坦白说，这个选题缘由是“摔”出来的。一切都是那么巧合，刚好上完课，刚好在公共教学楼门口和颂杰老师讨论这周能有什么选题。我眼睛一瞥，看到因为高度不一致裂开的那条缝，想起那次差点摔成狗的经历，就半试探性地和颂杰老师提议，不如做这个楼梯吧，在这儿差点儿绊倒也不是个例了。颂杰老师非常支持，选题发出去后也得到了皇甫思逸和赵萱两位同学的响应和配合。

令我们欣慰的是，在这篇稿子进行谷河传媒严谨细致的内容生产流程时，那层台阶也在发生着变化：从无任何警示，到贴上了黄色标识胶带，到围栏搭建，到最后那条裂缝的消失，我们都切实地感受到了新闻带来的力量。

学院楼里那间办公室见证着大家为“布谷岛”作出的努力，也记录着新鲜百态和世事更迭。一代代谷河人虽散布在各处，但其心不变，热爱不减。祝谷河传媒五周年生日快乐，我们千山共路，万水同舟，共勉。

被忽视的“中职生”，前路在何方*

撰文　宋泽锦　彭才兴　刘川乐
编辑　吴浩旖
2022 年 6 月 29 日

1996 年 9 月 1 日，《中华人民共和国职业教育法》正式施行。职业教育曾在 20 世纪 90 年代拥有过一段黄金时代，进入职校学习可以让一名年轻人拥有一技之长；如今，职业教育却遭遇了社会认可度不高等种种问题。时隔 26 年，2022 年 4 月 20 日，在十三届全国人大常委会上，新修订的《中华人民共和国职业教育法》表决通过，在 5 月 1 日正式施行。

新法给予了职业教育具体的支持，但却被社会误读为“普职分流取消”，教育部不得不出面辟谣。职业教育的办学本意是否在实践层面得到了贯彻，中职生们又是否真的能迎来自己的春天？

手机拿起又放下，输入锁屏密码又一把关上，汗滴连珠串般地从胡玉英的耳边划过，她自己却毫无察觉。

她今年 14 岁的小儿子正处在学业的“关键时期”，还有一年就要中考了。看着这次期末考试他考了 30 多分的数学试卷，她耳边又一次回响起儿子班主任的话：“晓晖的这个成绩，恐怕只能上个中专了。”

胡玉英回过神来，决定把面子扔到一边，迅速地在手机通讯录里找到了那个熟悉的联系人，拨通了电话——她要把儿子送到城里的小叔家过暑假，让他小叔帮着找个辅导班。“还是得努把力，起码得送孩子上个高中呀”，她在电话里这么说。

胡玉英的焦虑情绪，在子女面临中考的家长中尤其普遍。在中国，“普职分流”早已不是一个新鲜词汇，早在 1983 年的《教育部关于改革城市中等教

* 应受访者要求，文中人名均为化名。

育结构、发展职业技术教育的意见》中就有提到："力争到1990年，使各类职业技术学校在校生与普通高中在校生的比例大体相当。"

虽然"大体相当"的精神一直延续到38年后的今天，2016—2020年这5年，中职生群体也稳定占据着全部高中阶段招生数量的42.3%，但大部分的学生和家长对职业教育仍然闻之色变。职业教育学生们的学习、升学乃至就业，对他们而言，意味着前途未卜的迷茫。

"普职分流，分的不是好坏"

"'普职分流'现在越来越变成了好学生与坏学生的分界线"，广州某中职学校的谭隐老师有些无奈。她一直认为，"普职分流"不一定就是"好与差"的分流，而应该是人才类型的分流。

然而，更令她苦恼的是，学生的这种"好坏分流"的思想也难以转变。"你告诉他们职业教育大有可为，国家现在有多么重视，但是他们是不能理解的，他们觉得就是因为自己读书不好，所以才被分到这里"，谭隐摇摇头。

教学水平的高低，和学生的学习意愿相关，也和师资相关。在中职学校里，有不少认真教书育人的老师，但也有老师对学生不上心——部分原因是中职老师的关键考核指标不是升学率。有的老师或是对学生存在着刻板印象，或是只求上课安全不出问题，对学生的学习状态、能否真的学到技术并不太在意。在谭隐的眼里，这不能简单归咎于"老师讲课水"。职业教育在宏观就业环境和教育环境中的"错配"，让老师和学生都出现了定位的困惑，结果往往呈现出"老师不爱讲""学生不愿学"的尴尬处境。

刘宇毕业于青岛A职业学校，这是一所财经类的职业高级中学。

在这所学校，中考600多分可以上"3+4"，毕业之后直接去青岛科技大学读本科；400多分可以上"3+2"，即"三二分段制"，中专毕业后接着在本学校再读两年，就能拿到大专毕业证；而只读3年中专所需要的中考分数，"就有点没下限了"，刘宇有点不好意思地说，"此后无论是考本科、考专科还是直接去找工作，全看自己的选择"。

上述几类升学方式，再加上2014年上海开始试点的"五年一贯制"，就构成了我国目前中考失利的学生们能够选择的几种主流路径。刘宇当时的成绩，只能够得到最后一类升学方式。但他还是给自己选了听上去比较"高级"的专业——国际商务。"当时的理解就是财经类的专业很高大上，而且当时觉得读这个专业将来还比较好找工作”，刘宇解释道。

然而，刘宇没能延续初中的学习状态，他将此归因于“中专的师资薄弱”。高一的时候，他还能上课认真听讲，按时完成作业，到了高二几乎都不怎么听课，反正对他而言，准备春考（类似高考的升学考试）在高三也来得及。“现在谈这些，感觉有点像谈自己的忏悔录”，刘宇苦笑着说。

学生找不到努力的方向，似乎是中专生面临的普遍困境。李子琴在上海的中专也遇到了同样的难题：“动画、建模那些太难了。我们班上总共就 4 个女生，怎么学都学不会。”尽管如此，那所中专的老师也不会停下来耐心等待所有人跟上进度，往往经过三节“手忙脚乱”的课后，这些学生就彻底放弃了学习动画。

多数人描述在大专、中职念书的感受时好像都有相似的感觉：没学到什么，但也说不清为什么。大家会抱怨“上课无聊”“老师讲的听不懂”，但同时，他们也怀疑问题出在自己当时没能好好听课。

在学校“安全问题高于一切”的导向下，学生的专业技能培养似乎也只好敬陪末座。“学校其实很多实训设备都是齐全的，但是那么大的设备，你怎么放心孩子自己去操作呢”，谭隐这么解释道。

一学期下来，谭隐通过班级之间的授课表现，比较发现一个“肉眼可见”的变化：班主任花心思的班级，上课会比较自由，但学生们都挺好学，“甚至还会拿自己记下的一大摞笔记给你看”；而班主任不太管束的班级，教师往往要花更多的心思去管控纪律，不断强调课堂秩序。

在这种班主任不太管束的班级里，有的学生会在宿舍通宵玩手机、打游戏，第二天在课堂上永远也睡不醒。有的学生刚开始还能认真做笔记，而这些学生马上就会被其他学生嘲笑，会被嘲笑“不够清醒、不够现实，太理想化”，过不了多长时间就与身边人一样开始抵触上课。“很难说（这种情况）是完全因为老师不上心、硬件跟不上。你说学生们想认真好好学习吗，其实也没有”，谭隐苦笑着说。

专科学历：理想与现实之间的高墙

在与刘宇同届的青岛 A 职业学校毕业生中，拿着中专文凭去找工作的占三分之一，而凭借自己努力考上本科的学生不过两三个。其余大部分同学的人生道路，则迈向了下一阶段——大专的职业教育，其区别仅仅在于，是自己努把力考上，还是选择贯通制。

这两天，刘宇刚刚过完他21岁的生日。蛋糕是刘宇自己做的榴莲千层，饼皮边缘有点粗糙，但是榴莲果肉满满当当，还插着一根小小的蓝色蜡烛。“好不容易给自己做一次，好看不重要，好吃就行”，他笑着说。

这是他在青岛A职业学校的最后一学年。2021年11月，因宿舍安排和实习问题，他们提前离校。而刘宇他们再次回到校园，就是来年6月回来拿毕业证的时候了。

得知离校消息的那天，他刚跟室友吃完烤鱼，走在回学校的路上。这天晚上，烟台正下着这年的第一场大雪，天色昏暗，地面湿滑泥泞。尽管在素有“雪窝子”之称的烟台生活了两年，刘宇还是对雪天抱有极大的热情。然而那晚的大雪和寒风，似乎比以往的每一场都要寒冷刺骨。

学校的通知也像一阵风，吹走了他和社会之间的最后一道围篱。

尽管大三这年是大多数专科院校学生的实训期，但刘宇还是感觉他最后一点校园时光“被剥夺了”。系里给他们提供了不少实习的岗位，不过刘宇抵触学校的安排，宁愿自己找点兼职做。“他们一般不会安排多好的企业”，他皱起了眉头，“好点的企业也不需要来我们（大专）这里招聘”。

而他产生抵触心理的另一部分原因，则来源于大二时去校企合作的熟食门店卖烤肠的实习经历。在他看来，卖烤肠的活“又难又廉价”，使尽浑身解数也没卖出去多少。刘宇第一次清醒地认识到，市场营销这个专业的对口工作，似乎远没有想象中那么高级。

而这次学校发的招聘简章，大多是“烟台××经贸公司销售内勤”“山东××体育产业公司行政文员”诸如此类的岗位，绝大部分工作和专业并不对口，薪资待遇也在3000～10000元。“其实就是3000块，而且实习期肯定还要更少”，刘宇很肯定地说。在现在的他看来，市场营销本来就是很“水”的专业，连本科生都不好找工作，更遑论大专生了。

不过刘宇不知道的是，其实不那么“水”的专业，找工作也异常艰难。

彭华节高中时就觉得，“学一门技术，挣点钱，比读本科强”，于是他高中开始就把大部分精力放在学习美术上，后来以一名艺术生的身份，考进芜湖某职业技术学院学习动漫设计。

虽然他如愿以偿地学习了动漫设计这门“能赚钱的专业”，但在互联网企业成为热潮的那几年里，哪怕只是外包企业的招聘，相比于本科学历，他的专科学历也没有竞争力。“我们连初筛关都过不了，何谈其他。”彭华节懊恼地说。几次失败的面试之后，他发现专科学历成为横亘在他和理想企业中间几近不可逾越的大山。

彭华节梦想的大厂——腾讯天美工作室就位于成都武侯区天府三街，而这座城市也是近几年中国动漫创意产业蓬勃发展的热土之一。然而这座城市最火热的产业，并没有向大专生敞开门户。

同样坐落于成都武侯区的某集团，也是影视动画领域小有名气的企业。在这里工作的王赢见惯了大量学动漫设计的专科毕业生来来去去。不过相比于公司，他更愿意把这里描述成一家由大专实习生组成的“工厂”。“很多专科生会来我们这里工作”，王赢说，“大家都是抱着把这份工作当做入行跳板的心态”。

然而要够到“跳板”绝非易事。这些专科毕业生不但要经过高淘汰率的筛选，而且只能以“实习生”的身份入职——实习期没有提成、没有社保，甚至没有工资，转正后的工资也只有两三千元底薪，“简直就像给公司打白工”，王赢说，但求职者仍然络绎不绝。入职后，他们做的也是整条产业链中工作强度最大、最机械的工作——将设计师们的创意通过各类软件呈现出来。

而毕业于“八大美院”之一的四川美术学院的王赢，则和其他本科学历的设计师们一样，负责设计、策划等“更高级”的工作。虽然也有专科学历的员工在这家公司拿到很高的工资，但“每一分钱挣来的都不容易”，王赢很感慨。

理想和现实、学校和社会之间，横亘着专科学历这堵坚固无比的墙。

尽管对成都动画行业的就业环境没什么清晰的概念，彭华节还是决定入行，去成都学习特效制作。3 万元的学费，相当于他在职业技术学院四年的学费，但他觉得很值。为了有一个新的开始，他剪了一头清爽的短发。

而刘宇则决定完全放弃大专的专业，“远离那些虚头巴脑的东西”，他说道。在朋友的介绍下，他担任了远在北京的一个自媒体财经账号的运营和写手工作；他还自学了烘焙，卖给妈妈的幼师同事们。充当他生日蛋糕的榴莲千层，就是他最新研发的产品，卖得很好。

被忽视的 42.3%，何时能走向“春暖花开”

艾媒咨询发布的数据显示，2015 年到 2018 年间，中职在校生人数从 183.4 万人逐渐攀升至 209.7 万人，但中职在高中教育的招生占比上仍然稳定在42.3%。类似胡玉英般焦虑的家长仍然不在少数，她们希望靠“把孩子送去城里补习班”这种最朴素的办法，让孩子摆脱成为中职生、找不到好工作的命运。但数学只能考三四十分的孩子，是否能适应高中阶段更艰深的学习，这并不在她们的考虑范围之内。

正如谭隐老师所说，其实“普职分流”的初衷，正是想让孩子们找到适合自己的成长方式；但职业教育和高校教育各自的职能难以在现实中实现，根本上还是基于中专生“成绩不好、念不了高中、没有前途”这一简单粗暴的刻板印象。

广州南方人才市场的客户经理彭小芳一直负责对接毕业生和企业。她发现，目前一部分职业教育的社会认可度远远不足，而这恰恰进一步加深了社会对职业教育的负面印象。她表示：“很多单位要的基本都是本科生，专科的同学是达不到这个门槛的；有的工厂是需要专科生的，但是学生觉得太累，很少有人愿意去。”

彭小芳觉得，很难靠学生本身去改变这一现状，只有让接受职业教育的学生看得到很好的资源，或者是尝到甜头，他们才会觉得职业教育是好的，“不然职业教育的前景在大家心里就一直是寒冬”。

但职业教育，似乎也在迎来春暖花开的希望。

2021年，广州市的中考首次将“三二分段”专业和省级重点专业放进第一批次进行投档，让许多高分学子能够选择最适合自己的发展道路。而全国百强职校的高地——比广东更早探索职业教育的上海已经形成了较为完备的职教体系，专业认可度高，校企合作全面且深入。

在上海上学的李子琴今年从中专毕业后，终于逃脱了动画设计的“苦海”，考上了松江区的上海立达学院。这次，她填报了自己最感兴趣的志愿——酒店管理的烘焙方向。她很喜欢现在的专业，准备从朋友圈卖起，将来开个自己的烘焙店。

广州市将中职专业放进第一批次志愿、正在修订的《中华人民共和国职业教育法》，是推动职业教育“走向春天”的尝试。但同时，“唯学历论”这一简单的择优逻辑，仍然会在一段时间内占据主流。

李子琴想起自己中专时为数不多的、盯学生盯得很紧的专业课老师，那是个非常严厉的老太太，上她的课很头痛，但也能学到东西。开学第一次上她的课时，她那眼镜片后略显冷淡的目光扫视了一遍班级，而后告诉他们：“抓紧了。考上高中的人还能再无忧无虑几年，你们已经要面对这个社会了。”

转专业：“失败”的勇敢者*

撰文　王　睿
编辑　吴浩旖
2022 年 6 月 30 日

“走出面试教室的那一瞬间，看见不远处法学院的立牌。虽然希望这种想法被打破，但觉得这大概就是我第一次也是最后一次进入这里吧。”陈佳走出武汉大学法学院院楼的那天是 2021 年 3 月 5 日，对她来说，这天和往常并没有什么不同。天气很晴朗，刚刚入春的武汉气温还没开始回升，树上的黄叶和抽芽的新叶混杂在一起。

后来的结果确证了陈佳的预感，她没能从遥感专业转到心仪的法学专业，面试那天也没能成为她梦想新生活的起点。

她一度十分难受。但如今再回头看，陈佳明白，“转专业失败的经历只是生活的一部分，它甚至算不上一个特别重要的节点”。

困　笼

新高考模式下，山东的选科模式是“6 + 3”，陈佳选择了物理、历史和政治。在懵懂的高中时期，她向往的大学专业是法学或者新闻学，这种学科能够反映社会现实，她觉得学起来更有意义，而物理之类的理科对她来说更像是一种“保险”，不至于担忧以后的就业。

陈佳最早其实想要学法学——这个念头萌生于高三寒假，她被李星星与鲍毓明的事件牵动，而郭建梅作为法律援助律师的出现，更让她感到这个学科的社会责任与高尚。

她清楚记得自己的高考分数——663 分，全省第 2100 名。这个分数很好，

---

* 应受访者要求，文中出现的人名均为化名。

但她心仪的中国政法大学和武汉大学法学专业已经“没戏了”。填志愿是又一道坎，她在志愿表中填下了浙江大学和南京大学，而因为喜欢武汉大学，所以一口气连着报了八九个志愿。法学是她填报的武汉大学的第一志愿，排在其后的是她遵从家人意愿而选择的理工科专业，家人对她说：“还是学好数理化，能有门技术吧。”

在填报志愿时，陈佳的父亲计算了往年的高考排名和新高考比例，她预感到，自己会被遥感专业录取。“遥感专业感觉和南京大学的天文专业有关系，武汉大学的遥感专业世界排名第一，保研深造什么的似乎也还挺好”，她这样描述道。只是当时迷迷糊糊来到遥感专业的她还不知道，这个专业的课程全部是纯粹的理工课程，甚至是仅次于医学专业之外课程最多的专业。

生活中充斥着高等数学、线性代数、大学物理之类仅听名字就会让无数大学生头疼的理工课程，这对于文科出身的她来说，几乎是一种全新且艰巨的生活。这种“全理”的日常让她一直都处在一种无力感之中，她感慨道，“至少文科的课少听一点点或许不会影响太多”。而高等数学、计算机这样的课程她只要一两次作业没写，后面的课程就几乎无法听懂。

陈佳坦言，最初几乎就是“冲着转到法学去的”。她选择武汉大学，除了喜欢这一简单的理由之外，还因为听说武汉大学转专业的制度很好，不分文理地填报这么多专业也是希望保底武汉大学，将来能够找机会转进法学专业。“当时比较乐观，就是想着其他专业也能学，结果没想到理工科这么……”在话没说完的地方，陈佳用了微信表情中三朵凋谢的玫瑰代替。

而对于陈启归来说，来到现在的学校和专业，几乎就是一个意外。

高考过后，来自安徽的他选择来到位于南方的中山大学。经济类专业是他的第一志愿，家庭意愿、发展前景……这些都是他向往经济类专业的理由。他的第一志愿是中山大学的岭南学院，而岭南学院往年的招生排名与陈启归的高考成绩排位相比也仅有几十名之差，他相信冲一冲也许会有奇迹发生。而他把同为经济学类的管理学院填在随后的志愿中，紧接着是法学院，最后才是现在所在的新闻传播学院（传播与设计学院）。

但录取结果令他大跌眼镜。以往能进管理学院和法学院的名次今年却大大提高了，他与岭南学院最终也仅仅只差了一分，他的录取志愿掉到了传播与设计学院。“当时的感受很复杂，感觉可以说是巧合，但更多的是讽刺和心酸，以及失落。”在迷惘中，在从未对新闻传播专业有任何的想象中，他来到了现在的专业。

他并不对这个专业感到厌恶，但也谈不上喜欢。无论是对新闻学还是传播学，他所有的认识，都只来源于被录取后的那个假期匆忙收集的资料。实际上，即使已经升入大二，他也感到自己与这个专业有些格格不入，新闻传播专业对学生的媒介素养、理性思辨等要求，他至今都感到力不从心。而他与那些来自沿海、发达地区的同学相比，知识储备和视野又显得落后不少。

在大一下学期的“质化研究”方法课中，无论是表达的形式、内容的深度，还是表达技巧，同学的课堂展示都带给了他很大的冲击。他表示：“我当时就在想，我来到了一个我不熟悉的专业领域，学习一些非常精深的知识，结果现在碰到的却是比我还要强大得多的同学，那我在他们当中该怎样去凸显我自己的特点呢？这样一想的话，就觉得更加沮丧。”

陈启归想要从新闻传播专业转出去，华南师范大学的张妍却正在试图从政治学专业转到新闻传播专业。因为高考志愿填报的失误，她没有进入新闻传播专业，而是去往了学长学姐口中“专业性更强”的政治学专业。但她很快发现这并不是她感兴趣的领域，课程对她来说吃力且空虚。在一个寒风凛冽的深冬，当她用了 13 个小时在图书馆不吃不喝终于赶出两篇 3000 字的读书报告——而这仅仅是因为不合理的课程安排时，她再一次坚定了逃离的决心。

求　变

犹豫、慌乱、茫然，陈佳用这三个词来概括自己转专业的准备过程。

在进入武汉大学后，她转专业的决心经历过犹豫与挣扎。在这个专业，她收获了关系要好的朋友。尽管学习艰难、到了考试周总会感到绝望，但她始终有些犹豫，对哪种选择更好感到有些茫然。

当时，她看错了转专业方案，以为自己失去了转专业的机会，结果整个寒假都没有做相关准备。等到临近开学时，她才发现自己是有转专业资格的，但距离三月份的转专业面试不过数十日。她仓促地看了下往年面试的题，以及有可能会涉及的法理学、法制史等课程。

竞争的氛围渐渐弥漫。武汉大学的法学向来是王牌专业，而报名转专业的人数又常年居高不下，接近 200 人争抢 50 个名额，这也意味着有四分之三的人不得不被淘汰。陈佳不由得陷入了焦虑之中。学院里转法学的同学寥寥无几，她在身边找不到可以交流的人。面试时该怎样根据老师的喜好回答问题，对于她来说也陌生感十足。失去了方向感与控制感，陈佳漫无目的地搜寻往年的面试题目，试图建立起一些知识体系。

与陈佳不同，陈启归几乎是在录取结果出来的那一刻就下定了转专业的决心，他的战线在入学前就已经拉开。当其他人正在尽兴享受大学开学前最后的假期时，陈启归已在家中备考大学英语四六级，用近一个月的时间刷了20套大学英语四级真题，只为了能尽早通过大学英语四六级考试，争取转专业优势。由于新闻传播专业没有高等数学课程，为了弥补差距，他找来高考数学的网课，“啃”下厚厚的教材。因为下笔太用力，他的笔记本被字迹的压痕撑开，都无法合在一起。

他的舍友小汪曾疑惑他为什么总是如此匆忙，“他每天早上都起得很早，七点多就出门了，有时候我会被他吵醒，一直不明白他为什么总是要这么赶的样子”。小汪后来才知道，陈启归是去“蹭”管理学院早上八点的高等数学课，他得抢在座位被占满之前找到一个稍微靠前一些的位置。“虽然嘴上会开玩笑说他很卷，但心里还是挺佩服他的这种毅力的。”

高中时期没有接触过更难的理科数学，而高等数学又往往离不开高中理科数学的积累，这对于文科生陈启归而言是一个不小的挑战。而这样的生活他持续了一个学期。

事实证明，即便去蹭课，但没能身处在经济学院的培养模式中，他还是与经济学院的学生有了越来越大的差距。缺少系统性的学习、完备的作业训练，以及本专业的学习压力……种种困难都让他难以平衡自己的精力和时间。

在有意愿转入岭南学院的微信群里，岭南学院的学长专门做了一个统计，想看看大家有什么拿得出手的成就。有人拿出了自己比赛获奖的证明，有人拿出了自己发表的论文，有人拿出了自己参加的科研项目的成果，再不济者也拿出了很高的大学英语四六级成绩……而对比之下，他似乎什么也没有。那一刻，他第一次感到无力。

而后了解到的往年转专业信息更是给了他一记重击：中山大学五六年来都没有成功转到岭南学院的文科生。“那么这个人凭什么会是我？”他这样想。

突　围

陈启归的转专业考试在六月，而陈佳和张妍，早在入夏前就结束了各自的战斗。

最先迎来转专业面试的是陈佳。法学院转专业只有面试，按理来说没有笔试或许会更轻松一些，但这也意味着对综合素质和知识储备的要求更高。陈佳面试的时候，抽到了一道在她看来不算特别难的题，她记得题目是“法律用语应该更专业还是通俗”。她也不记得自己最终到底说了些什么，但大概都是一些很“脆”的论述。她说完之后走出教室，迎面撞上下一个面试的同学，那个同学说，“你好快啊。”陈佳看了看时间，才知道自己大概面试了一分多钟就结束了。她虽然没有表现得很落寞，但心里知道，自己多半要“凉凉”了。

陈佳结束面试的半个月后，张妍走进了考场。她在此前看过不少传播学理论书籍，也追着不少老师问过问题，对于17个人争夺15个名额，她还是有些信心的。但笔试还是让她感到吃力，“童年的消逝”“隐秘公众”“喉舌”……一众闻所未闻的名词解释绊住了还在读大一的她。而在面试中，由于没有相关写作经验，对于老师提出的新闻报道写作分析，她也毫无头绪。“没有准备太多就过了”，回想起曾经学长学姐对她说过的话，她害怕了。

陈启归也在害怕，甚至更害怕。他自学的高等数学储备在天书一般的题目和庞大的题量面前不堪一击，英语听力的难度对于英语A班的他而言也难以把握。考试结束后，他听理科的朋友说，这次数学的难度不大。他这才意识到，自己自学了将近一年高等数学后的水平也仅仅相当于一个中下游的理科生的水平，而这次考试是为极为优秀的学生准备的——这是一种横扫式的摧毁。

止　　步

转专业结果公布的时候，陈佳正在上课。她已经记不清当时正在上什么课了，但那一刻的难受至今还是清晰可感。她其实早已有了心理准备，绩点低、准备不充分……虽然心存侥幸，但奇迹确实没有发生。在那天剩下的时间里，她甚至没有时间去更深地难过，她还有很多课要上。她这个专业的课实在是太多了。晚上回到宿舍后，她告诉了舍友与父母，稍微聊了会儿天。“难过，但也没办法”，她平静地说。

陈启归对于这个结果也早有预知，他其实早在转专业考试开始之前就清楚知道，自己是不可能转过去的。走进考场也只是为了给自己过往的努力做个交代，能够不留遗憾。

即使陈启归如今已经接受了这个事实并认真学习新闻传播专业课程，但他仍然不愿意提及那一段过往。“就跟失恋一样，失恋的时候不一定真的就是那么的痛苦绝望，但是那种麻痹感就会深深地蔓延到你以后的生活当中去。”

张妍没有选择默默忍受这份痛苦，而是去尝试与争取。她去找辅导员、教务员、专业课老师，想寻找是否还有回旋的余地。即使最终无法被录取，她也想要知道有什么办法能够进入新闻传播学院学习。

之后的日子张妍变得有些颓废、暴躁，什么也不想学，只想“躺平”接受命运。那个学期剩下的时间里，她开始逃课，几乎不再去教室。在为数不多去上课的时候，也无法集中精力，脑海中被自我否定的想法填满。“当时考试之前我告诉自己，转专业只许成功、不许失败。那个时候的生活是真的崩溃。”

释　　怀

然而就应该这样放弃了吗？他们都曾质问过自己。

在那些转专业成功的同学身上，陈佳看到了自己与他们之间的差距。“差得确实还挺远的，那就慢慢成长吧，其他的也没办法。”她又补充道，“其实现在看来，我觉得这个转专业失败的经历只是生活的一部分，它甚至算不上一个特别重要的节点”。

陈佳重新思考了自己的专业，法学专业的就业其实有些过饱和，而遥感专业还算是一片“蓝海”，她决定暂时还是留在这个专业。但未来的事情她还没决定好，也许研究生会跨专业考到法学，但也不一定，她有些迷茫。无论如何，这段经历还是教会了她面对当下，好好生活、慢慢成长。“（这）也只是一个失败的选择而已，我的选择还会有很多。”

不同于已经释然的陈佳，虽然已经过去半年多，但陈启归仍然抱有一些遗憾。“毕竟当时自己已经付出了这么多，结果却发现没有希望，这个感觉至今还是不大希望别人再去提起来的。”

他在反思中也渐渐明白了自己失败的原因。竞争激烈、文科出身都是客观存在的，但自己的心态以及能力水平却是实实在在可以提高的。他决定尽全力学好现在的新闻传播专业，参加比赛、提高绩点、尽快追赶优秀同学……“尽可能把每天的时间都很好地利用起来，而不是说因为转专业失败，就在那里摆烂，陷入一种很消极、每天浑浑噩噩混日子的状态，我觉得这个是一种不大负责的态度，我认同不了。只能说先接受现实，然后再去寻求转机吧。”

陈启归是个现实的人，他没有太多的长程思考。他想要的，是积极行动起来，尽可能改变不好的处境。他始终觉得，如果心态不能够保持在一个积极的状态，那连改变现状的机会都没有了。“尽管我对自己的未来并不乐观，但也不悲观吧。与其去思考这些，我不如就让远方模糊起来、神秘起来，然后慢慢去探索。”

而张妍在冷静下来之后，也终于接受了这一结果。她直面了当初那个轻率的自己，在看似准备充分的背后，实则是一厢情愿的“颅内高潮”。“其实以前我一直自诩是一个天赋异禀的人，因为我常常可以不付出什么努力就能获得挺不错的成就，所以以往我都是靠着自己的天赋和小聪明在世界上生存，可能是那时候我才发现事情并不会总顺人意。”

延　　续

想象中被迫栖身于现专业的痛苦与挣扎并没有在他们身上出现太多，更多的是走出失败阴霾的勇气。从身边的朋友、师长那里，他们慢慢明白，转专业并非改变人生方向的唯一路径。即便是在求学阶段，未来还有保研、考研、申请留学的机会，有些导师可能更看重复合型的专业背景。而在未来的职场发展上，也不是本科专业定终身。

采访的最后，张妍提到，在转专业失败后，她摘抄了一段话在日记本上，支撑她度过了最艰难的那段时期。这段话来自卡夫卡的《午夜的沉默》：“人要想生活，就得有信仰。信仰什么？相信一切事和一切时刻的合理的内在联系，相信最近的和最远的东西，相信生活作为整体将永远继续下去。”

校园 Live 音乐：怎么去拥抱，属于大学的歌

撰文　李派慕　王　睿　邹欣芮
编辑　施毅敏
2022 年 7 月 29 日

当同学变成了校友，在一次次社团活动、校园生活中塑造的人与人的联结，始终真实、牢固，为生活不断创造新的可能。

2022 年 5 月 27 日下午三点，韩意朝骑着单车来到中山大学南校园亲新广场上。他望向天空，试图弄清雨云流浪的轨迹。

广东的雨季持续了两个月。在相隔 110 公里的中山大学广州校区南校园与珠海校区里，两场室外音乐会的组织者都在为天气发愁。距离南校园星空音乐会的既定开场时间仅有三个半小时。广州的雨下了又停、停了又下，谁都无法向焦虑的组织者保证一个无雨的、适合举办活动的夜晚。

从校外聘请的调音师要求韩意朝在下午三点给出最终确认。调音师开出的报价是 1200 元，占据了星空音乐会预算的六成之多，且一旦调音师出发，就不会退还定金。

筹备组工作微信群里零散地蹦出几条消息，隐晦地表达着成员们不愿推迟的意愿，但谁都没能真正拍板做决定。韩意朝跨坐在单车上，办，还是不办？留给星空音乐会的时间不多了。如果办，演到一半突然下雨怎么办？如果推迟，那宣发、申请场地等流程几乎需要从头再来，且即将面临大类分流的大一学生未必会有时间前来观演，歌手及嘉宾的时间也很难协调。

“办吧！”

韩意朝把这两个字加上叹号发在微信群里。很快，来自数学学院团委的同学赶到了广场，开始为星空音乐会布置场地。

此时距离音乐会开场，仅有两个小时。

种植“联结”

这不是南校园第一次举办露天音乐活动。2021 年 11 月，学校党委学工部主办了一场以“诗乐党史”为主题的草地音乐会。主办单位在怀士堂门口的大草坪上搭起了精致的舞台，以合奏、诗朗诵、情景对白等方式完成了一场高规格演出。

在四位来自数学大类专业的主创心中，星空音乐会似乎只是一个稍微精致一点的路演，通过吸引路过的人流来获得观众。于是演出开始的时间被定在六点二十分，希望可以吸引路过亲新广场的同学驻足。

他们低估了中山大学学生参与校园活动的热情。在工作人员布场的两小时中，陆续有不少观众到场，席地而坐；后来的观众则自然而然地站立观看，让平素空旷的广场热闹无比。主创之一的陈岩斌说，“根本没想到会有这么多观众，直到看到别人用无人机拍的视频才发现围了那么多人”。

星空音乐会一共有 35 个节目，主办者提前一周发放了节目报名的问卷。最终除了 2 个受邀节目外，其余节目都由学生主动报名出演。演出者大多互不相识，却因为相同的热爱聚在一起，共同撑起了整场演出。

筹备组没有要求演出者提供任何音频、视频等材料以供审核，并表示“商量了之后觉得愿意报名的同学一定对自己是有信心的，所以放心给表演者提供这样一个展现自己的机会”。于是，报名参演的同学悉数得偿所愿。

演出者也没有辜负这一份信任。看完演出，筹备组甚至觉得，“我们办的活动（规格）有点配不上这些歌手”。这一小片用灯串围起的空地，见证了“校园十佳歌手”、乐队、Rapper（说唱歌手）、弹唱歌手甚至街舞舞者对舞台的真挚情感。

星空音乐会的四位主创都是大一学生。音乐会结束半个月后，他们仍因为忘记安排视频拍摄而感到惋惜。“我们第一次办这种活动，压根就没想起来要拍视频。”幸运的是，观众成功为主办方弥补了这缺失的一环。

有人操作起了无人机，从高空记录下同学们摇晃手机应援时“繁星点点”的亲新广场；也有同学用云台录制了几乎整场演出，还打上了时间轴与节目名称，自发上传到 bilibili 网站与一些论坛，和大家分享。

同学之间的联结，在共同经历的事件中安静却猛烈地生长着。四位主创在 2 月份开始筹划活动时，其中仅有两位“有点私交”；待到活动收尾，他们已然成为可以随意争吵而不必担忧关系受损的好友。至于给观众、歌手等更多参与者留下的，或许是一份数年之后能随时随地与陌生校友兴奋谈起的校园记忆。

生长记忆

中山大学广州校区南校园的星空音乐会结束两周后，珠海校区体育馆顶层的武术教室里，另一场演出正在进行。

百余位听众席地而坐，虽然密闭的教室使回音十分明显，但也难以掩盖表演者的高水平发挥。这间武术教室当然不是主办方——乐元素社团的第一选择。直到演出开始前一天，他们都还按照原定计划，准备在运动场的草地上举办这场演出。

被迫改址的原因也不难猜测：下雨。

表演中的“不确定性”是属于 Live（现场音乐）的独特魅力，而表演外的“不确定性”，却是对学生组织者的莫大挑战。

在演出前一晚整理设备时，一盏大灯的灯泡始终亮不起来。主办方成员们发动个人关系，终于找到了第二天下午坐大巴车从广州到珠海的朋友，通过同城闪送把灯泡从广州大沙头的器材店送到南校园，再由这位朋友把灯泡带到珠海。

大巴车飞驰在港澳高速上的同时，在演出现场调音的社员给已经毕业两年的老学长温俊朗录了一段视频，视频内容是武术教室里糟糕的声音效果，以及他的配文，“我的妈呀，芭比 Q 了”（网络用语：意思是“完蛋了”）。

乐元素草地音乐节（中山大学珠海校区）

举办这场演出的乐元素社团成立于千禧年的中山大学广州校区南校园。彼时，院系扩建与迁址正进行得轰轰烈烈，社团也就被创始人带去了珠海校区。温俊朗本人同样经历了校区间的流转，2015 年他从广州校区东校园的交通工程专业转到珠海校区的中法核工程与技术学院，同时顺利加入了乐元素社团。谈起刚入社参与演出的那段时间，他平静又坦然地告诉"谷河青年"，"演出事故非常常见，大学里的演出对于舞台公司或者活动策划者来说经常是个灾难"。

乐元素社团中有十余组乐队，演出时也以乐队为单位出节目。一次，一支由新生组成的乐队接错了线，温俊朗看着在台上着急到快要哭出声的"小朋友"，心中反思，"我们似乎没有完善的演出策划方案，也没有非常好的组织培训让成员们知道怎么排查错误"。他回忆说，"之前在珠海校区的风雨球场办演出，只能靠把音响音量调到最大来出效果"。于是他开始研究并主动负责演出的接线调音工作，不断地开展培训，告诉大家该怎么举办一场更流畅的演出。

开展培训往往需要从很基础的知识教起。乐队成员们对手上的乐器绝不陌生，但却少有布置舞台、办演出的经历。2018 年，也就是温俊朗进入乐元素社团的第三年，社团成立了专门的舞台工程部；再加上用多年商演赚来的钱买的器材"家底"，才使得演出的落地更加扎实。

2021 年 4 月，乐元素社团再一次举办草地音乐会。已经毕业的温俊朗回到熟悉的榕园广场，在夜幕里为歌手、乐手拍下了许多照片。

簇拥的观众当中有一个叫做韩意朝的男生，认真地看完了整场演出。一年之后，转专业进入数学学院的他，与伙伴们举办了南校园第一届星空音乐会。

于是，生长与传承的纽带在此刻巧合地被衔接与延续，大学生活的乐章也在交错间被更多人听见。

岭南学院的李睿雯在 bilibili 网站上传了自己在星空音乐会唱歌的视频。一位校友评论她的视频，"上了一年大学，第一次感受到大学的氛围"。"大学氛围"既可以藏在康乐园的红墙绿瓦间，或者唐家湾的海滩上，同样也可以藏在草地上弹着吉他的人群中。

星空音乐会中场，正准备去洗手间的韩意朝突然被朋友推上舞台。主持人向观众介绍了他作为策划者的身份，在全场的掌声与尖叫声中，韩意朝的女朋友上台把一个生日蛋糕送到了他的手中。

三天后将会是他的二十岁生日，韩意朝说自己那一刻"懵了，都哭不出来"。

这个夜晚，他在与伙伴们一同搭建的舞台上，与朋友、与学校，一道成长。

共同守卫

对于活动组织者来说，在热爱之外仍有太多现实的困难需要克服，下雨只是其中短暂而微小的一个。

这些困难包括乐元素社团因为学生回迁，不止一位社长上完大二就从珠海校区去了南校园，没法留下来再带一带新人。即便有着名列国内前列的学生规模，但中山大学三校区五校园的地理区隔，加上疫情下人员流动的限制，近期学生活动的频次大幅减少。

于是，每个可以施展身手的机会都更显珍贵。星空音乐会是今年数学学院“心理节”系列活动的其中一项。往年“心理节”只以摆台活动为主，但这次学院老师却明确表示“要创新”。

更高的要求也意味着更多的支持。数学学院团委抓住机会，推出了“星辰大海”假面舞会、Free Hug（自由拥抱）及星空音乐会等活动。带着喜悦与一点紧张，来自数学学院团委的同学回忆起自己的心路历程：“一开始根本没想到这些策划能批。我们报上去的策划方案超了将近三成预算。”

幸运的是，他们的策划得到了学院的认可与支持。在举办学生活动的过程中，来自校方、老师的善意与帮助必不可少。

由于没有举办过需要拉电线的活动，星空音乐会的筹备组以为只凭普通的场地申请表就可以拉来电线。直到演出当天下午才被物业告知，拉电线需要在大学服务中心的线上门户专门申请。

演出六点二十分就要开始，走正常的流程一定来不及。韩意朝与伙伴黄文博立刻骑车冲去了总务处。

总务处值班的老师并不负责这个业务，然而当两人说明来意后，老师欣然应允帮他们这个忙。

“当时老师问我们这个活动什么时候办，我好尴尬，只好说今天下午就要用。这时候都已经下午五点了。老师很惊讶，语调一下就上扬：‘今天下午?’”韩意朝回忆说。

来不及用专门的申请表，两位同学甚至只是快速地用白纸写了一份申请书，老师就签上了名字作为许可。

举办社团活动为加强师生关系提供了新的可能。曾任教于国际翻译学院的西班牙教师Jaime就是乐元素社团的“编外”成员。他与学生们组建了乐队参与社团演出，既弹贝斯也当鼓手；还会在朋友圈一连转发四条乐元素社团的演出信息，用西班牙语卖力地“安利”自己的乐队。

随着师生间更深入地相处，磨合也成为必要。作为学生社团，乐元素社团在申报活动时会十分注意措辞，以充分体现活动的积极价值。这次的演出海报，也在和社团管理方的沟通中做了相应的修改。在多样的互动与适应当中，师生不断增进着对彼此的理解。

6 月 12 日，乐元素社团 bandshow 现场

“只要能给学校带来好的价值，校方都会鼓励的。”温俊朗回忆起审批活动时辅导员对他说过的话。在塑造“大学氛围”的路上，或许学校与学生的考量并不完全一致，但二者并不站在彼此的对立面，而是作为守卫年轻人的一体两面，共同实现理想的大学愿景。

重新跳动

2019 年 6 月 9 日晚六时，一个同样下着雨的星期日，来自中山大学四校园的十一组选手齐聚珠海校区刚刚修建完成的新体育馆，参加了当年维纳斯歌手大赛的全校总决赛。

维纳斯歌手大赛曾经是华南地区最大的大学生活动，自 20 世纪 80 年代创办以来，它承载了中山大学学子太多的情感。

中山大学广播台标志性的蓝色灯光覆盖着体育馆。辉煌的舞台下，谁也未曾想到这是延续了三十三年的歌手故事的绝唱。

就在维纳斯歌手大赛决赛结束之后的第二个周六，乐元素社团联合 ET 街舞社在同样的场地举办了专场演出。他们联系了专门的舞台公司，将演出命名为“MEET 觅方”。

乐元素社团的成员们自豪地在宣传推文里写道，“想做一场让观众感动的演出”。

连续两周举办高质量的大型演出，似乎可以成为校园音乐进入黄金时代的最有力证据。然而由于疫情、社团衰弱及诸多不可抗因素的影响，2019 年的第 33 届维纳斯歌手大赛，成为迄今为止的最后一届；“MEET 觅方”联合专场演出也再未举办第二次。与这些活动相关的校园记忆，也难免随着 2018 级本科生的毕业而逐渐消散，成为一个似乎有些遥远的回响。

来自环境学院的 2017 级学生梁爔与温俊朗一样，也参加过 2019 年那届“巅峰即谢幕”的维纳斯歌手大赛。“我当时加入的 Groovy LIVE 音乐社团（G 团）还是挺小众的，是从吉他协会分离出去的，因为想创立更现代的乐团，需要召集一批最强的歌手与乐手。”在复活赛中拿到校区决赛的入场券后，他作为鼓手跟随 G 团登上了维纳斯歌手大赛的舞台，最后以第四名的成绩被邀请至珠海校区作为总决赛的嘉宾进行参演。

据他回忆，维纳斯歌手大赛的盛大程度几乎仅次于毕业典礼，“体育馆里所能看到的椅子全都坐满，每个人都拿出自己的手机打开闪光灯”，中山大学学子为彼此创造出了一片共同的“星空”。

维纳斯歌手大赛停办的两年里，原先的承办方中山大学广播台仍旧会按照过往每年既定的时间线，开展筹备工作。广播台技术顾问曾泓羲说，“我们先不考虑能否重启，我们先把所有准备工作和文件都做好，把所有预算和预案都做好”。遗憾的是，由于疫情和资金不足等因素，两次为维纳斯歌手大赛重启所做的尝试都以失败告终。

在 2022 年的时间点上回忆过去的学生活动，温俊朗带着自豪的语气跟“谷河青年”分享说，“除了维纳斯歌手大赛，我还见证了最后一次‘百团大战’（社团集体招新）”。从中法核工程与技术学院毕业后，他休息了一段时间，现即将在日本开始博士学业。他始终关注着乐元素社团的活动，仍然会与社团好友讨论乐器、讨论音乐，帮社团的后辈排忧解难。

这样的故事还有太多。当同学变成了校友，在一次次社团活动、校园生活中塑造的人与人的联结，始终真实、牢固，不断为生活创造新的可能。

“百团大战”同样也是梁爔关于这所大学的宝贵记忆。他花了很大一阵功夫翻出“百团大战”的宣传地图与表演节目单。不大的地图上，密密麻麻地标满了各社团摊位的位置。他所在的 Groovy LIVE 音乐社团（G 团）的摊位对面是大数据分析俱乐部，身后则是“RICE 米饭杂志社”。

歌手比社团幸运一些。维纳斯歌手大赛停办后的第三年，中山大学团委举办了“2022 年校园歌手大赛”。新的校级大赛似乎正耕植着新的校园记忆。梁爔参加过的 G 团，也在一次次“归属关系”的颠沛流离中，从并入团委艺术部到挂靠原创音乐社，最终回归了吉他协会。

在学生的到来与离去之间，校园文化被传承、被发展。伴随着星空音乐会、草地音乐节等学生活动的复苏，那个属于大学生的“大学之所以为大学”的记忆时刻，或许将会在不远的那一天随着乐章重新跳动。

梁爔觉得，那时的“百团”热闹得甚至有些纷乱，“但是乱得很美好”。在万千姿态里，无数种子生机勃勃。

猫鸟之争：大学校园里的生态困境*

撰文　曹穆清
编辑　赵　元
2022 年 10 月 28 日

给猫刷牙不是一件易事。在中山大学南校园，同学们每天都会给一只名叫“雅努斯”的流浪猫刷牙，负责刷牙的同学需要用一只手固定住“雅努斯”的头部，让它老实躺稳，再用另一只手小心翼翼地将牙刷伸进它的口腔，进行清洁。“雅努斯”患有口炎，需要每天喂药刷牙。

在同学们的悉心照料下，“雅努斯”的口炎有了好转迹象。大学校园里的爱猫人士并不少。在南校园东区女生宿舍 125 栋附近，几乎每天都有来投喂流浪猫的同学，他们还给流浪猫起了名字。“雅努斯”和各个图书馆前的“馆长”都是大家的宠儿。

但对于栖息在校园内的鸟类而言，流浪猫则意味着危险。

2022 年 10 月 20 日，在前往中山大学同位素楼的路上，有同学发现了一具矛斑蝗莺的尸体。这是一种小型候鸟，每年 9～11 月到东南亚越冬，途经我国南部。矛斑蝗莺躺在路中间，身体伤痕累累，脑部不知所踪。在它尸体旁不远处，一只流浪猫正惬意地舔毛洗脸。

根据自然观察社团中大翼境的记录，今年以来，中大南校园里已经发现了 132 种鸟类。然而，作为重要的鸟类栖息地，这片校园却正面临着流浪猫的威胁。凌皎潇是一位资深的观鸟爱好者，在中山大学读研的三年里，他经常利用课余时间在校园里观鸟。凌皎潇告诉“谷河青年”，仅这学期，他就曾十几次目击流浪猫攻击鸟类。

这些攻击正折射出如今城市动物的生态困境。

---

* 应受访人要求，凌皎潇为化名；本文的图片由凌皎潇、中大翼境、笃行志愿服务队成员提供。

绿色孤岛上的捕杀

在地图上看，代表中山大学南校园的绿色区域被灰色的城市建筑群紧紧包围，校门外车水马龙，校园宛若一座绿色孤岛。这座闹市中的绿色孤岛是广州重要的观鸟地之一，曾和白云区麓湖公园、越秀区流花湖公园、荔湾区荔湾湖公园等公园一起，被列为研究广州鸟类食源树种的调查地。

在世界自然保护联盟的红色名录中，白喉林鹟属于“易危”鸟种，数量稀少，根据中大翼境观鸟社的记录，每个迁徙季都有白喉林鹟在中山大学校园停留。同样属于“易危”种的候鸟还有仙八色鸫，这种鸟全球仅有不到一万只，属于国家二级保护动物。迁徙时，它们在深圳和广州过境的时间基本一致，但是“放到整个深圳市去找，如同大海捞针；而在康乐园里找则似守株待兔，等它来就行了”。

白喉林鹟

同样在康乐园守株待兔的还有流浪猫。在凌皎潇目击到的十几次流浪猫对鸟类的攻击中，流浪猫有 2 次成功捉到鸟类，被攻击的鸟类分别是红耳鹎和红尾伯劳。此外，他还在现场看到过珠颈斑鸠的尸体。

凌皎潇告诉“谷河青年”，“城市的生态本来就比较脆弱，像中山大学这样的绿色孤岛，这么难得才有数量不多的一些珍稀候鸟，流浪猫对它们的打击可能是巨大的”。候鸟飞进中大校园后，对学校环境不熟悉，很容易误入猫口。包括国家二级保护动物仙八色鸫和红喉歌鸲在内，绿翅金鸠、红尾伯劳、橙头地鸫等多种候鸟都有被猫捕杀的记录。

仙八色鸫

一些常见的留鸟也是流浪猫捕杀的对象。中山大学南校园游泳池附近有一个流浪猫投喂点，附近的鸟类有时会去取食猫粮。2022 年 9 月 5 日，便有流浪猫趁机捕杀了一只红耳鹎。此外，繁殖季后幼鸟被抓的风险也很大。凌皎潇曾在南校园园东湖发现过一窝翠鸟，翠鸟一年仅繁殖一窝，但这窝幼鸟出巢后却全部被猫捉尽。

人类活动在其中的影响也不容忽视。“我们和鸟算是共享一个空间，只有间接联系。但因为人类的干预，猫的数量增加了，鸟被更多地捕食，鸟的数量就会降低。”中山大学生态学院副教授张璐告诉“谷河青年”，“城市环境中，我觉得人其实不能算是生态系统中的一员，因为我们并不直接参与城市生态系统的物质流动和能量循环。我们更像是给城市生态系统一个人为的选择压力，有些物种会受益而数量增加，有些物种则会数量减少”。

控制数量不易

“如果没有人的干预，猫的出生与死亡完全受自然因素的影响，最终会达到平衡。但问题是人会投喂，会给猫看病，这可能会大大提高校园生态系统中猫的容纳量，这样就造成猫会更多地捕食鸟类和其他小型兽类的局面。”张璐告诉“谷河青年”。在他看来，只要控制住流浪猫的数量，猫和鸟直接的矛盾是能得到缓解的。

笃行志愿服务队正为控制流浪猫的数量做出努力。笃行志愿服务队是隶属于番禺区某社会工作服务中心的一支公益队伍，主要开展对流浪动物进行TNR以及寻找领养、联系医疗资源、宣传流浪动物科学管理、促进良好校园生态等工作。

TNR是现在国际上公认的人道主义流浪猫救助法则，全称Trap Neuter Return，即诱捕、结扎、放归。学校内没有条件给流浪猫做TNR，志愿者们只能求助校外机构，“以往我们利用的是公益组织‘熙熙森林’的流浪猫免费绝育名额，每个月都需要抢”。2022年10月，笃行志愿服务队成员加入“熙熙森林”校园流浪猫绝育专项计划，绝育名额稀缺的问题有所缓解。在他们的努力下，从2022年3月到现在，中山大学校园内有近50只流浪猫接受了绝育手术。

笃行志愿服务队成员告诉“谷河青年”，TNR的效果要结合流浪猫聚集地的实际情况来看。有的片区经过大规模、长期的TNR能够有效控制流浪猫的数量，例如中山大学南校园的东区。然而，考虑到流浪猫轨迹变动以及人为弃养等因素，整体效果还有待考量。中山大学生态学院助理教授张履冰表示，TNR的预期结果是控制流浪猫种群数量，控制成效要看接受手术的流浪猫占整体的比例，还要考虑校园内的猫迁出和校园外的猫迁入的情况。

在流浪猫的迁出方面，笃行志愿服务队正推动校园流浪猫的领养活动。自2021年9月开始，有同学建立了康乐猫领养人交流群，为许多流浪猫找到了“猫家长”。然而，有领养者，也有弃养者。笃行志愿服务队技术部部长告诉“谷河青年”，在南校园图书馆附近的居民区，他们时常发现有亲近人的新猫出现。后来了解到是因为周边居民有散养猫的行为，这种散养或弃养的行为是他们无法制止的。

流浪之痛

弃养猫不仅对鸟类产生威胁，也将猫置于一种危险的境地。一些经过驯化和遗传选择的品种猫，在野外将难以生存。笃行志愿服务队成员告诉“谷河青年”，一只加菲猫近日被遗弃在南校园图书馆附近，而加菲猫的鼻腔较短，容易出现呼吸问题，如果没有人照顾，很难在野外过冬。笃行志愿服务队的解决方案是将它送去做绝育手术，在绝育恢复期间寻找领养人，但如果找不到领养人，它依旧面临着被放归的困境。

不科学的喂养也会给流浪猫带来伤害。例如前文提到的“雅努斯”，尽管它受到许多同学的喜爱，但笃行志愿服务队技术部部长告诉“谷河青年”，“‘雅努斯’一天吃的猫条，可能比一只家猫几个月吃得都多。比起干粮，湿粮容易黏附在牙周，长期不清洁牙齿可能就会出现问题”。而它所患口炎的成因十分复杂，与免疫系统和杯状病毒都有一定关系。2021 年暑假，“雅努斯”被鱼骨刺破下巴后被送到医院缝针，这可能间接导致了它的疾病。在它被鱼骨刺破下巴之后，笃行志愿服务队开始宣传不要随意投喂“雅努斯”，以控制它的饮食。

如今，“雅努斯”的口炎渐渐好转，但笃行志愿服务队成员表示，“若是没有关键的几个长情的、愿意付出时间与精力的同学，我不能想象‘雅努斯’该怎么活”。

雅努斯

此外，逗弄流浪猫也可能给同学们带来麻烦。2022 年 10 月 9 日，有两位同学在“康乐猫互助群”中反映自己在投喂流浪猫时被抓伤。笃行志愿服务队成员告诉“谷河青年”，生存在自然环境和人为空间的“夹缝”里，大部分流浪猫警惕性较高。流浪猫可能会攻击投喂它们的人类。然而，目前只有常常出现在南校园图书馆门外的流浪猫“牙牙”接种了相关疫苗。

流浪猫和鸟类间的生存矛盾曾多次引起同学们的争论。面对生存之问，无论是因为种种原因被“折叠到城市缝隙”中的流浪猫，还是在城市中这片绿色孤岛上栖居的鸟类，或许都期待着一个更科学、更理性、更负责的回答。笃行志愿服务队成员告诉“谷河青年”，“我希望爱猫的人知道如何更加理智地去爱它们，在收获与流浪猫互动的愉悦或治愈之余，如果还有余力，想一想自己能为改善它们的处境做些什么”。

第二章

调查报道：勇求真相，小心求证

付费内推实习泛滥，谁在割大学生的“韭菜”？

撰文　阙华媚
编辑　黄晓韵　蔡　多
2019年12月17日

“天天被这些（信息）刷屏。”寒假实习季即将到来，为了搜集实习信息，刚上大三的小张通过微信关注了好几家求职机构的公众号。看着这些求职公众号每天推送的付费内推实习信息，她向“谷河青年”表示，“其实还是会心动的，就是感觉价格太贵了”。

麦可思研究院发布的《2019年中国大学生就业报告》指出，2019年我国本科毕业生就业率相较2014年下降了1.6个百分点。大学生就业难早已不是什么新鲜的话题，但不能忽视的是，在一年比一年更难的求职大潮中，新的问题正在暗流涌动。

2018年5月，知名财经博主“@王大力如山”曾发布一篇名为《今天是我第一次觉得金融行业有点丢人现眼》的文章，揭露了国内多家知名券商向学生提供付费实习岗位的现象。该事件迅速发酵，引发舆论热议。如今，距离“@王大力如山”曝光商科实习内幕已经过去一年有余，行业乱象似乎并未有所改善。

“触角”延伸至多个行业

“学校背景不好也能拿下好offer，缺乏项目经验也没关系。”随意点开一家求职中介的微信公众号推文，都不难发现这样的宣传语。

商科实习一直是付费实习的重灾区。“谷河青年”询问了多位金融专业的学生，他们均表示，券商投行对于实习生的教育背景有相当严苛的要求，进入门槛比较高。而且，这些金融机构都会把实习视为行业准入条件，基本不会考虑无相关实习经历的求职者，背景相对不足的学生因此会显得有些“吃亏”。

同时，商科实习中较多是远程实习，譬如，券商研究所行业研究实习、咨询公司 PTA（part-time assistant or analyst，即兼职助理，要求比一般的实习生稍低，是许多商科学生进入咨询行业的敲门砖）实习等。这类远程实习大多不提供人事备案或者推荐信，但因为只需线上工作就可获得实习经历，这种实习比较受商科学生欢迎，也是目前求职机构主推的一类付费实习。

“谷河青年”通过大致梳理发现，目前在市面上已有十多家名气较大的求职咨询服务平台。这些平台通常都会提供两种高价服务项目：一是名企实习内推，二是保全职 offer。除了金融业之外，付费实习所涉行业已延伸到了互联网、快消、传媒和电子通信等行业。譬如，某公众号在宣传其主打的“定制包 offer 计划”时，挂出了可选的单位列表，其中囊括券商投行、风险投资（VC）、私募股权投资（PE）、天使投资、互联网战投公司、会计师事务所、外资咨询公司、律师事务所、互联网 IT 企业、传媒、广告、公关公司和其他世界 500 强企业。这些行业均是大众公认的“多金”行业，也成为近年来许多人跨专业求职的主要方向。

运作套路如出一辙

求职平台抓住的痛点主要包括求职者教育背景不够、迫切需要提高求职竞争力、跨专业求职需要相关经验、专业技能不足难以匹配目标岗位。营销的概念则多是“未雨绸缪，少走弯路，高效拿下 offer”。同时，这些平台不仅会用“行业导师”的履历来吸引生源，还会展示出各种“学员战绩”“逆袭故事”。

这些机构常通过微信平台以赠送免费资料包、分享实习群或公开课、提供免费简历修改服务等方式吸引学生转发宣传文案，从而触达更大范围的潜在受众。

“谷河青年”以学生身份咨询了某知名求职平台。“我们这边提供的实习，跟你们自己去找的实习在岗位上没有差异”，该平台顾问告诉“谷河青年”，“但是选择我们的实习内推，可以确保你在指定的时间内开启一段名企实习，不会因为一轮又一轮的面试下来，最后你又去不了（实习），打乱你的时间安排，让你的假期荒废了”。

“付费之后，你就不需要和任何人竞争岗位了”，该顾问告诉“谷河青年”，走名企实习内推，可以省略中间的面试筛选环节，直接进入实习，从而节省时间成本。当“谷河青年”进一步询价时，该顾问表示，“看你想去哪个行业，不同行业的岗位价格不一样。就算在同一个行业，不同业务线的岗位价格也不同。不走人事备案的岗位价格会便宜些，可以录入人事系统而且开推荐信的岗位，价格会稍微贵一点”。

紧接着，该顾问要求“谷河青年”向平台提供个人教育背景和过去的实习经历。“我们这边需要跟合作企业先审核你的简历”，她告诉“谷河青年”，他们的名企实习内推不是面向所有学生的，“你就读的学校起码得是国内一本院校或者 QS 世界大学排名前 100 的海外院校”。

除了金融业、互联网和快消行业的实习外，该顾问还向“谷河青年”展示了一批传媒类合作单位的实习岗位——一些著名的媒体赫然在列。同时，她还表示，“文娱类的岗位要求更严格一点，这边简历审核通过之后还会安排面试，但这也只是走个流程而已，合作的业务 leader（负责人）需要先见一见你本人，没问题的话，你交了费用就可以去”。

“机会和时间都是有成本的，在早期遇到问题就解决的话，你付出的成本就是最小的。”这位顾问的某条朋友圈如是说。

除了高价的付费实习内推服务外，这些求职平台还会提供各种背景提升和职前培训课程，项目也是多种多样，如简历个性化定制及修改、笔试与面试辅导、专业技能提升、项目镀金等。这些项目也多是一对一的定制项目，收取几千元到万元不等的费用。求职机构在宣传这些课程的时候往往会强调名额有限、机会难得，营造紧张氛围。

逐利与风险亦步亦趋

“谷河青年”通过查阅多家求职机构的公众号发现，有多个求职机构均称自己旗下的优秀学员已经超过百名。按照目前一个学员 2 万元到 5 万元的课程收费标准来计算，这些平台的收入相当可观。

“谷河青年”经咨询法律人士了解到，根据 2018 年修正的《中华人民共和国广告法》第二十四条第一款和第三款之规定，教育、培训广告不得含有下列内容：对教育、培训的效果作出明示或者暗示的保证性承诺；利用教育机构、行业协会、专业人士、受益者的名义或者形象作推荐、证明。从这个角度来说，求职机构宣传文案中声称的“保 offer”属于违法行为，如被举报，将面临最高二十万元的处罚。

对这些平台进行监管似乎正在成为难题。“谷河青年”注意到，知乎和微博上曾有不少学生透露自己在求职平台有过不愉快的消费体验。譬如，多位学生公开表示，曾花3万多元购买市面上某知名求职机构的“保offer”项目，前期咨询过程中，平台方不断给出各种承诺保证，但付款后平台方的态度就发生急转，对他们进行“冷处理”。并且，他们还发现平台提供的培训的课程内容其实可以在网上找到相关内容进行自学，平台推荐的岗位也可以直接在官网进行投递。

类似的，还有学生称“在某平台上付了款，但最终却没有拿到offer，申请退款时，该机构还以‘导师和企业合作需要资源成本’为由，拒绝返还全款”。还有学生表示，通过某求职机构高价购买了某知名会计事务所的实习机会，“入职”后发现导师是假冒的，办公地点也是假的。当“谷河青年”尝试联系这些同学时，他们均以“害怕惹事”为由，不愿向“谷河青年”提供更具体的信息。

《检察日报》曾就付费内推实习现象指出，《中华人民共和国劳动合同法》第九条明确规定：用人单位招用劳动者，不得扣押劳动者的居民身份证和其他证件，不得要求劳动者提供担保或者以其他名义向劳动者收取财物。人力资源和社会保障部发布的《就业服务与就业管理规定》第十四条第三款也规定，用人单位不得以担保或者其他名义向劳动者收取财物。

如果中介机构提供的信息不实，或者收钱之后不履行合约，则可能涉嫌欺诈。此外，如果用人单位员工通过收取钱财贩卖岗位，可能涉及职务类犯罪，但这种情况出现在私有化程度越高的企业，越难以约束。

“感觉付费实习还是一个愿打一个愿挨吧，其实那些岗位，按照我们正常的水准，都是可以通过自己的努力拿下的，没必要让中介赚这笔钱。不过选择这种项目的同学，也不会轻易告诉别人，进去以后，大家干的活反正一样，也没人看得出来。”作为金融专业的学生，小林曾在国内某所知名券商和某银行系投资公司实习，他不支持付费实习，“这是不公平的，也是各家公司严厉打击的现象，我接触过的公司都有内部规定，如果抓到有员工买卖实习机会，马上开除”。

深圳某互联网公司的首席人力资源官表示，如果出现个人左右公司招聘的情况，肯定是有人在其中钻了某些漏洞，参加这种实习一定是有风险的。“企业是有支付能力的，如果公司要招人，那应该是公司付费。作为企业，我们不会让这些支付能力很弱的、我们未来的小伙伴来付钱，因为这个逻辑是不对的。”

目前就读于海外某常春藤高校的留学生小琪则向“谷河青年”表示，这种需求在很多时候难以避免，“我们也是出于无奈才会考虑通过求职机构找实习，因为回国时间通常只有一两个月，这样很难在国内找到大公司实习”。

付费平台不是唯一选择

“谷河青年”留意到，除了商业化的求职平台外，目前市面上还有不少公益性的求职公众号。这些公众号绝大部分都是校友自发建立的，并不以营利为目的，主要依托历届校友之间的连接存续。这些平台主要是对市面上的求职信息进行整合发布，没有其他复杂的业务项目。

“谷河青年”发现，现在许多求职机构公众号发布免费的实习岗位信息时所给出的邮箱多是没有经过企业邮箱认证的，还有不少岗位招聘信息中给出的邮箱其实是机构顾问的邮箱，机构顾问收到简历之后还会遴选，从而进行下一步的营销操作。

某公益性求职公众号的负责人 MK 告诉“谷河青年”，他们对于实习信息的遴选是有讲究的，“我们在发布岗位之前都会进行审核，最后通常会选择有企业邮箱认证的，同时在市场上比较稀缺，并且比较对应校友的水平和背景的岗位进行推送”。此外，MK 还提醒道：“同学们自己去找实习和全职工作的时候，需要更加注意获取信息的渠道，尤其要警惕信息中提供的投递邮箱是否有企业邮箱认证。”

在 MK 看来，求职市场的商业化体现了市场逐利的本性。“个人一定要注意甄别求职机构营利的方式和侧重点，关注这些机构是否会利用不正当的手段牟利。”她还补充道，“在校生面对五花八门的求职辅导课程时，不应盲目听信机构的宣传文案草率跟风，应结合自身的需求进行合理选择”。

“感觉机构提供的职前培训大部分是在收智商税。”目前就读于北方某 985 高校的小林告诉“谷河青年”，“有很多涉及实际操作层面和深层的东西，通过这种上课培训的方式讲不清楚，机构介绍的东西很浅层，其实帮助不大。我觉得，最好的职前教育就是实习本身”。

曾有人在知乎某话题中指出，职前教育并不是什么杀伤性武器，相同的套路见多了之后，HR 也自然训练出了识别这种模式的能力，高品质职前教育和人才甄选始终是一个动态博弈的过程，职前教育再怎么包装也不能把“麻雀”变成“凤凰”。

“在校生应该摆正心态，不管是为了提前熟悉岗位，还是纯粹为了体验职场、锻炼能力，带着目标去实习都会更有收获。”站在HR的角度，MK建议在校生在步入社会前，应该提前思考自己的职业规划，在实习过程中积极地接受有关职业、职场的信息，及时调整和迭代自己的职业目标，在这个过程中，不要去相信违反常识的事情，譬如免试入职、交钱保过等。

贝岗食品安全调查：你点的外卖可能是“无证经营”

撰文　张雪婷 曾嘉彦
编辑　朱昊宇 邓赵诚 袁向南
2020 年 11 月 20 日

“我记得当时凌晨两点开始上吐下泻，还在厕所晕了，七点多醒来以为没事了，快九点又开始拉肚子，这时才让舍友陪我去医院。”在回忆起一年多前的那次外卖经历时，小影的言语中还透露着些许无奈。

2019 年 5 月，小影在广州大学城贝岗村某炸鸡店点了一份外卖，打开之后发现，“薯条湿湿的，有点黑，看起来不新鲜”。第二天，小影去到医院检查时被告知是急性肠胃炎。治疗结束后，小影在某外卖平台上给了商家差评并说明了情况，却被商家认定为恶意差评，这件事只能不了了之。

“谷河青年”发现，在某外卖平台上，广州大学城所在的小谷围街道范围内的大部分商家在面对差评时一般选择不回复或者使用统一的模板回复，很少给出具体的处理方法或者联系方式，在多数情况下，顾客们的反馈并没有得到很好的回应和解决。而在差评原因上，不少顾客表示食品有“吃完拉肚子”“不干净”等卫生问题。

近日，“谷河青年”对大学城贝岗村的外卖店进行调查。小影所点外卖的炸鸡店位于青云坊的巷子里，该店只做外卖不设堂食，一两个人正在赶制大量订单。巷子里像这样的外卖作坊不在少数，其真实环境与各外卖平台上的店面展示图存在一定出入，这其中也包括大学城学生们耳熟能详的外卖“销量大户”。

美团平台上月销量高达 6000 的“×××焗饭”便是其中一家。该外卖店食品加工没有明确的功能分区，调味品、食材筐、煤气罐等杂物摆放凌乱。

贝岗村的巷子大多窄小，外卖员的电动车络绎不绝，多数垃圾桶就放置在店铺一旁；一家没有招牌的店铺，几盆做好的菜被露天摆放且没有任何遮挡，而在厕所里还放着一箱外卖餐盒；另一家店铺的老板用一个发黑的桶处理食材……

“谷河青年”查阅了《食品生产经营风险分级管理办法（试行）》，该办法规定，餐厨废弃物放置场所应远离操作间，用储存容器密封并有明显标识，不得有不良气味或有害（有毒）气体溢出，应防止有害昆虫的孳生，防止污染食品、食品接触面、水源及地面。贝岗村外卖店铺的操作环境与上文相关规定有一定出入。

贝岗外卖：宽入在先，严管“掉队”？

随后，“谷河青年”前往小谷围街道办事处的市场监管所咨询贝岗村外卖小作坊的监管工作的开展情况。当天在市场监管所值班的工作人员告诉“谷河青年”：“在食品安全评级中，那一块的商铺基本都是C级的小餐饮店，一年检查两次。平时包括飞行检查、双随机检查和专项行动，一般都是一个季度检查一次。”

据该工作人员所说，年度的大检查包括证件的审查，如是否符合经营范围、证件对应的地址是否正确以及负责人有无变更等。“飞行检查”即事先不通知被检查部门的现场检查。“双随机检查”即随机抽取检查对象、随机选派执法检查人员。“专项行动”即对不同分类的食品进行安全检测。

“这些店主基本都是贝岗村村民，起早贪黑地就为了混口饭吃，你也不能不让他们做。”市场监管所工作人员告诉“谷河青年”。

福姨一家就在贝岗村经营着在美团上月销量5000+的小吃店，她去年为了帮忙照顾孙辈来到广州并住在贝岗村。“我们家每天从早上9点开到凌晨3点，搞完卫生都4点了”，即便小吃店每天销量可观，福姨还是忍不住诉苦：“租金3千多，太贵了。”

“当下国家开始鼓励‘地摊经济’，只要他们达到最基本的证件和设备要求就要让他们营业，这也是为什么整个大学城的城中村里生存着上千家以外卖为生的小作坊。”此外，市场监管所工作人员坦言：“虽然我们积极响应国家‘宽入严管’的号召，但是也很难保证小商小贩的卫生条件能够一直符合办证时的要求。”

据悉，同一餐饮类型的竞争对手还存在盗用他人营业执照的违法行为。针对此问题，“谷河青年”前往某商铺在美团的食品安全档案上挂出的证件所属地，发现其地址是广外西路上一家已停业的名为“精致沙县”的店铺，而实际店铺则藏在贝岗村深处的巷子里。一家没有营业执照的商店为何能安然无恙经营呢？在本文发稿前，监管部门对此尚未回应。

证件所登记的店铺已经停业

“宽入”的政策直接导致了监管难度的增加。市场监管部门工作人员透露，对每家店实施预防性检查根本不切实际，只能是“有投诉就去查”。当谈到这种“被动式监管”如何保障消费者的权益时，监管部门工作人员最后只留了一句：“处理投诉，尽量保障。”

监管失职？无效证件高调挂出

在状元食坊某间烤鸡店贴出的“营业执照”复印证件上，赫然写着“此复印件仅用于××网小程序上亮证，复印无效”一行大字。

“谷河青年”查阅了相关政策，《食品经营许可管理办法》第二十六条规定，食品经营者应当妥善保管食品经营许可证，不得伪造、涂改、倒卖、出租、出借、转让。食品经营者应当在经营场所的显著位置悬挂或者摆放食品经营许可证正本，此政策的落实有赖于工商部门的监管，并对违法行为早发现、早处置。

为了查明“复印无效”与“高调挂证”之间的关系，“谷河青年”联系了该证件上写明的“广州××供应链管理有限公司”的工作人员。

工作人员透露，该公司的性质类似于“美团”，商家在公司的小程序下单后，公司负责供应食品并送货，不需要订货商家出示营业执照；公司也对该商家“冒用”其营业执照一事并不知情。接到“谷河青年”的投诉后，公司表示将派人前去调查。截至发稿前，公司人员以“这属于我们公司内部的问题，无从告知”为由，拒绝透露后续进展。

“大学城应该是整个广州外卖小作坊最密集的地方”，前述市场监管部门工作人员说。

在大学城的城中村里，以外卖为生的小作坊无处不在，这无疑加大了监管难度。该工作人员说：“我和同事每天都在处理学生的投诉电话，但是店铺太多了，对每家店进行检查根本不切实际，只能是‘有投诉就去查’。”

当下，外卖依然是大学城学生们的每日“宠儿”。但是，在被动式监管和商家卫生意识淡薄的问题被真正解决之前，谁也不能保证哪家店才能吃得放心。

第三章

财经报道：穿透经济迷雾

海湾石油重回“7元”，外资为何不是油价“救世主”？

撰文　柳　旭
编辑　陈　晶
2018年9月14日

外资品牌入局中国加油站市场，沉静的市场得以掀起一丝波澜，但油价下降似乎只是黄粱美梦。

2018年9月14日，来到位于广州三元里的海湾石油加油站，“谷河青年”发现92号汽油已从5.96元/升回到了7.56元/升，排队加油的盛状也已结束，与800米远的中国石化（瑶台）加油站一样，来来往往的车并不拥堵。

6天前，海湾石油宣布，其国内首个加油站落户广州越秀区并进行开业促销，92号汽油每升只需要5.96元，比“两桶油”（中国石油、中国石化）每升价格便宜1.6元，还提供免费洗车等赠送服务。

车友一度欣喜于油价重回“5元时代”，并笑称希望海湾石油加油站开遍全国。不过，9月14日，“谷河青年”通过实地探访发现，92号汽油已涨回7.56元/升，与“两桶油”价格相当。对此，海湾石油加油站相关工作人员解释称：“此前的价格为开业促销活动，活动结束就回到正常价格水平了。”

价格调整之后，有网友称，如此迅速地就调整了油价和“两桶油”价格接轨，让广大消费者“白高兴一场，刚开始狂欢就结束了”。甚至有部分网友猜测这是广州市发展和改革委员会（简称“发改委”）和海湾石油谈话的结果，导致其“良心油价”上调。

针对这种猜测，广州市发改委9月14日傍晚对外做出了澄清，“发改委未对海湾石油加油站进行价格执法和价格干预，油价调整属于企业自主行为”。

“谷河青年”查询广州海湾石油的微信公众号，其促销宣传语的确明确标注了“充值送礼包”“油价直降1.6元”是在开业活动期间（9月8日—9月11日）。海湾石油加油站把优惠期延长至9月14日，有可能是因业务火爆。

回顾事件的戏剧性发展，似乎是网友们一厢情愿地摆了“乌龙”。但这也确实说明，油价涨跌一直都牵动着公众的神经。

长时间以来，国内加油站市场维持着“双寡头”格局，中国石油和中国石化以占全国41%的加油站数量占据着70%的零售市场份额，外资品牌进入中国受到“30座”的限制，即连锁加油店超过30家必须由中方控股。但从7月28日开始，商务部联合国家发改委放开了外资品牌进入加油站市场的限制，除海湾石油外，壳牌、BP等外资品牌都曾透露欲进一步布局中国加油站市场。

网友表示希望外资品牌进入中国加油站市场可以以竞争促进油价降低，但海湾石油从“5元时代”重回“7元时代”的事件打破了这种幻想。一位大宗商品行业分析师对“谷河青年”表示，油价受到税收、成本等因素影响，放开外资促油价降低的可能性不大。“当然，在非油业务方面、服务质量和体验领域（这些企业）有望带来一些新的体验。”

2018年9月14日晚间的海湾石油加油站（柳旭供图）

海湾入局

资料显示，海湾石油始创于1901年，总部位于英国伦敦，业务遍布100多个国家和地区。此前，该公司在中国已开展了售卖润滑油等业务，2018年9月8日，其中国加油站业务正式开启，开始布局中国加油站市场。

实际上，除海湾石油外，壳牌、BP等外资品牌均曾透露过欲进一步布局中国加油站市场的想法。如壳牌公司在2018年8月透露，计划在2025年前，将其在中国运营的加油站数量从目前约1300个增加近两倍，达到约3500个；海湾石油（中国）亦在其官方微信表示，将进一步开拓海湾中国的业务版图，初步计划未来十年内在中国建立1000～1200个品牌加油站网点。

业内普遍观点认为，外资品牌之所以入局中国加油站市场，离不开商务部联合国家发改委发布的《外商投资准入特别管理措施（负面清单）（2018年版）》，放开了外资品牌进入中国加油站市场的限制（此前，外资连锁加油站超过30家需中方控股），因此理论上企业有钱就可以开加油站。

当钱到位、加油站开启后，海湾石油就来了一波价格促销。

“92号汽油充值3000元得3399元，折合每升5.26元，比指导价低了2.4元，等于打了7折。”

“充3000元赠实际价值将近2000元的赠品，还包洗车。”

这意味着，加满一箱油可以省80元左右。看到这样的利好信息之后，广州不少车友都前往海湾石油加油站，一时间海湾石油加油站处车马如龙。

而低油价之所以引起车友关注，除价格优惠外，离不开中国成品油价格的一路走高，2018年年初至今，中国成品油价格扶摇直上，已进行过十次上调。

就在2018年9月3日24时，国内汽油、柴油价格（标准品）每吨分别提高了180元和170元。据估算，以92号汽油为例，每升价格提高了0.14元，私家车油箱容积按50升计算，加一次油将多花费约7元。目前，国内92号汽油价格在7.6元/升左右。

对于海湾石油的价格为什么会如此低，其加油站工作人员对“谷河青年”解释称，这只是开业的促销活动，并非长期价格。

上述分析师亦对“谷河青年”指出，这就是典型的“开业大酬宾”活动，在各个行业均存在。“此外，如果海湾石油是从广东本地拿油，它一定是赔钱的，作为一家加油站企业，它也是没有进口资质的。”据悉，外资加油站大多都是从“两桶油”“三桶油”处购油。

待促销结束，油价重新向“两桶油”看齐。9月14日，“谷河青年”实地探访发现，海湾石油加油站92号汽油已涨回7.56元/升。

油价难降

海湾石油价格重回“7元时代”后，外资品牌入局中国加油站市场能否促进油价降低成为热议话题，不少网友表示：“降油价似乎只是一场梦。”

1998 年以来，中国成品油价格形成机制改革加快，意欲向市场化推进，实现油价合理化。2013 年，成品油计价和调价周期缩短至 10 个工作日，并取消上下 4% 的幅度限制。目前，国务院则要求完善成品油价格形成机制，发挥市场决定价格的作用，保留政府在价格异常波动时的调控权。

“垄断”被认为是造成高油价的因素之一。1998 年，中国石油天然气集团公司（中国石油）和中国石油化工集团公司（中国石化）正式宣告成立，国有加油站按区域被分别划拨给两大集团：内蒙古、吉林、四川等 12 个省、自治区、直辖市的加油站资产划归给中石油；上海、江苏、广东等东南沿海地区多数省份的加油站资产划归给中石化。

国泰君安证券研究报告认为，随着城市规模扩张，移交的加油站及新建加油站占据了优势区位，如今两大集团拥有全国 41% 的加油站数量，却占据高达 70% 的零售市场份额。“尽管民营加油站占有数量优势，但规模分散、销量较低，两大集团依托发达的一体化网络，塑造了中国加油站市场的‘双寡头’格局。”

据相关统计，中国加油站的数量已突破 10 万个，而外资加油站总量不到 5%，如此小的权重对油价市场会造成影响的局面被市场认为存在一定困难。早在本世纪初，壳牌、BP 等外资品牌便已进入中国加油站市场，但近 20 年来，其并未给中国油价带来太大影响。

油价包含了一定的税费。2015 年，财政部和国家税务总局印发了《关于继续提高成品油消费税的通知》，彼时汽油、石脑油、溶剂油和润滑油的消费税单位税额由 1.4 元/升提高到 1.52 元/升。目前，业内普遍认为，附着在成品油价格里的消费税、增值税、城建税、教育费附加、地方教育费附加等已占到成品油价格的近 40%。

“另外，国家严控油品质量和排放标准，炼油企业的成本也是一个重要方面，单纯寄希望于放开进入市场降低油价的可能性不高。”上述分析师向“谷河青年”指出。

不过，虽然油价降低可能性不大，但非油业务、消费服务方面或许能迎来一些变化。不少能源专家认为，外资加油站在燃油市场上发展较早，在服务态度、经营模式方面有其特点，其进军中国市场，对改善品质和服务或许有一定的好处；此外，竞争者的加入或许也会倒逼“两桶油”在服务等方面做出改变。

上述分析师表示，“以前外资品牌不能控股，现在其可以独立经营，在服务质量、餐饮、洗车、空车配货等非油业务领域带来的改变值得期待”。

孤独，也是一门生意*

撰文　柳　旭　肖章凤
编辑　张楚璇
2018 年 10 月 11 日

“一个人吃饭，一个人看电影，有时候我自己还会去附近商场，在迷你 KTV 独自高歌。”在不久前的国庆假期，汪小凡如此描述着自己的生活状态。

2018 年 6 月，汪小凡本科毕业“漂”向北京，成为一名新媒体小编，并在天通苑租下单间，开始了独居生活。“以前也会听说和调侃‘空巢青年’一词，现在自己也成了代表之一。”汪小凡嘴角扬起，笑着对“谷河青年”说：“晚上会和本科朋友视频以排解孤单，但醒来终究还是一个人吃早餐。”

有统计数据显示，类似汪小凡这样的独居青年（20～39 岁）的数量接近 2000 万人，他们大多生活在都市，白天上班、晚上一个人生活。

作为“空巢青年”，他们在生活中逐渐形成了自己的消费需求并催生着“孤独经济”的发展。申万宏源研究报告显示，目前自热小火锅约有 50 亿～100 亿元市场规模，估计 3～5 年后市场空间将达 300 亿元；艾媒咨询数据显示，迷你 KTV 市场也在快速扩展，2019 年有望突破 140 亿元大关。

“孤独需求”出现

回顾在南京的 4 年本科生活，汪小凡大多时候不是独自一人，上课、吃饭、看电影，总会有一些同学陪伴，但毕业开始“北漂”后，他基本独自一人生活。

“毕业的时候，也有机会留在南京工作，这样身边朋友会多一些，但是我还是希望去北京闯一闯。”毕业之后，汪小凡去了北京，“一个人”成为他在

* 应受访者要求，文中受访者均为化名。

北京 4 个月生活的代言词。就在刚刚过去的国庆假期，他独自一人去看了《李茶的姑妈》。

刘凯同样刚从南京某大学本科毕业，他与汪小凡的生活并无太大的差别，不过是换了城市，毕业后成为一名“沪漂”，一个人吃饭、一个人看电影，过着独居生活。

对于自己目前的生活状态，汪小凡和刘凯都将自己归为了“空巢青年”一族。根据《中国青年报》报道，“空巢青年”指与父母及亲人分居、单身且独自租房的年轻人。目前，“空巢青年”的数量已达千万级。

对于“空巢青年”产生的原因，南京大学社会学院博士生导师风笑天在《空巢又空心？——“空巢青年”的生存状态分析与对策》一文中认为，该现象的出现与整个社会转型背景息息相关，后工业化淡化了集体协作性，在一定程度上助长了个体思维与生活方式的个体化。“同时，快速的社会流动使得城市社区从熟人社会向陌生人社会转变，使得青年正经历生活个体化，而且这种个体化趋势将会蔓延到整个社会。”

而在独自一人生活时，汪小凡和刘凯等“空巢青年”形成了特定的需求。

如在饮食方面，刘凯表示，一个人去餐厅吃饭感觉全餐厅的目光都集中在自己身上，特别是餐厅服务员喊出“客官一位，A 区接待一下”时。

作为四川人的刘凯表示，一个人去吃川菜或者火锅经常会遇到上述的尴尬情况，所以外卖、沙县小吃等成了他就餐的首要选择。“不同于结伴，我们独自一人会有一些不同而简单的消费需求，比如吃饭避免尴尬、租房不贵但又五脏俱全。”

在广州做文案策划的 Lily 则会有一个人唱歌的需求。“在校期间会定期和室友去 KTV 里 high 上几个小时，不过毕业后同伴们各奔东西，一个人去 KTV，在空旷的房间则会觉得落寞和冷清。”

“孤独经济”走高

当“空巢青年”的需求出现时，对于企业而言，就是新的商机，单人小火锅、迷你 KTV、单身公寓等消费场景相继出现。

以火锅为例，单人火锅和自热小火锅逐渐兴起并持续发展。以“一人一锅”为主要经营模式的呷哺呷哺在 2014 年正式登陆港交所。彼时，其在招股说明书中表示，餐厅采用“U”形吧台设计，适合单人、双人用餐及小群亲友欢聚等，在工作或读书一族的快速休闲午餐或晚餐等类型中较受欢迎。呷哺呷哺2017年年报显示，其2017年实现营业收入36.64亿元，同比增长32.8%。

“在开业之初，我们就设立有单人火锅，可以满足想一个人吃火锅的需求。”对于开设单人火锅的原因，广州番禺区一家火锅店老板对“谷河青年”解释称：“平常会有消费者独自来吃火锅，10个人中大概会有3个。”

“我租住的房子楼下，今年年初的时候开了一家港式回转小火锅店，对于酷爱吃火锅的我来说这简直是福音，既避免了一人吃火锅的尴尬，又满足了自己的胃。”谈到单人火锅带来的消费体验，刘凯显得很开心。

除单人火锅外，自热小火锅也开始兴起并可以在网上购买。该火锅的外盒放发热包、内盒放食材，食材放好后，向内盒、外盒分别注入适量冷水，盖上盖子后加热包开始发热，12～15分钟后即可食用。

申万宏源研究报告认为，自热小火锅深耕“孤独经济”，解决了单身年轻消费者想吃火锅、又不想出门的痛点。目前约有50亿～100亿元的市场规模，预估3～5年后其市场空间将达300亿元。

而对于爱唱歌的Lily而言，遍布在各大商场的迷你KTV则匹配了她的消费需求。迷你KTV在碎片化时间内为消费者提供了一个全新的娱乐场景——2平方米左右的迷你空间中有一个点歌屏幕、两个话筒、两把椅子，扫码支付即可唱歌，同时提供了一个相对密闭的空间。

“mini KTV大体可以满足一个人唱歌的需求，每逢周末，我会一个人去逛逛商场，顺便在商场入口处的迷你KTV里唱上几曲。”Lily对“谷河青年”说：“有一次看到隔壁房的男孩也是一个人在K歌，于是就有了人生中第一次主动和异性搭讪的经历……”

艾媒咨询发布的《2017年中国线下迷你KTV专题研究报告》显示，2017年中国线下迷你KTV市场规模预计将达到31.8亿元，较2016年同比增长92.7%，增长幅度较为明显，预计2018年线下迷你KTV市场规模将继续增长至70.1亿元。

饮食、娱乐之外，“空巢青年”的住房需求、运动需求也催生了相关领域的发展。如自如在2018年推出了单身社交公寓Meeta，北京紫金新干线等社区出现了共享健身房，近5平方米的空间内设有跑步机、电视屏幕和空气净化器等。

“不管怎么说，总会有一些孤独的人，‘孤独经济’的发展也算是对我们这个群体的关注，商家的服务正好满足了我们的需求。”作为消费者之一，对于上述众多产品和项目的推出，刘凯对“谷河青年”表达了自己的感受。

回归需求本身

在可预期的市场前景下，“孤独经济”成了资本的“宠儿”。

在迷你 KTV 领域，各路资本闻风而至。“谷河青年”统计发现，2017 年迷你 KTV 领域发生了多起融资。“星糖 miniKTV”在 2017 年先后获得 3 起融资，共计 1500 万美元，投资方包括经纬创投、IDG 等；“友唱 M-Bar”在 2017 年 2 月宣布获得 6000 万元人民币 A 轮融资。

2017年中国部分迷你KTV企业投融资情况

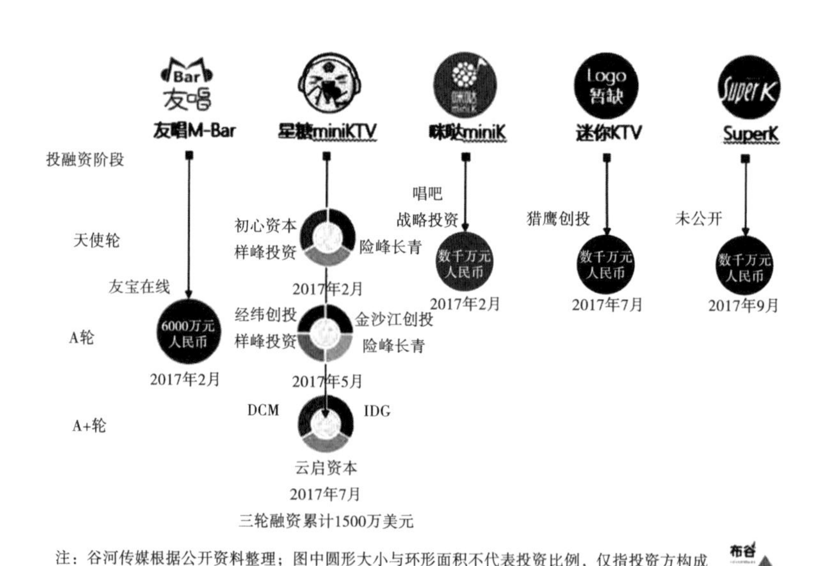

2017 年中国部分迷你 KTV 企业投融资情况（彭才兴制图）

小火锅、自助健身仓等平台也获得了相应融资。如主营小火锅模式的“淘汰郎”表示，自 2015 年 3 月成立以来，先后 4 次获得由真格基金、真成基金、创新工场、智明星通 CEO 唐彬森等联合投资的累计数千万元人民币的融资。共享健身仓“觅跑”自 2017 年 3 月第一台跑步仓落地至今，融资总额已达到 1 亿元人民币。

不过，当“孤独经济”站上“风口”之际，有市场分析认为，资本和平台更应该回归产品本身，真正了解“空巢青年”的需求，而不只是追“风口”。以迷你 KTV 为例，艾媒咨询分析师认为，该产品充分将用户的碎片化时间转为商机，但如果不能为消费者提供良好的消费体验，那在用户新鲜感褪去之后，线下新型迷你 KTV 市场恐难持续盈利。

“现在去迷你 KTV 唱歌，排队时间无法得知是一个很大的问题，一个人在附近转来转去又很尴尬，最终会选择离开。”Lily 表示，一个人去唱歌会更加敏感，遮光、隔音等隐私保护也还需要做得更好。

“当孤独的情感被当成商品消费的时候，有时会有被侵犯的感觉，特别是现在很多产品只能排解一时的孤独，并不能真正解决问题。所以，希望平台更加关注独居青年的情感需求。”汪小凡亦对“谷河青年”说：“当然，真正脱离空巢生活还得靠自己，努力找个对象脱离单身。”

政府“派糖”了！消费券该不该发？如何发？

撰文　彭梦维　彭　闽　涂怀旺
编辑　蔡　多
2020 年 3 月 27 日

“朋友圈中中奖的还挺多的！”南京市民杭莹告诉“谷河青年”。她所说的“奖”，是当地近日发放的消费券。

据《南京日报》2020 年 3 月 16 日报道，南京将统筹发放总额 3.18 亿元的消费券，推动服务业全面复苏。3 月 17 日，南京市消费券第一轮摇号结果公布，共发放了 27 万张消费券。

杭莹说，“我已经在‘我的南京’App 上中签了‘满 150 减 100’的餐饮消费券，该券只能在实体餐饮店消费时使用。消费券在支付宝查收使用，我吃完火锅用支付宝付款时就自动抵扣了”。

除了南京外，宁波、济南、青岛、合肥、银川、湖南等地也先后宣布发放消费券，使用场景集中于文旅、餐饮领域。

各地区发放消费券概览

日期	地区	主要内容
2020 年 2 月 14 日	澳门	澳门经济财政司司长李伟农宣布，在疫情缓和后向每个居民发放 3000 澳门元电子消费券，必须在本地消费，限定在 3 个月内使用，希望提振消费、扩大内需
2020 年 3 月 3 日	济南市	山东济南推出了 2000 万元的文旅消费券
2020 年 3 月 6 日	辽宁省	鼓励向大众发放惠民文化和旅游消费券
2020 年 3 月 12 日	浙江省	浙江将推出总价达 10 亿元的文旅消费券和 1 亿元的文旅消费大红包
2020 年 3 月 13 日	南京市	消费券发放坚持合法合规、公平合理的原则，总额度 3.18 亿元，主要包括餐饮消费券、体育消费券、图书消费券、乡村旅游消费券、信息消费券、困难群众消费券、工会会员消费券等 7 大类

续表

日期	地区	主要内容
2020 年 3 月 13 日	宁波市	宁波市、区县（市）政府、企业将联合推出 1 亿元的文化和旅游惠民消费券，所有市民和游客可在指定平台上领取，在指定的景区、酒店、影剧院、书店等文化旅游场所凭消费券享受优惠折扣，享受更优质的文旅产品和服务
2020 年 3 月 13 日	河北省	安排专项资金 1500 万元，实施体育消费券补贴政策，扩大健身人群规模

（资料来源：光大证券研究所根据政府网站整理）

2020 年 3 月 16 日国家统计局公示，1 ～ 2 月份，社会消费品零售总额达 52130 亿元，同比下降 20. 5% ，其中餐饮收入为 4194 亿元，同比下降 43. 1% ；商品零售总额达 47936 亿元，同比下降 17. 6% 。国家统计局副局长盛来运表示，经初步估算，被疫情抑制的消费需求约为 1. 5 万亿元，这些需求有望在疫情结束后逐步释放，出现消费回补甚至报复性反弹。近日，为了缓解经济下行压力，拉动内需刺激消费增长，各地纷纷开始出台消费券政策。

经济低迷的特殊时期，消费券的推行使得这个特殊的政策手段重回公众视野，到底该不该发消费券？如果一定要发，应该如何发？

“多想一下民生，就有很多可为。”中山大学岭南学院罗党论教授说。他向“谷河青年”表示，投资拉动效应不可能很快显现，而消费市场规模的扩大，首先可以救活很多中小企业，尤其是当下最受影响的服务型企业。

消费券溯源：一种特殊时期的经济政策

按照宁波大学商学院教授张旭昆的论文《消费券经济效应分析》，可将消费券定义为“政府发放给民众的一种支付凭证，是一种在使用时间、空间、对象、范围和人群上都具有一定约束的准货币”。也就是说，消费券是政府部门向特定群体发放的一种消费补贴，一般来说只能用于消费商品，不能兑现、不能找零。

“谷河青年”经梳理历史资料发现，消费券在 20 世纪初时就已正式面世，一般出现在战争后或金融危机等特殊时期。早在 1933 年，为了刺激战争后极度低迷的经济态势，德国政府就每周向市民发放小额的消费券，用于购买食物、衣服等日用品，政府甚至还强制企业用一部分消费券替代工资发放。1939年，美国政府设立补充营养援助计划，向低收入群体发放可用于购买食品的消费券；1964 年，美国将这项计划进行永久性立法并纳入法案。

此后，消费券在经济萧条时期屡次现身。如 1999 年的日本，在泡沫经济破灭、经济低迷的大环境下，日本向 15 周岁到 65 周岁的国民每人发放 2 万日元的“地域振兴券”。意大利、加拿大等国也曾推出过类似的政策。

中国通过消费券来拉动内需、提振经济始于 2008 年。彼时，金融危机席卷全球。2008 年年底，成都市出台价值 3791 万元的消费券，发放给全市符合要求的低收入群体，每人 100 元。2009 年 1 月份开始，杭州分两阶段、三批次发放了总额达 9. 1 亿元的消费券，成为当年国内发放消费券总额最大的城市。同年 4 月，香港在深圳发放了 400 万元消费券以吸引深圳居民赴港消费。2008年年底，台湾也向每位居民派发了 3600 元新台币的“振兴经济消费券”。

争议中的消费券

英国知名经济学家阿代尔 · 特纳在《比较》中撰文称，如果消费者获得货币融资形式的减税，他们肯定会花掉一部分意外之财，因为“没有产生意味着未来税收会增加当前或未来的偿债负担”。与单纯的货币政策刺激相比，它把新增购买力直接送到广大居民手中，而不是通过更高资产价格的间接传导机制引致私人信贷扩张。根据阿代尔 · 特纳的观点，消费券作为一种货币融资形式的消费刺激手段，也就是说，作为一笔意外之财，其带来的新增购买力会带来可观的投资乘数。

当下疫情带来的经济震荡、企业停工，使得资产价格提升、物价上涨。底层民众收入来源被阻断，解决民生普惠问题迫在眉睫。

“利用消费拉动市场的话，我认为还是应该直接补贴会更有效应。”中山大学岭南学院罗党论教授向“谷河青年”表示，消费拉动对于低收入民众来说有更明显的拉动效应，从社会意义的角度来说，消费券保护了一些中下收入者，改善了他们的生活质量，让他们增加了生活的信心。

复旦大学管理学院芮明杰教授撰文表示，疫情防控在导致企业生产经营困难的同时，也导致居民消费的大量萎缩，他们无法购买耐用消费品与服务产品。从稳定经济增长出发，政府出台的应急政策中除了扶持企业复工复产外，还应该包括中长期刺激居民消费增长的政策。曾在卡梅伦任期内担任英国财政部商务大臣的奥尼尔（Jim O'Neill）在2020年3月16日接受财新传媒采访时表示，G7国家应通过货币或发债方式为身处困境的个人和企业提供一笔资金，让人们愿意“宅在家里”帮助疫情防控，而不必担心生计难以为继。

2020年3月16日，光大证券发布的研究报道回顾了消费券历史发布情况，认为从日本等国家以及中国台湾等地的经验来看，消费券对消费的额外拉动作用为10%～40%（平均可能为20%），即相比于没有发放消费券的情形，发放100元消费券后，能够额外带来的消费为10～40元。

不过，消费券成效并未达到政府的预期。日本政府的《地域振兴券激励消费效果》报告显示，长期来看，消费券对维持消费增长的作用十分有限。日本于1999年所发放的总值高达6000多亿日元的消费券，所推动的新增消费总额不过2025亿日元，仅占名义GDP的0.04%。此外，2008年中国台湾地区所推出的“振兴经济消费券”举措，仅提高0.28%～0.43%GDP，低于原先估算的0.66%。根据光大证券的研究报告，居民会将消费券替代现金，用于本来就需要购买的商品上，形成一种转移支付。从杭州市2009年消费券的使用品类来看，必需品占据了主要部分，与浙江省委政策研究室综合测算的结果不同，其实际的额外拉动作用预计与日本、中国台湾地区相近，不到100%。

经济学家许成钢日前接受界面新闻采访时表示，直接向民众发钱并不是最好的办法，中国应该立即大规模免除中小企业的税和费，以及所有和政府相关的地租；且还有学者认为，发放消费券作为一种短期内刺激经济的特殊政策，可能将未来的消费需求提前，掣肘后续的消费增长，如家电等耐用品，人们在一次购买后的未来很长一段时间内都不再需要此物，这种“跨期替代效应”也使得消费券在长期拉动内需上的作用有限。同时，因市场短期需求的急剧上涨，供给端的企业难以迅速针对市场变化做出调整，这种现象不仅容易导致增大需求拉动型通货膨胀的风险，还会给货币市场的流动性带来挑战。

关键问题：钱从哪儿来？

2020年3月24日，财政部发布公告称，1～2月累计全国一般公共预算收入为35232亿元，同比下降9.9%，地方一般公共预算本级收入为17990亿元，同比下降8.6%。各地方政府向民众发放消费券，势必会增加财政负担。

国家发改委就业收入分配和消费司司长哈增友在3月18日的新闻发布会上表示，支持地方结合自身实际有针对性地推出一批务实管用的政策措施，但地方出台政策要考虑财政承受能力。

2020年3月23日，腾讯宣布在青岛城阳区率先推出消费券，下一步将支持更多省市发放消费券。广西将于3月26日至5月26日通过与阿里巴巴联手进行线上引流，带动广西线下零售、住宿、餐饮以及旅游等商贸服务业的稳定增长；同时联合阿里巴巴整合线上平台资源，打通广西的全国卖货渠道。与十一年前的纸质凭证消费券相比，政府与互联网平台合作发放电子消费券成了一种创新实践。2009年发放消费券期间，各级地方政府需要利用电视、报纸、网络等媒体及时向社会公布本级政府消费券发放规模、发放时间、申领人资格等诸多细则，发放成本较大。如今这种线上引流带动线下消费的模式，可以定向精准地发放消费券，覆盖多个消费场景，而且聚集了大量用户流量的互联网平台也可以有效降低消费券发放成本，缓解地方财政压力。

2020年3月23日，国家发改委、中宣部、财政部、商务部等二十三个部门联合印发了《关于促进消费扩容提质加快形成强大国内市场的实施意见》，肯定了这种运作模式，其中第四条为"加快构建'智能+'消费生态体系，加快新一代信息基础设施建设，鼓励线上线下融合等新消费模式发展，鼓励使用绿色智能产品，大力发展'互联网+社会服务'消费模式"。

针对低收入群体发放消费券的举措也可以缓解地方财政压力。北京大学光华管理学院院长刘俏接受财新传媒采访时表示，全民发放消费券会增加财政负担，而且其效果未必理想。3月8日，北京大学光华管理学院"光华思想力"宏观经济预测课题组发布一篇报告《疫后中国经济政策的思考与建议——回归经济核心逻辑，聚焦高质量发展》，报告中提出，香港特别行政区发放消费券政策未设定用途、未面向特定人群，致使政策效力大打折扣。借鉴香港特别行政区的经验，此次不能全民发放消费券，应补贴低收入群体，促进内需回补。

近日，南京市以组合拳形式发放消费券，为体现差异化，困难群众、工会会员、乡村旅游三类消费券按照系统内有关要求发放，餐饮、体育、图书、信息四类消费券采用多批次网上摇号方式面向全体市民公开发放。

罗党论教授建议，可以通过一些有效的办法来达到预期效果并减少投入。比如，政府部门可以设计一些消费刺激计划并与商家合作，商家加入计划并施行打折活动，政府则通过减税方式来补贴商家，或许可以拉动消费效应。

消费供给需双管齐下

与2009年发放消费券的背景不同，此次疫情不仅遏制了需求端，也对供应端产生了重大打击，导致供应链断裂。2020年2月，财新中国服务业PMI降至26.5，为2004年5月有数据以来的最低值。消费券作为一种短期经济刺激政策，只是一种权宜之计，长久来看，其政策效应会有所回落。如今疫情有极大好转，全力推进复产复工成为疫情之后经济恢复的关键。

2020年2月26日，中国人民银行增加再贷款、再贴现专用额度5000亿元，同时下调支农、支小再贷款利率至2.5%，为企业有序复工复产提供低成本、普惠性资金支持。3月25日，中国人民银行开展了央行票据互换（CBS）操作，操作量为50亿元，期限3个月，费率为0.10%，提高了银行进行信贷投放以服务实体经济的信心。除了信贷支持外，减税降费也是扶持中小微企业的重点。中国财政科学研究院院长刘尚希在接受《21世纪经济报道》专访时表示，建议2020年减税降费由中央财政承担，以减轻地方财政负担，适当地扩大2020年赤字规模来弥补减收缺口。

日前，新型冠状病毒肺炎疫情在全世界呈蔓延之势，全球产业停摆，供应链捉襟见肘，如何加快恢复正常生产秩序、提振市场信心，已成为中国面临的一道大考题。

罗党论教授表示，消费拉动已迫在眉睫。他建议，在当前环境下，政府要想尽方法刺激经济，让广大群众享受到优惠。以下为“谷河青年”专访罗党论教授时的具体内容。

罗党论：为"民生普惠"，各地政府应尽快因地制宜推出消费券

"谷河青年"（以下简称"谷河"）：您支持政府发放消费券吗？为什么？

罗党论[①]：我是支持的，原因有以下三点。

首先，当下由于新型冠状病毒肺炎疫情存在很大的不确定性，全球经济下滑。对中小企业来说，他们现在面临的最大难题不单是复工，还有缺少各种订单和消费。从另一角度来看，民众的收入水平可能急剧下滑，因为没法正常上班，但是物价却一直在上涨，进一步导致消费压缩，这样就变成一个恶性循环。不消费，产业链就带动不起来。

经济学原理中有一个"投资拉动乘数"，因此政府肯定会大力发展新基建，但现在整个投资的拉动效应并不能很快便显现，同时效果也越来越差。而从"消费乘数"角度来说，用1000元钱有可能立竿见影地带动好几倍的消费量联动效应，消费市场规模扩大，这样首先会救活很多中小企业，尤其是当下受影响最大的服务型企业。

其次，减税当然也是一个刺激经济的好办法，但其起作用的周期会更长远一些，为什么？对收入越低的人来说，减税的效果是不明显的，减税效果在中产阶级以上的人群中更明显。但若要以消费拉动市场，我认为还是应该直接补贴会更有效果。

最后，从社会意义的角度来说，消费券保护并改善了中下层收入者的生活需求，鼓励他们增强生活信心，提高消费的积极性。

谷河：有观点说消费券对于经济的刺激可能是短期的，没有办法达到理想的刺激效果。您怎么看待这个问题？

罗党论：没有一劳永逸的方法，但我们首先要去解决当前的问题，短期已有了，必然就有长期。没有短期哪有长期。这就是为什么美国在量化宽松，因为现在不"放水"的话，以后"鱼"都没有了。其次，消费券是过渡性的政策，如果因此拉动了消费，投资就自然也随之被拉动了。

---

① 罗党论：中山大学岭南学院金融学系教授、博士生导师；2018年获评财政部"会计领军人才"，是多家上市公司的独立董事，主要研究领域为公司治理与政府治理、资本市场、民营企业。

但是我们也要考虑到“替代效应”，即居民在得到消费券之后，会将一部分资金转移到储蓄这一部分。但不管怎么样，现在的利率这么低，存钱并不是一个好主意，肯定是想办法把钱花出去。

谷河：您觉得从具体举措来看，有没有一些比较好的建议，尽量减少一些弊端？

罗党论：首先，各个地方政府应该考虑哪些产业的拉动效应会比较强一些，这样才能确定需要重点去扶持的领域，也就是消费券的使用范围。目前有些城市的消费券都是旅游券，但是由于疫情具有非常大的不确定性，现在很多人也没有时间去旅游，所以“旅游券”相当于一种广告效应。还有一些地方发放电器券、汽车券，但我觉得这也是下一步的问题了，不能真正马上地起到促进民生的作用。

再次，消费券必须回到我们的日常生活中，解决普惠民生的问题。现在最重要的是去补贴赖以生存的民生成本，像一些必需食品，肉禽蔬菜之类的。我们看到一些地方开始鼓励政府官员去餐饮消费，这也说明，刺激消费太重要了。

其次，从使用角度来说，发消费券不等于直接发现金。要限定使用期限，促使民众尽快使用消费券；商家收到消费券之后再去相关政府部门兑付。

最后，对政府来说，这确实是一个很重要的财政支出，但还是可以通过一些有效的办法来达到效果并减少投入。比如，政府部门可以设计一些消费刺激并与商家合作。例如，商家加入相应的计划，按约定给民众一定的优惠，然后政府通过减税补贴商家。类似这样的操作，其拉动效应也是很明显的。

谷河：如何确保消费券发放的公平性？通过整理我们发现有的地方是全民发放，有的是限定一些群体。

罗党论：什么叫公平性？即按人口都应有份，不管收入高低。如果设定限制条件的话反而会有可能造假，还可能产生寻租，这样就增加了审核成本，导致整体发放成本上升。

现在主要的问题是，过去发消费券的操作方法是不适合当下需求的，当下可以通过合理的减税、商业合作降低财政成本，同时提高成效。

在当前这种环境下，政府要想尽方法刺激经济，让广大群众享受到优惠——消费拉动市场实际上是迫在眉睫了！

以史为鉴，“地摊经济”如何长久发展？

撰文　冯珊珊　白　洁　李　莹
编辑　皇甫思逸
2020年6月9日

晚上七点半左右，济南的夜幕刚刚降临。在体育场外的人行道上，二十多岁的姑娘小琳和母亲铺好了黑色棉布，将要售卖的地摊货品简单摆在上面。2020年6月5日刚巧是她们摆摊的第一天，卖的是时下较火的网红泡泡机以及其他儿童玩具。

“之前就想做这个，但一直没机会，现在政策放开了，小琳毕业好几年也没工作，我们母女两人与其在家闲着，不如出来摆摊挣钱。”母亲一边挥手招呼过往行人，一边告诉“谷河青年”：“我们刚到这里半小时，就已经卖出去了四五件！”

最近几天，全国27个城市纷纷为地摊经济“松绑”政策，掀起了全民摆地摊热潮。成都地摊经济开放第一夜便增加了10万人就业；湖南长沙等地设置流动摊贩临时规范点；四川、浙江等地出台政策加码“夜间经济”；上海支持特色小店外摆摊位并启动首届上海夜生活节，活动将一直持续到6月30日。

其实，地摊经济在我国由来已久，只是囿于管理、安全等问题，几经波折未能持续发展。“黑天鹅”过后，再一次被推向风口的地摊经济如何能避免重蹈覆辙，开辟出长久健康发展的道路，这需要政府、管理者、商贩以及市民等多方面的协作。

缓慢复苏的地摊经济

“谷河青年”在走访济南体育场地摊点时，恰巧遇到了前来执勤的一名城管队员，他表示，“现在很多地方放开了地摊经济，这是一个趋势，但具体怎么执行，各个地方都有自己的政策，我们作为城管队员只能跟着政策文件走”。

某小区门口卖章鱼丸子的程大爷觉得地摊经济政策出来后，城管也稍稍放松些了。“老百姓自己种的农副产品、水果什么的就可以拿出来卖了。政策放开太好了，让老百姓有点活路。”今年已是程大爷摆地摊的第六个年头了，以前路边不让摆，大爷就躲在小区里，人流量不多，一个月卖不了 2000 元，也就仅够生活。“我家孩子做导游的，今年在家闲半年了也没收入，摆地摊多少能挣点，还得交房租。”

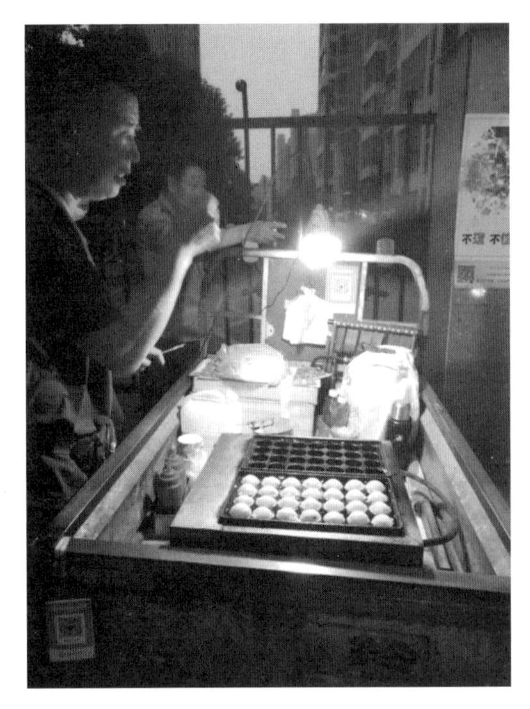

程大爷的章鱼小丸子摊

济南某社区街道办事处的工作人员王先生向“谷河青年”表示，近期城区步行街的地摊确实明显多了。“之前路边会有摆摊卖水果和蔬菜的，我们其实不太管，偶尔查一次，只要没有领导出行路过就行。”

但小琳隔壁的摊主王大哥却认为指望地摊谋生很费劲。“我在这摆摊卖小孩玩具，说白了就是干个副业，也不指望发大财。像新闻里说的郑州一个女的一天卖上千元，那种人寥寥无几。”

上述街道办事处工作人员也认为，政府可以帮助商户宣传，但可能不会在经营买卖上出力，他们对农业支持得多，对工业和商业更多是监督。“反正发展地摊经济，政府就一句话，可以摆，别出乱子就行。我们办公室也已经把

‘繁荣夜间地摊经济’的相关请示建议递交领导了，但领导暂时还没有做出相关表示。”

“谷河青年”采访重庆市某区城市管理局相关部门工作人员，也得到了“方案在做、政策未出台”的答复。“我们对整个区的地摊历来管得比较严，以前也有规范摊区，现在区域可能要扩大好几倍。要做一些限制，不能一下子全都铺起来了，那也不得了。”

尽管放开地摊经济之后面临人手不足、管控问题之类的压力，但该工作人员表示有难度也要上，“作为一个解决就业问题的政策，我们肯定是全力支持的”。

曾经摆摊三四年的来自重庆的冯先生也向“谷河青年”表示，地摊政策开放对就业有一定帮助，“摆地摊的人一直都靠摆地摊（为生），都还是很想继续摆下去。像以前我们县城里摆地摊的有两百多家，不让摆了之后现在好多人都没事做，后面出来租店面的估计都不到三分之一”。

冯先生认为有些生意就适合地摊的形式，客人也不喜欢坐在屋子里消费，被迫从地摊搬到店铺后，因为缺少“烟火气”，生意已经大不如前。同时他表示“这个政策如果真的放开了，能在外面摆的话我们还是会去外面摆的，我就把自己的店面租出去。在外面真的没什么额外的费用，一年能赚个 20 多万”。

钵钵鸡摊主刘阿姨已经在重庆滨江路上摆摊五六年了，多年被城管赶来赶去的她却不看好这个政策。“核心区域绝对不可能让你摆，可能就让你到偏远的地方摆，那又有什么用呢？如果全面放开，现在失业的人这么多，我估计到时候卖的人比买的人都多。还有个问题是，一旦放开，到时候收可就难了。”

地摊经济由来已久

地摊经济由来已久，但新中国成立初期的计划经济体制清空了市场，也几乎清空了地摊经济。

那时，计划经济逐渐成为社会经济主体形态，国民经济发展完全被纳入国家管理的框架之内。1956 年，国家对农业、手工业和资本主义工商业的社会主义改造基本完成之后，私营商业大多数被纳入了合作化轨道，明面上的个体商贩不复存在。但是，仍然有个别人私自从事贩卖行业，只不过是偷偷摸摸、小心翼翼地进行。

改革开放之后，个体经济逐渐复苏，地摊开始出现在城市与乡村，并最终在20世纪八九十年代步入繁荣。

20世纪80年代初，八百多万名下乡知青返城，城市没有那么多就业岗位，造成劳动力过剩，在没有更好的解决办法的前提下，政府放开政策，允许开展地摊经济。之前几乎已经绝迹的小商小贩或走街串巷，或练摊卖货，重新出现在市场经济浪潮中，为人们的生活注入了活力，也为中国经济发展带来了生机。

地摊经济在20世纪90年代迅速复苏。《中国青年报》名动一时的文章《个体户忧思》中的一组数据也可以为此提供佐证：1978年，全国个体工商户仅有14万户，到了1986年，这一数据便飙升到了1211万户。

“由摊而店，由店而企，由企而强”成为那时一条重要的发展逻辑。很多如今的商业“大佬”，也都曾经是“地摊从业者”。比如联想创始人柳传志，据说曾摆摊兜售电子表和旱冰鞋；“玻璃大王”曹德旺，早年间也曾摆地摊卖水果。

小贩与城管的爱恨情仇

地摊经济激发了市场经济的活力，但也因为自身的短板不可避免地给城市管理和市场秩序带来麻烦。

占道经营带来的交通秩序混乱、露天经营以及商贩素质参差不齐带来的城市卫生问题、假冒伪劣商品的盛行侵害消费者权益、与实体店铺经营方式不一导致的不公平竞争现象，以及无法纳税带来的国家税源流失等弊端，是地摊经济与生俱来的问题。也正是因为这些短板，地摊经济一度被称为“城市牛皮癣”，成为城市建设与发展的阻碍。

于是城监、城管入场，一场旷日持久的“猫和老鼠”之战就此拉开帷幕。

1987年，广东省广州市政府出台《广州市城市管理监察大队执行任务的通告》，其中第五条规定城市管理监察大队执行的任务范围：“关于摊贩卖管理。对在马路、人行道和其他公共场所无证摆卖的经营者；或者虽有营业执照，但不按经营的地点摆卖，妨碍交通、市容者，依法进行处罚。”

2002年8月，国务院发布规定，将城市管理在全国范围内铺开，并将城市管理授予地方政府全权处理。2008年，国家开始建设“全国文明城市”，市容市貌建设逐渐引起重视，流动地摊成为重点打击对象。城管与商贩的矛盾更加激烈。很长一段时间里，城管与商贩之间的冲突事件成了社会新闻的“常客”。在新浪新闻里搜索以“城管打人”为标题的内容，最早可追溯至2002年。

十几年来，全国各地大大小小的城管与商贩的冲突事件层出不穷，闹出人命的也不在少数。在这个过程中，城管的媒介形象被“踩”到最低，被恶搞的各类P图和视频比比皆是。

2011年国务院发布《个体工商户条例》，规定“无固定经营场所摊贩的管理办法，由省、自治区、直辖市人民政府根据当地实际情况规定”。后经2014年、2016年两次修改，这部条例对提高就业率起到了一定作用。

当然，对于地摊经济，一些地方也在积极探索可行的管理方法。较通常的做法是，允许摊贩在一定的区域和时段内摆摊售货，并收取一定管理费用。比如，2015年出台的《广东省食品生产加工小作坊和食品摊贩管理条例》规定，对食品类小贩实行“划区域、划时段”管理，赋予该群体合法经营权利。

当下的疫情也为地摊经济带来新的可能性，经济困局之下，自下而上地谋求出路和发展成了趋势，新一轮的“地摊经济热”就这样发展起来了。

地摊经济尽管短板明显，但给当下社会带来的利好也是清晰可见的。新华社评论文章指出，地摊经济的“三低”特质，让它具有一些独特优势：创业门槛低，没有店铺租金的压力，没有太高的学历、技能要求，很多人支个小摊、打开私家车后备箱就能卖货；失败风险低，“船小好调头”，从业者即便失利也能迅速“满血复活”；商品价格低，能让市民拥有更多选择，享受更多实惠。这些特质对于疫情之下的经济复苏显得尤为重要，尤其体现在拉动就业和刺激消费方面。

此外，地摊经济的发展对于普惠民生、社会稳定也有积极的影响，而此次“地摊热”带来的三轮车市场增量及“五菱神车”热潮，更是让我们看到了地摊经济对其他相关经济市场的带动作用。

在这样的背景下，城管与商贩的关系有所缓和，甚至发生了逆转。前几天，江西九江瑞昌市的不少商贩就接到了当地城管队员打来的电话，城管队员主动动员他们到指定地点摆摊。

地摊经济如何发展长久？

经历了几次繁荣发展后的地摊经济，再一次风靡全国，成为人们茶余饭后谈论的热点话题，也点亮了疫情之下久违的一抹夜色，为城市增添了一份

“烟火气”，为市场注入了激情与活力。地摊经济固有其生存发展的价值，但并非包治百病的灵丹妙药。面临刺激就业、拉动市场活力与城市卫生管理的两难选择问题，面对城市定位差异化、跟风摆摊盲目化的现状，地摊经济如何能不重蹈覆辙，迎来长久健康的未来呢？

在接受网易财经采访时，瑞银亚洲经济研究主管、中国经济学家汪涛认为，只要管理得好，地摊经济就可以健康长久地发展。实际上，目前全国各地市民跟风摆起地摊，仅维持了一周热度，便出现了关停夜市的消息。

其中，大连一夜市就由于商贩自发摆摊，造成周边出现交通堵塞、街道一片狼藉等情况而被叫停。济南 12345 热线工作人员称，由于疫情防控的需要，泉州广场便民早市以及老字号夜市已经暂缓举办。而浙江、烟台等城市也相继发布了有关地摊经济城市管理的办法，明确本地地摊经营的条件、卫生以及交通管理规范。地摊经济发展带来的问题与管理规定出台的速度不相匹配，也使得一线城市是否适宜推行地摊经济成为争议的焦点。人民网精选资讯官方账号金台资讯指出，地摊经济需精细化管理。

“为了保障市民的消费者权益，到此摆摊的商铺注册时必须出示营业执照与货品资质证明书，以及个人有效证件等。”呼和浩特物业管理人王先生向“谷河青年”表示。

其实，政府部门加强资质管理应成为发展路边经济的基础。金台资讯的文章称，低门槛是地摊经济的标签，加强资质管理不仅为政府管理提供了渠道，也让经营者感受到了平等与保障，让他们能从长远发展的角度看待自己的生意，因而更愿意提升产品与服务的质量。

“释放地摊经济活力缓解就业问题的过程，对城市管理者提出了更高的要求，相关管理部门务必通过绣花一样精细的管理，让地摊经济尽可能地较少出现卫生、市容、秩序等问题，更多地体现正面效益。”《第一财经日报》消息表示。

而城管是城市建设的核心管理者，其在公共服务管理层面也对地摊经济发展产生了重要影响。食品安全、环境卫生、占道经营、摊位竞争等是地摊经济的薄弱环节，金台资讯报道称，这也是加强服务与治理的契机。

济南市某社区街道办事处王先生向“谷河青年”介绍说，他们作为城市管理者的另一端，要想为地摊经济长久发展“助力”，首先要建立管理机制，由城管部门等牵头，严格控制摆地摊区域，对摆地摊的时间和所卖物品、经营人员等进行摸排，做好备案工作。其次要压实责任，划分网格，每一区域都要有专人看管。监督工作也是必不可少的，他们应定期进行抽查，对不按要求摆摊者进行驱逐整改。此外，还要落实反馈机制，设置举报热线，方便市民对有贩卖假货等欺诈行为的地摊经营者进行举报。

国新未来科学技术研究院执行院长徐光瑞公开表示，要加强对地摊经济规范化管理，力避“一管就死，一放就乱”的极端化倾向，努力从监督管理、服务保障、正向激励等多个维度让措施更加精细化。

从地摊经济最近的发展状况来看，尽管政府和城市管理者在政策上、管理上、保障上有了新的定义，但“谷河青年”认为，地摊经济要保持健康长久发展，还要听听市民的诉求。

“我觉得还要提升摊主和市民的公共素养，前者按照规定有序经营、保障食品质量，后者自觉维护秩序，二者共同保持环境卫生。多方相互协调、平衡共生，才能让地摊经济未来长久健康发展。”呼和浩特市民郭女士向“谷河青年”表示。

重庆地摊经营者冯先生也表示：“还是希望政策能放宽点，这样能多摆点地摊，大家也能维持生计。”

千呼万唤，中国碳排放权交易市场即将落地

撰文　吴　杨　殷鑫豪　韦霞霞
编辑　张　田
2021 年 6 月 24 日

2021 年 6 月 22 日，上海环境能源交易所发布《关于全国碳排放权交易相关事项的公告》，就不同类型碳排放权交易的涨跌幅限制、交易时段等作出规定。此前 5 月末，生态环境部发言人刘友宾表示，拟于 6 月底前启动全国碳市场上线交易。

至此，“靴子”即将落地，中国将是继欧盟、美国、日本、韩国、哈萨克斯坦等国家和地区之后启动碳排放交易的国家，这表示中国节能减排的制度化已实现与国际同步。2021 年 4 月，中国人民银行行长易纲曾公开表示，预计 2030 年前中国碳减排需每年投入 2.2 万亿元，2030—2060 年需每年投入 3.9 万亿元，碳交易市场发展还有望成为缩小资金缺口的重要一环。

碳交易的难点有哪些？碳交易实施会对企业有何影响？“谷河青年”近日采访多位企业人士和行业专家、学者后发现，在企业自改、配额划分及污染监测等诸多方面均还需进行多项配套改革。

电力行业成为碳交易的“先遣部队”

碳交易这一概念最早出现于 1997 年 12 月在日本东京签订的《京都议定书》，其提出二氧化碳的排放权可以像商品一样交易。广发证券在《碳交易市场的“产业映射”》中指出，碳排放交易是指将二氧化碳排放权视为商品进行交易，碳排放单位根据自身需要，在市场上购买或售卖配额等。减排企业可以通过出售剩余排放权获得利润，而排放超标企业则需购买排放权以补足配额。“通过技术手段准确核实碳排放量是碳交易的基础”，南京大学（溧水）生态环境研究院副研究员盛虎告诉“谷河青年”。

2020 年 9 月，生态环境部应对气候变化司司长李高曾向媒体表示，中国

在持续推进试点碳排放权交易市场建设的基础上，以发电行业为突破口分阶段、有步骤地推进全国碳市场建设。

中山大学低碳科技与经济研究中心碳市场研究所副所长黎炜驰向“谷河青年”表示，电力行业配额分配方法制定的技术难度较低，且电力企业大部分规模较大、数据基础条件较好，能够保证数据披露的质量；但在排放规模方面，电力行业碳排放量占了中国总社会活动碳排放量的45%左右，是排放重灾区。中国人民大学应用经济学院助理教授郭伯威认为，首纳电力行业体现了从重灾领域着手解决问题的常规逻辑。

黎炜驰副所长告诉“谷河青年”，碳配额发放主要有两种方式：“历史排放法”和“基准线法”。历史排放法根据历史排放量确定配额，基准线法根据行业先进水平设定配额，后者能够更好地引导企业向先进水平靠拢。据生态环境部2020年年底发布的《2019—2020年全国碳排放权交易配额总量设定与分配实施方案（发电行业）》规定，在碳配额分配上，全国碳市场将采取基准线法核算配额，电力企业需在配额控制范围内从事经营活动，实现履约。

在过往地区试点过程中，不同省市则围绕免费分配的主要原则，制定了符合自身实际发展情况的碳配额分配条例。以广东省为例，2013年11月，广东省发展和改革委员会印发了《广东省碳排放权配额首次分配及工作方案（试行）》，规定配额实行部分免费发放和部分有偿发放，两者比例在“十三五”期间将做出一定调整。

2020年年底，广东省生态环境厅印发《广东省2020年度碳排放配额分配实施方案》，坚持部分免费发放与部分有偿发放的原则。其中，电力企业的免费配额比例为95%，钢铁、石化、水泥、造纸企业的免费配额比例为97%，航空企业的免费配额比例为100%。

从2018年开始，广州协鑫蓝天燃气热电有限公司在广东省内进行了首次碳排放履约，2019年碳排放量在85万吨左右。该公司统计员曹舟向“谷河青年”介绍，每年公司会在广东省内相关平台上报当年的电量、供热量等数据，而这会作为次年碳配额发放的参考依据。“省内系统的碳配额不会全部（免费）发放，只会发放95%”，曹舟表示，剩下的5%的配额则需要通过拍卖形式（或在二级市场上）购得，但公司“只有配额不够履约时才会买”。履约一般在每年的6月。每年4—5月，监管部门会委托第三方机构核查上一年的排放情况，“核查前会发放部分配额，发放额度每次并不一样，发放时间和次数也不固定”，余下配额会在核查后发放。企业的履约责任就根据核查后的排放量进行确定。

对于即将启动的全国碳市场，电力企业也表达了自己的隐忧。东莞某电厂属于碳市场上的需求方，年碳排放量在十几万吨，其向“谷河青年”表示，由于配额没有富余，超出的部分只能从市场上购买额度，“现在广东是95%额度免费，但是未来（被纳入全国碳市场）不知道有无影响”。

与之相比，对于每年平均2%的富余额度，广州协鑫蓝天燃气热电有限公司则选择留存。统计员曹舟解释称，之所以这么做，一方面是“为下一年履约做好额度保障”；另一方面则是配额升值的预期，就广东省而言，“2015年只有15元左右，现在差不多40元了”，但“纳入全国碳市场之后，后期是一个什么样的走势，这个也不确定”，其表示“省内系统剩余下来的碳配额，不知道能不能够参与明年的（全国碳市场）”。

企业自改的难题仍待突破

2012年6月，国家发展和改革委员会发布《温室气体自愿减排交易管理暂行办法》，希望企业通过设备更新和技术提升的方式，达成内部减排以获得减排量奖励。但目前来看，现实距离政策预期或有偏离。

广州协鑫蓝天燃气热电有限公司统计员曹舟告诉“谷河青年”，去年公司投用了两套联合循环技术，分别用于节能改造和整体升级，但由于“大部分燃机机组都是统一的设备”，通过改造实现的减排量不会很大。这一说法也得到了东莞某电厂的证实，“发多少电就要耗费多少（燃料）”，除非更换效率更高的机组，“但国家不一定会批准”。

发电机组成为电力企业内部减排的一大“拦路虎”。同时，计划发电成为减排的又一影响因素。以广东电力市场为例，每年约60%的份额总量是计划调度、40%参与市场，在这样的情况下，电力企业只能按部就班地完成调度供电，自身可减排的空间并不大，助理教授郭伯威表示。

对此，黎炜驰副所长解释称，发电较少会导致碳强度偏高，而碳强度与生产效率相关，“例如开车，你开得越快，它的排放相对会越低，油耗越低。发电机组也是这样的，发电越多，它的效率就越高”。

但由于国家的管控，部分电力企业因为发电少导致效率下降而产生亏损。黎炜驰副所长进一步谈道，针对这一矛盾，目前国家碳市场在配额分配时引入了负荷率修正系数作为调节。具体来说，对某些因计划调度，发电少而导致效率下降的企业，“配额分配会适度放宽一些”。

全国碳配额如何划分更公平？

随着石化、化工、建材、钢铁等重要行业被逐步纳入全国碳市场，如何尽可能地确保行业间碳配额划分公平成为另一难题。相比历史排放法根据历史排放量确定额度，盛虎副研究员认为，基准线法可以激励企业向行业先进水平靠拢。但问题也随之而来，资深碳管理咨询师汪军撰文指出，采用基准线法后行业之间的横向比较注定缺乏纽带，如果处理不好，会出现某个行业最好的企业还要找行业最差的企业买配额的情况。

区域公平性是全国碳交易市场需要面对的又一难题。助理教授郭伯威指出，西部地区和东北地区相对贫困，沿海地区则比较富裕，全国统一标准后，“这些企业交的是一样的碳价格”，但“西部地区又承受不起价格往下传导”。不过，黎炜驰副所长认为，企业的先进程度与所在区域并非完全对应，“例如一些西部地区，反而电厂比较新，可能还会先进一些”，由于企业特异性的存在，国家还是选择“从（行业）类型上去考虑，从技术层面去考虑”，因而“先进就有好处，落后了就要吃亏”。

最后是碳排放监测的技术难题。盛虎副研究员表示，“现有的碳排放量核定方法是通过物料核算和在线监测，我国以前者为主，相比于在线监测，物料核算忽略了碳排放的动态变化，计算的是理论上的平均水平”。另外，不同行业对监测技术的要求也存在差异，“例如钢铁跟石化这些行业，技术复杂性是比较高的，不像电力行业相对简单”，黎炜驰副所长告诉“谷河青年”。

“罗马不是一天建成的”

2021 年 5 月，生态环境部正式发布《碳排放权登记管理规则（试行）》、《碳排放权交易管理规则（试行）》和《碳排放权结算管理规则（试行）》，在碳排放权登记、交易和结算三方面搭建起具体框架，并明确暂时由湖北碳排放交易中心负责全国碳排放权注册登记等相关工作，由上海环境能源交易所负责全国碳排放权交易的相关工作。

早在 2011 年，国家发展和改革委员会即印发《关于开展碳排放权交易试点工作的通知》，批准在北京、天津、上海、重庆、湖北、广东和深圳开展碳排放权交易试点工作，标志着中国碳排放权交易市场试点工作正式启动。从理论到实践，经过十年的试点，“中国已经有很多经验积累起来了”，黎炜驰副所长向“谷河青年”表示。

2010 年 10 月，国务院印发《国务院关于加快培育和发展战略性新兴产业的决定》，要求建立与完善主要污染物和碳排放交易制度。次年，《关于开展碳排放权交易试点工作的通知》出台，“两省五市”被选为碳排放权交易试点区域。与此同时，从 2013 年至 2015 年，国家共分三批次，出台 24 个行业企业温室气体的核算方法，为企业科学核算和规范报告、主管部门实施碳排放报告制度奠定了基础。

2014 年 12 月，国家发展和改革委员会印发《碳排放权交易管理暂行办法》，明确了中国统一碳排放交易市场的基本框架。2016 年 1 月，国家发展和改革委员会发布《关于切实做好全国碳排放权交易市场启动重点工作的通知》，确定了全国碳排放权交易市场的第一阶段将纳入石化、化工、建材、钢铁等八大行业。2017 年 12 月，国家发展和改革委员会则选择将发电行业作为首批纳入行业，率先启动碳排放交易，再逐步纳入其他行业。

据生态环境部披露，截至 2020 年 8 月末，我国共有 2837 家重点排放单位、1082 家非履约机构和 11169 个自然人参与试点碳市场。7 个试点碳市场配额累计成交量为 4. 06 亿吨二氧化碳，累计成交额约为 92. 8 亿元。

欧盟是率先“吃螃蟹”的，其碳排放交易体系（EU-ETS）于 2005 年启动。据路孚特碳市场年度回顾，2019 年 EU-ETS 交易额达 1689. 66 亿欧元，占世界总额的 87. 2%，交易量为 67. 77 亿吨二氧化碳，占世界总交易量的 77. 6%，是全球建立最早、规模最大、覆盖最广的碳市场。美国、日本、韩国、哈萨克斯坦等国纷纷效仿建立碳交易市场。

我国碳市场的搭建也借鉴了欧盟经验，通过试点逐步成长起来，但也有创新之处。黎炜驰副所长向“谷河青年”介绍，其一，由于电价受行政调控，价格传导机制受阻，鉴于此，我国将用电户的间接排放量一并纳入，作为配额发放依据。其二，我国率先使用实际产量计算配额，避免配额过度富余。此外，中国人民大学助理教授郭伯威认为，在全国碳市场建设的推进过程中，需要考虑减排带来的影响，包括碳减排与经济发展间的矛盾、减排成本向消费者传导的问题和平衡代际间公平性的问题。

在 EU-ETS 发展过程中，另一个值得借鉴和探讨的方面是碳金融衍生品的应用。早在 2014 年 5 月国务院就印发了《关于进一步促进资本市场健康发展的若干意见》，指出要发展碳排放权等交易工具，充分发挥期货市场价格发现和风险管理的功能。但直至2021年6月，我国试点碳市场的交易品类仍以现货为主。与之相对的是，2020年欧盟碳期货交易占比超90%。对此，黎炜驰副所长表示，“期货交易的一个价值是可以帮助企业锁定风险”，但或是囿于金融风险，我国监管层并未启动期货交易。

中国碳排放权交易市场政策演进

相关政策概览

序号	政策名称	印发时间	颁布机构	主要内容
1	《中国应对气候变化国家方案》	2007年6月4日	国务院	充分发挥以市场为基础的节能新机制，提高全社会的节能意识，加快建设资源节约型社会，努力减缓温室气体排放
2	《国务院关于加快培育和发展战略性新兴产业的决定》	2010年10月10日	国务院	加快建立生产者责任延伸制度，建立完善主要污染物和碳排放交易制度
3	《关于开展碳排放权交易试点工作的通知》	2011年10月29日	国家发展和改革委员会	批准在北京、天津、上海、重庆、湖北、广东和深圳开展碳排放权交易试点工作，标志着中国碳交易市场试点工作正式启动
4	《“十二五”控制温室气体排放工作方案》	2011年12月1日	国务院	分总体要求和主要目标、综合运用多种控制措施、开展低碳发展试验试点、加快建立温室气体排放统计核算体系、探索建立碳排放交易市场、大力推动全社会低碳行动、广泛开展国际合作、强化科技与人才支撑、保障工作落实9部分

续表

序号	政策名称	印发时间	颁布机构	主要内容
5	《温室气体自愿减排交易管理暂行办法》	2012 年 6 月 13 日	国家发展和改革委员会	明确规定自愿减排碳交易管理模式、适用项目类型、交易流程，包括备案活动程序、文件及时间限制，交易机构开展工作的原则、内容以及对违规机构的处罚措施等
6	《关于2013 年深化经济体制改革重点工作的意见》	2013 年 5 月 18 日	国务院批转国家发展改革委	深入推进排污权、碳排放权交易试点，研究建立全国排污权、碳排放交易市场，开展环境污染强制责任保险试点
7	《首批10 个行业企业温室气体排放核算方法与报告指南（试行）》	2013 年 10 月 15 日	国家发展和改革委员会	明确首批 10 个行业企业温室气体的核算边界、核算方法、质量保证等，为企业科学核算和规范报告、主管部门实施碳排放报告制度奠定基础
8	《关于进一步促进资本市场健康发展的若干意见》	2014 年 5 月 9 日	国务院	发展商品期权、商品指数、碳排放权等交易工具，充分发挥期货市场价格发现和风险管理功能，增强期货市场
9	《2014—2015 年节能减排低碳发展行动方案》	2014 年 5 月 15 日	国务院	推行市场化节能减排机制，推进碳排放权交易试点，研究建立全国碳排放权交易市场服务实体经济的能力
10	《国家应对气候变化规划（2014—2020 年）》	2014 年 9 月 19 日	国家发展和改革委员会	建立低碳标准体系，推动自愿减排交易活动，深化碳排放权交易试点，加快建立全国碳排放交易市场，健全碳排放交易支撑体系，研究与国外碳排放交易市场衔接，建立碳排放认证制度

续表

序号	政策名称	印发时间	颁布机构	主要内容
11	《第二批4个行业企业温室气体排放核算方法与报告指南（试行）》	2014年12月3日	国家发展和改革委员会	明确了第二批4个行业企业温室气体的核算边界、核算方法、质量保证等。为企业科学核算和规范报告、主管部门实施碳排放报告制度奠定基础
12	《碳排放权交易管理暂行办法》	2014年12月10日	国家发展和改革委员会	明确了中国统一碳排放交易市场的基本框架。中国碳排放权交易市场将建立包括国家主管部门和省级主管部门的二级管理体系，国家主管部门主要负责体系内主要标准的制定以及市场的统一监管，省级主管部门主要负责标准的执行、体系在本行政区域内的日常运行与管理
13	《第三批10个行业企业温室气体核算方法与报告指南（试行）》	2015年7月6日	国家发展和改革委员会	明确了第三批10个行业企业温室气体的核算边界、核算方法、质量保证等，为企业科学核算和规范报告、主管部门实施碳排放报告制度奠定基础
14	《关于切实做好全国碳排放权交易市场启动重点工作的通知》	2016年1月11日	国家发展和改革委员会	确定全国碳排放权交易市场第一阶段纳入的重点排放行业为石化、化工、建材、钢铁、有色、造纸、电力、航空八大行业，参与主体初步考虑为业务涉及上述重点行业，其2013年至2015年中任意一年综合能源消费总量达到1万吨标准煤以上（含）的企业法人单位或独立核算企业单位

续表

序号	政策名称	印发时间	颁布机构	主要内容
15	《“十三五”控制温室气体排放工作方案》	2016年11月4日	国务院	强调建立全国碳排放权交易制度；提出要出台《碳排放权交易管理条例》，拟选择石化、化工、建材、钢铁、有色、造纸、电力和航空等8个行业中年能耗1万吨标准煤以上的企业，实施碳排放配额管控制度；启动运行全国碳排放权交易市场。明确2017年启动全国碳排放权交易市场，到2020年力争建成制度完善、交易活跃、监管严格、公开透明的全国碳排放权交易市场。提出要建设全国碳排放权交易注册登记系统，构建国家、地方、企业三级温室气体排放核算、报告与核查工作体系，培养壮大碳交易专业技术支撑队伍等
16	《关于做好2016、2017年度碳排放报告与核查及排放监测计划制定工作的通知》	2017年12月4日	国家发展和改革委员会	明确纳入的覆盖行业及代码，涵盖石化、化工、建材、钢铁、有色、造纸、电力、民航八大行业。纳入主体范围为2013年至2017年任一年温室气体排放量达2.6万吨二氧化碳当量（综合能源消费量约1万吨标准煤）及以上的企业或者其他经济组织

续表

序号	政策名称	印发时间	颁布机构	主要内容
17	《全国碳排放权交易市场建设方案（发电行业）》	2017年12月18日	国家发展和改革委员会	标志着中国碳排放交易体系完成了总体设计并正式启动，文件要求将发电行业作为首批纳入行业，率先启动碳排放交易，并将中国全国碳市场建设分为基础建设期、模拟运行期和深化完善期三个阶段
18	《碳排放权交易管理暂行条例（征求意见稿）》	2019年3月29日	生态环境部	拟制定行政法规，形成碳排放权交易领域上位法，作为实施全国碳排放权交易的法律依据，对碳排放权交易的核心问题作出规定
19	《全国碳排放权登记交易结算管理办法（试行）（征求意见稿）》	2020年10月28日	生态环境部	对全国碳排放权登记、交易和结算活动作出原则性规定
20	《全国碳排放权登记交易结算管理办法（试行）（征求意见稿）》	2020年10月28日	生态环境部	对全国碳排放权登记、交易和结算活动相关要素作出具体规定
21	《企业温室气体排放核算方法与报告指南 发电设施（征求意见稿）》	2020年12月3日	生态环境部	规定了发电设施的温室气体排放核算边界和排放源、化石燃料燃烧排放核算要求、购入电力排放核算要求、排放量计算、生产数据核算要求、数据质量控制计划、数据质量管理要求、定期报告要求和信息公开要求等

续表

序号	政策名称	印发时间	颁布机构	主要内容
22	《纳入2019—2020年全国碳排放权交易配额管理的重点排放单位名单》	2020年12月29日	生态环境部	2019—2020年全国碳市场配额管理的重点排放单位为发电行业（含其他行业自备电厂）2013年至2019年任一年排放量达到2.6万吨CO_2e（二氧化碳当量）及以上的企业或者其他经济组织，合计2225家
23	《2019—2020年全国碳排放权交易配额总量设定与分配实施方案（发电行业）》	2020年12月30日	生态环境部	纳入配额管理1的重点排放单位名单（2225家发电企业和自备电厂）；纳入配额管理的机组类别；配额总量，配额分配方法；配额发放；配额清缴；重点排放单位合并；分立与关停情况的处理等。对2019—2020年配额实行全部免费分配，并采用基准法核算重点排放单位后拥有机组的配额量
24	《碳排放权交易管理办法（试行）》	2020年12月31日	生态环境部	落实“中央统筹、省负总责、市县抓落实”的工作机制要求，以部委规章形式，从国家层面对有关全国碳排放权交易活动及相关活动，包括碳排放配额分配和清缴，碳排放权登记、交易、结算，温室气体排放报告与核查等活动，以及对前述活动的监督管理等作出了规定。同时，印发配套的配额分配方案和重点排放单位名单。中国碳市场发电行业第一个履约周期正式启动，2225家发电企业将分到碳排放配额

续表

序号	政策名称	印发时间	颁布机构	主要内容
25	《企业温室气体排放报告核查指南（试行）》	2021 年 3 月 26 日	生态环境部	对企业温室气体排放的核查工作进行了规范，明确了核查程序、核查要点、核查工作流程、技术服务机构要求等
26	《碳排放权交易管理规则（试行）》	2021 年 5 月 29 日	生态环境部	明确交易主体为重点排放单位，以及符合交易规则的机构和个人，交易产品为碳排放配额，生态环境部可以根据国家有关规定适时增加其他交易产品。碳排放权交易通过全国碳排放权交易系统进行，可以采取协议转让、单向竞价或者其他符合规定的方式
27	《碳排放权交易管理规则（试行）》	2021 年 5 月 29 日	生态环境部	可以根据省级生态环境主管部门确定的配额分配结果，进行初始登记
28	《碳排放权结算管理规则（试行）》	2021 年 5 月 29 日	生态环境部	注册登记机构应选择符合条件的商业银行作为结算银行，并在结算银行开立交易结算资金专用账号

续表

序号	政策名称	印发时间	颁布机构	主要内容
29	《关于全国碳排放权交易相关事项的公告》	2021年6月22日	沪环境能源交易所	全国碳排放权交易机构负责组织开展全国碳排放权集中统一交易。碳排放配额（CEA）交易应当通过交易系统进行，可以采取协议转让、单向竞价或者其他符合规定的方式，协议转让包括挂牌协议交易和大宗协议交易。挂牌协议交易单笔买卖最大申报数量应当小于10万吨二氧化碳当量。挂牌协议交易的成交价格在上一个交易日收盘价的±10%之间确定。大宗协议交易单笔买卖最小申报数量应当不小于10万吨二氧化碳当量，大宗协议交易的成交价格在上一个交易日收盘价的±30%之间确定

2023年1月，卯兔迎春，告别母院半年之后，收到“谷河青年”关于收录此篇稿子的消息，心情可谓“受宠若惊”。

一方面确是倍感荣幸，在“社会大学”进修半年之久，得以此种方式与母院再度产生联接，奇妙又温暖，也诚然感受到一种肯定。此篇稿子的写作几经波折，面对一个全然陌生且带有专业壁垒的领域，坦率讲，最初着手时，小组三人心中皆未有底，抱着天下事“有所激有所逼者成其半”的心态，小组成员全力投入，谈思路、拟提纲、明结构、查文献、找企业、访专家，正是在这样一种不断反复、学习、交流的过程中，对于碳排放以及其背后具有探讨意义的问题慢慢有了清晰的把握和理解。可以说，这是一次深度学习和摸索的成稿之旅。

另一方面也有些不安的情绪，之所以如此，确实在于此篇稿子的完成度，若能有更大的平台支撑和资源辅助，它能够更为扎实与深刻，也可以省去联系上百位专家、50多家企业的“艰辛”。站在今日来看，这篇稿子的成品，既有小组三人主观的努力，也带着极多的幸运，它收到了太多的善意，包括南京大学（溧水）生态环境研究院副研究员盛虎、中山大学低碳科技与经济研究中心碳市场研究所副所长黎炜驰、中国人民大学应用经济学院助理教授郭伯威等专业前辈的无偿受访，他们以学者的高尚情操和研究热情，帮助小组三人极大地加深了对于碳排放问题的理解。当然，还有广州协鑫蓝天燃气热电有限公司的信任，以及龚彦方副教授几近全程的悉心指导与温暖鼓励。在这里，我想说的是，这篇稿子的刊发实乃大家共同努力的结果，它的意义属于为这篇稿子做出了贡献的每一位，小组三人对他们表以深切的谢意与由衷的祝福。

行文至此，还有太多情感难以一一言表，谨以此篇稿子去纪念那段全身心投入新闻采写的日子，美好而难忘。最后，衷心祝愿母院长青，谷河流深。

吴　杨　殷鑫豪　韦霞霞

亚马逊“封号潮”后：独立站会成为跨境电商的新出路吗？*

撰文　蒋莎莎　韩一帆
编辑　张　吉
2021 年 10 月 31 日

国庆假期，特讯知识产权事务所律师彭森鑫没有放松休息，而是忙着处理中国卖家向亚马逊提起的集体诉讼案，期间，不断有新的卖家联系他，表达参加集体维权的意愿。

“目前已有起诉卖家收到亚马逊和解的邮件，邮件表达了商谈退还资金比例、换取卖家撤诉的意愿，但还没有卖家拿到被冻结的资金。”彭森鑫说。

2021 年 5 月以来，全球最大的电商平台亚马逊以“刷单”和“虚假评论”为由，对中国商家账户进行大规模封号。这次封号涉及 5 万家商户，大批跨境电商面临店铺停售、资金冻结、库存积压等问题，一批给亚马逊卖家供货的供应商也被波及。

2021 年上半年，中国跨境电商进出口额为 8867 亿元，同比增长 28.6%。在全球疫情笼罩下，跨境电商已成为我国外贸发展的新动能。此次“封号潮”，不仅涉及平台和卖家，也促使行业和政府积极找寻跨境电商的出路。

“刷单”引发亚马逊封号

东莞市驰锐电子科技有限公司为客户品牌制造的一批手机无线充电器新产品，现正在面临材料回收和报废的困境。公司总经理叶小福表示，由于刷单、索评，定制这款充电器的客户品牌被亚马逊封杀，造成公司资金积压一百四十多万元。他说：“我因客户品牌被封而蒙受损失的情况，不是第一次出现，但

---

* 应受访者要求，文中徐音和林芳均为化名。

以前都是小打小闹，这次（亚马逊）是大范围、大动作，比较狠。”

刷单、索评和赠送礼品卡的操作在国内消费者眼里可能无关痛痒，但在亚马逊平台上却是规则红线。广州某跨境电商运营负责人徐在新指出，刷单在跨境电商行业内屡见不鲜。“接触跨境的运营都或多或少了解刷单。当同行都在刷单的时候，如果你不刷单，你的产品销量就会慢慢被其他卖家抢占。从公司角度看，刷单是风险和收益的取舍。”

据深圳跨境电子商务协会2021年8月发布的统计数据，亚马逊上被封的中国卖家超过5万家，卖家销售规模不等，已损失金额预估超千亿元，同时，卖家还面临平台资金冻结的问题。

亚马逊进行封号后，7家被冻结资金的商家委托特讯知识产权事务所对亚马逊提起集体诉讼，彭淼鑫正是负责此案的律师之一。

“中国卖家刷单的确犯了错，但由不由平台自由处罚，尤其涉及卖家的资金财产时，是不是由平台说了算，我觉得值得商榷。这也是我们起诉的出发点。”彭淼鑫说：“目前掌握的证据显示，卖家的资金被平台划走，但亚马逊没有告知资金去向。”

亚马逊冻结卖家资金的情况比较常见，一般情况下，卖家可以通过申诉或等待90天后，平台会返还资金。但这次，7名卖家的资金冻结超过90天后，平台并没有按期返还。

亚马逊冻结卖家（部分）概览

品牌	时间	封号原因	已公布损失	消息来源
泽宝	2021年6月16日	部分产品赠送礼品卡	被封店铺占该公司亚马逊平台总收入的31%；母公司星辉股份20%跌停开盘	东方财富
有棵树	2021年7月1日	未公布	被封店铺占该公司亚马逊平台总收入的28%。整体申诉进度不及预期，部分疑似冻结资金无法收回的风险在增加	东方财富
通拓科技	2021年7月以来陆续被关闭	原因可能系部分商品的不当评论，涉嫌违反亚马逊平台规则	截至公告披露日，通拓科技被禁售关闭店铺数共计54个，涉嫌冻结资金4143万元人民币，占ST华鼎2020年年末货币资金的4.27%	北京商报

续表

品牌	时间	封号原因	已公布损失	消息来源
帕拓逊 Mpow	2021 年 5 月前	滥用评论	5 月，帕拓逊还发布内部信息称，“亚马逊账户恢复事宜的过程是乐观的，且公司的经营、现金流等都一切正常”；而到了 8 月，该公司不得不下发研发技术类岗位员工停岗的通知，甚至一些重要管理层也陆续离职	亿邦动力
傲基	2021 年 5 月 7 日	刷评数据库泄露	店铺被关停封闭	跨境知道

亚马逊部分被封号卖家的损失状况

考虑到高昂的起诉费和尚在经营的关联账号，绝大部分卖家没有选择起诉。不过，在平台管制下，卖家有意识地调整了业务和平台渠道布局。

王强龙是康研创新技术深圳有限公司的外贸经理，他所在的公司有 3 家销售电子烟的亚马逊店铺被封，被冻结资金 20 万元，被扣押货物 1000 多件。公司没有选择申诉，“申诉要价八九万，成本太高了，只能等 90 天，看资金能不能返还”。当下，公司已将亚马逊店铺转移到中国制造、阿里巴巴国际站等平台。王强龙也加入了 Shopify 平台的卖家交流群，观望着海外零售业务的其他渠道。

“外贸壹号”专注于 B2B 品牌的外贸整合营销服务，业务经理陈昕言透露，在亚马逊大批封号的影响下，一些 B2C 卖家考虑向 B2B 转型，其公司的咨询量和业务量都有所上升。建站公司负责人陈景新对“亚马逊封号潮”的溢出效应也有明显的感受，“受‘封号潮’影响，咨询独立建站的客户增多”。

卖家加速试水“独立站”

独立站兴起不仅是因为“封号潮”，而是多种因素叠加的结果。

早在 2009 年，深圳百贝斯科技有限公司总经理陈景新就察觉到卖家建站的需求，开始提供建站开发服务。他认为，支付手段成熟是独立站火起来的前提。早期消费者在独立站购物，需要使用信用卡直接汇款给卖家，但货不对板、山寨售假的不良现象折损了国外消费者的信任，“当时好多网站卖假iPhone，所以2014年之后的一段时间，没有品牌背书的中小卖家很难打开销路。PayPal等在线支付手段流行以后，资金先转入平台，消费者对中小卖家的警备才放低一些了”。

对卖家来说，物流和建站服务商的涌现，降低了建立独立站的门槛。2019年，林芳从阿里巴巴国际站转向独立站，销售服装和美妆产品，“当时感觉独立站突然火起来，身边越来越多人都在做，时不时就看到好多服务商的广告”。林芳和朋友合伙投入近5万元，耗时半个月，在Shopify搭建了自己的独立站。

运营3个月之后，林芳团队的销售量逐渐有了起色，2020年5月的销售额达88万美元。后来，由于利润分配问题，团队解散，林芳成为个人卖家，但靠着前期积累的经验，现在月均利润也能达2万美元。

除了卖家的自发迁移外，政府和行业释放的积极信号也助推了一批卖家试水独立站模式。广州市番禺区、佛山市南海区和深圳市相继出台补贴内容和标准。其中，深圳商务局规定申报补贴的独立站必须在2019年1月1日前上线且持续运行情况良好，将从中择优给予200万元的资助。

相关文件信息概览

地区	发布时间	行业/政策文件	支持补贴内容
佛山市南海区	2021.9.23	“支持南海泛家居企业建设跨境电商独立站项目”服务项目	在3年内择优资助500家南海优企建设跨境独立站，以每家企业3万元的标准为建站企业提供全额建站服务费、云服务（SssS）托管服务费以及启动阶段的营销推广费用
广州市番禺区	2021.2.18	《番禺区关于促进企业使用云服务建站工具开展跨境电商业务的扶持办法》	（一）择优按照企业用于云服务（SaaS）工具年度服务费及海外独立站建站装修费用的实际支出给予补贴，每家企业合计最高不超过1.5万元，最多不超过100家企业 （二）择优按企业用于云服务（SaaS）工具的推广费用的实际支出给予补贴，每家企业最高不超过2.5万元，最多不超过100家企业

续表

地区	发布时间	行业/政策文件	支持补贴内容
深圳市	2021. 8. 5	《深圳市商务局2021年度中央外经贸发展专项资金（跨境电子商务企业市场开拓扶持事项）申报指南》	鼓励支持有条件的企业通过应用独立站开展跨境电子商务业务，对发展成效好的独立站项目予以资助。对符合申请条件的独立站项目进行专家评审与专项审计，择优进行资助，每个项目给予200万元资助

广东省支持独立建站政策

现有政策的资助侧重点不同，一类是择优重点支持，一类是启动式资助。中国地质大学（武汉）经济管理学院教授朱镇分析认为："深圳发布的政策的含义更深，重点是资助企业在建站之后，进一步打造海外的供应链管理系统，完善海外的数字化营销体系，对接市场国的消费者流量。"

内蒙古农业大学经济管理学院副教授张晓东主要研究电子商务和网络营销，他认为："深圳市对单个项目给予较高支持，意在支持差异化的、有发展潜力的独立站，针对某些国家或垂直细分的市场，比如对专门做3C产品或做服装的重点企业进行重点支持。"

佛山市南海区和广州市番禺区体现出鼓励传统外贸企业开拓电子商务渠道的导向。新型冠状病毒肺炎疫情期间线下展会取消，佛山市南海区工商联在2020年发起资助项目，已扶持100家企业用SaaS模式建设独立站，2021—2022年还将扶持200家企业。据广州市番禺区商务和信息化局的工作人员严先生透露，"目前，番禺已有约40家传统制造企业利用云服务（SaaS模式）建立海外独立站，包括传统B2B、生产制造业、进出口贸易、跨境电商等企业"。

成也流量，败也流量

独立站大致分成两种模式，一种是利用云服务（SaaS模式）建站工具搭建独立站，服务平台为卖家提供搭建网店的技术和模板，提供营销、售卖、支付、物流等一站式服务，卖家需遵守平台的管理规则，而客户资源还是沉积在平台上。另一种是利用开源软件或找软件科技公司开发独立站，卖家拥有独立的域名，独立掌握客户资源，但必须自行解决支付和物流问题。

不同模式的独立站的成本构成也不同。林芳选择了 SaaS 模式建站，除了建站投入，她每月还要向 Shopify 平台支付 29 美元的套餐费和提现手续费。随着销售额增长，林芳改用每月 299 美元的套餐，“高级套餐功能丰富，最重要的是提现手续费更低，一般销售额大于 4.4 万美元之后，高级套餐更划算”。

Shopify 三种服务套餐月费用分别为 29 美元、79 美元和 299 美元，提现手续费分别为 2%、1%、0.5%。而如果卖家找人开发独立站，则不会被抽取佣金。

不论哪种模式，流量都是独立站卖家必须突破的关口。

在独立站成功“出海”的故事里，中国快消品品牌 SheIn（希音）被频频提及。新型冠状病毒肺炎疫情暴发期间，消费需求涌入线上，SheIn 业绩逆势上扬，2020 年营收首次接近 100 亿美元（约合人民币 653 亿元），连续八年实现营收超过 100% 的增长。这匹快时尚行业的黑马被称为中国版“ZARA”，与后者不同，SheIn 没有铺设线下门店，而是依赖公司独立站和 App 走货。

流量在拉升 SheIn 业绩上有关键作用。根据 Google Trends 的全球网页搜索数据，SheIn 的搜索热度在 2019 年年初超过 UNIQLO（优衣库），而自 2020 年开始，SheIn 势头上升愈发强劲，风头直逼 ZARA。SimilarWeb 9 月份的数据显示，SheIn 网站访客平均浏览时长达 8 分 31 秒，已超过耐克、H&M 和 ZARA，排名第一。

运营推广也是关键一环。徐音是广州某跨境电商公司的员工，负责运营公司亚马逊日本站点，主要销售服装和皮包。2019 年，徐音所在的公司曾建过独立站，但由于“麻烦而且引流困难”，公司关了独立站，专做亚马逊平台。

在徐音看来，很少有人知道小卖家的独立站，因此，要做独立站就必须去 Facebook 或 YouTube 等网站引流。即便如此，他指出，消费者在其他渠道看到独立站广告，点进来发现是一个陌生网站后，大多数人不会购买。除了投放广告外，公司还在亚马逊平台的快递包装上印了独立站的链接，最后也只是徒劳无功。

运营推广的难度也体现在补贴标准上，广州市番禺区关于推广费用的补贴标准高于建站费用。前述政府工作人员严先生介绍，这是因为“独立站建站装修费用是一次性费用，而业务推广服务费用是持续性支出”。“谷河青年”根据摸查了解，企业海外独立站建站费用约为1.5万元，因此按1.5万元进行资助；企业推广费主要用于购买流量，通常情况下，5万元的流量可测出该企业的产品是否适合在海外市场销售，因此，以5万元基础流量作为推广费补贴参照，按50%给予2.5万元补贴。

尽管广州市番禺区获资助的部分企业日均成交额已达2万～3万美元，但严先生表示：“实际情况是整体推广情况没有达到预期，还得等下半年再看效果。”

企业对独立站的经营意识薄弱，严先生称：“企业以为给软件提供商一笔钱，就可以撒手不管了。其实，企业需要派出专责跨境电商运维人员维护独立站，整个独立站的风格、设计、内容、产品信息的更新、客户服务方式态度等都需要形成自己的特色，企业要用心呵护，持续地经营和投入资金，才会有效果。”

“这是长期倚赖第三方平台的流量解决方案，导致电商运营技能荒废的结果。”朱镇分析指出，在第三方平台的流量池中，顾客无非是在不同平台卖家间打转，只要卖家付费购买流量套餐和广告位，总有顾客上门。没有流量池，经营独立站的卖家则需要掌握一整套的网络营销和数字化运营的方法，但传统外贸企业和平台卖家没有配备这类人才。

第三方平台？还是独立站？

卖家在不同平台上迁徙与驻足，其背后往往是复杂的取舍，但最根本的还是利润。

和徐音的公司一样，徐在新的公司也曾多平台布局，但最终都只做亚马逊的店铺。把鸡蛋放在一个篮子里，看似不明智，算的却是一笔经济账。“一个亚马逊店铺做得好，能够比得上3～6个速卖通（阿里巴巴面向国际市场的在线交易平台）店铺，多元化的前提是其他平台也都能赚到钱。看重的还是亚马逊背后的高收入群体。”

徐在新工作的公司曾同时在速卖通、eBay和亚马逊上经营店铺，权衡成本和收益后，公司在2019年关停了速卖通和eBay上的店铺。徐在新介绍说：“速卖通低价竞争特别严重，顶多只能做几万美金，一个店铺需要配合的人员很多，客服、运营、仓管、配送等环节算下来都是不低的成本，实际利润率很低。”

“封号潮”之后，徐在新所在的公司没有渠道多元化的打算，只是在亚马逊上新开了几家店铺，销售新品牌。他提到：“平台流量越来越贵，如果后期独立站能够将流量成本控制下来，也是挺有潜力的。独立站要真正做起来，必须要等到社交流量成本比电商平台流量成本更低的时候。”

亚马逊的单个点击流量需要0.15～0.6美元，即便卖家增速超过买家增速，流量转换率有所下降，但仍远高于社交媒体的转换率。某TikTok运营人员晒出独立站7天的流量转换成绩，转换率为万分之十六。徐在新告诉“谷河青年”，转化率低于5%属于低转化，亚马逊的转化率为10%～25%，速卖通的大概为1%～4%。“国际版抖音也属于站外流量，顾客没有明确的购物需求，所以购买率很低。不过还要计算流量成本，才能确定是亏是赚。”

除运营之外，独立站卖家还面临着供应链管理带来的全新挑战。朱镇说：“欧美无理由的退货很常见，如果在第三方平台销售，退货直接由平台帮忙处理。而经营独立站需要自己找供应商、找仓储，解决客户响应和售后服务的问题。”

独立站并不是绕开规则的捷径

复盘此次“封号潮”事件，彭淼鑫表示，亚马逊根据平台规则封号具有一定的合理性，建议中国企业“出海”时需注意合规性，“遵守当地国家和平台的规则十分重要，例如当地的税务合规、法律合规、经营合规等”。

朱镇同样认为，“第三方平台是孵化中小企业的中间过程”，亚马逊对平台生态的治理无可厚非，“出海”企业应加强合规性检查，遵守市场国的消费文化和消费规则。他指出，当品牌成长到一定阶段后，企业都希望搭建独立的运营体系，未来独立站将会成为一种主流的经营方式。

独立站会给卖家以更大的自由，但并不是绕开规则的捷径。据《金融时报》报道，电商检测服务平台Fakespot发布的一份报告显示，调查Shopify的12.4万个独立站后发现，其中25788家店铺都可能存在假冒伪劣、侵权以及欺诈等风险，占调查总数的21%。

Shopify官方发言人在回应Fakespot发布的报告时称，2020年Shopify已关闭数千个店铺，还将实施新举措以治理平台上的类似问题。所以，对卖家而言，合规经营是一条必由之路。

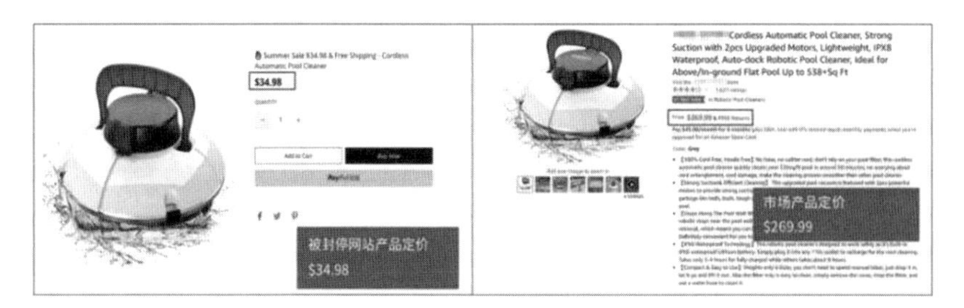

某云建站服务平台永久封停涉嫌欺诈的独立站

卖家为何屡屡触犯合规性经营的红线？张晓东认为本质上是研发和创新不足造成的。他建议："在向品牌化转型的过程当中，要加强研发、加强对各个国际市场的调研、增强对政策法规的了解，真正做独立的技术、独立的品牌，这样无论是什么样的平台，都不会涉及封号和侵权问题。"

换电，还是充电？新能源车补能迎来多解时代

撰文　王乐婧　胡家闻　隆侍佚　覃炜立
编辑　胡家闻
2022 年 7 月 3 日

“下一辆！”黄明华熟练地引导下一辆车入库换电。

倒车入库、插销解锁、整车抬升、更换电池、自检驶离，从驶入到驶出，整个过程不超过 5 分钟。这样的操作，换电站员工黄明华最多时一天要重复五六十次。在中国，像这样的换电站，已经有 1000 多座。

与此同时，新能源车车主王小欧女士已经在充电桩前等待了 30 分钟，电量仍未见满……

换电真能替代充电吗？换电模式能成为新能源车补能下一轮风口吗？消费者又该如何选择？

新能源汽车换电站

新能源车补能市场：换电运营商异军突起

据了解，新能源纯电动汽车补能方式主要有充电和换电两种模式。充电是指“车电一体、即插即充”的补能方式，而换电则是指将需要补能的电动汽车电池取出，更换一块已经在换电站内充满电的电池。

中国充电联盟数据显示，截至 2022 年 5 月，我国新能源汽车保有量为 891.5 万辆，现有公共及私人充电桩保有量总计 358.1 万台。相对于换电站来说，充电桩的建设成本更低，根据国盛证券研究所的数据，50 kW 快充充电桩单桩建设成本在 6 万元左右；私人充电桩建设成本则在 1500 ～2500 元。充电与换电模式比较见下表。

公共充电桩、家用充电桩、换电站比较

	公用充电桩	家用充电桩	换电站
建设成本	50 kW 快充 6 万元/桩	7 kW 慢充 1500～2500 元/桩	约 500 万元
补能时间	1.8～2 小时	3.5～4 小时	5～10 分钟
补能价格	约 40～50 元/次	约 20～40 元/次	私家车：几乎免费； 出租车：0.33 元/千米

注：根据国盛证券研究所、第一财经、新能源汽车网、企业年报等公开资料和公众采访整理。

然而，在过去几年的发展中，无论是公共充电桩还是家用充电桩，其数量和所带来的补能体验均未能较好地满足消费者的快速、就近的补能需求。据中国充电联盟统计数据，2016 年到 2021 年 6 年间，公共充电桩桩车比数值呈下滑趋势，每辆新能源汽车平均只能分配到 0.1 个公共充电桩。从地域分布来看，广东、上海、北京、江苏等十省市建设的公共充电基础设施占全国的 72.4%，充电设施发展并不均衡。

此外，家用充电桩的配建情况也不尽如人意。中国电动汽车充电基础设施促进联盟数据显示，2021 年随车配建充电桩数量仅有 59.7 万个，占新能源汽车销量的 17%。仅靠充电难以满足未来新能源车的补能需求，换电凭借其高效补能的优势，逐渐被市场接受。

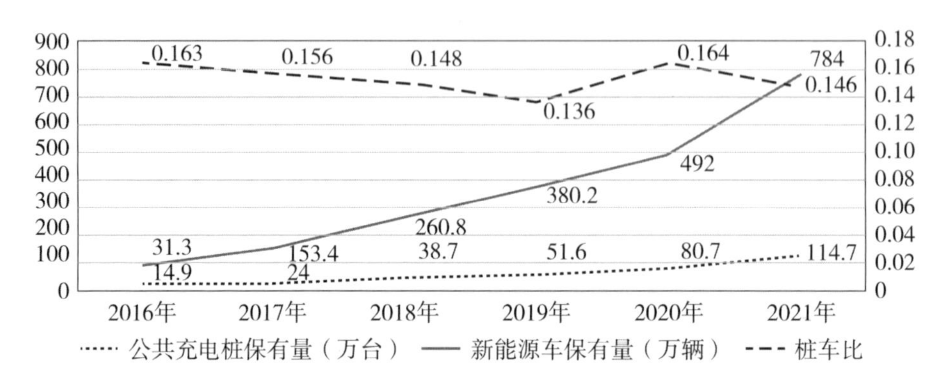

家用充电桩的配建情况

（数据来源：中国电动汽车充电基础设施促进联盟）

每逢节假日，新能源车充电桩前大排长龙，一桩难求的景象不断上演。家住上海的特斯拉车主李先生就向“谷河青年”表达了他的“里程焦虑”：“新能源汽车电池如果完全耗尽，对于电池本身也是有损耗的，再加上充电时间和充电桩布局不比加油站，所以我一般电量剩余20%，就要开始寻找充电桩。”

但是换电就似乎简单多了。广州车陂的一家蔚来汽车换电站，一辆纯电动蔚来汽车正在换电站内进行电池的更换，从入库到换好电池出库，全程不超过十分钟。“去换电站换电对我来说就类似去加油，耗时短，成本还低。”在一旁等待换电的蔚来汽车车主赵先生向“谷河青年”表示。

2020 年 7 月 23 日，国家工信部副部长辛国斌曾在国务院新闻办公室新闻发布会上表示，相比于传统的充电，换电模式具有增强用户体验、降低充电成本等优点。政策的扶持也随之而来。2020 年 4 月 23 日，财政部等四部委联合发布新能源补贴新政，明确起售价 30 万元以上的新能源汽车不再享受补贴，但是支持换电模式的车辆例外。2020 年 5 月 22 日，“增加换电站”首次被写进国务院政府工作报告，和加油站对于燃油车的作用一样，换电站作为新能源汽车的补能设施之一，成为国家基础设施建设的重要组成部分。

中国充电联盟数据显示，2020 年和 2021 年全国换电站数量分别增加 249 座和 824 座，同比分别增长 81. 4% 和 138. 5%，远超充电桩 70. 1% 的增长率。

企查查数据显示，仅 2019 年到 2020 年一年时间内，与换电模式相关的企业注册量增长 348. 71%，呈井喷式增长。目前，换电模式的市场集中度较高，在众多企业中，蔚来、奥动新能源、杭州伯坦科技是换电站建设和运营中的主力成员。

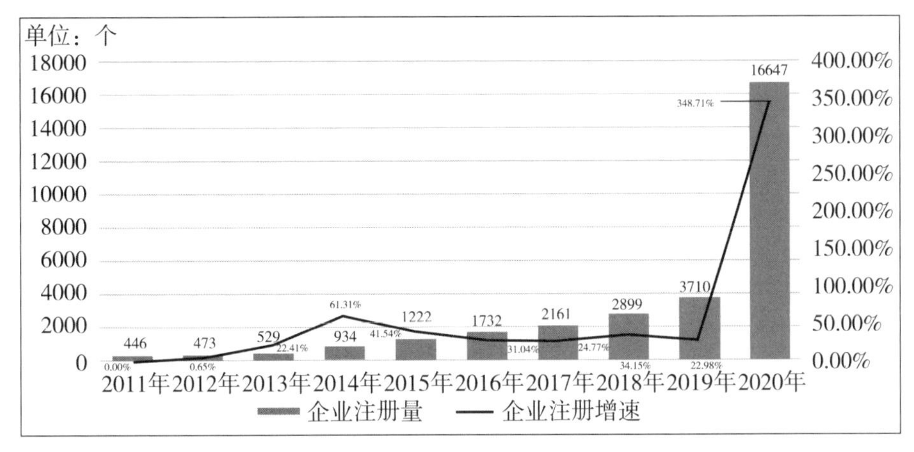

2011—2020 年全国换电站数量

（数据来源：企查查）

中航证券分析师接受36氪采访时表示，在当前换电模式下，上游电池供应商主要是以与车企和换电运营商的合作实现盈利，换电站运营才是市场空间中最大的一环。东吴证券研究也表示，2022年将是换电站放量元年，预计2025年当年，新增换电站将超16000座，新增设备投资额将超600亿元。

央财智库发布的《2021年新能源汽车换电市场分析报告》指出，中国换电业务运营商有重要的两类：以奥动新能源、伯坦科技、协鑫能科为代表的第三方换电运营商和以蔚来、北汽新能源、吉利等为代表的整车厂。这两种模式分别服务于不同的消费群体：前者往往与车企合作，参与出租车运营企业的公开招标采购，满足特定城市与特定品牌的出租车的换电需要；后者多是自建或合建换电站，为购买自家车辆的私家车车主提供换电服务。

据了解，经过近两年的高速发展，换电模式与充电模式一样形成了较为完整的产业链：上游由换电站电池供应商及设备生产商构成，中游由换电站建设和运营商构成，下游由新能源汽车用户、动力电池回收企业构成，如下图所示。

换电站数量迅猛增长、入局企业不断增多，势头强劲的换电模式又能否满足不同消费者的补能需要呢？

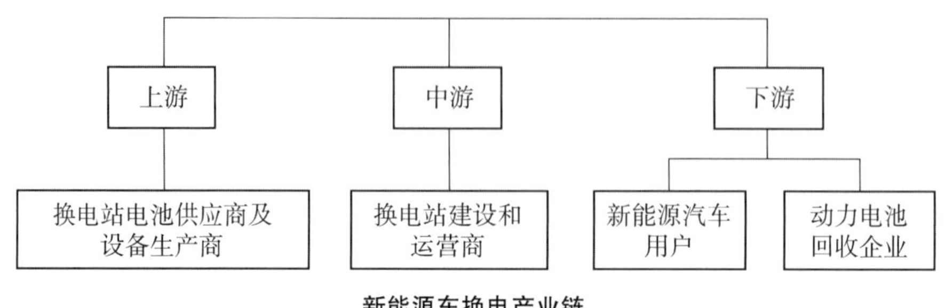

新能源车换电产业链

换电试水者：出租车司机

在小型车领域，换电模式的第一批试水者，并不是“用车”的私家车车主，而是出租车司机。网约车司机翁智强表示，单次换电从进站到出站，只需5～6分钟，不仅节约时间，而且再也不用去抢快充位；节约的时间也使得收入有所增加，“我们会节省下来一两个小时，接单量提升，每天的收入能增加两三百块钱”。

然而，换电模式下的出租车并不是完美的，具有换电站布局不尽完善、换电计费模式不尽合理、叠加新能源汽车续航里程痛点、依赖换电的出租车司机师傅跑单范围受限等问题。

据奥动新能源科技有限公司的官方网站资料显示，这家公司于2016年成立，专注换电技术研究和换电站投资建设商业运营，其中北京新能源汽车股份有限公司参股30%。同年，奥动新能源与北汽集团开始联手打造换电模式，在北京市政府的支持下，首批建设10座电动车充换电站，北京的出租车队伍也迎来了500辆换电车型。

与此同时，奥动新能源与一汽、东风、长安、上汽、北汽、广汽、东风日产、合众等超16家主流整车企业开展合作，并共同开发近30款换电车型，并拟在北京、上海、广州等36座大中型城市搭建商业换电运营网络，出租车司机可根据车型在“奥动换电”App上自行检索，获取周围换电站位置、电池储存量、排队时间等信息。

奥动员村换电站的张老板向“谷河青年”详细介绍了奥动换电站的运营模式，“针对出租车，我们是按里程计费的”。奥动换电站的收费公式为：换

电费用 =（本次显示行驶里程总数 - 上次行驶里程总数）×0.33 元/千米。他表示，这避免了原电池剩余电量不同但按次数收费的额外支出，且能很好地吸引司机选择换电。因为司机为充电所消耗的里程数，还会被再收一次换电费用，这对司机来说无疑是不划算的，所以司机会选择只去换电，让出租车司机的运营范围仅限于换电站布局充足的城区内部。

换电站的布局多停留在城市交通要道之内，而高速路、小城镇则数量较少，续航里程短导致的“里程焦虑”和换电站布局不完善导致的“补能焦虑”结合在一起，让换电模式下的出租车司机对长途单望而却步。

赖师傅是广州白云出租车公司的驾驶员，“新能源车别的都好，就是怕跑大单子”，他向“谷河青年”解释道，目前，新能源出租车较民用车而言续航里程更短，普遍在 250～350 千米。“每次接单前都要算里程，提前规划好换电站，有时候还要麻烦乘客途中等我们补能。”对此，有十余年燃油出租车驾龄的张师傅也表示认同，“遇上长途单还是油车方便”。

私家车的换电：补能市场的新竞争者

2022 年 3 月 26 日，中国电动汽车百人会论坛上，奥动新能源联合创始人、高级副总裁杨烨表示，“目前奥动的主流业务还是以 To B 为主，现在全国 30 个城市的布局，其实是在为 To C 做准备工作，目前在北京有少数私家车的用户也在做 To C 换电体验”。

最早在私家车领域进行换电尝试的是蔚来汽车。2014 年，蔚来汽车提出要为消费者提供全面的“多元补能服务”。

李小健（化名）是一位蔚来 EC6 车主，他说自己“几乎没有补能焦虑”，因为“和传统充电相比，我可以选择家充、快充，换电、移动充电车以及各种增值补能服务”。

上述说法也得到了汽车专栏作家李欢欢的支持，她告诉“谷河青年”，“目前充电效率还普遍比较低，理论上如果换电能够普及，其实也能促进新能源车的普及，因为它极大提升了车主补能的便利性”。

据了解，除拓宽现有补能方式外，还有电池租赁（BaaS）等服务类型。例如，消费者可选择出让电池的所有权，按月付租金租用电池，从而降低了消费者的购买成本。

“谷河青年”在位于广州番禺区的蔚来中心观察到，前来咨询电池租赁服务的消费者不在少数，销售万小姐向“谷河青年”介绍，“换电模式让车电分离销售成为可能，消费者可以选择以较低价格购买车辆，而电池以月租方式取得”。蔚来官网显示，以 75 kWh 标准电池包为例，选择电池租赁的车主，整车价格可减少 7 万元，相应月租费为 980 元/月，期间同样享有每月 6 次的免费换电机会。

李小健就是这一服务的购买者，他算了一笔账，“如果把通货膨胀和电池折旧考虑进来，这一服务在购车后的 6～7 年内都将是划算的”。对此，蔚来车陂换电站员工苏先生给出了相同的答案，“一般纯电车型，电池随车销售，其健康度会随着时间衰减，但是换电模式下，我们通过国家标准和企业内部标准，确保用户换到的每一块电池的健康度都在 90% 以上”。

尽管换电模式已经为一部分消费者带来补能体验和服务的提升，但针对这一模式的质疑声从未停止，特斯拉车主李先生十分直接地向“谷河青年”表达了他的疑惑，“（换电）这个模式还没被证实可行，我个人会觉得它就是一种营销手段，日后能不能大规模推广还是问题”。

查阅蔚来公布的年报，其中并没有明确给出换电站建设成本属于营销管理支出，也没有提及换电站建设支出。为此，“谷河青年”询问了全国乘用车市场信息联席会秘书长崔东树，他解释道：“这部分业务是外包的，在年报中是看不到的，这是一种探索模式，也不算营销噱头。”

蔚来的销售人员万女士坦言道：“我们想做高端，70% 的用户之前是 BBA（宝马、奔驰、奥迪）用户，我们不太想在传统新能源汽车价格战的赛道中竞争，我们是想给传统高端油车用户一个更好的新能源车体验。”

根据蔚来对外公布的数据，建设并运营一个换电站的前期投入是 200 万元，是建设一座快充桩费用的 120 倍。36 氪产业分析师宋婉心接受“谷河青年”采访时表示：“蔚来建设换电站肯定不单单只是噱头，毕竟换电站的前期投入很大，蔚来没必要为了噱头干这事。”

充电与换电：各自补短，并行发展

对比换电，充电时间长是充电模式的痛点。技术的进步带来了新的信号，尽管没有全面投入量产，但部分车企正在探索的“超高压充电”系统，或许能够成为降低消费者充电时长的参考方向。

高电压平台，通俗来说就是“超级快充”，通过高电压提升充电速率，从而尽可能降低充电时间。按照燃油汽车的标准，加满一箱油只需 3 ～5 分钟，续航 500 公里；目前充电桩的电压多为 220 V，按照华为公布的 FC3 闪充方案，当电压升至 1000 V，便可实现 5 分钟充电 50 kWh，可续航 500 千米。相关企业公布的方案如下图所示。在这种模式下，电动汽车的补能方式和效率几乎可与燃油车保持一致，新能源汽车车主也能获得和燃油车车主一样方便、快捷的补能体验。

参与超高压充电布局的企业

企业名称	方案名称	预期效果
华为 AITO	FC3 闲充方案	充电 5 分钟续航 500 千米
比亚迪	“e 平台 3.0”	充电 5 分钟续航 150 千米
广汽集团	3C 快充系统	从 0 到 80% 只需 16 分钟
长城汽车	4C 快充电池	从 20% 到 80% 只需 10 分钟

（注：据公开资料整理，以上方案尚未大规模投产）

36 氪分析师丁卯向“谷河青年”指出，尽管超高压平台尚未成熟，“800 V 高电压平台不是靠一家企业或者一个环节可以解决的，需要从上到下整个产业链的配合，目前技术转化率较低，各家企业基本都在初级阶段”。但换电的优势局面也很可能会被打破，“换电模式很可能是高电压平台大力普及之前的过渡选项”。

根据蔚来发布的 NIO Power 2025 换电站布局计划，蔚来预计从 2022 年至 2025 年每年新增 600 座换电站，至 2025 年年底，蔚来将在中国布局超 3000 座换电站。蔚来工作人员黄明华也表示，蔚来现在每周有 5 座换电站在建，今年主要布局高速公路换电站，切实满足消费者换电需求。

奥动新能源在专注于出租车换电的同时，也在布局私家车换电市场。奥动新能源高级副总裁杨烨公开表示：“在 2025 年，奥动将在全国布局 1 万座换电站，服务 1000 万辆以上新能源汽车，广大私家车用户将逐渐感受到换电模式的优势。”

值得一提的是，换电产业链上游的电池公司也参与了换电站布局。2022 年 1 月 18 日，宁德时代旗下全资子公司时代电服发布换电服务品牌——乐行换电（EVOGO）推出“巧克力换电块”换电解决方案，同时在品牌发布会上称，“巧克力换电块”可适配全球 80% 已经上市及未来 3 年即将上市的纯电平台开发车型，并欲带起“将电池作为共享资产独立出来”、共享换电的趋势。4 月 18 日，该项换电服务在厦门正式启动，目前有 4 座“快换站”的体量，预计 2022 年年底将于当地完成建造 30 座“快换站”。

归根结底，充电与换电两种模式作为新能源汽车的重要补能方式，是为大众服务的公共设施。2020 年和 2021 年政府工作报告中连续两次提及“建设充换电设施”和新能源汽车补能市场的发展，这不仅仅涉及消费者需求和企业获利本身。新能源汽车补能市场兴起不过 20 年，政府、民众、产业链上的相关企业各自为战但也息息相关，换电和充电的竞争与合作的棋局才刚刚揭盘，复杂的棋局未有定论，正如消费者小欧女士所言：“我更希望我的汽车，既可以充电又可以换电。”

“热销”欧洲？被炒作的中国电热毯，依然是夕阳产业

撰文　吴宏健

编辑　史轩阳

2022年10月18日

2022年10月14日，电热毯龙头企业四川彩虹集团迎来连续2个涨停后的回落，报收40.7元，下跌3.07%，股价上涨势头受挫。与此前一个月的股价暴涨不同，在全民围观“中国电热毯热卖欧洲”的风潮过去后，这家备受关注的“明星企业”迎来了接近跌停的尴尬时刻。

“2022年公司获得一些产品出口订单，总体上数量少、金额低”，彩虹集团在10月13日回复深交所关注函中这样写道。事实上，彩虹集团早在9月底发布的股票交易异常波动公告中便已声明此点。不过即便如此，彩虹集团的股价依旧在过去的近一个月时间里，同一众电热毯企业一起被持续推高，直至日前才接近跌停。“不情不愿”地被推高，又似乎“意料之中”地下跌，这种矛盾现象不禁让人发问，此事背后的事实究竟如何？

2.2022年9月23日，你公司披露《股票交易异常波动公告》显示，你公司组建了海外市场开拓部门和服务团队，从事产品出口业务，且今年取得了一些电热毯出口订单，单张订单数量低，总体金额小，未对公司收入产生实质影响。请结合公司经营情况、在手订单情况等，补充说明公司电热毯等家用柔性取暖器具相关产品在海内外已实现的销售收入、占公司总营业收入的比例。

回复：

长期以来，公司立足于国内市场，产品以国内销售为主。为探索开发出口市场，公司上市后组建海外市场开发团队并开展系列认证等工作。截至目前，主要型号电热毯产品通过了CB体系安全性能测试，先后获得CE、UKCA 、GS、SAA、ZA认证，通过关于欧盟有毒有害物质的化学测试（REACH、RoHS、PAHs）。2022年，公司获得一些产品出口订单，总体上数量少金额低，截至6月底，电热毯等家用柔性取暖产品实现海外销售收入21万元，此外，目前在手订单金额约133万元，合计占上一年度公司营业总收入比例为0.13%。

彩虹集团回复深交所关注函

133万元订单撬动25亿元市值？

2022年9月25日，中国家用电器协会和中国海关总署公布的两组中国电热毯外销数据，将“欧洲人买爆中国电热毯”送上微博热搜。前者显示，尽管2022年以来多数家电产品对欧洲出口额呈下降态势，但是仍有多个品类保持增长，其中电热毯以97%的增速领涨其他品类。而后者也表明，中国电热毯销量猛增，至7月更是迅速增至129万条，环比增长近150%。

中国电热毯热销欧洲的消息引爆了网络，微博“欧洲人买爆中国电热毯”的话题阅读量达2.7亿人次，97家媒体参与其中，“卖爆了”“赢麻了”等标题在媒体中屡见不鲜。在随后的一个月里，彩虹集团迎来了新增的25亿元市值。并且，不仅彩虹集团，连带其他许多中国电热毯生产企业，甚至与电热毯生产非直接相关的企业，股价也迎来了猛涨，比如生产热泵的雪人股份和生产空调的海信家电。

“电热毯纷纷内卷”“棉裤棉袄也纷纷安排上”……网友们纷纷打趣道。一方面，欧洲能源危机下，中国电热毯“出海”似乎已经成为大势所趋。但另一方面，网络上也涌出了质疑的声音。《证券日报》此前的报道中便引用了业内人士的观点称，“欧洲实际上缺的是能源，而不是电器，所以电热毯的真实需求可能并不大”。

但事情并未结束于9月。随着10月以来彩虹集团股价的下跌，中国电热毯在欧洲的销售情况又被提上议程。在回复深交所关注函中，彩虹集团称，截至2022年6月底，电热毯等家用柔性取暖产品实现海外销售收入21万元，目前在手订单金额约为133万元，合计占上一年度公司营业总收入比例为0.13%。彩虹集团所列举的数字几乎引发了网络上一连串的连锁反应。“一百多万元订单撬动二十多亿元市值？”“所谓的热销是不是炒作？”网友们纷纷评论道。

热销变“热炒”？

“其实在这边真的没有发现有囤电热毯的情况。”在西班牙巴塞罗那留学的李同学对“谷河青年”说道。李同学表示两周前她和朋友聊天时，便有同在西班牙留学的朋友提醒她欧洲正在大量进口中国电热毯，要早做准备。但随后朋友们又告知其这可能是条假新闻。“他们又说，感觉是国内商家搞出来的，因为他们去问了自己当地的朋友，（发现）根本没有囤电热毯这种事情。”

今年年初刚赴德国代特莫尔德留学的何同学也表示，她所在的地方并未有抢购或者囤积电热毯的现象，更别论中国电热毯。“德国呼吁各种节能，能源价格都在涨”，何同学说，“我甚至看见有人劈柴烧（取暖）”。何同学介绍，能源危机下，德国居民承压明显，连“超市都关得比较早”。不过即便如此，身边也并未有人使用电热毯，“可能是（电热毯）比较费电吧”。

法国留学生梁同学对“谷河青年”说，电热毯在国外的销售渠道是受限的。“至少目前，在我这边的电器店或者商店里，电热毯都还不是主推的产品，起码还没有摆在最明显的展示牌那里。”梁同学说。现居英国曼彻斯特的留学生于同学也认同这一说法，她表示在她去过的许多英国城市的线下店面里都很难见到电热毯，要买的话几乎只能网购。

对于中国电热毯在欧洲热销这一消息，于同学提出了她的质疑。在她看来，国外并没有使用电热毯的习惯，更多使用天然气、电暖片等。“电热毯只能在床上的时候使用，用起来并不方便”，于同学说，“而且（这边）电热毯的价格其实并不低，据我看到的情况来说，很多时候比其他电热器的价格甚至还要高”。于同学认为在购买便利性、实用性与价格的优势都无法凸显的情况下，本就没有使用习惯的国外用户，很难一下子就适应并决定购买电热毯。

“我们自己现在都用得很少，更别说外国人了。”电商蔡女士说。蔡女士表示，电热毯作为一个夕阳产业，本身就处在一个逐渐落没的阶段。即便在价格上，电热毯在国内相对其他电热器也未必具有优势。“再一个，大家也不敢买便宜的。之前电热毯安全事故出了多少？”

在蔡女士的记忆中，电热毯的普遍使用似乎还是十年前的事。“那时候选择还不多，但如今有了这么多高科技的取暖器可供挑选，用户很难再把电热毯作为取暖的第一选择了。”蔡女士举例说，自己原先就是使用电热毯的，但现在更喜欢用新式的磨毛四件套，“就一两百块钱，带发热的，很方便”。

“闹剧”过后呢？

与媒体、公众的欢呼相反，身处“风暴眼”中心的公司们则显得异常冷静。除了前述的彩虹集团早早发声表示电热毯订单的波动未对公司收入产生实质影响外，前文提及的雪人股份和海信家电在接受《红星新闻》采访时，也均表明将专注主营业务，而非大规模开展推动电热毯生产。

此前，“谷河青年”也曾致电包括彩虹集团、青岛琴岛电器等在内的多家中国电热毯企业。彩虹集团对“谷河青年”说，企业正在投入复产复工，相关生产尚在紧张恢复中。琴岛电器也仅表示企业刚刚进入复产复工的阶段。

“其实企业自己心里也比较清楚，所谓热销只是短期的，甚至是有水分的。”在家电行业从业几十年的恒昌家电老板吴周林说。他认为，作为夕阳产业的电热毯已经很难回到过去了，选择将目光从电热毯上移出，而非被短期波动干扰决策，对企业来说是一个明智之举。

中山大学岭南学院陈平教授也提醒称，企业的目光要放得更长远。“当下，迫于‘政治正确’，欧洲国家往往需要对俄做一个表态（对俄天然气进行制裁），但是如果常态化了又该怎么办?”陈平认为，经济好的时候，政治诉求的表达更为明显，而如果遇上经济萧条，则可能又将是另外一番情境。“地缘政治的影响只是短期的，长期来看，这种影响是相对有限的。”

“热销舆论过去之后，企业总归还是要面对一个很现实的问题，即生产的电热毯卖给谁? 电热毯又是否会被新技术手段迭代?”吴周林说。不过，根据吴周林的观点，中国电热毯企业也并非只能坐以待毙，从改进质量和塑造品牌两个方面着手，中国电热毯企业“总归会有些机会”。

“最早嗅到风向买入彩虹集团股票的股民，已经赚了一波离场了。最终又会苦了谁?”有媒体发文写道。但吴周林并不认同这种观点。在他看来，从某种程度上说，企业本身也是受害者，毕竟彩虹集团早在近一个月前就已经发文自陈。“现在还不至于喊打喊杀，比起纠结中国电热毯在欧洲销售情况究竟如何，思考帮助中国电热毯企业渡过眼前的难关似乎更为重要。”

参考文献

[1] 舒娅疆. 欧洲人买爆中国电热毯！业内：清醒点！缺能源不是缺电器[N]. 证券日报，2022-09-29.

[2] 俞瑶，程璐洋. 一个月出口129万条，但把电热毯卖到欧洲去并不简单[N]. 红星新闻，2022-09-23.

写下这篇手记时，我还在感叹这篇报道的产出的“意外”：当时只是无意在《今日头条》财经热榜上的一瞥，却是我后续长达半个多月探访了解、深入采写的开始。有趣的是开始我还以为会写出又一篇中国制造成功“出海”的宣传稿，不成想最后竟走到了旧有设想的反面。

彼时伴随着电热毯“出海”欧洲的报道热与争议不断，却少有一线的声音。抱着寻找系铃人的想法，我拨打了几十个电热毯生产工厂/公司的电话，给十几个官方邮箱发了邮件却并未得到令人满意的回复。实地走访也收效甚微，只有个别公司的员工愿意在电话里同我浅浅聊上几句，让我一窥一二。

碰壁之后，相关第三方、留学生方向的采访才终于有些突破。但异地交流的时差也制造了不小的困难，伦敦时间、巴黎时间、柏林时间、马德里时间……与正常学期交叉，通常是我第一天发消息、第二天才能收到回复。几次沟通下来，漫长的消耗让我险些崩溃，好在身边人的鼓励，才能够坚持下来。

采访中，留学生们的热情给我留下了深刻的印象。他们不仅乐于献上一臂之力，也愿意让真实情况被披露。即便只是被采访，他们中的多数也相当严谨，交流时总要带上一句“这只是我这边的情况，并不能代表所有人”。正是他们的支持，才使得报道能够以最快的速度成型。

最后，还是想感谢为此报道提供帮助的所有人。正是因为你们的真诚与无私，才给予了远离事件的我们靠近真相的机会和勇气。

第四章

国际报道：全球化，世界观

一个中国留学生的巴黎惊魂夜*

撰文　陈席元　田格凡
2015 年 11 月 14 日

恐怖袭击发生时，在巴黎 SKEMA 商学院读研的 Crane 同学就坐在法兰西球场内，观看法国对德国的一场足球热身赛。

比赛开始前 Crane 在看台上拍摄的图片

第一次爆炸声传来是 11 月 13 日 21 点 20 分左右。“上半场进行到一半，场面比较沉闷，观众都玩起了人浪，突然东边传来一声巨响，我能感受到身边

* 为保护消息源人身安全，文中人名均为化名或昵称。

的观众都吓了一跳，抖了下。”

比赛继续进行，接下来第二次、第三次爆炸声也没有引起现场观众多大反应。“大家估计都跟我一样也没怎么在意。球场信号不太好，我是下半场开始的时候收到 BBC 推送，一开始就当个别事件。”Crane 说。

不过，Crane 还是用手机上网查询，发现事件在升级，比预想更加严重。身边的同伴也有些不安，“加上比赛的不是双方真正的主力，友谊赛比较无聊，到了比赛进行到第 80 分钟，也就是 10 点 45 分的样子我们就退场了，出去的时候发现很多人都在小跑，迎面有记者和警察进入球场内”。后来，据法国媒体报道，法国足协主席确认，在球场的一个门口发生爆炸，有三人遇难。

回家的路上，Crane 回忆说：“天上有直升机，路面警车也多了。挤上被回家的球迷挤满的地铁 M13 号线，车上人们都在交谈这事。到换乘的 L 号线，看到有列车警执勤，等了 15 分钟才发车。车站里人群脸色都很凝重。上车后走了没几站，车上广播说这列车直接到终点站，中间不停了，请需要中间站下车的乘客到终点站下车等大巴来接。”20 分钟以后，Crane 才等到大巴，前后花了 2 个小时才回到家。

虽然平安到家，但之后刷朋友圈看到的信息却让 Crane 多少有些后怕。他的朋友圈里，一位惊魂未定的女生 Caroline 连发三个“抱抱”的表情求安慰：“我想说我在巴黎真的很害怕，虽然我知道我至少还要坚持完成课程再回国，但是一听到全境封锁，第一反应就是不能回国了，那种无助感我不知道要怎么说，如果不是改变主意可能真的就在现场了，想起来充满后怕。感谢大家第一时间来关心我，问我的情况，让我知道还有你们在。”

“谷河青年”联系上 Crane 的时候，他已经换上了“Pray for Paris”（为巴黎祈福）的黑白头像。他的一位住在法国里尔的朋友当时也在看电视转播，听到一声巨响就来询问他现场的情况。得知是恐怖袭击，那位法国朋友对 Crane 说道：“法国冠军杯之类的比赛常有那样的噪声，所以我在电视上听到的时候没在意……太可怕了……还记得么，今年 1 月查理事件发生的时候我和你在中国……我没法给你解释现在我有多难过……我的父母现在就在一架飞机上，他们应该早上 6 点抵达巴黎……”

Crane 难以入睡，整夜都在刷微博、帖吧、朋友圈了解周围同学的情况，凌晨 5 点多才放下手机休息。他所在的 SKEMA 商学院集团，由法国尼斯高等商学院（CERAM）与里尔高等商学院（ESC Lille）合并而成，是法国目前规模最大的商学院之一，中国留学生众多。

事发之后，国内多家媒体迅速联系了在法的中国留学生，一方面询问了他们的安危，另一方面也通过他们了解现场的情况。澎湃新闻采访了两位在法的留学生，他们都处在事发的核心地带巴黎第十区。其中，张同学表示："所有在法国留学的同学都觉得恐慌，不敢出门。"另一位留学生张女士，事发时正在巴黎第十区一家饭店用餐，离开时听到了枪声，之后她和众人一起躲到了饭店里，当晚 11 点才被朋友接回家。

和 Crane 一样，11 月 13 日，很多在法国尤其是巴黎的中国留学生度过了紧张的一晚。目前，还没有有关中国人在袭击中伤亡的报道。

事情已经过去 5 年了，真的只剩下了"印象"。首先是做新闻需要一股激情，我当时感冒了，第一年去南方，恰逢换季，难免不适应，但是听说"谷河青年"约稿，当时就从床上爬下来开始电话采访、核对事实、写稿，好像那一瞬间病就好了。

第二是感慨世界真不大，"六度分割"的体验很奇妙，发生在巴黎的恐怖袭击，我的朋友圈里有同学就是亲历者。我记得当时各家媒体都在抢着找在现场的当事人，我们"谷河青年"这篇应该是比较早期发表的且采访到现场亲历者的报道，不仅比很多校园媒体快，也比很多大众媒体快。

这篇稿主要是找到了现场目击者，正如标题"一个中国留学生的巴黎惊魂夜"，有亲历者的观感和现场图，整个报道就显得更加真实，这也是校园媒体在国际性重大事件发生的时候避免缺位的一种办法。事件发生后迅速反应，积极联系上亲历者是这篇报道值得称赞的地方，但是学生的视角和亲历者的描述只是事件的一部分，更多的观察和资料收集没有继续呈现。

2015 年 11 月 14 日 16 点 55 分，中山大学新闻传播学院公众号"布谷岛"

发出两篇推文，一篇是特约记者陈席元和学生记者田格凡的《一个中国留学生的巴黎惊魂夜：谷河传媒专稿》，采访了一位在巴黎的中国留学生；另一篇是学生记者廖芷莹的《学者谈反恐：防止极端主义的蔓延，国际社会要有长远规划》，采访对象是国际关系学院朱素梅副教授。

朱素梅老师回答了一系列公众关心的问题：为什么极端分子选择在法国巴黎进行袭击？为什么极端分子选择在体育馆、音乐厅、餐馆这些地点进行袭击？这次袭击会给法国甚至是欧洲的政策带来什么变化？中国应该如何应对反恐的新形势？等等。两篇文章既有对于恐怖事件的现场新闻，又有背后的新闻解读。

中山大学新闻传播学院刘颂杰老师说，"我 14 日当天 8 点多起床看到新闻，马上在学院谷河传媒的编辑群里转发消息，让大家启动报道。几位主要学生负责人一起讨论报道角度，张志安院长也参与讨论，提出的思路包括：从学生角度做一个采访，了解恐怖袭击对留学生的影响；采访相关专家，做一个访谈稿；从专业的视角，看全球媒体的报道分析"。

刘颂杰说，"在报道角度上，老师给了比较多的指导，但具体执行方面，学生的主动性和创造力就体现出来了。他们迅速找到一个留学生朋友，他正好刚刚离开法兰西大球场，学生联系上他做了专访，这是第一篇稿。在编辑方面，我提供了一些修改意见，比如要提供留学生群体的整体情况，以及把个人的专访和整个事件的大背景结合起来写。另外，学生也很快地联络到国际关系学院研究恐怖主义问题的朱素梅副教授，并对她做了专访，采访提纲和操作都是学生独立完成的"。当天晚上，财新网的"世界"栏目全文转载了这两篇报道。

11 月 15 日，"布谷岛"刊发学生记者王谦、李林蔚、戚展宁的《巴黎恐袭的背后：2000 万欧盟穆斯林何去何从?》。这篇文章参考了多篇文献，从欧盟国家现有的约 2000 万穆斯林切入，介绍了巴黎恐袭事件发生的重要背景，认为欧洲要保障未来的和平安宁，必须要重视移民问题、欧洲穆斯林族群问题以及伊斯兰世界现代化问题，对巴黎恐袭事件做出更深一步的解读。

11 月 16 日，"布谷岛"推出黄婧茹和杨露合作的《【深度】全面呈现 or 克制表达：媒体如何报道恐怖袭击?》。这篇文章探讨了媒体如何正确报道恐怖事件才不会造成民众恐慌，以及媒体如何避免成为恐怖主义的宣传工具。

刘颂杰说，"广东卫视的王世军在微信朋友圈转载《一个中国留学生的巴黎惊魂夜》时说，这篇文章值得广播电视记者学习。这对学生记者是很大的激励。我个人感觉，新媒体时代的学生媒体是有很大空间的，新技术给学生们提供了各种可能性，包括做第一时间的国际采访”。

作为老师，除了应提供必要的指导外，主要应该让学生们发挥自己的创造性。当然，也要让学生们从一开始就按照专业的、严谨的方法来报道，报道形式可以多元、创新，但基本的新闻专业主义规范不能忘。

谷河传媒是中山大学新闻传播学院的学生媒体平台，“布谷岛”是其中一个公众号。时任中山大学新闻传播学院院长张志安要求谷河传媒“严格按照专业标准来要求学生做原创报道，不搞标题党、不重眼球效应、不过度娱乐化、不做碎片式快餐稿，服务社区，认知中国”。这次巴黎恐袭事件报道也是遵循这样的要求，做原创新闻、做深度新闻、做严肃新闻。

作为“一级可能感染者”，我在意大利被隔离的14天

撰文 古 睿
编辑 王 颖 陈子阳
2020年2月25日

新型冠状病毒肺炎疫情在世界范围内蔓延的趋势似乎在不断加强。前往意大利特伦托开展为期半年交换学习的中山大学新闻传播学院（传播与设计学院）大三学生古睿亲身感受到了这份紧张感。

截至当地时间2月24日中午，意大利共有219人确诊为新型冠状病毒肺炎，5人因此死亡。而早在1月31日，意大利卫生部门通报称，2名确诊了新型冠状病毒肺炎的中国旅客正在罗马接受隔离治疗，从当日起，意大利进入国家紧急状态，计划将持续6个月。

古睿无疑是“幸运”的，如果航班晚几天，她可能无法入境。但与此同时，她也经历了在异乡为期14天的隔离生活。但待隔离期结束，正常上课10天后，她要面临的却又是尚未确定期限的停课。

作为一名中国学生，在疫情形势紧张的异国他乡，古睿经历了怎样的波折，又发生了什么样的互动？以下是她的自述。

突如其来的异乡隔离

2020年1月30日，我和同期前往意大利交换学习的同学驱车前往白云机场，路上就被测了三次体温。同时，出境需要进行健康申报，填写申报卡的地方也排着长队，好在没有耽误起飞时间。飞机上，从乘客到机组人员，无一例外地全都戴着口罩。这一平时十分罕见的景象，在这个节骨眼上，又似乎再正常不过了。

米兰当地时间下午1点左右，飞机着陆。傍晚，在米兰开往意大利北部城市特伦托的火车上，我们看到了意大利新增2例新型冠状病毒肺炎确诊病例的新闻，并得知，意大利将进入国家紧急状态。我和小伙伴暗自庆幸，幸好及时

飞到了米兰，不然可能无法入境。

谁料想，屁股还没坐热，我的手机就开始疯狂震动，1 封邮件、2 封邮件、3 封邮件，1 个电话、2 个电话，微信也跳出了近 10 条消息。我这才知道，意大利进入国家紧急状态，意味着我作为“一级可能感染者”，要马上进行 14 天的隔离。

在火车上，我们收到学校发来的邮件

下了火车，我们在站台等候接应的工作人员。不一会，一位身着夹克的男士朝我们走来，并带我们坐上了一辆来自意大利当地卫生局的小车，车身红黄相间。有趣的是，开车的卫生局工作人员本来没戴手套，在为我们搬行李时，他却突然掏出手套、戴上口罩。

“你们要做好心理准备哈，山上的隔离条件确实没有那么好。”一个意大利中国留学生群的群主这样提醒我。事实确实如此，隔离房间空空如也，只有寒酸的 2 张折叠床。

在当地卫生局和红十字会人员的帮助下，我们整理好床铺，置办了被子、枕头、毯子、床单等用品。红十字会的人向我们保证，桌子、椅子、垃圾桶等各种物资很快就会送过来，一日三餐也会由他们按时提供。有了这样的承诺，我们才安心地度过了在意大利的第一个夜晚。

一次不甚愉快的被采访经历

第二天早上，一个粗犷的男声把我从梦中叫醒，我披了一件羽绒服从房里探出头，2 个记者模样的男士站在我们的房间外面，带着浓厚的口音，用英语艰难地问我们能不能拍照和采访。

姓名、专业、年龄、来意目的、是否自愿隔离等等，这些信息我们都“来者不拒”，一五一十地全部告诉记者，并在最后留下了合影。我们本来想着，这是一次消除意大利对中国人及新型冠状病毒肺炎疫情刻板印象的好机会，让当地老百姓知道我们都是健康的，是为了消除当地人的恐慌才自愿隔离的。

在得知我们接受了采访后，微信群里的小伙伴提醒我们，照片千万不要露脸，不然可能遭遇他人的歧视。他们发来了中国留学生在德国、英国等地被辱骂和殴打的帖子。我们马上就慌了，急急忙忙下楼想要让刚刚的记者删掉我们的照片和个人信息。

然而出乎意料的是，刚走到一楼，各种闪光灯便向我们劈来——原来我们的楼下已经围了很多记者，一看到我们出来，他们便扛起单反相机和摄像机开始拍摄。我们的第一反应是躲，像乌龟一样钻回了楼道里，大眼瞪小眼，异国他乡，语言不通，大家都不知道该怎么办；第二反应是委屈，作为 5 个健健康康、身体倍儿棒、一顿可以吃 2 碗饭的中国人，到意大利求学时竟然连楼都不敢踏出一步。

出于善意接受采访的我们面对毫无预告的闪光灯和层层围住的记者，不免感觉到有些被冒犯，似乎被当作了什么稀奇动物，或者一条大新闻。仿佛我们不止身体被隔离，精神和心灵也被隔离了。

但是没办法，由于露出正脸的照片还在那个记者手里，我们只得躲避着闪光灯走出门，戴着口罩去和他沟通。我的英语、口才都不错，也是一名新闻传播学专业的学生，但在当时的情景下，我们无法得知最后的报道将会如何呈现。面对我和朋友的质疑，对方表示，意大利政府允许记者拍照，“well, I’m a journalist so…… that’s what I do.”（我是记者……这就是我的工作）

走回房间的路上，我们 5 个人的心情也逐渐平静了下来。说实话，我们能理解意大利人对中国人和疫情消息的好奇。他们有知情权，我们也非常乐意将所感所看一一分享，但在这个身处异乡的特殊时期，双方语言不通，一点点小误会都可能被无限放大。

意大利当地媒体对我们的报道

我们打电话给大使馆、红十字会以及当地的华人联盟反映情况。之后，红十字会每天都会派 1 ～2 人守在楼外，防止我们被打扰。

隔离并没有带走爱

除了前2天过得比较漫长和难过，我们后面的隔离日子还是蛮开心的。屋子装上了暖气，5个人的小脸在气温为0摄氏度的欧洲都被烘得热乎乎的。学校的华人学联送来了扑克牌和零食，甚至有卫龙辣条和火鸡面！

一起被隔离的我们

我们几个中国人每天就聊聊天、打打牌、看看电影、烤烤暖气。由于实在有点吃不惯这里的食物，我们就拿起小锅“自力更生”。送来的炒饭又干又冷又硬，我们就重新加热，还加了鸡蛋和“老干妈”辣椒酱。我们还用火锅底料、方便面和意方送来的又冷又生的蔬菜沙拉做了炒面。虽然现在翻出照片，这些食物看起来甚是寒酸，但是在当时，我们每个人真的吃得非常幸福，加入一点“老干妈”的味道，就是中国菜的味道。

在微信群里，我们开玩笑地称意大利对中国的态度实在称不上友善，而且记者在我们楼下的蹲点，也让我们对这群西方人产生了些许的负面情绪。我十分担心，出去后重返校园，同学们会不敢坐在我旁边的位置，不敢和我说话，甚至辱骂我……因为我知道，人与人之间的恐惧，是相互的。

但结果证明，事实并非我们想象中的那样。在隔离的某一天，我们发现大

自己做的炒面

楼的门上挂着一个红色的袋子，上面用英语写着：“For Zhongguoren（中国人）Friends!”打开一看，是一本图画书、一本笔记本，还有一些颜色笔。应该是某个可爱的意大利人，怕我们被隔离感到无聊，送上来一本图画书，让我们涂涂色解解闷。

当地人送来的小礼物

是啊，“隔离”听起来确实是很冰冷的两个字。但回想起来，我们提出的要求，意方都尽量满足，用的、喝的、吃的、玩的，大部分都能提供。更别说这位可爱的意大利人，素未谋面，从不相识，却把楼里的我们当作他/她的朋友。

隔离结束后，我脑子里所有的担忧，也都烟消云散。正常上课，正常交谈，师生之间会以非常平等和尊重的姿态来共同探讨新型冠状病毒肺炎疫情。在一门叫 Academic Skills for Economics 的课上，我们被安排阅读一篇与新型冠状病毒肺炎疫情相关的文章，文章主要内容为新型冠状病毒肺炎疫情如何影响世界经济。在阅读之前，教授让我们每个人都讲讲对新型冠状病毒肺炎疫情的看法。俄罗斯女生 Dara 认为，全球可能没有另一个国家像中国一样，能在短时间内建好医院，利用各种封锁措施来控制病毒。Lan 来自越南，他没有觉得中国的封锁令有何不妥，他指出，越南的疫情也很严重，学校停止上课、工厂暂停开业，必要的封锁措施是非常应该的。

讨论的过程自由、理性，大家互相尊重、畅所欲言，其中有严肃的表达，也有俏皮的玩笑话，但我并没有感到被冒犯和歧视。我意识到，疫情是一个大型的国际议题。我们这些留学生，就是一个个世界公民，在与各个国家、地区的人们交换、输送着不同的观点。

有时候，我确实觉得，作为中国人，需要认真倾听来自世界的各种公正或者不公正的看法，之后要用理性和平静的话语尽可能地解释与说明情况，以消除对方的刻板印象与误解，这种想法和行为好像已经成为我们不由自主就会背负起来的任务。

回想起离开家在异国他乡的这段时间，我们充满激情地在微博、朋友圈发表各种情绪和言论，有批评、哭泣和无奈，同时也有感动、敬佩和担忧。虽然身在国外，但我们每天都关注着国内的情况，在微信上一遍遍嘱咐爸妈要佩戴口罩。

不管走到哪，我们都是中国人，偶尔听到别人提及 Coronavirus，我都会打一激灵，可能这就是疫情下的中国留学生吧，敏感、担心，但始终关心祖国。

在疫情期间，能够用文字把在意大利的所见所闻定格，甚至是传播，这对于非新闻专业的我来说是一件多么神奇且幸福的事情。多亏子阳，如果没有他督促我写稿，估计这一段异国他乡的故事只会深埋在我一个人的脑子里。多亏王颖，她和子阳两个人肯定吭哧吭哧废了老大劲儿为我杂乱无章的文章修修改改。也多亏颂杰老师，一位未曾谋面只闻其名的“大佬”，愿意把这般信任寄托在我的文字上。其实从写下这篇文章到今天，我印象最深的反而是和“谷河青年”的互动。原来一篇新闻稿从诞生到走到大众视野前，还需要人脉的挖掘，前期粗糙灵感的捕捉，中期的抛光打磨，到后期一个合适平台的助推，而在这每一个环节中，我都深刻体会到“谷河青年”朋友们对我原生态文字的尊重、理解和重视。这篇记者手记中的内容，献给这群名字总是出现在文章最后、但对这篇文章意义重大的可爱人们儿。

滑雪医生：高山滑雪赛道的幕后英雄

撰文 宾宇轩 王 睿
编辑 宾宇轩 樊雪吟
2022 年 2 月 16 日

高山滑雪是冬奥会历史最悠久的项目，被称为“冬奥会皇冠上的明珠”。伴随着速度与激情，高山滑雪的受伤风险也很大。为参赛选手保驾护航的，是一群无论是滑雪技术还是医疗水平都十分过硬的滑雪医生。

“任何专业赛道或大众滑雪场，都需要强有力的安全保障。我相信滑雪医生将成为未来冰雪运动发展必不可少的群体。”北京冬奥会医疗保障团队的邓侃医生说。

2022 年 2 月 7 日，高山滑雪女子大回转决赛在北京市延庆区小海坨山的国家高山滑雪中心举行。美国运动员妮娜·奥布莱恩（Nina O’Brien）正在向奖牌发起冲击，她的表现非常出色，在计时点不断刷新着最好成绩。但在即将滑行到终点附近时，她意外地在最后一个旗门处失去控制，身体及雪板在空中旋转数圈后重重摔落在地上。她强忍着痛苦扶起左腿，滑雪医生迅速赶到她的身边进行镇痛止疼，并随即将其转移到医院。

经诊断，妮娜的左小腿开放性粉碎性骨折，她迅速在延庆医院进行了修复手术。从受伤到接受治疗方案完成手术，前后历时仅一个小时。术后，妮娜在社交媒体上发文致谢：“I want to say thank you to everyone who’s taken care of me, especially those who rushed to me in the finish and my doctors and nurses in Yanqing”（我想要对那些照顾我的人们给予真诚的致谢，尤其是那些我在终点线受伤时冲到我身边的延庆医生和护士们）。

在终点线前冲到妮娜身边的，正是来自北京冬奥会医疗保障团队的滑雪医生。在本届冬奥会上，他们承担着所有高山滑雪项目的医疗工作。为高山滑雪运动员提供救助并不容易，光滑的冰状雪、陡峭的赛道都给医生的行动造成了障碍，但中国的滑雪医生们每次都很好地完成了救治伤员的任务。

令人惊讶的是，中国长久以来其实并没有专业的滑雪医生，这支专业的医疗保障团队仅仅成立4年，便已达到了世界水平。

2018年1月，北京冬奥组委在北京、河北的综合医院中招募了300多名有滑雪基础的医生参与培训。经过层层选拔，最终有37名医生加入到冬奥医疗保障团队，包括10余名女性医生。他们来自协和医院、积水潭医院等重点医院脑外科、急诊科、骨科等与运动急救相关的科室，临床经验丰富。

北京协和医院神经外科主治医师邓侃也是37人中的一员。“热爱挑战、突破极限”是他描述自我的标签。他是广州人，毕业于中山医科大学（现中山大学中山医学院）。作为一名地地道道的南方人，滑雪却是他最喜欢的业余爱好。在滑雪医生的选拔过程中，他拿到了滑雪技能测试第一名的优异成绩。如今，他拥有了一个更特殊的身份：北京冬奥会高山滑雪医疗保障团队滑雪医生。

尽管团队中的医生都具有丰富的临床经验，但想成为一名优秀的滑雪医生，还需要经过严格的培训。自2018年开始的4个雪季，医疗保障团队在延庆、张家口等地的滑雪场集中训练了150天。培训的重点便是提高医生们的滑雪技能。邓侃医生介绍道：“因为比赛赛道不同于一般的雪场，赛道是冰状雪，所以我们的滑雪能力要非常出众，基本功要非常扎实，才能在冰状雪上行走。”

除了滑雪技能的高要求之外，寒冷也是滑雪医生面临的一项巨大考验。北京冬奥会期间，延庆赛区的气温平均在零下10摄氏度以下。高山赛道若遭遇大风，体感温度更是会达到零下38摄氏度。寒冷让急救变得缓慢：10公斤的急救包变得愈发笨重，一些器械设备也面临失效的可能。为此，滑雪医生们在北京市急救中心练习野外救援，并接受了世界知名的滑雪救援团队的专业培训。

滑雪是一项高风险的运动，在雪季进行培训的过程中，滑雪医生们常常伴随着伤病与复健的痛苦。37名滑雪医生中，受过重伤的就有接近10人，遭受了脊柱骨折、锁骨骨折、肋骨骨折等重大伤病。邓侃医生在2021年3月遭受了前交叉韧带断裂、半月板撕裂的伤病。

“当时受伤之后，心情比较沮丧。因为我们都是大夫，所以都知道自己伤得很重。距离北京冬奥会开幕不到一年，到底能不能及时康复自己都心里打嘀咕。”邓侃医生说。

经过短暂的心理波动，他决定立即接受手术治疗，随后进入艰难的康复阶段。“手术后必须得忍着疼，通过冰敷、吃止痛药等方式，不断地训练肌肉。”

经历了9个月的漫长复健，邓侃医生在2021年12月重新站回雪道上，克服了心理障碍，经过一次又一次的滑行训练，重新建立了信心。在团队内攀登测试中，他更是收获了第一名的好成绩。“为了参加北京冬奥会，大家都带着一股劲儿，不能落后。”

邓侃医生

2022年1月，邓侃和其他滑雪医生提前进驻北京市延庆区国家高山滑雪中心，在冬奥会开幕前进行了一个月的最后演练。经过不断地模拟训练，为每一个可能的情况设计预案，一遍遍打磨案例与推演，滑雪医生团队的配合度和应急处置能力进一步得到了提升。团队通过了两次测试赛的考验，终于站在了北京冬季奥运会的赛道之上。

2022年2月的延庆寒风凛冽，赛场上的运动员们奋力拼搏，整个高山滑雪医疗保障工作进行得十分顺利。除了妮娜之外，先后还有20余名运动员受伤。滑雪医生们果断出击，及时、精准、高效地处理了运动员的伤情，一次次呈现出“教科书”级别的临场救治。

邓侃医生

邓侃医生说，“能够通过自己最喜欢的兴趣爱好和职业，为北京冬奥会做力所能及的事情，感到非常荣幸、非常骄傲、非常开心”。[①]

① 本书的图片由受访者提供。

“最富有的君主”？英女王留下的资产与身后事

撰文　吴宏健　史轩阳
制图　金　叶
2022 年 9 月 12 日

随着白金汉宫屋顶米字旗的缓缓降下，一个时代落幕了。

在这个“英国与全世界被重大打击”的日子里，这座 18 万平方米的城堡告别了它 70 年的故主、96 岁的伙伴，迎来了新的早晨。英国女王伊丽莎白二世带着她的传奇人生与关于她的七彩回忆，永久地停驻在黑白色块构成的各种封面上，也留下了许多关于其身后家产的疑问。

这位被《欧洲王族家谱年鉴》称作“世界上最富有的君主”的伟大女性，其身后除了 4 个子辈、8 个孙辈和 12 个曾孙辈外，更有传说中的 600 亿英镑身家。那么这 600 亿英镑的身家是否全部属于女王个人？若单论女王这部分的话，原有主人既已离世，那她留下的这笔巨额遗产又将去向何处？

身家计算的两种口径：王室资产与女王资产

在 2014 年的《欧洲王族家谱年鉴》中，女王的身家被估值为 600 亿英镑。这一数字甚至远超沙特国王与泰国国王。但根据《福布斯》此前的一篇报道，英国女王并未如传闻中那般富有。《泰晤士报》等媒体对英国女王的净资产的估值也多为 4 亿英镑左右。这其中的原因便在于统计口径的差异，前者更为宽泛，统计了既包括白金汉宫、温莎城堡等女王只有使用权而无买卖权的地产，也包括与其他王室成员资产交叉的模糊地带；而后者的统计仅包括专属于女王的个人净资产。王室的部分资产分类如下图所示。

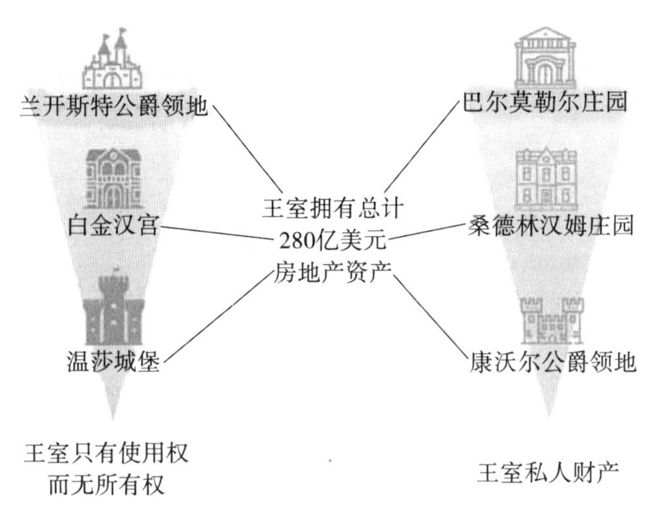

王室的部分资本分类

这里就引申出了一个问题，王室资产与女王资产二者的边界在哪里？英国王室像一个大的家族企业（the firm），在这个家族企业里面，女王是非执行董事长（the non-executive chair）。表面上看，这个企业的盈利似乎都是董事长的所得。但其实不然，董事长实际到手的，还需要扣除应支付的员工工资与企业运营成本。按照英国法律规定，英国财政部每年需要向女王支付一笔钱，来犒劳女王担任国家元首的艰辛。按照相关定义，这笔钱名义上是给女王个人的，但是实际上，女王往往会把这笔钱分发给各王室成员。例如，女王每年都会从这笔钱里面拿出 130 万英镑给查尔斯王子。

不止如此，女王还需要从财政部支付的钱中拿出来一部分用以维修白金汉宫等建筑，并支付每年 5 万英镑的客人接待费用、800 多名工作人员的工资等诸多费用。故而，在统计女王资产时，类似上述给诸王室的费用、维修的费用等都需要扣除。

进一步分析，对于包括女王在内的各王室成员的私人财产的界限划分也是需要明晰的。在王室最重要的资产——地产方面，女王的私有地产只有两处，即苏格兰的巴尔莫勒尔行宫和英格兰东部的桑德林汉姆庄园，而康沃尔公爵领地按照规定只能给王室长子即查尔斯三世，故统计女王资产时只能算上这两处私人地产。

综合来看，在讨论女王资产时，应扣除白金汉宫等女王只有使用权而无买卖权的地产的总体估值、财政部拨款总额中女王支付给各王室成员的资金与建筑维修费等各种支出款项以及其他王室的私产。部分媒体盛传的女王有 600 亿英镑身家当为不实，而《福布斯》《泰晤士报》等报道的女王拥有 4 亿英镑左右的净资产估值应更为准确。

万贯家财从何而来？

“节约便士，英镑自来”，伊丽莎白女王在世时常将这句话挂在嘴边。虽然这位王国的主人爱好收藏各种价格不菲的珠宝，但却在生活中极尽节俭。这位女王只用印有盖尔斯王子纹章的特制牙膏——一款在使用时可以被挤得干干净净而最大程度减少浪费的牙膏。甚至在出门时看到地上掉了一根绳子，伊丽莎白女王也要捡起来塞进口袋，“不知道在什么时候，这些东西会派上用场”。

事实上，女王的巨额财富并非从天而降，而主要依托于三种渠道，即财产继承、君主拨款与私人财政。其中，女王从父亲那里继承了巴尔莫勒尔庄园和桑德林汉姆庄园，又分别从母亲和丈夫菲利普亲王那里继承了价值 5000 万～7000 万英镑（约 4.15 亿～5.81 亿元人民币）与 1000 万英镑（约 8300 万元人民币）的遗产，如下图所示。

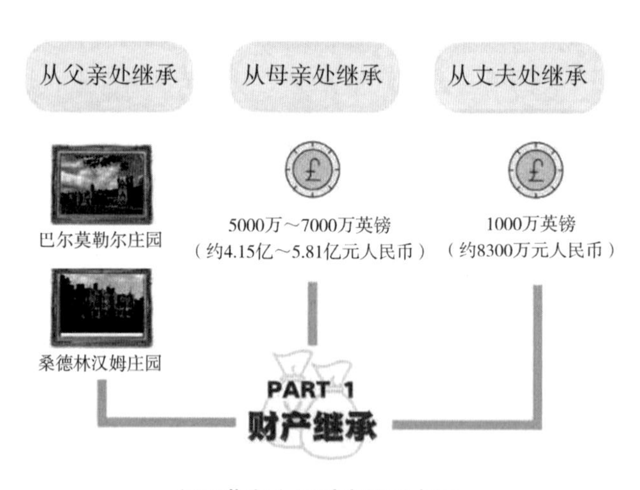

伊丽莎白女王财产继承来源

与财产继承不同，君主拨款则是女王现金流的重要来源。所谓的君主拨款，通俗来说，可以将其理解为国家给担任元首的女王发放的工资，也就是前文所提及的财政部需要支付给女王的钱。细分的话，君主拨款则可分为核心君主拨款（the core Sovereign Grant）、额外君主拨款（the additional Sovereign Grant）。前者源于英国皇家财产公司对王室房地产经营的盈余，并用以支付王室的公务旅行、财产维护和王室的其他运营成本，后者则主要用于修缮白金汉宫。除此之外，政府还额外另予女王一项补充君主拨款（income supplementing the Sovereign Grant），其主要源于白金汉宫等地的观光、旅游等收入。据英国官方数据，2021—2022 财政年度的君主拨款达 8630 万英镑，其中核心君主拨款达 5180 万英镑，额外君主拨款则为 3450 万英镑。

相较于被动的财产继承与君主拨款而言，女王的又一生财渠道——私人财政（private finance）则显得更为灵活多样。其中，兰开斯特公爵领地——一个占地 1.8 万公顷的源于中世纪皇室的私人庄园，是女王手握的最大的一只现金“奶牛”。作为被永久托管于未来英国国王或女王的广袤土地，内含多处商业用地、住宅地产以及历史建筑的兰开斯特公爵领地现被交由独立的信托机构运作，每年能为王室创造几千万英镑的收入。

不止依靠信托，拥有两处私人地产的女王个人也积极参与投资，包括股票证券、各种项目以及各类珍贵藏品。这同样为王室积累了不少财富。据 2019 年英国《每日邮报》的报道，女王至少拥有 5 亿英镑的有价投资证券，同时，她还收集了许多有价值的邮票、珠宝艺术品及王室古董。仅女王收集的邮票的收藏价值就达到了 1 亿英镑。其中，最具价值的毛里求斯“邮局”邮票 2002 年的估价便达 200 万英镑。这些藏品还会被适时展出，带来不菲收益。

金山银山如何打理？

虽然女王拥有着高超的藏品投资水准，但若仅仅依赖于她一个人来管理和运作如此庞大的财富显然是不现实的。事实上，除了女王亲身进行理财投资之外，在大多数时候，皇家资产管理公司（the Crown Estate，或被译为皇家资产管理局、王室地产）充当了女王的理财者角色，专门负责打理女王的庞大地产和各种收入。这个受独立董事监督的上市公司管理着伦敦中央地带的无数地产、十几家大型商业中心、超过 14 万公顷的土地和森林、英国一半以上的海滩，以及石矿、风能发电等，公司市值约 81 亿英镑。

虽被命名为皇家资产管理公司，但这个公司却并不隶属于女王。单从性质上看，这个机构的性质相当模糊——既不属于女王，也独立于政府，可以被视为一种妥协的产物。它既致力于为包括女王在内的王室提供生活的必要资金，也同样力图为国家财政创收。事实上，皇家资产管理公司每年的收入必先上缴财政部，然后财政部方再以“君主拨款”的形式拨出部分利润分予女王。据2011年英国国会通过的《君主拨款法案》，拨款比例为15%。但考虑到白金汉宫的大规模装修所需要的资金巨大，这个比例在2016年被提高到了25%。

女王的获益与皇家资产管理公司收益相挂钩，因而时涨时跌，但大抵稳定。只是新冠肺炎疫情期间，受限于疾病流行与政府管控，收入明显下降。据2021年英国皇家财产管理公司公布的年度账目，由于疫情期间白金汉宫、温莎城堡等宫殿未对游客开放，2020—2021财年王室的收入从上财年的2020万英镑降至940万英镑，降幅达53%。

身后的经济账怎么算？

如此庞大的资产分配起来也是一个大问题。与普通人家的遗产分配不同，英国王室的遗产分配颇具神秘色彩。为维护王室体面、避免财产纷争，按一项可以追溯到1910年的传统，王室高级成员往往选择去世后封存遗嘱。此前，女王的丈夫菲利普亲王去世时便是如此，他的遗嘱被封存90年后才公开。甚至于许多王室高级成员的遗嘱都可以选择不公开。

不过，虽然不能直接翻阅遗嘱而获得英女王遗产的具体流向，但却可以根据继承规则推知一二。根据继承规则，长子具有优先继承权。故而，在女王的4位子嗣查尔斯王子、安妮公主、安德鲁王子和爱德华王子中，最为年长的查尔斯王子（查尔斯三世）具有优先继承权。而又另据1993年伊丽莎白女王与梅杰政府达成的协议，英国君主可以免交遗产税。所以，根据优先长子继承的规定，继位的英国新国王查尔斯三世将优先继承大部分的包括女王私人收藏等在内的巨额资产，而其他权益，诸如皇家资产管理公司的部分经营收益，也将通过信托的方式转交给查尔斯三世。

值得注意的是，查尔斯三世的财务管理风格或比女王更加务实。他亲自掌管康沃尔公爵委员会（the Prince's Council of the Duchy of Cornwall），该委员会净资产达105亿欧元，并于2022年获得2.3亿欧元的盈利。查尔斯三世也很积极地参与王室不动产管理，2019年英国独立电视台纪录片显示，查尔斯三世曾亲自与王室领地租客一一会面。

不过，这些遗产并非将全部交予查尔斯三世。根据公开报道，女王生前已经将部分遗产包括自己的私人物品分付身边亲朋。例如根据英媒此前的爆料，女王曾修改了遗嘱，将1.1亿美元的珠宝收藏品分给自己的曾孙女夏洛特公主，考虑到其年龄尚小的缘故交给凯特王妃代管。

女王去世后货币的头像更换也引起了广泛讨论。加拿大央行新闻发言人保罗·巴德尔谢尔（Paul Badertscher）称，现行20元加币预计还将流通多年，加拿大没有立法规定，要求在君主变更后改变货币样式设计。

“伊丽莎白二世女王陛下不仅仅是一位君主。她定义了一个时代”，美国总统拜登在悼词中如此盛赞女王。现如今，这个曾经被定义的时代同女王的巨额财富一道被交到了另一个老人——查尔斯三世手上。面对着女王留下来的众多遗产，如何经营好这些继承物考验着这个古稀老人的智慧。

参考文献

[1] Luisa Kroll. 英国女王其实没有那么富［N］. 福布斯中国，2012-06-12.

[2] 蔺丽爽，程婕，赵颖．头像印在钞票上的她，到底留下了多少财富?［N］. 半两财经，2022-09-09.

[3] 刘子琪．世界上最有趣女王去世，留下多少财富?［N］. 时代财经，2022-09-09.

[4] Queen Elizabeth II：inside the royal finances［N］. Financial Times，2022-09-10.

[5] Canada has no plans to replace the Queen with King Charles III on its money［N］. Forbes，2022-09-09.

不止英国新首相，世界政商界正刮起一股“印度飓风”

撰文　刘艺涵　张浩原　罗　岚　金　叶
编辑　付　赢
2022 年 10 月 26 日

“我们面临着深刻的经济挑战，我们现在需要稳定和团结。”2022 年 10 月 24 日，英国保守党总部，即将接棒英国首相职位的新任保守党党首里希·苏纳克（Rishi Sunak）发表了他当选后的第一份声明。在获得英国国王查尔斯三世批准后，他接替任职仅 45 天的伊丽莎白·特拉斯（Elizabeth Truss），成为英国首任印度裔首相。与此同时，在大西洋彼岸的白宫，美国印度裔副总统卡玛拉·哈里斯（Kamala Harris）正与总统拜登共同庆祝印度最大的传统节日——排灯节。

悄然间，印度裔领袖已经登顶英美两个老牌西方大国的政治舞台，与硅谷的高管一道，在世界政商界刮起一股“南亚飓风”。

苏纳克的“开挂”人生

1980 年，苏纳克出生于英国南安普顿的一个印度裔移民家庭。其父母于 20 世纪 60 年代从英属东非坦桑尼亚越洋来到英国。在温彻斯特公学度过中学时代后，苏纳克进入牛津大学林肯学院，主修哲学、政治学和经济学（PPE）这一被誉为人文学科塔尖的皇冠专业，并以一等学位毕业。离开校园后的苏纳克曾在著名投资银行高盛担任分析师，先后加入对冲基金管理公司 TCI、基金公司 Theleme Partners。2006 年，正在斯坦福大学攻读 MBA 学位的苏纳克认识了阿克莎塔·穆尔蒂（Akshata Murty）并与之步入婚姻殿堂。苏纳克的岳父则是有着“印度比尔·盖茨”之称，创立了 IT 服务业巨头、印度第二大软件公司 Infosys 的纳拉亚纳·穆尔蒂（N. R. Narayana Murthy）。

尽管纳拉亚纳本人多次强调，他成功的秘诀是唯才是用，避免裙带关系，但苏纳克曾在他开立的投资公司长筏风险投资公司（Catamaran Ventures）任职。如今，Infosys 的优秀员工名单上又新添英国现任首相一名，可见纳拉亚纳招才纳婿的能力。

2015 年，苏纳克在北约克郡里士满当选保守党籍英国下议院议员，从此开启仕途生涯。支持“脱欧”与在 2019 年保守党基层选举中支持约翰逊使得苏纳克的政治生涯如鱼得水。2020 年，他正式成为约翰逊内阁的财政大臣，却在两年后因不满约翰逊包庇有性丑闻的克里斯托弗·平彻（Christopher Pincher），愤而辞去财政大臣职务。2022 年 10 月，苏纳克在其上一轮保守党党首竞选的胜选对手特拉斯辞任首相后，在没有反对的情况下临危受命出任保守党党首，成为英国历史上首位印度裔及非白人首相，以及自 1812 年罗伯特·班克斯·詹金逊（Robert Banks Jenkinson）以来最年轻的英国首相。

印度裔领导人早已不在少数

不同于苏纳克的“精英范”，另一位知名的印度裔政客——美国现任副总统卡玛拉·哈里斯则以其“亲民”“接地气”的形象为人所知。在她的自传中，哈里斯袒露自己青年时期遭受排斥却不断奋进成长为加州基层检察官的经历，并将自己塑造为“开拓者”的角色。“少数族裔”“女性领导者”“出身基层”让她在注重政治正确的民主党内备受青睐。除了哈里斯外，担任拜登政府演讲稿撰写主任一职，为总统撰写演讲稿的维奈·雷迪（Vinay Reddy）也是印度裔。

印度裔官员在政界出彩并非个例，据统计，在海外担任国家领导人的印度裔人士不在少数。据印度电视台网站介绍，全球目前共有 7 位现任领导人有印度裔背景，除英国首相苏纳克与美国副总统哈里斯外，还有葡萄牙总理安东尼奥·科斯塔（António Costa）、毛里求斯总理贾格纳特（Anerood Jugnauth）及总统普里特维拉杰辛格·鲁蓬（Prithvirajsing Roopun）、圭亚那总统穆罕默德·伊尔法恩·阿里（Mohamed Irfaan Ali），以及苏里南总统德西·德拉诺·鲍特瑟（Desiré Delano Bouterse）。

而历史上，全球共有 10 位国家最高领导人为印度裔，分布于马来西亚、爱尔兰和斐济等国。在毛里求斯，印度裔政治家掌权的次数甚至高达 9 次。

印度裔人才在商界也“独领风骚”

目光从政界转向商界可以发现，印度似乎盛产 CEO。《哈佛商业评论》的研究数据显示，跻身世界500强的美国公司中，由印度裔人才担任CEO的已经占到30%，其中包括谷歌、百事可乐、联合利华、IBM和摩托罗拉等一众大型企业。人们熟知的硅谷“三巨头”——苹果、微软和谷歌中，印度裔CEO就有2个。此外，今年新加入这一行列的是推特CEO，来自印度的帕拉格·阿格拉瓦尔（Parag Agrawal）。

除了CEO这类顶尖人群外，一些知名互联网企业的管理层和工程师队伍中，印度精英也正在大放异彩。资料显示，硅谷三分之一的工程师来自印度，管理层中占比甚至更高。印度裔占美国人口的比重不足1%，但在硅谷的创业公司里，创始人为印度裔的比例却非常高，从20世纪80年代的7%上升到20世纪90年代的13%，到2022年或不断攀升至30%。另有一项调查显示，印度侨民的年收入约为印度GDP的三分之一，其中大部分来自硅谷。

综合外媒报道，在2022年新出炉的世界富豪排行榜中，印度商业大亨、阿达尼集团创始人高塔姆·阿达尼（Gautam Adani）以1470亿美元财富成为亚洲首富，这位印度最大基础设施企业的掌门人跻身全球第二大富豪，刷新了亚洲人财富排名最高纪录。

公司和职位	印度裔高管	任职时段	任职状态
谷歌CEO	Sandar Pichai	2015年至今	在任
微软CEO	Satya Nadella	2014年至今	在任
推特 CEO	Parag Agrawal	2021年至今	在任
花旗集团CEO	Vikram Pandit	2007——2012年	曾任
Adobe CEO	Shantanu Narayen	2005年至今	在任
NetApp CEO	George Kurian	2015年至今	在任
百事CEO	Ramon Laguarta	2017年至今	在任
诺基亚CEO	Rajeev Suri	2014——2020年	曾任
IBM CEO	Arvind Krishna	2020年至今	在任
星展集团CEO	Piyush Gupta	2009年至今	在任
高知特CEO	Francisco D'Souza	2007——2019年	曾任
诺华制药CEO	Vasant Narasimhan	2018年至今	在任
帝亚吉欧CEO	Ivan Manuel Menezes	2013年至今	在任
闪迪、美光科技CEO	Sanjay Mehrotra	2011年至今	在任
哈曼国际CEO	Dinesh Paliwal	2007年至今	在任
Palo Alto Networks CEO	Nikesh Arora	2018年至今	在任

部分世界名企印度裔CEO一览

此外，在学界，印度人或印度裔人士也具有重要影响力。据统计，10 多位印度人曾经或正在担任哈佛大学、纽约大学等全美顶尖大学的商学院的院长。

“南亚飓风” 的秘诀

如何看待这股“南亚飓风”？“谷河青年”通过 Infosys（印度跨国软件公司）第一位非创始人 CEO 史维学（Vishal Sikka）的回答来管窥印度 IT 业在经济、制度、教育和文化上的优势。史维学自幼生活在美国，是硅谷的技术明星，拥有斯坦福大学计算机博士学位，创办过 Bodha，Inc.，担任过德国软件巨头 SAP 的首席技术官，2014 年 6 月加入由纳拉亚纳·穆尔蒂（苏纳克的岳父）创立的 Infosys。

混乱、无序、落后，这是大多数人印象中的印度。实际上，印度有着充满活力的私营经济，其对 GDP 的贡献率高达 85%。私营经济使印度出现数量可观的中产阶层，也带动了个人消费的发展。公开数据显示，印度个人消费占 GDP 的 67%。同时，印度独立的司法系统、财产神圣不可侵犯的意识、契约权，以及深入人心的法治观念，又为私营经济提供了良好的法制保障。而富有弹性的世俗和宽容模式、东西文化的兼容并蓄，也为印度私营经济注入了内生动力。

在思维上，作为一个多宗教国家，印度融合东西文化特质的历史地理国情，造就了印度人独特的思辨意识。纪录片《他乡的童年》中关于印度一集里，主持人介绍了印度人的思维：juggad——可以翻译成替代方案，或广州话里的“扎生”。假如印度人缺一个莲蓬头，那么他们就会拿铁桶扎几个洞。印度裔的政商领袖展现了 juggad 的魅力，那就是在混乱中创造秩序。

juggad 思维在教育上的具体体现就是，不接受标准答案。在印度的大学里，老师会用《哈利·波特》中“小天狼星被审判”的故事来讲法律。而台下的学生不断举手分享自己的观点，即使这个观点不成体系。印度的互联网技术也正在打破学校教育的标准答案，将“云中学校”带往贫困的乡村。他们在乡村安装电脑，鼓励孩子们玩耍、看动画片和学习使用电脑。一年以后，你会看到这些孩子开始在电脑中搜索问题，但他们会遇到第一个问题：不会英文。接下来他们会以小组的形式学习英文。乡村的孩子们还有机会通过互联网与世界另一个地方的志愿者交流。不难看出，互联网不仅是印度起飞的秘诀，也在帮助印度普及教育、掌握未来。

文化上，由于英国的长期统治，英语与印地语并列为印度两大中央政府官方语言。尽管印度人因其英语口音较重而备受调侃，但这种口音并不影响印度人表达自己——他们敢想敢说，且善用西方逻辑与英语思维处理问题。此外，印度的法律和制度也与英美相似，这有利于印度裔更好地融入欧美世界。北京大学国家发展研究院杨壮教授在分析管理经验时指出，印度在上层制度、语言能力、多元思想和教育体系上的特点是形成“印度领导力”的核心优势。

“印度崛起”之梦，路在何方？

苏纳克当选英国首相引起了印度国内的广泛讨论。“苏纳克的崛起是一个历史性的时刻和成熟民主的标志”，印度电讯报网引用了沃尔沃集团印度公司总裁兼董事总经理卡迈勒·巴厘的话作为标题。如果说巴厘的发言是在称赞英国的民主体制，那卡纳塔克邦（该邦首府班加罗尔有“印度硅谷”之称）工商联合会前主席雅各布·克拉斯塔（Jacob Crasta）的发言则充分展现了印度的自豪：“印度裔人正在成为统治印度 200 年的国家的总理，这对印度人来说是一件非常自豪的事情。”“班加罗尔的女婿正在成为英国首相，这对我们班加罗尔人来说是一种自豪。”

卡纳塔克邦首席部长巴萨瓦拉吉·博马伊（Basavaraj Bommai）用了一个很“印度”的比喻来描述苏纳克的胜利——“命运之轮已经完全转动”。苏纳克个人的胜利，在话语中变成“印度领导英国”的翻身神话。

在印度总理莫迪祝贺苏纳克的推特上，高赞评论中多次出现了苏纳克祈祷、亲切地抚摸牛的图片。这些图片强调了苏纳克和印度文化的关系，而苏纳克本人也在强调自己的印度裔身份。2017 年连任英国下议院议员后，苏纳克手按印度教经典《薄伽梵歌》宣誓。

2020 年，成为英国首位印度裔财政大臣后，苏纳克曾在唐宁街 11 号财相官邸点燃蜡烛庆祝排灯节。作为印度教教徒，苏纳克自称生活中不吃牛肉，还常将印度教神话中代表好运和守护的“象头神”塑像放在案头。

苏纳克和印度文化紧密的关系，使印度人期待他能够帮助印度和英国建立良好的经济联系。在 2022 年 8 月的保守党党首之争中，苏纳克肯定了英印关系的重要性，称希望两国关系更加趋向“双向交流”。他还说：“英国可以从印度学到很多东西。”克拉斯塔认为，苏纳克的崛起将帮助印度和英国签署自由贸易协定，帮助两国建立良好经济联系。

然而，在一片“印度崛起”的欢呼声中也存在着“泼冷水”的声音，他们提醒着印度同胞：“印度领导英国”的神话是夸大其词——出生在英国的苏纳克不再是“现在的”印度人（因其祖辈从非洲移民英国）。有的网友将“印度裔的英国总理”和“意大利裔的印度政治家”［索尼娅·甘地（Sonia Gandhi），印度女性政治家，出生于意大利］相比较，提出灵魂拷问“到底谁才是印度人?”

在印度移民遍布世界的当下，印度裔的身份认定确实是个耐人寻味的问题。来自联合国方面的数据显示，2017 年全球约有 1700 万印度人生活在海外，分布在美国、英国以及挪威、瑞典等国。遍布世界各地的印度裔移民以其强大的适应能力落地生根融入所在国家。在马来西亚，人口仅占全国 7% 的印度裔在医学领域表现卓著，根据 1984 年的调查，印度裔医疗专业人员占国家人口的 38%，远超其人口比例。

“印度征服英国”的论调虽然是天真的，但是其反映出来的印度人希望祖国强大的梦想是真实的。他们视西方为优越的、强大的他者，因此，当有印度裔精英担任西方的政治领袖时，有人会将其视为印度征服西方的证明、印度文化优越性的证明。同时，他们也希望这些“想象中的”同胞们能借助其在异国的权势帮助实现印度的民族复兴。

复兴印度的梦想和印度现实存在着巨大的落差。当全球化给印度青年带来消费主义新生活的美好一角时，他们却发现印度的经济不足以支撑他们抵达彼岸。印度作家司妮达·普拉姆（Snigdha Poonam）的《印度青年狂想曲》是一部观察印度年轻人的非虚构作品。普拉姆在后记中写道，青年人希望印度在经济、科技和军事上成为强国，但是印度达不到，那么青年人将优先考虑他们的生存问题。印度目前约有 6 亿 25 岁以下的年轻人，约为印度人口比例的一半，然而并不是每个印度青年都能成为软件工程师和政治精英。他们多数有着普拉姆概括的“三无”问题：未受过教育、待业、没有工作能力。因此，印度青年们置个人利益于印度的民族利益之上也就不足为奇了。

今天的印度年轻人也许能借“苏纳克出任英国首相”的消息，抒发内心对印度民族的自豪之情，展望印度崛起的梦想。而当排灯节过去，百万油灯的余光映出一个个疑问：新上任的苏纳克，将会为英国、为印度、为世界带来些什么？遍布全球的印度裔政商精英，能否为印度开启一个新的时代？

参考文献

[1] Naazneen Karmali. 福布斯发布2022印度富豪榜：在高塔姆·阿达尼的推动下，上榜者总财富升至8，000亿美元［N］. Forbes，2022-10-21.

[2] 北美留学生观察. 80后印度小哥要当英国首相了，25岁就已是千万富翁［N］. 澎湃新闻，2022-10-23.

[3] 庄文静. 80后印度裔首相“上位”，印度领导力，何以成为全球新势力?［J/OL］. 中外管理传媒，2022-10-26.

人口80亿：跨过战争、疾病和灾难，世界是如何走到今天的

撰文　严欣怡　刘洋佳迪　邓　霞　罗　岚　李晟玺　刘艺涵　金　叶

2022年11月18日

2022年11月15日，联合国宣布世界人口达到80亿。

过去的一个世纪里，世界人口以前所未有的速度增加了60亿。伴随着人口增加，挑战与危机也不断出现。人类于地球，是生机还是灾难？人类的发展于世界，是进步还是失衡？这些问题值得总结，值得发问，值得探讨。

历史中藏着许多答案，不妨一路走来，看看我们是如何走到今天的。

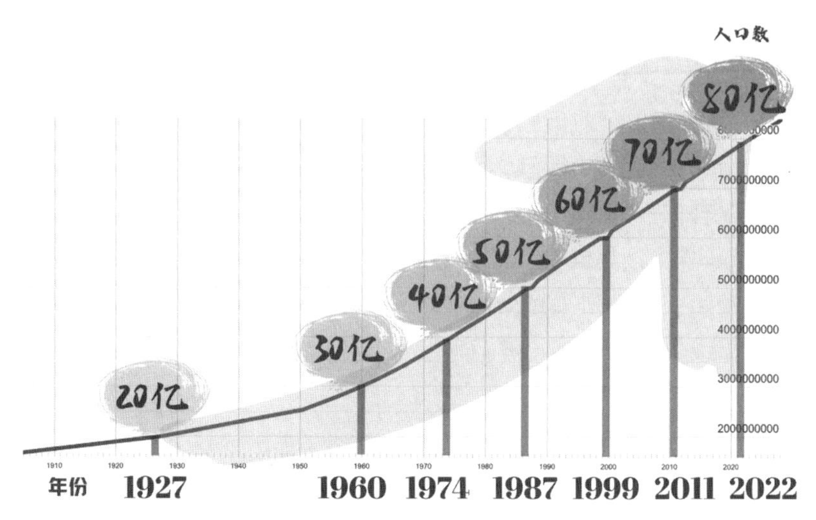

世界总人口趋势图（1927—2020年）

（数据来源：Worldometers网站）

一、20亿～30亿（1927—1960年）

1804年世界人口到达10亿，为突破这一人口大关，世界经历了从人类诞

生到19世纪初的漫长时间。而后，世界人口又花费了长达123年的时光突破20亿。

但世界人口从20亿到30亿所花费的时间则突然缩短，仅仅用了33年。123年与33年，这一长与一短的时间对比，让人不禁好奇：1927年到1960年，世界到底发生了哪些事，使世界人口增长得如此之快?

1. “二战”与传染病防治

第二次世界大战是历史上最致命的世界性全面战争，据估计，共有7000万～8500万人在“二战”中丧生。战争直接造成的死亡人数（包括军队和平民）估计为5000万～5600万，另外约有1900万～2800万人死于与战争有关的疾病和饥荒。

历史上，战后的世界性流行病通常会夺去大量生命。第一次世界大战结束后的1918年到1920年，全球估计有5000万～1亿人口死于西班牙流感。战争为流感提供了传播和变异的“培养皿”，其也反过来加速了“一战”的终结。

但在“二战”后，世界对于传染病的防治达到了新的科学高度，也摸索出了更有效的措施。反殖民运动的兴起使世界版图发生重构，诸多国家纷纷独立。在众多国家走向和平与发展的道路上，人民生命安全问题愈发得到重视。随着医学的进步，许多“未知”的可怕病毒变得可以被抵御，许多国家开始采取传染病治疗和预防措施，使得死亡率显著下降。

同时，由于疾病的散播是跨越民族和国界的，因此公共卫生成了人们关注的重点，国际合作成为这一时期传染病防治的趋势。1948年9月1日，世界卫生组织（WHO）正式成立，世界各国真正开始了现代意义上的防控传染病国际合作。各国主要生物实验室和研究中心联手，在疫苗研发技术上获得了突破，拯救了更多生命。由此，第二次世界大战后，世界死亡率降低，人口开始快速增长。

2. 战后“婴儿潮”

1945年“二战”结束后，世界上许多国家都出现了战后“婴儿潮”（baby boom）的现象。究其原因，一方面，单身男女因战争拖延而数量庞大，因而战后组建家庭的现象非常普遍。远赴战场的男性卸甲归乡，大量年轻女性赋闲在家可以安心育儿。另一方面，社会福利制度的完善和教育机制的革新也在客观上为生育子女提供了稳定的保障，再加上人们对战后新生活的期待，使得年轻一代家庭的生育率非常高。

其中尤以美国最为突出，“婴儿潮世代”人数共达到7590万之多。在日本，人们称“二战”之后1947年到1949年之间大量出生的婴儿为“团块世代”，他们是20世纪60年代推动日本经济腾飞的主要力量。值得关注的是，由“婴儿潮”长成的青年一代似乎呼应着西方社会的变迁，成为最具独立意识也最为反叛的“新一代”。反战示威、摇滚乐、性解放、公社、新左派与黑人民权运动，乃至后期的环保运动与女权主义兴起，都成为20世纪60年代美国“婴儿潮世代”对主流社会的反击。

当然，战后“婴儿潮”也只持续了短暂的一段时间，“婴儿潮”过后，发达国家出生率开始下降，20世纪末时出生率已接近死亡率，人口趋于静止，部分发达国家甚至出现人口负增长现象。“婴儿潮”终结了，其正面效应是人口红利对经济发展的促进作用，但同时也产生了负面效应——加速了老龄化社会的到来。与此同时，发展中国家的人口变化则与发达国家截然不同，发展中国家人口总量规模迅速膨胀，其人口的增长速度大大超过了发达国家，极大地改变了世界人口的分布格局。

3. 中国出现第一个人口增长的高峰期

目光放到国内，1949年至1957年是中国第一个人口增长的高峰期。1949年中华人民共和国成立是这一时期的重大事件，它使得中国国内的社会经济秩序走向平稳安定，医疗条件也在不断得到改善。经过1949—1952年3年国民经济恢复时期的艰苦努力，工农业生产都获得了迅速的发展。由此，人民群众生活条件的改善为中国人的生育提供了良好的社会环境。在这一时期，中国人口出生率平均在30‰以上，而死亡率开始迅速下降，年平均自然增长率高达22‰。

1953年的第一次全国人口普查数据显示：中国人口突破6亿，总人口数据远超政府的预期。在当时，稀缺的耕地面积与庞大的农业人口、有限的工业设备与急增的城市人口形成了强烈的对比。为此，中央表示支持节育，随后开展了大量节育宣传与技术指导工作。比如1956年党的八大召开，周恩来总理在《关于发展国家经济第二个五年计划的建议的报告》中提出，“卫生部门应该协助有关方面对节育问题适当宣传，并且采取有效措施”。

二、30亿～40亿（1960—1974年）

1960年，世界人口到达30亿的时刻还历历在目；1974年，世界人口就突破了40亿。单是1960年至1970年，全球人口就增长了22%，而在1950年至1960年，人口增长率还仅为20%。短短14年间，全球人口铸就了新的里程碑，其中最主要的原因莫过于全球人口死亡率的下降。数据显示，1965年到1970年期间，世界人口死亡率从1950年至1955年的24‰下降到16.1‰。

1. 噩梦般的繁荣时期

并非所有人都对世界人口增长持欢迎态度。世界人口的急速增长引起了许多人的恐慌，20世纪60年代也被描述为噩梦般的繁荣时期。1966年，美国作家哈里·哈里森（Harry Harrison）的《腾地方！腾地方!》，描绘了一个反乌托邦的世界，在这个世界里，很多人在争夺极少的资源。无独有偶，1968年，斯坦福大学的生物学家保罗·埃利希（Paul R. Ehrlich）的《人口炸弹》卖出了数百万册，书中悲叹道，人类正站在末日的边缘，因为我们的人口实在太多了。他甚至在1970年警告说：“在未来15年的某个时候，末日将到来。”其中的“末日”明确是指“地球供养人类的能力彻底崩溃”。

2. 生育率降低

在这个阶段，和人口急速增长的繁荣景象共生的是人口增长率的持续低走。1968年之后，全球人口增长率开始长期下降，其中最重要的因素是生育率的降低。从1960年到2012年，世界平均生育率减半至2.5（即平均每名妇女生育2.5个孩子。作为参考，在1950年，生育率的数值为5）。生育率的下降是全球范围内的普遍现象，并非发达国家专属，只不过这种趋势在发达国家更为明显。

婴儿死亡率降低，以及福利国家对童工或“养儿防老”的需求降低，都减弱了女性生育孩子的动机。此外，养育孩子的成本也在不断增加，这进一步导致女性生育意愿的下降。

更值得重视的是，20世纪60年代正值女性主义第二波浪潮的兴起。有研究认为，20世纪60年代是一个赋权的年代，全球最大的社会变革就是为争取自由和平等而斗争。妇女为平等权利和同工同酬而战，美国黑人为反对种族不平等而战，和平主义者积极反对越南战争。在此背景下兴起的第二波女性主义浪潮的重点是批判父权制下男性主导的制度和文化习俗，和第一波女性主义浪潮只聚焦于关注选举权、推翻性别平等的法律障碍相比有了巨大进步。女性开始关注自身在性、家庭、家庭生活、工作场所、生殖权利、事实上的不平等和官方的法律不平等。

随着女性主义浪潮的兴起，新的避孕方法开始出现。1973年，美国罗伊诉韦德案通过，承认全国堕胎合法化。第二波女性主义浪潮既为女性争得了更多身体上的自主权，也使她们获得了更多的受教育权，这让她们拓宽了自身的视野和就业空间，生育不再成为女人最重要的任务，生育率也因此下降。

三、40亿～50亿（1974—1987年）

1974年8月，联合国召开了世界人口会，并通过《世界人口行动计划》，首次以国际文件的形式确认了国际社会在解决人口与发展问题时必须遵循的一系列原则和应当努力实现的目标，并将这一年称为“世界人口年”。就是在这一年，世界人口达到40亿。

世界人口从40亿到50亿，完成这个数字的时间继续缩短，只用了13年。在这13年间，世界经济多极化趋势逐渐出现，我们见证了欧洲共同体的形成、日本崛起成为经济大国、中国也走在振兴之路上。在政治方面，世界局势趋向缓和，世界多极化趋势加强，“一超多强”取代美苏争霸。虽然和平与发展日益成为这一时代的主流，但是明显呈现缓和与动荡并存的局面。

1. 和平与战争共存

1979年，中美建交，结束了中美长达30年之久的不正常状态，开启了中美外交新篇章，是为国际关系史上的一件大事。然而，地球这端的中美向世界释放和平信号的同时，另一端的中东地区却已然扬起战争的旗帜。

1979年，伊朗奋起抵抗西方霸权，爆发了轰轰烈烈的伊斯兰革命。而后苏联入侵阿富汗，开启了一场历时10年的战争。在这场战争中，阿富汗有超过百万人在战争中丧生，流亡世界各地的流民更是数不胜数。苏联则是付出了5万多士兵的伤亡、耗资450亿卢布的代价，整个国力因此大大削弱，这些最终成为苏联解体的催化剂。1980年，美国由于伊斯兰革命与伊朗交恶，转而支持伊拉克，促使伊朗与伊拉克战争爆发。此次战争历时8年，死伤人数百万，其中甚至有不少“童子军”。

2. 科技发展拓展生命边界

这一时期，人类的科技水平突飞猛进地提高。1976年7月，人类为自己对世界的探险而欢呼：美国“海盗一号”不载人宇宙飞船在经过近11个月的5亿英里的飞行后，在火星软着陆成功。

1978年，首例试管婴儿小路易丝·布朗在英国曼彻斯特诞生，人类开始学会使用外部技术来繁衍自己的下一代。

3. 自然灾害与疫病的持续威胁

1976年7月28日，中国河北省唐山市丰南一带发生强度达里氏7.8级的地震，也就是我们熟知的“唐山大地震”。此次地震，使得唐山这座拥有上百万人口的工业城市，在没有任何征兆的情况下被夷为废墟。后中国地震出版社出版的《地球的震撼》一书针对唐山大地震公布了以下数据：死亡 24 万余人，重伤 16 万余人，轻伤 54 万余人，这一死亡人数在 20 世纪地震史中仅次于 1920 年的海原大地震。唐山大地震让中国人民付出了惨痛代价，但也因此加快了人类对地震的研究步伐，为之后世界防治地震灾害奠定了深刻的基础。

灾病的打击不止于此。1981 年，美国首次发现并报告了全球首例艾滋病病例，而这一传染病至今仍未被完全攻克。根据联合国官方数据，2021 年全球仍有 150 万新的艾滋病感染者和 65 万艾滋病相关死亡病例。1982 年，在艾滋病肆虐非洲时，非洲还在经历着历史上罕见的旱灾。旱情从撒哈拉沙漠波及博茨瓦纳的卡拉哈里沙漠，殃及 34 国，导致 1.5 亿人受到影响、100 多万居民死于饥荒、1000 万人被迫背井离乡。

4. 能源是把双刃剑

1974 年 11 月，第四次中东战争导致的石油危机推动国际能源署（International Energy Agency，IEA）成立。国际能源署通过协调各成员国的能源合作与发展，在供应安全、信息透明、能源效率、可持续性、技术合作等各种问题上开展能源合作。

在 1973 年石油危机爆发前，石油是当时的主要能源。石油危机爆发后，欧美国家开始积极探索替代能源的方案，包括核电、风电、光伏等新能源技术。但能源并非总是“善意”的，我们不能忽视它在生产和储存过程中的危险性。

1974 年 3 月，美国宾夕法尼亚州的三里岛核电站发生大量放射性物质溢出事故，引发美国历史上最严重的核事故。事故发生后，核电站附近的居民惊恐不安，约 20 万人撤出这一地区，引起了全球人民对核安全的高度重视。十多年后的 1986 年 4 月 26 日，切尔诺贝利核事故发生，成为至今最严重的核泄漏事故。当天凌晨 1 时 23 分，核电站 4 号反应堆发生爆炸，8 吨多强辐射物质混合着炙热的石墨残片和核燃料碎片喷涌而出，核电站 30 公里以内的地区被辟为隔离区，很多人称这一区域为“死亡区”。据不完全统计，切尔诺贝利核事故的受害者总计达 900 万人。消除切尔诺贝利核事故后患给俄罗斯、乌克兰和白俄罗斯政府带来了巨大财政负担。

进步与突破、灾难与挑战交织，世界局势动荡剧变。在跌跌撞撞的迅猛发展中，1987 年，全球人口登上了 50 亿的关口。

四、50亿～60亿（1987—1999年）

1999年10月12日，世界人口达到60亿，这一天也被联合国确定为“世界60亿人口日”。世界人口在12年间激增10亿，在20世纪末达到60亿，与以往任何时期相比，增长速度都快了许多。联合国基金会提供的统计资料显示，这12年中，世界人口平均每秒钟净增3人，每天净增22.2万人，每年增长8000万人。值得注意的是，其中97%的增长是在亚非拉的发展中国家。

1. 审慎面对人口增长

事实上，每一个人口10亿大关突破之际，联合国都会对人口的增长保持警觉并发出警示，以提醒世界各国关切世界人口问题的严重性。在世界50亿人口日，联合国倡导在全球范围内开展纪念活动，提醒各国政府继续采用正确的人口政策，控制人口增长。在这个资源有限的地球上，如果人类的繁衍按照这个速度增长，会给人类未来的生存和发展带来严重威胁。因此，人们始终保持审慎的态度，并达成了有必要控制人口增长的共识。

1992年11月18日，世界1575名科学家联名起草了一份长达4页的名为《世界科学家对人类的警告》的文章。他们在文中指出：“地球是有限的，不加限制的人口增长构成的压力，对自然界的要求，可以压倒为实现持续发展的未来所做的任何努力。”言辞恳切的警告深刻表明，人口大爆炸的后果不容小觑。

2. 环境压力日益凸显

全球范围内人口的迅速膨胀使地球资源消耗急剧加快，带来严重的环境问题。20世纪90年代的相关数据显示，全球约30%的土地因人类活动退化，每年流失的土壤约为240亿吨。全球每年流入海洋的石油达1000多万吨，重金属达几百万吨，以及数不清的生活垃圾也会进入海洋。全球每年向大气排放的二氧化碳比20世纪初增加了25%，空气中的颗粒污染物浓度也正大幅度增加。全球森林面积也以每年约1700万公顷的速度消失。

3. 动荡的时代

20世纪90年代的社会环境也并不太平，政局动荡、战争动乱、屠杀和金融危机在20世纪90年代并不少见。20世纪90年代初期，超级大国苏联解体；美国发动海湾战争，进攻伊拉克，占领科威特。20世纪90年代中期，卢旺达发生种族大屠杀；波黑战争胶着3年。20世纪90年代末期，亚洲爆发严重的金融危机，进而影响全球资产价值；1999年在以美国为首的北约的推动下科索沃战争爆发了。

这一时期，世界上约有85个国家没有能力生产或购买足以养活本国人民的粮食，3亿多人口处于缺水状态，发展中国家更是有13亿多人口人均日均收入不足1美元。可以说，20世纪90年代是世界新旧格局交替的过渡时期，也是世界政治经济进行重大调整、带来各种动荡的时期。

时间表

五、60亿～70亿（1999—2011年）

1999年全球人口达到60亿，2011年达到70亿，虽然在12年间就增加了10亿人口，但主要是受到19世纪大量增长的人口达到生育年龄的影响。到20世纪末21世纪初，全球现代化整体水平也有较大提升，公民受教育水平得到一定提升，多数发展中国家也开始意识到性教育的重要性，并提高最低结婚年龄。因此，适宜生育人口总数增加的同时，全球整体生育率也在下降。

1. 印度人口持续增加

在60亿到70亿世界人口的增长中，印度为世界贡献了2亿新生儿的啼哭。据中经数据，印度作为人口增长大国，在1999年（10.38亿人口）至2011年（12.5亿人口）人口数量增长2亿多。

但印度的生育率相比于20世纪七八十年代的2.33%的顶峰而言，还是有所下降的，2011年下降至1.29%，这是由于印度计划生育政策在一定程度上抑制了生育率和人口增长。据统计，印度的年人口增长率从1971—1981年的24.7%显著下降到1991—2001年的21.5%，并在2001—2011年进一步下降到17.7%。

虽然生育率有大幅度的降低，但男女比例失调严重，1999年印度的男女比例为1.07，2011年为1.38。受传统重男轻女观念的影响，印度人对于多生育与生男孩还有较多的执念。而且女性堕胎权也没有得到保障，虽然自1971年《医疗终止妊娠法》颁布以来，堕胎一直是合法的，但印度妇女并没有获得堕胎的绝对权利，是否堕胎取决于医生。

此外，宗教观念与政治动机也是影响印度人口持续增加的重要原因。英国殖民期间对印度穆斯林、印度教教徒、表列部落和表列群体分类登记，赋予其不同的政治权利和等级地位，分而治之。历史遗留问题造成印度教与伊斯兰教政治纷争不断，印度教由于担心伊斯兰教人口超过自己，有极大的意愿保持自身的人口优势。许多政坛人物也投其所好，为了讨好选民纷纷选择鼓励生育。于是，印度的人口受以上诸多因素影响，在不断增长。

2. 军事科技进步与现代化战争频发

自1991年海湾战争爆发以来，现代化战争进入世界的视野，世界性冲突不断。但在绝对的国家实力和军事实力下，战争在一定程度上更加像是战争双方的“军备竞赛”，除了在战场上双方正面交战的伤亡外，更多的是利用军事力量进行威慑。伴随着科技的发展，网络也成为各国发生冲突的重要领域。1999年的科索沃战争中，美军首次实施了计算机网络战，打击了南斯拉夫联盟共和国的网络信息指挥控制系统，使南斯拉夫联盟共和国的信息资源与作战效能受到重创，对达成空袭目的起到了重要作用。战争开始变得更加暗流涌动，但在很大程度上相比传统战争，人员伤亡大量减少。

六、70亿—80亿（2011—2022年）

2022年11月15日，世界人口达到80亿。从2011年开始，这一个10亿人口的增长只用了11年。这颗蓝色的星球上又多了10亿人，这对我们的生活有什么样的影响成为人们关切的话题。

1. 气候变化加剧

联合国数据显示，80亿人口中，生育率最高的国家往往也是人均收入最低的国家。但是人均物质资源消耗和温室气体排放量最多的国家，往往是人均收入较高的国家，而非人口增长迅速的国家。温室气体排放量的增加会加剧温室效应，带来气候变化。气候变化不仅关乎地球环境，还影响着全球公众的健康和经济发展。

2022年，极端天气引起的自然灾害频发引起了广泛的关注。我们的邻国印度和巴基斯坦也饱受热浪折磨，2022年7月、8月因热致死人数超过90人。

巴基斯坦 2022 年的夏天还经受了一场由热浪和夏季暴雨共同构成的复合型气象灾难，在俾路支省（Balochistan），一场持续了 3 个多星期的森林大火烧毁了 200 万棵松树和橄榄树，其间还夹杂着沙尘暴以及原因不明的霍乱。热浪导致的干旱还给整个南亚的粮食安全带来了挑战，印度重要小麦产区旁遮普邦的春小麦的产量比往年下降了大约 15%。

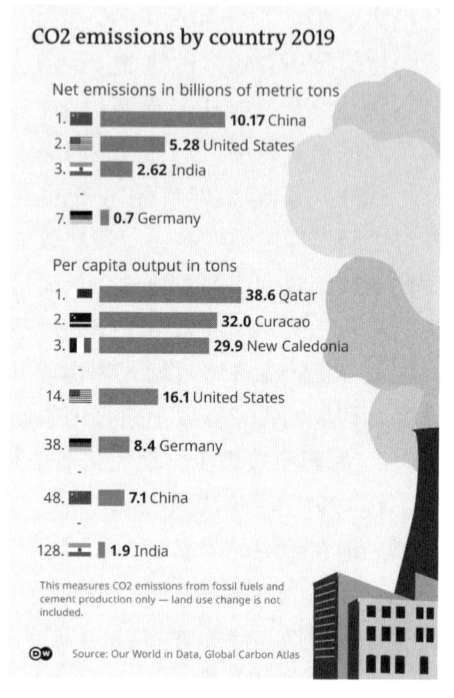

二氧化碳人均排放量

于是，与人类生存息息相关的气候议题越发得到全球的关注。全球气候正义涉及现有碳排放空间的分配、减缓气候变化的成本分担、气候变化后果的生态补偿以及全球范围内的财富分配与再分配等问题。因此，碳排放不仅关乎自然环境，还是发达国家与发展中国家之间在排放空间、资金援助、损失损害的补偿等问题上的争论与利益博弈。

不论是 1992 年的《联合国气候变化框架公约》还是 2009 年的《哥本哈根协议》都强调了发达国家对发展中国家的援助责任。但发达国家未能落实，更不用说特朗普在 2019 年宣布退出《巴黎协定》。因此，对发展中国家而言，如何通过资金和技术援助实现低碳转型，以实现国家的气候安全是发展的重要议题。

中国在党的十九大报告中将气候变化列为全球重要的非传统安全威胁，要求尽快研究和制定应对气候变化的战略。在 2015 年，全球近 200 个国家达成了应对气候变化的《巴黎协定》，要求全球尽快实现温室气体排放达峰，并在 21 世纪下半叶实现温室气体净零排放。2021 年，“碳中和”被写入“十四五”规划。2022 年，北京冬奥会全部场馆达到绿色建筑标准、常规能源 100% 使用绿色电力，实现了碳中和。中国科学院院士丁仲礼认为，中国需要在“能源结构、能源消费、人为固碳”三端发力来实现碳中和的目标。这一转型并不简单，但中国势在必行。

2. 人口老龄化和负增长，人类发展的转型

2021 年，我国人口总量保持增长，增长速度持续放缓，老龄化程度进一步加深。2021 年年末，全国 60 岁及以上人口为 26736 万人，占 18.9%，其中，65 岁及以上人口为 20056 万人，占 14.2%。这一变化并非个案，联合国的报告指出，全球人口正步入老龄化阶段。世界上几乎每个国家的老龄人口数量和比例都正在增加。预计到 2050 年，全世界每 6 人中，就有 1 人年龄在 65 岁以上，占比达到 16%。

对经历了大移民潮的国家而言，国际移民会暂时减缓其老龄化的进程，因为移民往往都是处于工作年龄的青年。但是，留在国内的移民最终仍将成为老年人口。因此，人类不得不思考如何面对老龄社会？如何保障老年人的健康与幸福？因为每一个人都会老去。

生育率的降低是影响全球人口老龄化的关键因素之一。人口自然增长率的降低引起了各国的广泛关注，于是各国也提出了不少政策。如北欧设立了普遍的家庭补助，日本的鼓励生育政策使生育率从 1.2 提升到了 1.45，普京的人口鼓励政策则让俄罗斯的生育率从 1.1 的极低水平提升至超过 1.7。人口学者黄文政指出，大家的选择是现实而且理性的，政府必须要花大力气，才可能提高生育率，缓解这种危机。

人口老龄化会给社会带来什么影响？不同学者有不同的答案。黄文政认为，生育率低的地方人均 GDP 增长也慢。日本、韩国等经济体最初都是高速增长的，人口老龄化后带来的低生育率拖累了经济的增长，降低了规模化效益。但也有学者提出了“银发经济”一说，日本社会学家上野千鹤子在《高龄化社会》中就畅想了未来老年市场的发展：老年人并非都是“赡养”的对象，他们也可以在自己的老年阶段培养自己的事业“第二春”。

不管是提高生育率，还是营造幸福美好的老年社会，都在说明人类在往新层次发展，不仅关注经济发展，而且关注自身的健康、尊严和幸福。

结　　语

至此，“谷河青年”阅览了从 1927 年至今的世界历史缩影。这百年间，地球所经历的“热烈”前所未有，变革、开放、铁拳、争奇、天灾……在色彩迥异的土地上以不同的节奏篆刻着文明的进程。

从第一次直立行走，到如今成为 80 亿人口规模的地球主人，人口增长史本身就是一部人类的发展史。在每一个10亿人口的进程中，我们都能看到人类在创造也在毁灭，人类团结却也分裂。战争、疾病、灾难可以重创世界的繁荣安定，而科技发展、社会进步和友好合作则可以给人民以新的希望和动力。

今日我们说着80亿人口，然而“80亿”究竟意味着什么？对我们而言崭新的时代，又将以怎样的进程被载入进后人的历史里？还有《人类简史》中的发问：“我们究竟想要变成什么？”

如果我们无法对这样宏大的问题作答，那或许可以考虑作为八十亿分之一的自身：一个具象的生命，在这个时代，如何准备好自己的生活？

参考文献

[1] 陈宣. 人口大爆炸 [J]. 小学时代，2003 (6)：11-12.
[2] 翟振武. 20世纪50年代中国人口政策的回顾与再评价 [J]. 中国人口科学，2000 (1)：17-26.
[3] 馆稔，宋海文. 战后世界人口问题的特征 [J]. 世界经济文汇，1958 (7)：27-29.
[4] 李建新. 世界人口格局中的中国人口转变及其特点 [J]. 人口学刊，2000 (5)：3-8.
[5] 李彦文. 全球气候正义与发达国家历史欠债 [N]. 环球网，2022-11-15.
[6] 梁云风. 我们做好了人口负增长的准备吗？[N]. 第一财经，2021-12-02.
[7] 刘怡. 依然泡在水里的巴基斯坦，远未兑现的“气候正义” [N]. 三联生活周刊，2022-09-27.
[8] 上野千鹤子. 高龄化社会：四十岁开始探讨老年 [M]. 沈阳：辽宁大学出版社，1991：12.
[9] 施普皓. 印度“有人口，无红利” [N]. 经济日报，2021-07-12.
[10] 宋仁. 反叛的一代：战后婴儿潮 [N]. 搜狐新闻，2018-08-17.
[11] 陶鹰. 世界60亿人口日专家座谈会综述 [J]. 人口与计划生育，1999 (6)：21-22.
[12] 王萍萍. 人口总量保持增长 城镇化水平稳步提升 [N]. 中国经济网，2022-01-18.
[13] 文伯. 人口膨胀地球告急 [J]. 新青年，2000 (2)：25.
[14] 辛仁周. 90年代世界人口的增长趋势及其影响 [J]. 南方人口，1992 (3)：41-43，47.

[15] 辛仁周. 世界人口的增长趋势及对世界经济的影响 [J]. 世界经济，1992 (11)：14 - 20.

[16] 徐佐林. "50 亿人口日" 遐想 [J]. 南方人口，1988 (3)：17 - 19.

[17] 杨怡爽. 印度究竟是否需要控制人口 [J]. 世界知识，2021 (21)：60 - 61.

[18] 印度人口基金会欢迎最高法院关于所有妇女都有权安全堕胎的判决 [N]. Population Foundation，2022 - 09 - 30.

[19] S. L. 坎普，晓良. 90 年代是世界人口问题的关键十年 [J]. 国外社会科学，1993 (12)：18 - 23.

[20] TABAH L，KONO S. World population trends in 1960 - 70 [J]. Int Labour Rev. 1974，109 (5 - 6)：401 - 12.

[21] The U. S. Recession and the Birth Rate [J/OL]. (2009 - 07 - 08) [2009 - 07 - 08]. https://www.prb.org/resources/the-u-s-recession-and-the-birth-rate/.

[22] The Unrealized Horrors of Population Explosion [N]. The New York Times，2015 - 06 - 01.

[23] U. S. Census Bureau - International Programs [N]. World Population，2013 - 03 - 06.

第五章

特稿：用故事和细节呈现复杂

在嗜酒者互诫会，酒鬼们寻找内心的神明

撰文　王一妃　王艺君

2017 年 1 月 7 日

“我是一个酒鬼。”一见面，魏海（化名）就这么自称，虽然他面色红润，脖子上挂着运动耳机，穿着运动裤，像是刚刚结束了一场晨跑。和一般人对酒鬼的理解不同，他看上去健康而清醒。

魏海五十出头，是广东嗜酒者互诫协会（Alcoholic Anonymous，AA）的召集人。2000 年，这个组织由北京两位从美国回来的精神医生组建，该组织总部 1935 年诞生于美国俄亥俄州，现其分部已遍布全球。

在这个组织里，没有真实姓名，没有会费，也没有会员名单，所有人来去自由，只要你是嗜酒者。参会的人大多衣着得体，经济实力不俗，谈论着长沙的地皮和碧桂园的公寓，谁也不会想到他们曾经一刻也离不开酒瓶，有的甚至进过十数次精神病院。

嗜酒者互诫协会（Alcoholic Anonymous）的标识

“因为酒瘾，我进了十三次精神病院”

别人问魏海，你的酒瘾有多大，他伸出一根手指。

“一斤?”

“不，一直。”

一直喝，喝到完全丧失意识才会罢休。

没人一出生就是个酒鬼。没被酒瘾控制的魏海在人生前三十多年春风得意，29岁便当上了国企副科长，虽常有应酬，但也点到为止。1997年年末，由于国企改革，他所在的单位被拆成了几个独立核算的公司，魏海被分去其中一个公司当部门总监。面对刚成立的公司，收支核算、财务管理等问题接踵而来，压力突然变得令他有些难以承受。

于是魏海做出了最错误的一个选择——用酒精解决。善于思考而短于行动的他，一开始尝到了甜头。酒精帮他提高了行动能力与决定能力，也让他求得片刻的内心宁静。他把喝酒当成了工作的伴侣，对酒精的依赖慢慢累积，当他意识到危险时，已经彻底摆脱不了酒精了。

酒瘾就这样慢慢地显现：起初每天一瓶长城牌红酒，接下来改成白酒，先是六两装的小瓶，没多久升级为一斤装的大瓶。接下来，他发现清晨空腹喝酒吸收快，一股飘飘然的愉悦感直冲脑门，让他更加沉迷。之后，他早上喝、晚上喝、工作时喝、休息时喝，喝醉了睡觉，睡醒后接着喝。对魏海来说，生活除了酒以外，不需要任何其他东西。

家人和朋友很快注意到了他的问题，先是劝说，无果后就没收他的酒瓶，包也看，身也搜。不让买酒，魏海就偷家里的酒喝，喝得差不多了，就往糯米酒瓶里兑红茶，往白酒瓶里倒白开水。妻子发现后，气得把家里的酒也都搬走了。魏海又开始偷着买酒、藏酒，抽屉、衣柜、衣服的内口袋，甚至放入洗手间的马桶水箱里，家中每天都上演着“一收一藏”的战斗。有段时间妻子把他锁在家里，他就招呼朋友买酒，从窗户里放绳子钓上来，后来朋友也不帮他了，他就逼欠他钱的人给他买。

有一次，魏海喝到重度酒精中毒，被家人送到了医院打点滴。醒来后，他忍不住拔了针头跑出医院买酒。回来后护士逼问他去了哪里，他谎称卫生间排队人太多，但身上的酒精味还是揭穿了这个谎言。医生判断他已经患上了“酒依赖”，劝家人送他到精神病院。

2001 年，魏海在当地的精神病院待了三个月。

“那段日子和坐牢没有什么分别。”

这家精神病院没有酒瘾科，魏海和精神分裂症、躁郁症患者住在同一个房间里。不再摄入酒精后的他很快恢复了意识，他感觉自己是精神病院唯一一个正常人。

精神病院的生活非常规律。没有闹钟，但清晨六点，扫把接触地面的沙沙声、推车轱辘在大理石地面上滑动的清脆金属音，还有消毒粉的浓烈气味足以把人从梦中弄醒。七点定时吃早餐，八点医生开始上班，挨个给患者量体温并问几句感受，但他们从来不问魏海。九点开始是工娱时间，活动室有几张乒乓球台，但他很难找到人和他一起打。午饭后其他患者吃了药物全部去午休，只有他醒着，出门到处溜达，找护士聊天。下午两点半，患者家属会过来带一些水果零食等，四点半吃晚饭，晚上七点别的患者吃完药又全部睡去。“精神病院很少出现电视里演的冲突场景，每天都安静得可怕。观察护士怎么打针，看一个患者每次走路的步长是多少厘米……我就靠着这些琐碎的细节打发时间。”

魏海不喜欢精神病院的生活，不过他承认，被迫与酒精隔离后，他确实从曾经如影随形的混沌中逃脱了出来，那种抓心挠肺的对酒精的渴望感似乎也渐渐消失了。离开精神病院前，主治医生给他开了些镇静的药物，然后告诉他，只要坚持五年之内滴酒不沾，他就能像常人一样控制饮酒。

五年不是一个很短的数字，却是一个看得见、摸得着的时间标尺。更何况，“原来自己不需要永远不沾酒，五年就可以变回正常人！”魏海心动了，他决定停酒。

他逼迫自己一心扑在工作上，一时间连想也没想过要喝酒这回事。药吃了一年后就停了，之后偶尔的烦躁与心痒也被“五年就能恢复正常”这种更强烈的渴望抑制住了。

五年的清醒期就这样度过了。没了酒精的作乱，魏海的工作和生活都一帆风顺，到后来，他甚至不太记得这个五年之约。

2006 年国庆节的某次家宴上，魏海复饮了。他似乎完全忘记了酒有多么诱人，只觉得“又呛又辣”，口感陌生，疑惑自己当初为何会对这么难喝的东西上瘾。同一时间，魏海心里涌出一股强烈的欣喜，觉得医生没有欺骗他，他从此能正常喝酒了。

因此，一个月后的酒局上，他终于在五年后第一次不再拒绝客户的邀请，大方地碰了杯。

“叮”——清脆的碰撞声开启了新的噩梦。

魏海的应酬越来越多，突然有一天，熟悉的感觉毫无征兆地回归。医生的预言破灭了，当魏海意识到自己又开始无法控制心里的欲望时，他保持了五年的心理防线崩溃了。

家人把他再次送进精神病院，他挣扎着想逃走，还是被医生和护士抓了进去。这一次，魏海成了精神病院的常客，从一年一次到一年两次，最后变成三个月一次、两个月一次、一个月一次，前前后后一共进了十三次精神病院。每次入院清醒后他就决心戒酒，但一出院不久又喝上了。

魏海又一次陷入不能自拔的景况中。八十多岁的母亲跪在他面前苦苦哀求他，老泪纵横。妻子忧心忡忡，女儿被挡在门外，只被告知“爸爸在休息”。这些他最亲近的人的脸都在酒精的浸泡中变得面目模糊。

酗酒使魏海对生活变得麻木不仁。他经常酒驾，一次开摩托撞上汽车摔断了一根锁骨，休养了两个月才好，后来又醉驾追尾，赔了别人一万多块，自己维修汽车又花了四千块。

魏海察觉到自己给身边人带来的伤害，想用死来一了百了，但怎么也坚定不了这个念头。“我是不甘心的。”少数清醒的时候，他绞尽脑汁想找到自己失控的原因。他读了大量哲学书籍，从柏拉图到康德、尼采、叔本华……最终还是没有找到原因。

“我处于一种又绝望又有所希冀的状态。”

魏海身处浑浑噩噩的世界里，但他在等。

“大家好，我姓魏，我是一个酒鬼”

魏海等到的是AA，其中文是“嗜酒者互诫会”。

2012年，魏海加入了北京的AA现场会议，在北京住了一年。回来后，他积极在AA网络会议中发言，又努力联系广东的嗜酒者，花了几个月的时间组建了广东AA小组，目前有四十多人活跃在微信群中。

广州的AA现场会在每周日上午11时至12时召开，地点选在天河区某高档小区的会所，一般有九个人的固定班底，每个月其他城市的人也会根据自己的时间参与一到两次。2017年11月27日（不是很确定），由于有四个人出差，只有五个人过来开会。

时针快指向十一点，三个男人先后走进了房间。其中一个年轻人看上去三十多岁，穿着一套牛仔装，梳着发亮的背头，另一个更年轻的男人披着一件黑色羽绒服，穿着红色休闲裤，看上去都非常时尚。剩下的一位穿着红色运动服的中年人拎着一个手提袋，慢慢走进来。

他们花了五分钟等了一会儿迟迟未到的“老毛”，魏海抬手看了眼手表，关上了门，说：“开始吧。”

整个会议如同一场仪式，按照既定的流程开始了。

魏海先朗读了一遍AA追求匿名、不求回报、强调帮扶的宗旨。接着红衣中年人读了《日有所感》这本书上所记载的当日的内容，这部分讲的是AA与新闻界的关系：AA欢迎新闻界的报道，只要尊重他们匿名的原则。

大家都是熟人，但魏海还是象征性地问了今天是否有新来的朋友，之后是轮流汇报自己清醒的天数。

“大家好，我姓魏，我是个酒鬼，我已经清醒了四年两个月又二十天。”魏海首先说。

“大家好，我是小李，我是个酒鬼，我已经清醒了415天。”说话的是梳背头的年轻人。

“大家好，我是小周，我是个酒鬼，我已经清醒了136天。”穿黑色羽绒服的年轻人跟着说。

每个人说完，大家都会一齐鼓掌。直到红衣中年人说：“大家好，我姓蔡，我是个酒鬼，我……哎，下周我就清醒两年整了。”所有人都露出了笑容，魏海眯着眼冲他说“恭喜恭喜”。

接着他们开始传阅并朗读《酒鬼的故事》这本书的第三章。这一章讲的是一个因为酒瘾从二楼跳下去的19岁的年轻人最后因为AA走上正轨的故事。其间老毛姗姗来迟，魏海起身搬了张椅子给他，又给他指明该从哪里开始读。

故事读完，才终于进入了自由发言环节。老蔡主动开口：“大家好，我姓蔡，我是一个酒鬼。”所有人大声对他说：“你好！”这一过程在接下来每个人的发言环节中都会重复。

老蔡搓着手说，他离清醒两周年纪念日越来越近了，心里除了期待更多的是不安，生怕复饮，最近在微博上看到介绍湖南某地的美食，其中有一段说“同时配上二两白酒该是怎样的美味”让他浑身一阵颤抖，赶紧关掉了页面。

小周说他最近主办的两个大活动都和酒有关，刚刚结束的那个活动在北京某酒吧举行，会议用的鸡尾酒还是他去订的，客户要和他来一杯，被他以“对酒精过敏”挡了回去。下周还要承办某洋酒品牌的活动，他担心自己能否承受，又说按最近的状态应该还可以。

他们只是自己发言，间或有人会就发言中不清楚的地方问上一两句，但绝无评论，这是现场会的要求。据小李说，广州现场会的氛围已经足够亲切和随意。他在北京参会的时候，发言遵循着严格的顺序，当一个人发言时，其他人绝不允许插嘴。他不知道北京那边的会员间是否会产生友谊，但他自己确实和广州 AA 的不少人成了现实中的朋友。还没加入 AA 时，小李已经在网上认识了老毛，在一次深夜烂醉后向对方求助，老毛把他送到了医院，还和他分享了自己曾经比他喝得更厉害的经历。老毛是广东 AA 停酒时间最长的一位，已经六年没有饮酒了。

“我就想，自己的酒瘾还没他大，他都能好，我为什么不行？”小李说道。

“它是一种团体治疗”

魏海当初也是怀着这样的念头来到 AA 的。

他的妻子首先找到了北京的 AA，了解一番后劝魏海和她一起去看看。那时魏海休了病假，很久没有去上班，蜷缩在家里。他听说 AA 的会员里有很多“喝到最底层”的人已经停酒数年，就想着“死马当活马医吧”。

2012 年，魏海参加了位于北京大学第六医院的 AA 会议。意外的是，这个堪称酒鬼聚集地里的所有人身上都没有酒味。

主持人发现来了新成员，于是提议今天大家学习“大书”（《嗜酒者互诫协会》）的第二章“有一条出路”。这条出路主要是指 AA 戒酒的十二个步骤，即十二步疗法。它的第一步和第二步说：“我们承认，在对待酒瘾的问题上，我们自己已经无能为力，认识到有一种超于我们自身的力量，也就是‘上苍’，它能够让我们恢复正常心智。”

魏海不能全然理解他们口中的“上苍”，也搞不懂阅读这些书籍和戒酒之间具体有何联系。但戒酒的例子是真实存在的，整个会议的氛围友好，会议现场戒酒时间最长的人已经停酒十三年，从没复饮过。

参加现场会之前，魏海已有参加网络语音会议的经历。除去必要的应酬，每周一到周六晚上八点他都准时上线，这个习惯他已经坚持了五年。在这里，魏海听到了从其他嗜酒者口中讲出的黑暗故事：有人一整晚去了七八个酒吧，最后醉驾回家；两个酒鬼一同开车，驾驶座的人半途一扭头发现后座的人不见了，原来对方在无意识中开门跳了下去，被后面的车辆当场碾死。“停酒之后，这些故事依然让我感到恐惧，我生怕自己有一天还会回到他们所讲的情境中。”

魏海在现场会找人作为自己的助帮人，开始施行具体步骤。首先，他需要找到一个“上苍”。

信奉宗教的人可以很方便地找到“上苍”，因为他们心中已经有一个神明。但是在中国这样一个无神论占主流的社会，AA 偶尔会遭遇水土不服。起初，魏海也不知道该把什么当成“上苍”。

“我是不可知论者。”比起“上苍”，他更想把它称为一种“更高的力量”。“它可以是人以外的任何东西，太阳、星星、月亮，或者整个宇宙之外的未知。”他一直搞不清为什么自己会无法控制自己的欲望，现在他终于可以不再思考这一点，把这种掌控交给“老天爷”。

找到“上苍”，魏海感到很轻松，他觉得自己可以开始施行了。

虽然 AA 只是一个以戒酒为目的而存在的互助组织，但它的十二步疗法里却设计了很多关乎自我反省、提升道德感的内容。第四步要求“做一次彻底和勇敢的自我道德反省”，第七步是“谦卑地请求‘上苍’除掉我们的缺点”，第八步和第九步则要求“列出曾经受到我们伤害的人的姓名，自觉愿意向每一个人承认错误”，并“尽可能向他们弥补过失”。

纸面上短短的十二步，在现实中一一实行往往要花费半年甚至一年的时间。

光是彻底的反省，魏海就用了一个月。他细细琢磨了自己四十多年的人生中所有做得不得体的地方，在这个过程中他终于系统地理解了自己的酗酒给身边人带来的痛苦，想起母亲给自己下跪，他后悔得浑身颤抖。

对家人和朋友的道歉几乎每天都在进行。有些人早已不再联络或者移居国外，魏海就给他们写信，用信封装好，然后烧掉。纸张消失在灰烬里，他觉得有些负担也化成烟从他心里飘走了。

他一共施行了两次完整的十二步疗法。第一次用了半年，“把以前放下了，但对以后的生活还是惶恐”。一年半后，魏海施行了第二次，这一次他把对未来的忧虑也放下了。

魏海总是强调，AA 只戒酒，不教做人，但他不否认 AA 让他变成了更好的人。AA 里有一个主题，叫“慢慢来”。“酒鬼性子急，很想迅速搞定一切，完不成就会自责，进而产生负面情绪，最后又会开始喝。”他还说，酒鬼的症结就是以自我为中心，他们总告诉自己喝酒是为了应酬、为了效率，是有原因的，“但是 AA 让我们保持谦卑”。他经常反思自己今天是否犯了错误，情绪不再大起大伏。他从混沌的生活里被捞起，从来没有活得这么有条不紊过。

魏海尤其喜欢 AA 的“24 小时方案”，感到时间变得更可控了，他不用再天天沉溺于过去的噩梦里，也不用对过远的未来忧心忡忡。就像非洲某个部族将睡眠当作死亡，将醒来作为新生一样，魏海只关心在眼前的这二十四小时里自己能否做到不饮酒。这不像当年的五年之约，因为今天这个时间期限看似很快过去，又永不结束，抓住了每一个今天就是抓住了每一天。

在广州 AA 的小李看来，到现在，AA 带给他的人生态度的影响已经远超戒酒本身，好像后者才变成了一种附属产品。他以前暴躁的性格被慢慢抚平，他仍然追求人生的欲望，但懂得了克制。

“它实际上是一种团体治疗模式。”中国毒理学会药物依赖毒理专业委员会委员、广州日辉成瘾和心理治疗中心主任何日辉这么解释 AA 发挥作用的原因。比起生活中遭受的不理解，嗜酒者给予彼此的支持给他们带来了强大的精神力量。而十二步疗法更是通过一步步在潜意识层面建立新的积极的条件反射，让嗜酒者不断反省，并用“上苍”约束自己。

和精神病院的药物一样，AA 并不能彻底使魏海戒断酒瘾，但至少魏海可以重新感受到社会的连接，而不是被隔离。魏海知道，AA 并不见得对每个人都有效，但感受到效果的人，都离不开它了。

2017 年 11 月 27 日广州现场会上，所有人发言完毕后，魏海读了 AA 的“匿名性、无会费”的诺言。最后所有人站起来，手拉手形成一个圈，大声说：“上苍，请赐予我安宁，接受我不能改变的事情，赐予我勇气，去改变我能改变的事情，赐予我智慧，明白这两者之间的区别。欢迎下次再来！”

会议结束了，出了会所的门，所有人边聊着天边向自己的车走去，他们像五滴水重新融入大海，没人知道他们从哪里来。他们挥挥手，对彼此没有留恋，魏海知道他们下一周还将再来，而自己每一周都将再来。

816核工厂：遗留大山深处的“三线建设纪念品”

撰文　欧梦雪
编辑　王　劲
2017年6月17日

“献了青春献终身，献了终身献子孙。”这是国家三线建设时期响彻816核工厂的一句口号。

50年过去了，这句口号尚能在重庆涪陵白涛镇一个叫“麦子坪”的地方听到。如今，这个曾经是816核工厂老职工居住的地方，作为三线建设的“遗物”之一，与816核工厂一起被遗留在了白涛镇的大山深处。

据资料显示，从1967年工程开工，到1984年工程停工，陆陆续续约有6万人从国家的四面八方涌入白涛镇，投入这个国家第二个核原料工业基地、国家三线建设时期的重点项目——816地下核工程（俗称“816厂”）的建设中。

1966年7月的一个炎热夏天，隶属7983师的高长民（化名）坐上了一辆叫“王河一号”的军用货车。然而，和千千万万奔赴三线建设的人一样，此刻的他并不知道，这辆载满了108个战士的军用货车，开往的不是北京，而是不在计划中的“山旮旯”。

深山“遗珠”——816核工厂

从重庆涪陵的主城区到白涛镇，大约有32公里的车程，沿途是碧水青山的乌江画廊，高山密林、交通不便。历来，这里都被当作穷乡僻壤之地。

很难想象，当年举世瞩目的816厂就掩藏于这崇山峻岭之中。在这个叫“金子山”的地方，除了笔直高大的排风烟筒外，看不出其他任何工程的痕迹。816厂的洞口，也大都掩于白涛河河谷的密林里。在1984年816厂停工后，一些洞口被封，直到现在也没有人确切知道这些洞口的具体数量。这些大大小小的洞口，分布在金子山的各个地方，隐蔽性极强。有的是引水洞，负责抽引乌江的冷却水，有的洞负责倾倒沙石的小火车进出，还有的洞直接连着进山公路，负责工厂设备的运入…… 而洞口的另一头，则是整个金子山山体掩盖下迷宫式的“地下工厂”。

到目前为止，这项工程仍堪称“世界第一人工洞体”—— 总建筑面积达10.4 万平方米，大型洞室共18 个，道路、导洞、支洞、隧道及竖井等通道达130 条，所有洞体的轴向线长叠加达20 余公里。其中最大洞室高达79.6 米，侧墙开挖跨度为25.2 米，拱顶跨度为31.2 米，面积为1.3 万平方米。

涪陵页岩气公司职工参观816 厂洞体仪表室

整个三线建设的背景是中苏关系恶化。1966 年，面对苏联核武器的威胁，在时任国务院总理周恩来的批准下，中国第二个核原料工业基地在重庆涪陵区白涛镇开建，为制造原子弹提供核原料。

作为三线建设的一部分，这项工程承载着“保家卫国”的重任。因此，20 世纪60 年代，经过有关部门多次考察论证后，国家决定斥7.5 亿元巨资，在重庆涪陵区白涛镇打造地下核工程。选址确定后，白涛镇这个地名也随之在地图上消失。

“这是一项在特定年代和思维造就下的工程。”建峰小学（原816厂军工子弟学校）的王老师说。

“在一个只能靠人力和爆破工作模式的年代，依靠国家指令、军民实干，就造就出了如此巨大的山底掩体，是一件十分不容易的事。”

据2002年4月中华人民共和国国防科学技术工业委员会揭秘的资料显示，在集中建设816厂的这17年中，前后大约有6万人涌入白涛镇，投入816厂的建设中。由于施工条件艰苦，在前期挖洞的这8年时间里，有近百名工程兵和建设者牺牲。如今，在距816厂洞体3公里的“一碗水”烈士陵园，还安葬着当时牺牲的73位老兵的遗骸。

奔赴大山

现年89岁的高长民坐在他家不大的客厅里，他所住的房子是20世纪80年代建造的职工宿舍，一共7层楼，依山而建在麦子坪的“第六区”。房子的对面是20世纪三线建设遗留下来的瞭望台，在当时供整个厂子的职工观察敌情和厂区情况。

816厂建设时期遗留下来的瞭望台

1966 年，正值中国第一颗原子弹在新疆罗布泊爆炸的第二年，中苏关系急剧恶化，一系列核工程开始迅速撤离大西北，转移到大西南最穷、最隐蔽的地方。1966 年 7 月来到涪陵区白涛镇的高长民，是第二批投身于 816 厂建设的人之一。

50 年过去了，89 岁高龄的高长民谈论起往事来依然思路清晰、滔滔不绝。“献了青春献终身，献了终身献子孙”也是高长民一家人的写照。高长民是江苏人，来到白涛镇以前定居在上海，随着祖国的核工业建设先辗转于北京、甘肃，最后全家迁到了重庆市涪陵区白涛镇。高长民的儿子高建军（化名）也是 816 厂的老职工，自 1972 年跟随父亲到 816 厂上班，就一直待在 816 厂直至退休。如今，孙子高波（化名）也在中国核工业建峰化工总厂（转制后的 816 厂）任职。在“麦子坪”，因为 816 厂建设，举家迁到这个地方的家庭不止高长民一家。

1966 年 7 月的一个夏天，高长民坐上“王河一号”货车，从西北地区的甘肃酒泉出发去往重庆。据他回忆，当时有十几辆货车，每辆货车装 108 个人，迁移阵势“浩浩荡荡”。在到达重庆后，他们在朝天门码头乘船到涪陵，然后在涪陵大东门码头乘船，最后沿着乌江逆流而上到达白涛镇。来来去去、舟车辗转，路上颠簸了大概一周。

“我是 7 月份到这个厂里来的，那时夏天很热，来了也没有房子，一批人就住在树林里，后来才临时搭了一个窝棚。”高长民回忆起第一次到这个“穷山沟”里的场景：“周围什么都没有，没有田也没有庄稼，只有山。”

作为第二批来到白涛镇的人，不得不面对的是山里一穷二白的场景和“开天辟地”的艰辛。没有水，工程兵们就到更深的山里去引当地的泉水，以维持这一批人日常生活用水的需求；没有住的地方，时任 816 厂副厂长的韩志平就带队，请当地老乡和民工一起建盖了很多临时工棚。

“是沟也好，是山也好，首先得把地皮弄平了，用石头围起。周围的竹子划分成一块一块地架起来，再用黄泥巴加稻草一敷，就成了一堵墙。”当时，为了快速解决住宿问题，在韩志平的带领下，这样“粗糙简陋”的工棚，一盖就盖了五座。

待一批人安顿下来后，816 厂的洞体建设于 1967 年正式开工，更多的人开始涌入白涛镇。这个名不见经传的小山沟，一下子聚集了近 6 万人。其中，约 1 万人代号为 8342 的中央军委特种工程兵驻扎在江东（涪陵当地地名，乌江以东），主要负责洞体开凿爆破、打钢筋与浇筑混凝土。除此之外，还有负责整个洞体保卫工作的一个警卫团和一个警卫连，分别驻扎在洞体和白涛桥桥头。高长民回忆“当时整个白涛镇全都是人”。

来到816厂之后，高长民负责机器设备检验工作，把关核原料生产设备的安装质量。由于中苏关系紧张，苏联不再出口核原料生产设备给中国，中国便打算在816厂这个地方“另起炉灶”。816厂的核原料生产设备则是中国第一次尝试自己制造的设备。但由于前期开凿洞体工程巨大，耗时较长，使得该项目的建设整体落后于位于四川省广元市三堆镇的中核集团821厂。

20世纪七八十年代，国际形势风云变幻。1984年，中苏关系开始有所好转，816厂正式停工，其洞体也随之被封闭起来，自始至终没有投入生产。据高长民的儿子、原816厂职工高建军回忆，截至1984年工程封闭之前，这项总投资达7.5亿元的项目，就已完成85%的建筑工程、60%的设备工程，但大部分设备尚未完善。封闭之后，很多设备都被拆除，很多的材料也都被卖掉，只有极小一部分洞体被中国核工业建峰化工总厂（转制后的816厂）作为物资仓库加以利用。

“毕竟当时国家花了这么多钱，大家花了时间、花了精力，一下子就不建了，心里肯定觉得可惜。”高建军说道，“但还是得服从国家的大局观，服从国家的需要，建这个工程也是国家所需要的，停工也是国家所需要的”。在儿子高建军看来，亲自参与建设这项工程的父亲，也只是这项庞大工程下的一粒铆钉，自始至终都服从着国家的安排。

816厂的“活化石”

涪陵区白涛镇三线建设时期的“遗物”不止816厂的洞体一个。

事实上，麦子坪、麦子坪里三线建设时期的老建筑，以及在老建筑里生活的老职工们，则是在816厂“神圣浩大”的光辉下，被外人所忽视的更为鲜活的存在。

“在麦子坪这个地方，你看到的是816厂遗留下来的‘活化石’，而不是那个毫无生气的洞体。”建峰小学（原816厂军工子弟小学）的王老师说道。

如今，部分来自四面八方的老军工们，还一直生活在涪陵区白涛镇麦子坪村。50年前，这些来自四面八方的知识分子、军人士兵投身于祖国的三线建设，来到麦子坪这个“穷山沟”里安家、生活。如今白涛镇麦子坪这个地方，也成了涪陵区普通话普及程度最高的地方。“因为大部分人来自外地，彼此交流都用普通话。”这位老师说。

位于白涛镇麦子坪第二区的建峰小学，是原816厂军工子弟小学。就职于这里的王老师说：“因为不少家长都是外地的。建峰小学‘军转民’后，虽然有一半学生来自农村，但是那些来自农村的孩子受外地孩子的影响，也都说普通话。”

50年过去了，816厂“军转民”后，三线建设的痕迹却并未在这里消失。这里的人们，或多或少都在以一些方式纪念着那段热血岁月。

王老师介绍，建峰小学每年都会开展军工特色教育，例如安排扫墓活动，前往“一碗水”烈士陵园扫墓，以及举办大型军工特色节目演出。学校也延续了军工教育的传统，缅怀过去老军工们筚路蓝缕的事迹以及艰苦奋斗的精神，甚至课室的标语也是国家三线建设时期的响亮口号。

建峰小学十二字标语

尽管三线建设的历史曾让他们感到自豪，但不少人仍在拼命逃离这个所谓的“穷山沟”。

“我们的生源还是在不断减少，现在很多家长都带着孩子去涪陵城区读小学”，王老师有些无奈，“原来我们一个学校有一千多人，现在只剩下不到八百人了”。王老师表示，按照现在每年新生减少的速度，不久之后，学校招生数量能不能有以前的一半都是个问题。

从高处俯瞰麦子坪，建筑依山而建，层次分明。一条明确的线条从东到西将麦子坪分割开来——山上的那个麦子坪是崭新的、彩色的，新建的时髦房子闪闪发亮；山下的麦子坪则是灰暗的、矮小的，密密麻麻的灰色砖楼面面相觑。

除了816厂洞体，位于山下第八区的机械加工中心，则是为816厂制造器械设备的地方，如今这里已经被当地政府打造成老军工文化旅游园区。老旧的建筑、锈蚀的老机器、颓圮的砖墙……因国家三线建设而繁荣于20世纪的大工厂，现在彻底变成了一条“死街”，等待着偶尔到来的零星游人。

废弃的厂房

“人都往山上走啦！”住在山下的一位阿婆如是说。她口中的“山上”是指麦子坪在山上的相对繁华的一区和二区。随着816厂的停建，机械加工中心随即停用，人们开始往空气更好、更清凉宜居的山上迁移。渐渐地，山上的一区和二区成了麦子坪人口密度最大的区域，和人迹罕至、颓圮衰落的山下形成了鲜明对比。

过去参与816厂建设的老军工们也大都住在麦子坪的山上。每到夏天傍晚，这些老人们便出没于这里大大小小的广场。跳广场舞、打太极、遛狗……傍晚山风吹拂下的麦子坪，是老人们的天下。

和麦子坪的老人聊 816 厂和三线建设，他们十有八九会说：“我当年就参与过这个工程。”不管是真的进洞体当过工程兵也好，还是来麦子坪修建职工宿舍也好，几乎都会说自己和当年国家建设的这个浩大工程有关。

据麦子坪村中国核工业建峰化工总厂（转制后的 816 厂）人力资源部统计，目前建峰集团有在职人员 4320 人，退休职工共 3400 人，占总职工人数比重达 45%。离休的老军工中，除去已经去世的 56 人外，目前尚在世的仅有 32 人。

如今，越来越多的年轻人离开了麦子坪。老军工们一天天老去的同时，这个小镇也没有一天天年轻起来。这个曾经有无数年轻人洒满青春热血的地方，正在一步步进入暮年。它站在国家三线建设历史的肩膀上，越来越“生长”的同时，脚下的历史陈迹也在不知不觉地悄然褪去。

“好人”迟暮，公益捞尸队还能捞多久？

撰文　陈晓蓓　聂远格　郭佳灵
编辑　孔令旖
2018 年 4 月 5 日

赵喜昌和他的团队的使命就是把溺亡者和他们的尊严带回岸边。9 年里，义务救捞队从水中捞出了 433 人，包括救活的 63 人。然而，各种道德模范奖项纷至沓来的同时，资金、工作持续性等问题也相伴而生。这支平均年龄 50 岁的队伍，下一个 9 年在何处？

人在极度悲伤的时候，首先失去的是说话的能力。

2017 年 7 月 28 日，晚上 7 点的惠州，天色暗了下来。一个挺着大肚腩的男人，焦急地望着黄沙水库和正在水库中作业的救援队。看似平静的水面可以在一瞬之间吞噬一个生命，水面上下便是阴阳两隔。不一会，一个青年人被推上了岸边，面朝下。大肚腩男人立马扑上去，摸着亲人已经僵硬的肢体，他似乎想说些什么。然而，从他嘴里出来的只有“啊”的一声。突然间，这个大肚腩男人跳进水库里。还在水里的赵喜昌，对队员大喊一声：“把他扶上来。”

这些场景对赵喜昌来说并不陌生。作为惠州市义务救捞队的创始人和队长，他和他的团队靠着游泳圈、绳子、钩子和各式自制的工具，将 433 个人带回岸上，包括救活的 63 人外。

赵喜昌的救捞队在惠州几乎无人不知，拿下各种道德模范奖项的赵喜昌也是惠州名人。惠州中小学生都知道，那个无论春夏秋冬都穿着拖鞋的老头，就是救捞队队长。“同学们猜，我为什么穿拖鞋？”这是赵喜昌每到一个学校宣传防溺水知识的经典开场白。久而久之，学生也明白，这是他随时准备跳下水救人，长年形成的习惯。

9 年前成立的惠州义务救捞队目前共有 6 人。这支救捞队里年纪最大的是 62 岁的赵喜昌，最小的是 37 岁的马迎涛，平均年龄 50 岁。

在接受完采访的当天下午，救捞队接就到了溺水报案，队员们奋战到天黑
（图片由受访者提供）

媒体的报道让这支队伍收获了名声和众望。但是，现实的问题依旧如大山般压在救捞队每一位队员身上。

谁不怕？

2005 年，赵喜昌在惠州工作的女儿跟在黑龙江老家的他说，惠州的天气暖和，适合颐养天年。赵喜昌年轻时在雷锋团当工程兵，退役时带了一身伤。“我当时是五级伤残军人，坐公交车那是免费的！”斜靠在沙发上的赵喜昌指着自己脚上的伤疤说道。他的双脚脚背一高一矮，右脚拱起，看上去有点畸形。而由于腰椎压缩性骨折，他难以坐直。

让苏东坡长叹“不辞长做岭南人”的惠州确实是一个养老的好地方。赵喜昌来惠颐养天年的悠闲日子却在 2008 年停顿。

2008 年夏天，赵喜昌在东江沙里游泳。突然，他的女婿发现有 2 个小孩在水中扑腾。在部队中锻炼过水性的赵喜昌连忙朝孩子游去。此刻，平静的江水就像一双魔鬼的手，将孩子困住，一步一步拉入河床。赵喜昌在江面扑腾，寻找孩子的踪影。然而，和江水的争夺终是不自量力。最后，赵喜昌的女婿和一个渔民救上一个小孩，另一个则溺亡沉底，过了两三天才浮上来。“那时候咱也不懂怎么捞，要搁现在那小孩死不了。”赵喜昌叹息道。

在这座河流广布的城市，以前每年暑假都有 52 ～76 个学生溺亡。这件事之后，赵喜昌萌生了义务救捞的想法。

他跑去公安局，希望公安局能够给他连线，让他能够跟随到出事的水域展开救捞活动。“公安局让我去找一个组织挂靠。”赵喜昌找到了心连心公益协会，其联络组织惠州市志愿服务联合会听到赵喜昌想法，吓坏了，“这出了事，谁负责啊?”协会领导让赵喜昌回去等通知。过了几天，志愿服务联合会工作人员告诉他，可以挂靠在心连心公益协会，但是赵喜昌得签下保证书——他必须自己负责自己的生命安全。

这份保证书，后来被误传为赵喜昌和公安局签的生死状。2008 年，救捞队“名正言顺”地成立了。队里一共 2 人——赵喜昌和李林。李林是试图救起那个溺亡孩子的另一个游泳者，2015 年因病去世。去世后，李林还捐献了遗体。

保证书写完，报备至公安局后，救捞队便接入了公安的 110 报警系统。一旦接到有人溺亡的报警，信息将会发给相应辖区的派出所、消防队和赵喜昌的队伍。

赵喜昌打捞第一具尸体的时候，他也害怕，“我就想，这个小孩就是我的孩子一样，我得找出来。要不这么想，下水一步也不敢走”。而坐在一旁的副队长闫伟，摇了摇头，“谁不怕?”救捞队成立 9 年，陆陆续续有不少人报名加入，然而最终留下的只有这 6 个队员。

害怕的不仅是队员，还有他们的家人。

闫伟自 2012 年加入救捞队，其妻子一直阻拦，甚至打电话给赵喜昌，请他阻止丈夫执行任务。某日凌晨，闫伟执行完任务偷偷回家，但还是被妻子撞见。妻子问他去哪里了，闫伟支支吾吾，说不出话。

闫伟妻子打电话问赵喜昌，闫伟晚上是不是又去捞人了，赵喜昌连忙否认。

“赵大哥，你别骗我了。看他回来那个死样，我就知道了。”

这件事成为闫伟和妻子之间的隔阂。不久，闫伟和妻子离婚了。

左：救捞队队长赵喜昌；右：救捞队副队长闫伟（记者提供图片）

“好人难做”

赵喜昌在成立义务救捞队的时候，就定下一个规则——救人也罢，打捞尸体也罢，一分钱都不能收。他有时打的去现场，甚至需要倒贴车费。然而，即便如此，赵喜昌还是在2008年至2012年间受了不少委屈。

刚开始很多溺水者家属不认识他，以为他是公安局的人，抱怨他来得太晚，揪着他的领子骂“死的不是你家人”。他的出现也断了某些商业捞尸队的财路。通常，打捞一具尸体，家属需要支付上万元的费用。“这些商业捞尸队的人嘴上跟我说没关系。但是心里还恨。”思索片刻后，他又补充道，“打捞尸体还是可以收费的，但是不能这么贵”。

而比起直来直去的闫伟，唯一一个女队员李春丽的生计问题更让赵喜昌揪心。

李春丽自2015年加入救捞队，主要负责安抚家属。英雄队伍的光辉并没有给她带来便利。相反，为了求职谋生，她需要小心翼翼地掩藏自己作为救捞队成员的身份——做生意最怕的是晦气。和尸体打交道，在许多老板看来很不吉利，即使救捞队将尸体带回岸上交给他们的亲属，这种行为理应被称为高尚。然而，这并不被中国世俗社会观念所接受。

水库救捞溺亡工人（图片由受访者提供）

李春丽好不容易找到一份工作。一次市里组织向先进人物学习，让她上台演讲。她以家里有事向老板告了假。但是，不曾想，老板也出席了会议。自然，他也听到了李春丽的演讲。老板在现场没有说话，但是回去后，老板责怪经理招收救捞队的“晦气”员工。

工作终是丢了。直至现在，李春丽依旧没有稳定工作，靠着四处奔波、打零工维持生计。她也不再敢骑着企业捐赠的那部电动自行车了，因为上面印着三个清晰、明显的大字“救捞队”。

副队长闫伟的经济情况同样不好。为了白天能够执行任务，他找了一个夜班工作，打磨大理石。有工作的他，也只能租住在江北一栋马上被拆迁的房子里。这个房子每月的月租200元，整栋楼只有闫伟一个人住。进入房子里，环顾四周，只有一个掉了扇叶的风扇。“闫老爷家的东西不怕小偷来偷，连个电视都没有。”赵喜昌打趣道。两个老人都笑了。

下水打捞尸体的危险性远高于一般的工作，闫伟在2017年11月11日搬运一醉酒溺亡男子时，不慎跌倒磕破了前额，到医院缝了五针。而且，常人的退休生活，他们是享受不到的。“进了这个门，还有退路吗?”闫伟指着赵喜昌说道，“他现在还有可能退出吗?”

成名或许也是一种负担。

救捞队一共执行了600多次任务。下水的工作几乎都自动划给了救捞队——从原本属于公安责任的碎尸、凶器打捞到市民手机打捞，他们一接到请求，都立马出发。《中华人民共和国警察法》第二十一条规定，“人民警察遇到公民人身、财产安全受到侵犯或处于其他危难情形，应当立即救助”；公安部《公安机关办理刑事案件程序规定》第二百零八条规定，“侦查人员对于与

救援车的装备基本能满足目前的打捞需求（记者提供图片）

犯罪有关的场所、物品、人身、尸体应当进行勘验或者检查”。

研究社会组织专业化的中山大学社会学系副教授雷杰认为，救捞是政府的责任，如果政府自己不承担，也可以让社会组织开展救捞。

但是尸体打捞恰处于其中的灰色地带——溺水者被发现时往往已身亡，情形不能算危难；且溺水者大部分是游泳、醉酒、自杀身亡，与犯罪无关，捞尸只是按照世俗，让逝者入土前的必要步骤。

其他没有公益救捞队的地方，落水的亡者被不同的组织带上岸。在广州，大海中的尸体打捞由交通运输部广州打捞局负责。广州打捞局是国家事业单位，装备由国家投资，经费自收自支。而河湖水库中的尸体，只能依靠商业打捞队了。

“你们是志愿者，为什么还要收钱？”

“既然组织已将自己定位为非营利性质，那么确实不适合采取商业性收费措施。和大多数公益组织一样，他们也可以从公共部门、基金会或者公众这几个渠道去募款。”中山大学社会学系助理教授许怡更多从公益组织本身去理解救捞队的行为，“当然，等他们做得比较有口碑和影响力时，应该也可以通过争取实现政府购买服务”。

救捞队和政府的关系“还算不错”。2017 年，惠州政府投资 400 万元为救捞队打造了一部舞台剧《一缕阳光》，展现了救捞队前后 7 名队员的生平，演员都是国家一级演员。鉴于赵喜昌的威望，政府常常让他充当政府和不满政府工作的溺亡者家属之间的调解人。对于救捞队的成员，政府出资让他们前往湛江接受潜水员培训。

然而，这些并不能解决心连心公益协会面临的财务窘境。救捞队的日常运作每年需要 50 万～60 万元的经费，整个协会每年的开支约有 90 万元，其中包括 3 位全职秘书的工资。由于频繁出去执行任务，心连心公益协会还给予每位救捞队队员每月一千到两千元的生活补贴。

这些经费来源于企业的捐赠。赵喜昌笑称，自己就像在化缘，用善行去感动企业家。有保险公司免费为队员们上了意外保险。“就仗着保险公司给我免费上保险，不然这不得自己拿钱呐?”闫伟说道，他头上缝了五针的伤口还隐隐泛红。另有一家企业给他们捐赠了一部面包车，车通体漆成黄色，车头印着大大的雷锋像。正是这部车让他们不再依赖电动自行车或打车赶赴现场。

企业的捐赠是极其不稳定的，他们必须找到更可靠的收入来源。为了获得经费，心连心公益协会不断参加省市政府社会服务创新项目的申请和评比。如果被评上，心连心公益协会能获得三五千元的支持。但前提是，他们需要打败惠州市其余四千多个公益组织。

为了创收，他们在中小学开展的义务宣讲自 2015 年开始收费。每次演讲的收费是两千元。中国共青团团中央和教育部联合下达红头文件向各学校推荐心连心公益协会的防溺水宣传教育。“宣传是很有作用的。2012 年前每个暑假惠州最少有 52 个学生，最多有 76 个学生溺亡，开展宣传工作后，2015 年只有 12 个，2016 年是 10 个，2017 年是 9 个。”闫伟说道。可是听过讲座的学校并不会再次邀请，宣讲的收入也并不稳定。

年关将近，心连心公益协会的资金又难以支撑了。“还记得上次我们半年没有发工资吗?”严秘书对赵喜昌说道，语气带着一丝调侃，倒有一番苦中作乐的味道。

心连心公益协会将稳定收入的期盼放在了政府购买上。惠州市人民代表大会代表林建静已将提案上交至人民代表大会，林建静表示，提案由文件转成了建议，具体能落实多少都还未知。

多年频繁地执行任务，赵喜昌和他的团队积累了大量专业的经验。水底哪里深、哪里浅，他们比谁都清楚。那辆黄色的救捞队面包车上，装满了潜水衣、氧气瓶、绳子、网兜等工具。赵喜昌拿出了自己的发明——捞尸专用的钩子。残旧的红茶罐被剪开了一个口子，里面放着一串链接起来的钩子，每个钩子下面挂着一块打磨精细的小石头。赵喜昌解释道，小石头可以沉底，把钩子拉到河床上方几厘米，这个位置刚好是尸体一般所在的位置，又不会勾住河床的淤泥和石块。“钩到不同物体的感觉是不一样的。”赵喜昌说道。

阳光下，钩子泛着光，那些它们曾经嵌入过的躯体和衣物没有留下任何痕迹，只有隐隐的咸腥味从车内飘出。无论尸体是完好还是残缺、新鲜还是腐败，对于救捞队来说，他们的目的，就是让溺亡的人带着最后的尊严回到岸上——他们本应栖息的地方。

溺亡者家属送来的锦旗被挂在工作室里（记者提供图片）

电视剧《河神》讲述的是民国天津捞尸队的故事。这部剧在结束也没有告诉观众，那些队员最终的归宿在哪里。生活和电视剧终是不同的，赵喜昌不得不考虑，满墙的锦旗在他老得动不了的时候，该出现在哪里，博物馆吗？

汶川地震十年：震区，那些远道而来的人

撰文　邱一耕　王　浩　张子旭
编辑　王　浩　邱一耕
2018 年 5 月 13 日

在汶川地震震区，总有许多远道而来的人，或为亲缘，或为怀念，或为记录，或根本不问缘由，似乎冥冥中注定，和这里有了某种联结。

十年中，这种联结，甚至改变了这些远路人的轨迹……

“5·12”汶川地震震中映秀镇的漩口中学遗址

记录北川 18 年的人

从复旦大学新闻系毕业之后，李贫并没有像大多数同学一样留在外面发展，而是选择回到故乡绵阳，作为一名摄影师，他“被这里的山水深深吸引了”。

2008 年是李贫拍摄北川的第八个年头。5 月 13 日凌晨，他再一次进入北川，这次他的身份不是摄影师，而是救援敢死队队员和摄影记者。他是第一批进入北川震区的记者之一。“北川我太熟悉了，它地震前的样子、地震中的样子，还有地震后的样子，这十几年里我一直在记录。”

与其他地震后开始关注北川的同行相比，从 2000 年就被北川吸引并开始用相机记录北川风貌的李贫，对于北川有着更加深厚的感情。“北川就像世外桃源一样，你从山口走进北川，会发现那里三面环山，湔江就从老县城中间经过，真的像陶渊明笔下的世外桃源一样。”

2018 年 5 月 9 日，李贫来到原北川中学遗址

地震后，北川阴雨连绵，李贫跟随装甲部队进入北川。他用塑料袋包住相机，在袋子上给镜头的位置撕开一个口子。透过这个开口，李贫将镜头对准雨水和余震中的救援部队官兵，以及赶来参加救援的各路人马。他拍摄的作品《废墟中的红鞋子》引起了国际社会的关注，为灾区争取到众多捐赠和援助。

2008 年 5 月，李贫出版了《撕裂的天堂》，但没有收取一分钱稿费。“如果我的照片能为救灾募集到更多的援助，那就是我作为一个摄影记者的成功。”

“我的儿子还在这里”

“5·12”汶川地震遇难者公墓里，一处角落被松柏围起，这里祭奠着8位在震后救援中遇难的武警战士。

2018年5月12日上午，遇难战士之一滕登峰的母亲姚敦会来到公墓祭奠儿子。

2018年5月12日，“5·12”汶川地震抗震烈士墓前，姚敦会在照片右侧树间

十年前的5月12日，映秀湾电厂工人被困，驻扎在映秀镇的武警四川总队阿坝支队六中队五班的6名战士被派遣前往救援。

几个小时后，21名工人全部被救出，战士们却在返程途中遭遇余震引起的山体塌方，6人全部遇难。后来，他们的遗体再也没有被找到。

地震之后很长一段时间，姚敦会只是听说地震了，并不知道儿子遭遇了什么。她给儿子打了很多次电话，他都没有接，“我就每天守着电视，一直守着，一直守着，希望有一天能看到儿子”。直到很久之后的一天，政府派人接他们去成都……

在墓碑前，姚敦会细心地为儿子摆好酒肉，像母亲为孩子准备午餐那样。

2018 年 5 月 12 日，很多游客来到遇难者公墓献花祭奠

“我儿子从小就特别乖、特别听话，后来在部队里要执行什么危险任务他都不敢跟我们说，怕我们担心。他爷爷也是军人，因为他从小身体素质不太好，我们就想让他到部队锻炼一下。服役是两年，他已经去了一年半，那年他才十九岁，本来还想着，我们好好攒钱，以后帮他买个房子，可是现在……”话未说完，她已泣不成声。

“十年过去了，你们的心里会比以前好过一些吗？”

“每次想到还是会很心痛，每年‘5·12’我们都会从湖北恩施过来看儿子，我们已经六十多岁了，不知道还能再过来几次，可是我的孩子还在这里，我还是舍不得他。”

“这是我第五次来到映秀”

现年 65 岁的许庆生一手挎着摄像机、一手拿着飞思相机，在映秀镇的各个角落里行走记录，看起来一点都不比二十多岁的年轻人差。

许庆生与“姚敦会们”的结缘是在 2009 年。

2009 年 5 月，汶川大地震一周年之际，浙江《东阳日报》摄影记者许庆生第一次来到映秀镇。当时他住在半山腰上的当地居民家，不远处就是当地人

2018 年 5 月 12 日，许庆生在记录

口中的“万人坑”（当时“遇难者公墓”尚未建好）。

半夜听闻墓地里凄楚的哭声，许庆生循声而至，遇到在墓地里哭泣的孙魁父母。孙魁正是前面提到的滕登峰的战友，也是抢险遇难的战士之一。

许庆生与孙魁父亲彻夜长谈，开始了解几位抗震烈士的事迹。第二天，他与即将返程的孙魁父母约定，五年后、十年后还要在此地重逢。在这之后，许庆生逐渐与其他几位烈士的家属取得联系，一直关注着他们的生活，并为他们提供力所能及的帮助。

许庆生说：“那个时候，我在映秀遇到的每个人都是非常悲观的，尽管重建一直在进行，但他们的心理没有从灾难带来的伤痛中恢复过来。”

“5・12”汶川地震五周年的时候，许庆生第三次来到映秀，即使因为特殊原因没有见到孙魁父母，他还是为映秀的变化感到高兴，“那个时候映秀已经基本重建成现在这个样子，我发现灾区人民已经开始会笑了”。

2015 年，他从报社退休，他的女儿因为被查出癌症，一度对生活非常悲观。“我把女儿带到映秀。灾区人民在经历了这么大的灾难之后，还能这样坚强乐观地活着，我要让她看到生活的希望。”

今年是许庆生第五次来到映秀镇，用他的话说，“来这里是为了赴与烈士家属的十年之约”。

2018 年 5 月 12 日，映秀遇难者公墓的祭奠者

当谈起这次来映秀镇对这里变化的看法，许庆生说：“昨晚我在映秀看到居然有人跳舞了，这在之前是不可能的，或许，灾区人民真的已经恢复过来了。”

她为汶川做研究

与他们不同，李敏则在用另一种目光审视汶川——旅游资源研究。

在此之前，她已跟随南京大学张捷教授做了多年的九寨沟地理调研，地震将汶川这一成都到九寨沟的重要走廊拦腰切断，此后她转向了汶川的旅游资源研究。

实际上，李敏从震前就喜欢上了汶川并开始关注这里的旅游资源，受灾后的发展又成了当地极为迫切的命题，于是研究转向在她看来便成了“可能冥冥中注定了的”。

“就像你想不到九寨沟也会发生地震一样”，她主动解释说，“还是真正爱这个地方吧，这是做研究不可或缺的”。

然而，这份爱要实现却不那么容易。

尽管研究已于 2015 年立项并拿到国家级课题支持，但这位广东财经大学的学者在定量研究的操作上仍然感到困难重重，而跟踪调研更是需要在持续性的样本收集、分析上投入时间和精力。

在其名为“汶川旅游资源调查评估”的调查问卷中，李敏精心设计了近百个问题，覆盖了从现状评价到风险承担评估等各类旅游反馈，旨在为汶川旅游发展做定量研究支持。这种题量的问卷，需要受访者以相当的时间和耐心完成，对汶川大多数游客群体来说，“这显然是不划算的”，但为了拿到相应的报酬，很多人干脆粗暴地填完所有“需要填的空格”，这也就造成了大量无效样本的出现，有时一天下来只能拿到不到20份有效样本。

现实是，李敏需要在每个时间节点收集至少600份有效样本。为了拿到一手数据，这已经是她第三次来汶川。和一般调研不同的是，由于和汶川旅游发展直接相关，李敏希望她的研究“更接地气”，这就不仅需要在各个问卷发放点和受访者接触，还要和当地管理部门一一进行沟通。据同行的调研者描述，在现场，她经常是“全天性地奔走在各个点之间”。而这种强度的调研，可能还要延续到下一个十年。

地震十周年之际，映秀东村的牌坊挂上了一条横幅，上面写着“欢迎亲人回家”

在汶川地震震区，每天都有很多远道而来的人，有的人是初次踏足，有的人则是在十年间多次探访。因为一场巨大的灾难，他们和这里似乎有了一种难以言说的亲近感。和普通的游客不一样的是，他们不再是这里的匆匆过客。

“山竹”48小时：逆风救援的深圳“马帮”

撰文　陈　晶
编辑　柳　旭
2018年9月19日

2018年9月17日，是台风“山竹”登陆广东的第二天。林時福和他的朋友们在深圳市福田区菩提路上已经忙碌了一整天，他扯着已经有些沙哑的嗓子指挥着朋友开着越野车将一棵一米多粗的大树拖离主干道，这是一条连接着多个幼儿园、小学和小区的道路，台风过后已经被倒下的树木堵住而无法通行。

受2018年22号强台风“山竹”影响，广东已有三人因树木倾倒而死亡；深圳市城管局数据显示，深圳市一共倒伏11680棵树木，滨河大道、深南大道、北环大道等主干道通行受阻。截至9月17日上早5时，深圳市降水量在珠三角地区最高，达到了218.6毫米，市内多处低洼地出现积水。

来深圳打拼已经十年的林時福从没有见过这样严重的台风，一看到台风预警之后他就意识到“这肯定会很严重”，于是和“鹏城马帮”的一群朋友们一起提前准备好了车辆和油锯，准备参与台风后的救援工作。

“鹏城马帮”是一个民间的公益救援组织，在台风让这座城市倾倒后，他们用行动帮助了在风雨中等待援助的人。不过，民间救援队的身份也让他们遭遇了不少尴尬和委屈，如何成为一支更专业的救援队伍，他们仍在艰难地探索答案中。

“这是一场硬仗”

2018年9月16日下午5时，台风“山竹”在广东江门台山登陆，位于珠江口的香港、澳门、深圳多个自动气象站出现了14级以上的阵风，深圳不少高层住户都感到了明显的晃动感，不少大树也被吹得连根拔起，横倒在路上。

不少几十年的老树被台风刮得连根拔起（金永胜摄）

“山竹”登陆时，深圳市民林煌和朋友正走在一栋有着玻璃幕墙的大厦下，“万一有玻璃掉落下来，后果根本不敢想”。打了半个小时的车依然没有打到，林煌正感到焦灼时，一台越野车缓缓停在林煌身前，车上面贴着“中国救援”的标识。

“你这样走在路上太危险了，需要的话我送你回去吧。”车上的林時福摇下了车窗问林煌。林時福身材微胖，说话带着浓浓的潮汕口音，他经营着一家芯片公司，在接到林煌之前他已经义务送路人送了一个多小时。林煌惊讶中又带着感动，称赞他有“中国脊梁之精神”。

这不是林時福第一次参加救援工作，在参加“鹏城马帮”救援队之前，他曾经在另一个民间救援组织“中国 995 救援中心”参加过志愿救援。之所以参加“鹏城马帮”，是因为林時福酷爱骑着他的“马”——一辆改装越野车和马帮里的朋友们一起参加越野探险活动。

“鹏城”是深圳这座城市的别称，这来源于当地居民对于此地古建筑的称呼，同时也意味着深圳这一经济开发区经济发展迅速，如大鹏展翅般令人惊叹。深圳这座外来人口占比近七成的城市，有着“来了就是深圳人”这样的包容心态。

在“鹏城马帮”内也是如此，八成以上的成员都是外地人，他们却把深圳当成了自己的第二故乡，他们习惯称彼此为“马友”。从 2012 年开始，潮汕水灾、深圳地区助学、汕头水灾等数十次救援活动中都有他们的身影，参与这些救援活动都是“马友”们自愿出钱、出力，而这次对抗“山竹”则是他们打得“最硬的一场仗”。

林時福告诉“谷河青年”，“山竹”救援这场硬仗是鸟姐带着“马友”们一路打了下来。“鸟姐”是“马友”们对吴女士的称呼，作为“鹏城马帮”的总负责人，鸟姐有着最高的指导权，从政府部门退休下来的她看起来依然干练。在“山竹”到来的前三天，她就和其他负责人一起编排好了参与救援的人员的名单，将深圳全市一共分为八个片区，一共50余辆越野车随时待命，并且在朋友圈公布了所有负责人的联系方式。

在开始救援之前，鸟姐在“马帮”内部组织了一次募捐，“马友”们自愿筹集了七万元的活动资金用于购买救援所需的油锯等工具，在救援中不少“马友”的车都有不同程度的擦碰，还有些车的绞盘因为拖了太重的路面障碍物已经报废，但救援群里还是不断有“马友”说“刚才又把一辆车从积水中拖出来了，好开心！”

2018年9月16日，深圳市内出现了大量积水，“马友”们帮助涉水车主拖车（受访者供图）

因为市内出现大量积水，不少车辆因为涉水熄火被困在水中，救援涉水车辆也成为“马帮”救援的重要任务。“马帮”理事会的张锐自家的果园泡在积水中，家里也开始倒灌进水，但他来不及收拾家里，9月17日清早就和“马友”开着车开始救援。妻子有些不解，张锐只能解释道“我是这个片区的领队，别人都去救援了，我当然要冲在最前面”。这两天，张锐只睡了几个小时，身上也因拖树、拖车有多处擦伤。

在台风“山竹”袭击深圳的48小时内，鸟姐带着“马友”们疏通了深圳宝安、罗湖、福田等片区几十条道路，从积水中拖出的车辆更是来不及统计。目前，“马帮”正准备在内部筹集更多的资金，为后期的救援工作添置更多专业工具。

“有谁会拿命去表演吗”

在“鹏城马帮”开展民间救援的同时，质疑声也从没有停过。

“有时候一些话真的让人觉得寒心。”受台风影响，航班停飞才有时间参加救援的空姐杨紫密说起救援中受到的质疑，觉得有些委屈。她从佛山机场赶回深圳的路上看到高速路上挡道的树木就开始清理起来。“一个小姑娘拖着那么大的树，我看着都觉得不容易。”林峙福说道。

2018 年 9 月 16 日白天，杨紫密和“马友”们在深圳市区内进行了一整天的清理路障和拖车工作，“看着环卫工人们还在忙，我想了想还是留了下来”。杨紫密觉得，自己做的事其实是顺手帮忙，相比起来，还是通宵清理路障的环卫工人更加辛苦。那一晚，她和路政工人们一起工作到第二天凌晨 4 点半，第二天早上 8 点又准时到达了福田区菩提路开始进行清理工作。

“马友”杨紫密在路上用拖绳拖树（金永胜摄）

“就在我们一边清理的时候，就会有路人停下来问，你们是不是拿了政府的钱？你们不拿钱这么忙图点啥?”杨紫密一开始还会耐心地和这些人解释，后来也懒得再说。在经一些媒体报道之后，还有人在网上评论“马帮”的人这是在作秀。“有谁会拿命去作秀表演吗?”林時福看到这些评论有些忿忿，就在他和“马友”搬树的时候，几米之外一棵一米多粗的树倒在他们身后。

台风导致树木倒伏，路边不少车辆受损（金永胜摄）

外界的质疑还针对他们改装车辆的合法性。《机动车管理办法》规定，对于车辆轮毂、悬挂、排气等的改装，都属于非法改装。但是对于“马友”们来说，这些改装是开展救援必不可少的。

林時福就曾经因为非法改装车辆被举报并被扣押过车辆，但是负责审查的执法负责人曾和“马帮”开展过救援合作，也清楚改装车对于救援工作的重要性，因此对于林時福的改装只做了拆除大灯的处罚。“他们也算人性化了，我们也在努力用我们的救援活动为越野车改装正名。”林時福告诉谷河传媒记者，在此次救援中，交警执法部门特地通知他们在救援过程中的违停、逆行等情况不会受到处罚。

“我们的身份没得到认可，但初心不变”

在政府方面看来，在防灾救灾中，民间救援着实起到了一定作用。民政部在 2017 年 9 月公开指出，各类社会力量参与救灾的热情持续高涨，逐渐发展成长为救灾工作的一支重要力量。“社会力量在汶川地震、玉树地震等防灾减灾救灾各项工作中发挥了组织灵活、服务多样的优势，起到了重要作用。”

“马友”和路政人员合作锯树，尽快疏通道路（金永胜摄）

广州、深圳等当地政府也曾多次和民间救援队开展过合作。如 2017 年 8 月，广州市白云区一名男子涉嫌杀害一名女子后藏匿于白云山，当时广州市政府就号召民间有户外搜寻和探险经验的民间力量参与搜查。“鹏城马帮”的不少越野发烧友们都参与到了运送警力进山的工作中，广州蓝天救援队也参与到了此次搜查活动中，并发现了关键线索，最终警方在距离线索不到 20 米的小竹林里找到了奄奄一息的嫌疑犯。

“谷河青年”了解到，民间救援力量在近两年发展迅速，光是在广东省内就有广州蓝天救援队、广州红十字会水上救援队、“鹏城马帮”救援队、广东救援辅助队等多个民间救援组织。而民间救援组织因专业性不高而导致的安全隐患，是不少民间救援组织的共同困境。

“对我们来说，最大的压力来自能否保证队员的安全。”9 月 17 日，林時福和队员们在菩提路清理路障时亲眼见证了一场意外，一位五十多岁的环卫工人拿着电锯站在树上切断挡路的树干的时候，因为树皮湿滑摔落，但手上仍攥着电锯，以至于一侧大腿被割出半米左右长的伤口，伤口之深可见骨头。好在当天“马友”队伍中跟着一名医务人员，及时对伤口进行了消炎包扎，接着“马友”立即用越野车开路将其送至医院。

这次意外让林時福感到更大的压力，在和鸟姐谈及电锯使用培训的时候，他的表情严肃又认真。事实上“马帮”救援队内大部分人都是第一次使用电锯，此前他们在线上进行过简单的使用培训，但部分“马友”用过之后还是觉得用力不对而浑身酸痛。“后面再救援时一定要继续带着医务人员以防万一”，在总结会上有“马友”这样提出，因为目前大部分“马友”都还缺乏基本的急救常识。

“面对本次来势汹汹的台风，“马友”们的准备还是比较匆忙的。”说到这点，鸟姐感到有一丝遗憾，“因为没有统一的信息调度平台，本次公布的主要还是领队们的私人号码，后面考虑申请一个统一的急救电话”。另外，因为很多“马友”都是第一次拖车，所以往往要在积水中找被拖车挂拖车绳的地方，部分淋了雨的“马友”回去也有不同程度的感冒和发烧。

“我们明白自己有不专业的地方，所以目前只能做清理路障、拖车等力所能及的救援工作。”鸟姐介绍，在本次救援以后，会为队员安排更多定期的救援知识培训，让队伍更加规范化发展。

鸟姐和其他的民间救援队负责人共同面临的另一个问题则是身份上的尴尬。目前国内大多数救援队都还是属于没有“合法身份”的草根民间组织，即没有在民政部备案。一位业内人士对“谷河青年”表示，目前民间组织身份问题难以解决主要是因为较难找到合适的单位挂靠。另外，不少民间救援队伍的人员资质达不到国家要求，规模和能力还达不到政府扶持的标准。

没有“合法身份”也就意味着队员们的安全权益没有法律保障，在资金上也只能靠队伍内部募捐筹得。“我们目前都是靠大家自愿捐款，后期如果有企业愿意资助，我们也会争取。”鸟姐在自己的手机上记下了每位“马友”的捐款，“虽然身份没得到认可，但初心不变，尽力让周围变得更好，这就是‘马帮’的精神！”

“马帮”的紧急救援工作在台风登陆的48小时后已基本完成，9月18日，深圳街头仍随处可见倾倒的树木和被吹翻的交通指示牌，主干道部分路段虽仍有些拥堵，但和17日被网友们调侃如同“侏罗纪公园”相比已经基本通畅。

2018年9月17日深圳市复工，城市主干道已基本畅通（金永胜摄）

杨紫密和公司请了一天假，她准备做一些最后的救援收尾工作；张锐则在清理完小区门口的路障之后终于有空回去看看自家已经面目全非的果园；林時福也已经回到自己几天没管的公司，开始处理堆了一桌子的文件。

他们又回到了日常的生活中，同时也在为下一次救援时刻准备着。

作为一个安徽人，我第一次在广州经历了台风，觉得很震撼。当时“山竹”台风来势汹汹，新闻里不断播报着台风造成的影响，觉得身处新闻发生地势必要做点什么。当时负责“谷河青年”的刘颂杰老师也支持我们进行前线报道，我就带着一位擅长摄影的同学一起去了深圳。

当时深圳市内大量树木被吹倒，高铁也被大量取消，现场有点混乱。到了那里之后就开始联系“马帮”，他们是一批自愿组织起来的救援团队。看起来很普通的一群人，在别人需要帮助的时候却无偿地伸出援手，做了不普通的事。在新闻事件中，我们能做到的事情也许有限，但记录下重要的事，告诉更多人真实情况，就是我们最应该做好的事。

“抑郁负能墙”：那些倾听抑郁症患者的人

撰文　张子琪
编辑　许文宁
2020 年 10 月 26 日

2020 年 9 月 11 日，为贯彻落实《健康中国行动（2019—2030 年）》心理健康促进行动有关要求，加大抑郁症防治工作力度，国家卫生健康委员会官网发布《探索抑郁症防治特色服务工作方案》（以下简称《方案》）。

各大高校随即响应，按照《方案》要求建立学生心理健康档案，评估学生心理健康状况，对测评结果异常的学生给予重点关注。

据估算，2019 年，中国泛抑郁患者人数超过 9500 万，其中每年约有 100 万人自杀。在这些患者群体的背后，早已有许多人在为其默默付出。他们在互联网的各处，以“树洞”为名，倾听患者心声；又或者成为一面“墙”，安静地等待需要倾诉或发帖求助的人。

静默之“墙”与“墙”后“机子”

在网易旗下轻博客软件 LOFTER 上，有着无法统计数量的抑郁症患者和深陷抑郁状态而被情绪困扰的人。曾经他们聚集在“抑郁”这一标签下互相倾诉、互相帮助，但这个标签消失后，他们只能在其他与“抑郁”有着相同含义的标签下“漂泊”。

尽管如此，有一面“墙”却一直坚持了两年零两个月。他们将自己称作“抑郁负能墙”：为帮助别人而生，却也和真正的墙一般，只是静默地等待着需要它的人的到来。

——“唉，墙啊我终究还是来了，来发泄发泄。”

——“墙墙新年快乐！下个安利单，不匿，谢谢！……好心情互联网医院……壹心理测评……以上，希望能帮到病友们，也在此祝病友们新年顺利幸福。”

——“墙墙又是我哈哈哈，这次还是求助单，匿叭。”

作为一个抑郁症者倾诉的“树洞”，或者用他们的话来说——一面“墙”，其主要工作便是由“墙”后“机子”们（“机子”是运营“墙”的十五位成员对自己的称呼）根据单主（通过私信向“抑郁负能墙”倾诉的用户）的不同要求，将他们的倾诉分门别类地发布在“墙”账号的博客上。

把自己称作“机子”的“抑郁负能墙”的成员解释道：“一方面是希望‘墙’成员作为‘墙’来接单（指接收单主的倾诉内容）的时候，尽量不要加入个人的感情和价值观；另一方面，也是希望‘墙’的工作不会影响到成员自身的心情。”

“而且每天叫着几号机就觉得很可爱。”几位“机子”笑着补充道。

曾经有用户询问他们的收费问题，而他们也贴出了自己的“价格单”——所有的单种只需“0元”——非单（会被“机子”回复的单种）略贵，需要花费“一点时间”。

一面“墙”的自我修养

从2018年8月3日成立接到第一个单子起到2020年10月25日，“抑郁负能墙”已经贴出了各种可公布的单子共2496单。

浏览“抑郁负能墙”账号主页，大多数倾诉内容是关于单主本人的遭遇或是描述抑郁发作时的情绪和精神状态。为了保护单主隐私，“机子”们并没有谈起具体的接单内容。在“墙”上进行过倾诉或求助的五位单主也都表示，在这里倾诉隐私可以得到很好的保护，因而有安心的感觉。在日常的浏览中，单主也可以在他人的单子下找到一些解决问题的方法与优质的推荐内容。

在“抑郁”标签可以使用时，该标签下经常会出现一些用户的“自杀”“自残”言论以及一些“自残”后的照片。

后来，LOFTER平台对整个“抑郁”标签进行了移除，使得该标签无法继续使用。而对于“抑郁负能墙”这样的“树洞”，尽管没有被平台彻底封禁，但“机子”们仍然会对目前的管理机制感到不安。

对深陷抑郁困扰的人来说，他们的倾诉和发泄中不免会出现“自杀”“自残”等字眼。而含有这些内容的图片，基本上都会被平台屏蔽处理，即便是使用拼音缩写或是对图片上的文字使用马赛克处理，依旧有很大的可能性会被屏蔽。而如果被屏蔽的次数过多，发布内容的账号甚至会直接被封禁。

对于这种无法发布的单子，“六号机”介绍道，他们会直接和单主沟通，因为管理机制的问题，这样的单子无法发出，随后他们会询问对方遇到了什么比较难过的事情，可以向他们倾诉，大家一起想办法。“相当于给他做一次危机干预（crisis intervention，给处于危机状态之中的个人或群体提供有效帮助和支持的一种应对策略），就把他的单子从发泄单变成一个非单，确实也很无奈。”

除了上述情况外，“机子”只会在紧急状况下与单主主动进行沟通。通常这时单主已经出现自杀、自残倾向或伤人倾向，“机子”会根据经验或组内交流，判断单主是否需要危机干预。“一般会找我们这种‘树洞’吐槽的，很少倾向于伤害他人，他会更倾向于去压抑和伤害自己。”“六号机”这样介绍。

“抑郁研究所”（一家为抑郁和泛抑郁人群提供整套解决方案的企业）所发布的《2020 抑郁症患者群体调查报告》显示：接受调研的 1160 名抑郁症患者中，九成产生过自杀想法，36.7%的患者曾实施过自杀行为，30.5%的患者多次自杀未遂。

如果对方在表明自杀意愿后失去联系，“机子”则会联系他的亲友，并在“墙”账号上发布寻人启事以确保其安全。发布“寻人单”之后，“墙”也会继续向其亲友跟进，直到确保对方安全。某位经常在“抑郁负能墙”上倾诉的单主告诉记者，她很多次想自杀的时候都会找“机子”聊天，总会感觉好很多。

除上述特殊情况外，“机子”们都只是“没有感情的贴单机器”。这也是他们的自我调侃。事实上，这并不意味着他们接待倾诉者时一言不发，完全无动于衷，而是由于他们拥有着与一般人相比更强的“专业性”——他们中的很多人，都曾罹患抑郁相关的病症。

“墙”之前与“墙”之后

在提供信息的六位“机子”中，半数有着抑郁病史，其中“六号机”被其他成员戏称为“科普的神”。先天的生理原因和后天的成长环境的共同作用使她在初中一年级就出现了抑郁症状，最后在高中一年级时被确诊为抑郁症。

她将自己称为“老患者”，迄今已和抑郁症进行了八年的抗争。长期的治疗使她现在能够平和地回顾自己的经历和看待疾病本身。在治疗过程中，“六号机”也进行了大量的自主阅读与学习，目前正为获得“精神医学”相关学位的目标而努力。

亲身经历与系统化的知识体系，使他们能为单主提供更有效的帮助。一位目前正在接受抑郁症治疗的大学生小静表示：相较于与一般的朋友交流，与其他身患抑郁症的同伴沟通能够获得更多的理解和有效建议。

例如，聊到一些单主的自杀倾向时，“六号机”承认自己也曾有多次自杀经历——结果都是未遂，“（所以）我在应对要自杀的患者的时候，知道他们可能更需要的是什么，说什么可能会让他们觉得自己还能被救回来，大概是这样的一种感觉”。

“一号机”、“二十号机”与“六号机”也有着相似的遭遇——因某种原因身患抑郁类疾病并与之进行长期抗争的经历让他们学习了许多相关知识。在向单主提供建议或对其进行干预时，他们会从自己的经历中提炼一些方法告诉单主。他们并不会去讲述自己的经历，即便有时需要提到时也只是一带而过：“你不会很仔细地跟他去谈，你也不能很仔细地讲。”

为了提供更有效的倾听，他们全体成员遵循心理咨询师工作的准则：价值中立，自愿原则。

“在态度上我们还是保持心理医生那种不过多干预和干涉的准则，至于我们根据对方状况所建议的练习（如认知行为疗法中的一些练习）要不要做，实际上还是取决于单主。如果单主需要别的帮助，我们会帮其从不同的角度分析问题。比如说他和家长之间出现了问题，想知道如何与家长更好地交流，我们可以给他提供方法，但是我们不会帮他做决定。在必要的时候，我们也会对他进行一些鼓励。”

倾听和安慰的过程中，产生共鸣与共情不可避免，但因为长期接触脱敏和对自己情绪进行控制的练习，“机子”们受负面情绪影响的可能性会更小一些。不过“二十号机”也坦言自己有过一次强烈共鸣以至受到影响的经历：“那份单子和我自己的情况实在是太像了，有 PTSD（创伤后应激障碍，是指个体经历、目睹或遭遇到一个或多个涉及自身或他人的实际死亡，或受到死亡的威胁，或严重的受伤，或躯体完整性受到威胁后，所导致的个体延迟出现和持续存在的精神障碍），感觉又回顾了一遍自己的创伤。”

察觉到自己可能受到影响，“二十号机”主动进行了调整，“那一整天我都没有再打开 LOFTER，去做了点别的事情，又和（“墙”内的）小伙伴们聊了一下。第二天恢复得就比较好了”。

“其实也不会有很大的影响，毕竟是专业学习过的。”

“只是现在还有一点惆怅的感觉。”

在“机子”们看来，这面“墙”不仅仅是倾诉者所寻求的依靠，也是他们自己的栖息之所。

因为同一个目标而汇聚并努力，“机子”们时常会讨论如何对单主的求助进行回复；在一个单子的问题得到解决后，他们也会进行复盘分析，力求为下一次的求助提供更完美的解决方案；有时，成员浏览到与抑郁症相关的优质知识内容时也会分享给彼此。

“墙”成员间也会互相搭建新的身份和归属感。“十二号机”称自己尽管已经“社会性死亡”，即使是在虚拟的网络世界也不太会与人交流，但在“墙”成员的群聊中却可以放得很开。聊天时，他们经常会以“X号机的小迷妹”自称，使用其他成员的表情包互相调侃。

对于前来倾诉的单主，他们既将其视为需要共同解决问题的“同盟者”，也视其为并肩前行的伙伴。“‘抑郁负能墙’期待和所有患者共同成长，即使无法提供物质上的实质帮助，我们也能共同面对疾病与人生的困境。”

“我们并非孤身一人，也永远不会无计可施。”

一砖一瓦砌起的“墙”

虽然有专业知识支撑，但“机子”自愿开展倾听服务，也存在着上文中所提到的受其影响的风险。“机子”们也表示，自己的家长会有因自己从事这项工作而受负能量影响，进而影响正常生活的担忧。除此之外，面对倾诉者某些无心之举、路人质疑的声音，“机子”们也会有无力感。

在“抑郁负能墙”刚成立时，并没有非单这个选项。每一个单主与“墙”交流时，“机子”都会主动进行安慰。单主也会向“机子”们反馈：有些时候聊着聊着，他们会感觉自己好了很多。

但后来“墙”上出现的一条留言，让“抑郁负能墙”修改了运行机制：“你们有没有觉得‘墙’的每一个成员都不擅长安慰?”

正是这条留言让“机子”们重新思考，也许单主们需要的只是一面“墙”——既不会主动去寻找可能需要帮助的人，也不会贸然做出回应。

他们意识到，他们所针对的群体“主要是一些有心理问题和抑郁症的小伙伴”，对于他们而言，安慰是次要的，最重要的是倾听。

“也许是因为我们在听的时候比较少和他互动，让他觉得我们可能不是很会安慰。”两年之后再次谈起那条留言，“六号机”依旧没有想明白自己究竟哪里不会安慰人。

由于这条留言，加之前来倾诉的单数逐渐增加，为方便管理，他们最终决定改变接单制度和回复原则，让“墙”减少主动性，更加偏向倾听而非回应。

在共同的行为准则下，“机子”们在工作时保持着或冷静或活泼的态度接待需要帮助的单主。但前来的倾诉者各有不同——很多无助的人在求助时表现出脆弱的情绪状态；也有少数单主因负面情绪的折磨无法控制自己的态度和言语；更有甚者编造故事，令“机子”们紧张担心过后又啼笑皆非。

对于那些态度不太友好的单主，“机子”仍会对其报以理解和体谅：“他们一开始可能并不是这样的，本意不是说要冲谁发火，或者说一定要伤害到谁，只是他们在那种情况下不太好控制情绪，可能受到了一点刺激，就引起了一个雪崩式的反应。”

面对单主无法自控的情感宣泄，“机子”会尝试判断对方出现敌意的原因，并给予情绪缓冲：“我们会让他先做一个深呼吸，放松一下，让头脑冷静下来，然后再讨论他可能遇到的问题。”

除了部分倾诉者不友好的态度外，“抑郁负能墙”有时也会遭受一些来自非抑郁症患者的质疑。

“墙”成员们对曾经出现在评论区的一位“路人”印象非常深刻，他直接在某一位单主的贴单下进行了抨击：“抑郁症患者都是矫情，没事情做就多来点工作，你们就不抑郁了，就不矫情了。”“机子”看到后立刻删除了该条留言，并且通过私信委婉提醒了对方这种言论的不当。

近年来，尽管抑郁症得到了更多的关注和普及，但不可否认，当下对抑郁症抱有偏见和误解的人还有很多。创新医疗产业服务平台动脉网曾于2017年通过数个医疗平台调查了1万多名民众，以了解中国民众对抑郁症的了解程度和对抑郁症治疗的看法。调查显示，大部分人对抑郁症只有一些了解或者仅了解大概情况，对其非常了解的个体很少。而学历高低、年纪大小、性别等，对抑郁症了解程度的差异影响不大。

其中，50%左右的个人主要通过明星或者其他热门事件第一次接触到抑郁症，28%的个人因为自己或者身边人受到抑郁症困扰才有所接触，24%的个人通过课程讲座或书籍有所了解。可见，我国对抑郁症的教育和普及还是比较落后的。

偏见落在身上，对于本就隐藏在社会角色外壳下的抑郁症患者来说，无疑是雪上加霜。临床医学实验已经证实：抑郁症患者的思维模式与普通人的思维模式也存在着差异。对非患者人群来说可能有效的一些鼓励性话语，对于患者未必有效，有时候甚至可能会导致情况的恶化。

“机子”表示，即便是患者的家人，对抑郁症的看法也会存在误区，认为这是年轻人的一种“矫情”。而对于“抑郁负能墙”这样的“树洞”或是其他交流的社区，也会有“就是你们年轻人聚在一起矫情，聚众矫情”这样的声音，对于成员从事“抑郁负能墙”活动并不支持。

事实上，这种误解并不是个例。小静告诉记者，当自己与父母谈及“抑郁症”的话题时，他们会对这一疾病表现出强烈的不理解甚至是抵触和厌恶，以至于她并不敢将自己的病情告知家人。即便是年龄相仿的兄长知晓她的病情后，所能做到的也仅是尊重，并不能真正理解她所面临的困境。而在抑郁研究所关于“使抑郁症患者病情恶化的原因”的调查中，最主要的一条就是“家人不理解我的病情”。

家长与路人的言论不仅仅针对“抑郁负能墙”或某个单独的患者，而是形成了一种普遍的公共语境。这一语境对于抑郁症患者的影响非同小可——污名化和病耻感，也是阻碍患者和公众平等对话的重要因素。在《2020抑郁症患者群体调查报告》中可以发现，“患者为什么不愿意倾诉”的重要原因包括“害怕别人的不理解”“担心被歧视”。

这也可以解释为什么有很多抑郁症患者会选择在互联网上对“墙”和“树洞”进行倾诉。

然而对抑郁症的误解并不能完全归因于个体。人民网健康全媒体平台——人民健康网的一篇报道指出：“当前公众对常见精神障碍和心理行为问题的认知率仍比较低，缺乏对心理健康服务专业性、有效性的认识，这制约了人们对心理健康服务的需要和利用。”即便是小静这样的大学生，也是在自身患病之后才开始逐渐了解抑郁症相关的知识。在已经表现出症状的初期，她只是将其视为一种同龄人都会出现的正常状况。

“墙”的未来之路

浏览“抑郁负能墙”账号的主页可以发现，很多月份中发布的单数都在一百单上下浮动，而在今年的七、八月份，单数甚至接近两百。换言之，几乎每天都有三到五位抑郁症患者或身陷抑郁情绪中的人通过“抑郁负能墙”发泄情绪、寻求帮助。某位关注“抑郁负能墙”的用户表示，有时自己的账号首页甚至会被“墙”发布的单子“刷屏”。

在最近两年的时间里，“机子”们因为各种原因离开。有些“机子”需要学习，有些“机子”需要工作，也有“机子”因为当时的状态而不适合继续从事倾听者的工作，因为压力或是其他的原因而离开。再后来，有些“机子”经过调整之后又回到“墙”，有些则没有。

对于整个团队而言，他们还是希望伙伴们能先过好自己的生活，再根据自身情况选择未来的道路。

尽管现在仍有十五位成员，但“机子”们仍然感到人手不足，长期开放着成员招募。而对于未来的发展，由于上半年的一些风波，LOFTER 加强了对用户发布内容的审核力度，这一管理措施令“抑郁负能墙”的成员难免担忧，并且考虑向其他平台转移：“但暂时还没有一个比较详尽的规划，因为其他软件的环境我们不是特别熟悉。尽管在别的平台已经开通了账号，但是互动量相对较少。”

但是他们也表示：“墙墙会坚持下去，是因为有人需要‘墙’的存在。”

“只要还有人需要，墙墙就会在的。”[①]

---

① 出于对曾经在“抑郁负能墙”倾诉过自杀相关问题的抑郁症患者的保护，本报道并没有对该群体进行采访。

“小北二代”：非洲孩子的中国童年*

撰文　陈泽淳　王　雪
编辑　袁向南
2020 年 12 月 27 日

他们是生长在广州小北的“第三文化”儿童，父母是来自非洲的“广漂族”。这些孩子在多元文化环境中长大，在交往中探寻自己的归属与未来。

周五下午，在广州市越秀区小北地铁站附近，一群黑皮肤的小孩子穿梭在宝汉直街的窄巷里，准备去为两个过生日的好朋友买生日蛋糕。

小林（化名）是这群非洲裔孩童中的“孩子王”。她今年 8 岁，父母来自西非的一个内陆国家——马里共和国。她从小在广州长大，平日跟随母亲在小北的商贸城采购货物。母亲做生意时，她就在商贸城门口玩耍。

这些徘徊在商贸城门口的非洲孩子们，逐渐成了亲密无间的玩伴。

20 世纪 90 年代以来，远销国外的“中国制造”吸引了大批来到广州“淘金”的非洲客商。在广州小北和三元里一带，大型的批发市场吸引了众多采购货物的非洲人在此聚居，其衍生的餐馆与商店也迎合了非洲客商的原生生活方式及习惯，使小北逐渐成为在穗非洲人的“族群飞地”。

对于在小北出生长大的非洲裔“二代”们，街头巷尾就是他们的游乐场，商贸城弃置的编织袋、胶带、纸箱就是他们的玩具。他们在多元文化环境中长大，在交往中探寻自己的归属。

“兰博基尼”上的孩子们

在商贸城门口的一辆三轮车上，这群黑皮肤小孩常常和一两个中国小孩挤

* 出于对未成年人的保护，本文中未成年受访者均为化名

作一团。三轮车的车主是新疆人，在小北谋生多年，看着这些孩子长大，已经习惯了孩子们爬上他的车玩乐。

非洲孩子们的汉语非常流利，他们戏称这辆三轮车为“兰博基尼”。当被问及他们的家乡在哪里时，他们齐齐大声回答：“马里共和国——”

“兰博基尼”车主说，“这些小孩其实都很懂礼貌的，特别乖”。说这话时，他左手抱一个小孩，右手抱一个小孩，还有一个孩子骑在他脖子上。中国孩子则内敛一些，安静地与非洲小孩们一同挤在三轮车上。

附近店面的孩子们有时也会和这群非洲孩子一起玩。一家羊肉店老板的儿子韩雷躲在一个倒置的大纸箱中移动，趁别人不注意时探出纸箱，打一下小伙伴的肩膀，然后快速躲回纸箱。这样一个简单的把戏，他们玩得不亦乐乎。有街坊遛狗经过，非洲孩子们便在一起学狗叫。一不留神，又有调皮的非洲男孩蹲在滑板上，顺着斜坡冲下来，摔了一跤，躺在地上抱着膝盖，而其他人则笑成一团。此时的黑人妈妈们多半在清点货物，还没等她叮嘱，孩子们又钻进商贸城不知所踪。

“第三文化小孩”

让中国孩子和非洲孩子熟悉起来的，还有中国流行文化。一家拉面店老板的女儿王欣（化名）告诉我们，她有一位非洲小姐妹，关系不错。

“那你们怎么熟起来的?”

“我们追星啊。”

中国小孩喜欢的东西，也会在非洲小孩中流行。小林坐在台阶上，娴熟地掏出手机打开抖音，其他孩子也凑过来，伸着脖子看。

欧玛是非洲索马里人，2018 年来到广州中山大学留学。在小北，他结识了小林这群非洲小朋友。他说，“这些孩子是‘第三文化’的孩子，他们和我们（索马里）那边的孩子很不一样”。

小林这样的非洲小孩从小在广州长大，和中国小孩一样看《熊出没》、刷中文抖音，彼此用微信交流。尽管在中文环境里长大，他们也能敏感地意识到自己是“外来者”。肤色使他们被关注，走在街上随时能听到中国人对他们“黑人”标签的议论，一些人还会举起手机、相机对准他们。面对猎奇者的镜头，他们从小便学会了说“不要拍我”。

登峰街外国人综合服务中心开心社工的负责人王海戈表示，他们不会避讳去和非洲小孩们谈及“歧视”现象，孩子们清楚地知道“黑人”“黑鬼”这样的称谓。但是社工们会向孩子们解释：中国人说这些词时，可能并没有太大的恶意。

除了传统服装与非洲辫外，小林这些非洲小孩对于非洲文化并没有太多了解。往返中国和非洲的高昂交通成本，使得祖国马里变成了一个熟悉又陌生的地名。年纪尚小的非洲小孩，被问及家乡在哪里时，也只能言辞含糊地回答：“我是我们家的人。”

王海戈介绍，在登峰街外国人综合服务中心的“融合学堂”所开设的学龄儿童社会适应性课程，除了中国文化外，社工还会带着非洲小孩学习他们祖国的文化，并且链接了外籍志愿者为他们教授法语，以使他们未来能更好适应返回祖国后的生活。

足球也为不同国籍的孩子们提供了以球会友的契机。2013 年，社工在登峰街道组建了“爱华小家”足球队，球队的成员除了十余位中国少年外，还有来自刚果（金）、尼日利亚、马里、意大利、法国、日本、泰国等多个国家的孩子。他们一起踢球、打比赛，在疫情期间互赠口罩。王海戈说，球队的孩子们有时也会参与社工站的志愿活动，与社工一起探访、关爱社区的边缘弱势群体。

教育难题

小林这群非洲孩子们在登峰街外国人综合服务中心的“融合学堂”学习中文。小林说，她每天都要上课，上学时间是下午两点半。另一些孩子七嘴八舌地插话，口音中还带着点“广式普通话”的味道：“我们有作业！”“写不完！”“写不完作业会被老师罚抄！”

小林拿来了她的书包，向我们展示她一百分的作业，其他的练习册多为拼音描红本。在“融合学堂”，他们会认识许多来自非洲不同国家和地区的小伙伴，他们的母语不相同，使用中文进行交流。

实际上，小林这群非洲孩子常去的“融合学堂”仅仅是一个学习中文的免费培训班，大多数非洲孩子没有得到系统的学校教育。按照户籍制度规定，他们无法入读公立学校，广州的民办学校学位十分紧张，私立国际学校的昂贵学费亦使他们望而却步。据王海戈透露，疫情暴发后，原本在民办学校上学的非洲小孩，也有因中国家长向校方反映不满意见而被退学的状况。

拉面馆老板告诉我们，很多非洲妈妈的中文水平仅仅是会几句简单的日常用语，以应付生意上的往来。而这些小孩的汉语十分流利，能将习得的中文语言在相处中教给自己的母亲，使她们也能学到一些中文。欧玛认为，这是一种“反哺”。

孩子们有时也会面临不同教育理念的碰撞。在“融合学堂”的课后卫生值日时，一位非洲小女孩说：“妈妈告诉我，扫地是女生做的事情。”王海戈听了，让她回去跟妈妈说：“男女就是平等的，有些事情（打扫卫生）不是必须女生做而男生不做的。”

过客与未来

2020 年 12 月，新型冠状病毒肺炎疫情在中国已经逐渐平稳，广州早已完成复工复产。但昔日拥挤熙攘的宝汉直街在疫情冲击过后，元气大伤至今未恢复。外贸档口老板告诉我们，他们的外国人客户多来往穿梭于中国与非洲之间，签证、通航、隔离等环节不如之前便利，“在这个关口，外贸生意真的做不下去”。金山象商贸城、越洋商贸城许多档口的卷闸门紧锁。除了守着商贸城的房东和保安外，档口老板多半拖欠房租且不知所踪。

中国非洲人民友好协会理事李理认为，目前在穗非洲人的“可见度”仍然很低。王海戈观察发现，疫情暴发后，一些非洲父母让自己的孩子尽量在家待着，减少不必要的外出。拉面店老板也说：“以前黑娃娃很多，现在遇不到了。”

在穗非洲人在疫情期间的境况格外复杂，而流动中的孩子的未来更加迷茫。按照现行的对于未成年人签证的规定，非洲孩子需要在十八岁后离开中国，或者再换一种签证才能回到中国。王海戈说，也有一些孩子“没那么幸运，能不能留下来也还要看家庭条件”。另一种情况是，在中国上高中、有学籍的孩子，高中毕业后申请中国的大学，这样就可以直接更换学习签证了，但这种情况的孩子也不多，毕竟能够上正规高中的孩子微乎其微。

他们在广州长大，却也可能只是广州的过客。

他们用童年感知中国社会，即使回到大洋彼岸的家乡，“他们也会向非洲传递自己眼中的中国与中国人”，中国非洲人民友好协会理事李理说。

第六章

文体报道：人文关怀，超越娱乐

广州水上巴士：关停，还是成为“天星小轮”？

撰文　苏　炜
编辑　谭筱露
2016 年 5 月 21 日

“晚上的珠江有什么好看？风景要白天才看得清。”李伯指着面前的“珠江夜游”广告牌对“谷河青年”说。

雨后的上午，沿江路凉爽而潮湿。一街之隔的北京路步行街游人如织，而面朝珠江的天字码头候船室，只零星坐着几个等船的乘客，李伯和妻子就在其中，江对岸的纺织码头是他们的目的地。

上午十一点整，一艘被某商业品牌冠名的水上巴士准时从天字码头出发，驶向对岸。在发动机的轰鸣声中，李伯提高嗓音说：“不管是南方人还是北方人，外地人还是本地人，来广州珠江就要坐一坐船。”

短短七分钟的航程，李伯一直站在甲板上，在江风中眺望这座他生活了几十年的城市。作为一个老广州人，他对收费仅两三元的水上巴士有深厚的感情。不过，惨淡经营的水上巴士目前前途未卜。而到了晚上，同样的船变成了“珠江夜游”船，则客流如织，收费随之变成了几十甚至上百元。

鲜有人知的第四交通系统

李伯乘坐的由天字码头至纺织码头航线，是广州水上巴士系统中航程最短的一条。从早上六点半到晚上八点半，每十五分钟发一班船。乘客稀少似乎是这条航线的常态。这条航线的一位售票人员告诉“谷河青年”，平时每班船只有七八个乘客，周末会多一些。记者随机采访北京路上的游客，几乎无人知道天字码头水上巴士的存在。

据媒体报道，试运行三个月的上海黄浦江水上巴士，由于客流稀少、运营亏损，不得不于 2016 年 4 月 1 日关停。在试水期间，黄浦江水上巴士的平均航班载客率仅为惨淡的 1.3%。而与此同时，广州则规划继续推进建设水上巴士系统。不久前召开的广州市十四届人大六次会议上，有代表提出，为了疏解陆上交通压力，发挥水上交通“不塞车”的优势，应该进一步增加水上巴士航线。作为“广佛同城”的重要举措之一，佛山南海区也计划开通连接广州荔湾区的水上巴士线路。

从2007年首班船从芳村码头启航算起，珠江水上巴士已运营近十年。目前，广州水上巴士由市客轮公司公交一分公司运营，共开行十四条航线，总里程58.8公里，基本覆盖市内沿江各区。根据广州市交通委员会于2012年公布的《广州水上巴士发展规划》，水上巴士被定义为广州除地铁、公交、出租车之外的第四公共交通系统。

然而，与广州地铁每天超过七百万人次的客流量相比，根据此前本地媒体的报道，水上巴士的客流量最多时每天不超过十万人，仅为地铁客流量的1.4%。一面是政府的大力推进，一面是市民中的少有人知，广州水上巴士系统更像是一张隐秘的水上交通网。而用水上巴士分散陆上交通拥堵压力的构想，目前看来仍远未达成。

线路差异巨大：有的乘客不断，有的门可罗雀

上座率不足是水上巴士运营最突出的问题，但也有一些航线例外。

广州塔与海心沙仅一江之隔，是广州城市新地标，也是不少外地游客来穗的第一站。2016年4月4日是清明节假期的第三天，广州塔码头前的候客区排起了长队。这里发往对岸海心沙码头的水上巴士半小时一班，下午四点半，一艘满载乘客的客轮从广州塔码头出发，十分钟后到达对岸。而相同的路程，地铁APM线只需要一分半钟，等待时间也仅需五分钟。

“坐地铁多没意思，钻下去钻出来。我们来广州玩就是要看珠江，珠江就代表着广州嘛，多等一会也没关系。”来自河南的朱先生趁着清明节假期，带女儿来广州旅行，之前在旅游手册上了解到水上巴士，特地来体验。船开到江心，站在甲板上的女儿对照手里的旅游手册，兴奋地指着不远处的广州塔，其他游客也纷纷拍照留念。

“下一班发船时间马上就要到了，请您迅速离船。请配合我们工作好吗?”在工作人员的再三提醒下，一位在甲板上拍照的游客才依依不舍地下船。而一旁的进客口前，早已挤满等待上船的乘客。一位海心沙码头的工作人员告诉记者，这条线路平常客流量很大，基本都是游客。“还不如把我调去别的码头。”

她苦笑着抱怨。

位于海珠区的大元帅府码头，应该就是这位工作人员口中的“别的码头”之一。它处在芳村码头至中大码头航线上，是广州水上巴士最早使用的码头之一，但当“谷河青年”在晚高峰时段到达这里时，看到候船室只坐着一位乘客。水上巴士到岸后，并没有其他乘客下船，荷载250人的船上空着近一半的座位。这与晚高峰时期拥挤的道路交通构成鲜明对比。

是什么造成了旅游景点外的水上巴士线路客流量稀少？华南理工大学土木与交通学院副教授田晟曾撰文认为，水上巴士的客源主要来自游客、老人，而上下班通勤一族并不多，这使得水上巴士客流量较小，且不稳定。一位刚刚从大学城一所高校毕业、在广州市区工作的上班族向记者坦言，速度慢、等待时间太长、换乘不方便是他不选择水上巴士的主要原因。

“水上巴士蛮好，价格便宜，要那么快做什么？”在李伯眼里，价格低廉是水上巴士的突出优势。市区内的水上巴士票价都只有两元，去往长洲的长途航线，也才仅仅三元。而同样的线路，芳村到广州塔的地铁则要贵出四元。

住在纺织码头附近的李伯几乎每天都会搭水上巴士出行，在他看来，水上巴士是退休生活里的休闲交通工具，而在另一些乘客的生活中，水上巴士则是必不可少的出行工具。

被水上巴士连接的城市边疆

陈阿姨是大学城一所高校的宿舍管理员，每天的生活规律而单调。周一至周五，早上送上小学的女儿去学校，下午到学校接女儿，周末送女儿去培训机构补课。在这个周而复始的过程中，水上巴士是不可缺少的一环。

“你们不知道啊，长洲的交通真的是不方便，我每天送女儿上学全靠水上巴士哟。”陈阿姨住在长洲岛，丈夫是黄埔造船厂的工人。提起长洲岛的陆上交通，她抱怨连连。

陈阿姨的女儿在江对岸的新洲读书，从她家所在的黄埔造船厂附近到对岸，并没有直达的公交车。让年幼的女儿每天转乘数趟公交上学，陈阿姨觉得时间上来不及，出于安全考虑也并不放心，水上巴士就成了她和丈夫接送女儿的出行选择。

每天早晨七点二十五分，陈阿姨和女儿会同许多邻居一起，等待着黄埔军校码头开往对岸的第一班水上巴士。如果一切顺利的话，八点前女儿就能到达教室，而陈阿姨可以返回码头，再搭乘八点半的水上巴士回家。傍晚放学后，女儿会在丈夫的陪护下沿相同路线返回。

“水上巴士准时、方便，还很便宜。我现在最担心的就是暴雨天气水上巴士停运，那样我们只能坐公交，要多花一个小时。”陈阿姨笑着对“谷河青年”说。

长洲岛位于广州市区的东南部，由于四面被珠江环绕，居民出行并不便利。以广州塔为例，记者发现，从长洲岛到市中心的广州塔，无论选择公交还是地铁，都需要绕行大学城，耗时在一个半小时左右。而如果选择长洲码头到广州塔码头的直达水上巴士，则只需四十五分钟，票价也仅为三元。

正如陈阿姨在采访中不断提及的那样，珠江中的长洲岛像是广州的“边区”。而通往这里的三条水上巴士航线，某种程度上就是连接城市“边疆”的纽带。在这里，被许多市区居民视为鸡肋的水上巴士，获得了存在的价值。陈阿姨说，她现在最大的愿望是大学城也可以开通水上巴士，这样的话她的上班路线又可以多一种选择。但她也许不知道，大学城水上巴士航线早在 2012 年就已经写入《广州水上巴士发展规划》，而迟迟没有动工的原因背后，是这座城市公共交通网络的矛盾与纠结。

水上巴士存废的争论漩涡

位于广交会展馆前的会展中心码头，已经在四月份被整饬一新。广州市客轮公司综合管理部的一位工作人员向记者表示，今年广交会期间，将有临时的水上巴士专线在这里开通。对于广州水上巴士而言，开通新航线已是许久未有的事情。四年前编制的《广州水上巴士发展规划》不仅没有如期完成，当下的一些航线由于客流稀少、运营亏损，也陷入存废的争论漩涡。

水上巴士之所以能维持低票价不变，背后是因为有财政的支持。目前，根据合理运行成本核定的基准票价与实际票价之间的差额，全部由广州市财政向经营单位即广州市客轮公司全额补贴。客轮公司服务处的工作人员告诉“谷河青年”，长久以来，客轮公司经营水上巴士一直处于亏损状态。“毕竟是公共服务，因为有财政补贴，所以一定时期内不会取消。”对于一些客流过少的水上巴士线路情况，他这样答复记者。广州市交通委员会总工程师沈颖也曾向媒体介绍，水上巴士一年的亏损额就达到了 645 万元。

惨淡经营的现状和有限的分流能力，无疑在不断降低政府投资水上巴士的信心，不少规划中的跨区甚至城际航线，至今仍停留在纸面上。此外，与价格动辄上百元、一票难求的“珠江夜游”轮船相比，客轮公司对于赔钱的水上巴士也缺乏经营动力。记者发现，在珠江两岸的水上巴士码头处，到处张贴有“珠江夜游”广告，并设有售票点。同时，记者也从广州客轮公司获悉，近期除广交会临时专线外，水上巴士不会增加新航线，而“珠江夜游”则可能即将开通一条从海心沙出发的新线路。

中山大学地理科学与规划学院林琳教授认为，学习地铁适当提高价格，是水上巴士弥补亏损的出路之一。“两岸之间短距离联系有必要使用水上巴士，但速度慢、时间长、线路站点少，限制了它的服务范围。”林教授认为，水上巴士的地位，只能是地铁和公交的补充。

目前，包括湛江、杭州、兰州等在内的许多城市，都有水上公交线路，但真正盈利者寥寥无几。而在香港，往来于港岛和九龙之间的天星小轮已经运营了一百多年，当其通行价值被地铁和桥梁替代后，其文化价值逐渐凸显。今天的天星客轮，已经成为维多利亚港的象征，是来到香港的游客最喜欢的景观之一。

广州的水上巴士是否能够学习香港天星小轮，将自身定位为城市水上文化符号？这对于仅有不到十年历史的广州水上巴士而言，还有很长的转型路要走。站在纺织码头，李伯遥望对岸的天字码头，对记者说：“那是广州最老的码头。当年林则徐去虎门销烟，就从天字码头启程。”从二十岁来广州工作算起，到如今退休，眼前的珠江李伯已往返过无数次。他回忆，过去过江还没有这么多桥和隧道，往来轮渡从清晨到深夜，繁忙不已。翻阅客轮公司的历史年表，广州水上客运曾在1988年达到最高峰，为惊人的1.16亿人次。

“来广州就要坐船嘛。”李伯不断重复道。根据悬挂在码头上的船务表，李伯刚刚乘坐过的船，八个小时之后，将被灯火装点一新，从水上巴士变为“珠江夜游”船，去迎接城市的客人。而彼时，陈阿姨的丈夫和女儿，刚刚搭乘着末班水上巴士，从新洲返回长洲岛的家中。

水上巴士，这座隐秘的交通网络，还要多久才能够再次拉近千年羊城与水的关系？面对日益拥堵的交通，李伯、陈阿姨和许多生活在这座城市里的人，都期盼着能够看到水运的复兴。

在陆地交通越来越发达的今天，苏炜以一个外地学生的视角观察着广州这座沿江城市，并将目光投向了鲜为人知的水上交通系统。题材新颖、独特，令人眼前一亮。文章以经营惨淡的水上巴士为引入点，不仅能让身处广州的读者产生亲切感，也能激起人们的好奇之心。四个小标题的内容之间逻辑清晰、层层递进，不仅以李伯和陈阿姨的个人故事为切入点展现了水上交通系统的经营现状，也讨论了水上巴士的未来。采访的信源包括乘客、客轮公司的工作人员、相关专家，较为全面。唯一美中不足的是缺少政府方面的直接回应，但作者用以往官方发布的资料和媒体报道尽力弥补了这一缺憾。虽不完美，但已竭尽全力。而且可以看出作者在数据的使用上经过仔细的选择与斟酌，别具匠心。毫无疑问，在同类的新闻报道中，这是一篇上乘的佳作。

广州，足球第一城的百年兴衰

撰文　尤方明
摄影　艾少军
编辑　王子睿
2018 年 6 月 21 日

百年以来，广州依托于南粤大地孕育出了深厚的足球文化，历经浮沉的广州足球始终在中国足球的版图中扮演着重要的角色。可以说，在 1994 年，中国足球正式迎来职业化改革之时，广州就已经做好了准备。

在广州，足球是一块金字招牌，这里曾是中国唯二的足球特区之一。广州足协主席谢志光更是不掩饰心中的自豪之情，将这座城市冠以“足球第一城”的名号。不积跬步无以至千里，广州足球历经百年浮沉，方能独秀于岭南文化之林。

在这其中，民间力量起到了举足轻重的作用。足球记者白国华曾经评论道：“敢为人先的观念，正好和广州活跃的民间资本匹配，广州足球的成功，民间资本当立首功。”广州的民营企业助力了职业足球的腾飞，而发达的职业足球也孕育了火爆的草根足球氛围。二者相得益彰，铸就了今天的“足球第一城”。让我们走进这段岁月，试看广州足球的潮起潮落。

广州足球，始终走在“吃螃蟹”的路上

2300 多年前，远古足球从中国走向世界。19 世纪中期，现代足球又从世界回到了中国。毗邻港澳的广东占据了地利，中国足球史上的许多第一次，都与广州有着密不可分的关系。

1915 年，第二届远东运动会由上海举办，由广州人唐福祥担任队长、粤港选手组成的中国足球队夺得冠军。这是中国足球队在国际正式比赛中取得的第一枚金牌。

1921 年 4 月，在广东省第八届省运会足球赛上，第一次出现了社会人士

的身影。1928 年，广州足球在竞赛建制上也已走在全国前列，形成了甲、乙、丙组三级联赛，足球社团组织也随即接连出现。

1954 年 6 月，广州组建了第一支专业足球队，并命名为中南体院竞技指导科足球队白队，简称中南白队，从而成为国内最早成立市级专业足球队的城市。

1987 年 2 月，广东万宝二队的谢育新应邀加盟荷兰兹瓦鲁市 PEC“82”足球俱乐部，成为中国籍足球运动员通过转会形式加盟国外球会的第一人。同时，广州白云足球队聘请原国家队教练戚务生任教练，迈出了国内人才交流的第一步。

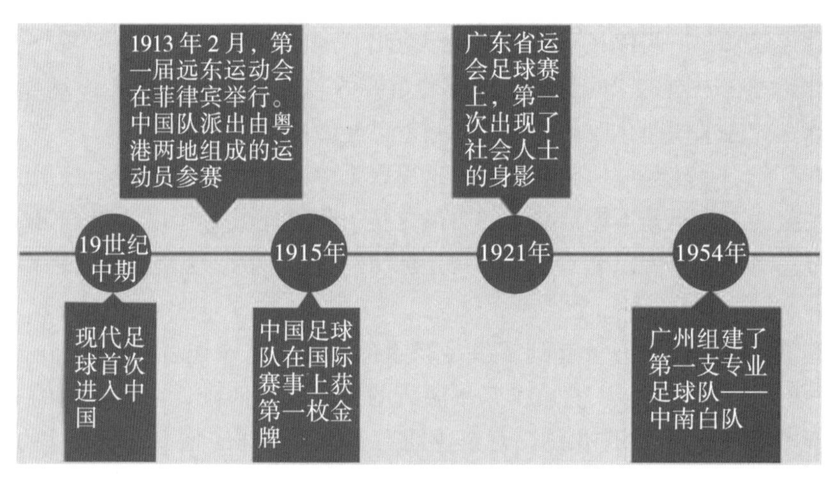

广州足球近代史图（艾少军制图）

纵观历史，广州多次开创了中国足球之先河，作为中国的“南大门”，这实属情理之中。近代以来，广东的社会经济发展走在了全中国的前列。经济的富庶使足球这项运动在广州落地生根，而它的发展壮大与各界人士的共同努力息息相关。

在各个历史时期，总有领军人物挺身而出，挑起广州足球的大梁。抗战期间，“球王”李惠堂多次于广州地区举办义赛，并将募捐所得款项用于购买飞机、军械、汽车等物资支援抗战，慰问抗日官兵。20 世纪 70 年代，毕业于中山大学的苏永舜帮助广东队问鼎第三届全运会，拿到广东历史上的首枚足球金牌。凭借着在地方队的出色表现，他随即接过国家队的教鞭，他所带领的那届国家队被称誉为“最具观赏价值”的中国队。20 世纪 70 年代以来，容志行、赵达裕、陈熙荣、古广明、彭伟国等一个个广州球迷耳熟能详的名字激励着这座城市坚守足球梦想。

在砥砺前行的过程中，广州足球形成了独特的足球流派，而其中最为闪耀的瑰宝莫过于“南派风格”。

“南派风格”注重打磨球员的基本功，强调以思维、技巧而非身体素质取胜，强调轻灵快捷的踢球方式和讲究地面配合的球路。这种与现代足球倡导的传控风格颇为吻合的理念，贯穿了广州足球自青训、选材至战术部署、场上打法的方方面面。在中国足球市场化运作之前，在那个球员间流动并不频繁的年代，广州足球展现出了鲜明的技术风格，于国内外赛事中屡创佳绩。

除却技战术上的超越与突破，广州足球更在体制建设方面将这座城市敢于革新的传统体现得淋漓尽致。广州日报社体育新闻中心主任陈伟胜甚至将其形容为：“足球体制创新的影响意义远超体育范畴，甚至直接带动了中国经济体制的转变。”他所提到的体制创新，还要从“白云模式”开始谈起。

1984 年，广州白云山制药厂以每年赞助 20 万元的条件与广州市体委（现广州市体育局）签约，联合组建广州足球队，并将该球队改名为“广州白云山制药厂体协足球队”（简称“广州白云足球队”）。中国足球史上第一支企业与政府合办的足球队就此诞生。

八年磨一剑，广州白云足球队终于在 1992 年收获了甲 A 联赛亚军的硕果，这也是广州足球在专业队时代取得的最好战绩。

兴三载，败三载——当足球城几乎告别足球

1992 年，在中国足球史上具有划时代的意义。时年 6 月 23 日至 27 日，中国足协在北京西郊红山口召开工作会议，会议以改革为主题，决定把足球作为体育改革的突破口，确立了中国足球要走职业化道路的改革方向。

同年，广州与大连一起获评为中国仅有的两个足球特区。1993 年 1 月 8 日，广州市体委以公开招标的形式联手广东太阳神集团，正式成立了中国首家股份制职业足球俱乐部。18 天后，“广州足球特区管理委员会”在广州正式挂牌成立，广州的足球体制改革迎来了高潮。

1994 年，改制后的甲 A 元年，广州太阳神足球俱乐部（简称“太阳神”）摘得联赛亚军，队中的胡志军、彭伟国、周穗安分获金靴、金球、最佳教练三项大奖。

广州在中国足球职业化的进程中再度发扬了“敢为天下先”的精神。1995年，太阳神宣布主帅周穗安离任。外界舆论惊呼：太阳神集团何德何能，竟然敢炒掉“国家干部”？同年，主场落户于广州的广东宏远队以近100万元人民币的价格引进黎兵、马明宇两位国脚，主帅陈亦明则被扣上了“人贩子”的高帽。这些在如今的足球世界中稀松平常的市场行为，在当年的时代背景下无异于激起了滔天巨浪。

1996年，广州足球迎来了全盛时期。广州这座足球城拥有1/4中国顶级联赛的球队。在全广东范围内，甚至有五支甲级联赛的队伍落户（甲A组的广州太阳神、广东宏远、广州松日、深圳飞亚达；甲B组的佛山佛斯弟）。当年，广东电视台专门制作了一档名为《甲五风云》的节目，至今仍为许多老球迷们所津津乐道。

但这档节目只维持了一年时间，究其原因，用时任广州太阳神队副总经理刘孝五的话来说，就是“中国的足球走偏了方向”。他所指的是20世纪90年代末期，足球联赛中出现的“国进民退”潮，各地大型国企受地方行政的意志趋使，争相入主俱乐部。它们不计成本的投入，令广州太阳神等民企俱乐部望尘莫及。

原广州太阳神队副总经理刘孝五接受访问（艾少军摄）

1997年至1999年，广州三支甲A队伍相继被降级，而这还不是最令人绝望的时刻。2000年，广州松日在从甲B联赛降入乙级联赛后宣布解散；2001

年，身处甲B组的广东宏远队被变卖至青岛海利丰，广州足球的独苗只剩下了太阳神。而这支球队在2000年9月23日面临着一场生死战，唯有赢球才能避免被降为乙级联赛的厄运。功成名只用了三年，花落人亡也只需三年。谁能想到，叱咤中国百余年的广州足球竟要在千禧年来临之际，连职业足球的火种都保不住了呢？

90分钟的久攻不下，让东较场陷入了前所未有的寂静。而在伤停补时阶段的最后一分钟，湖北人曾庆高在禁区外围起左脚怒射破门，把广州队留在了中国职业足球的版图之上。一瞬间，看台上上千名球迷跳入场地，和足球队的将士们庆祝着这个历史性的时刻。

在完成绝杀的第二天，合同到期的曾庆高就收拾行囊返回武汉，那里有家乡球队召唤他；而在完成守护广州足球的壮举之后，太阳神也在2001年宣布退出足球界。

此后，广州队几度易主，在吉利、香雪制药、日之泉手中辗转，始终因为民营资本的资金缺口而与“冲超”名额失之交臂。2005年年底，以广州市足球协会广州医药集团为首的政府部门对广州队着手“动刀”。2006年2月，广州医药集团正式入主球队。

2008年，在阔别顶级联赛十年之后，广州队终于重返中超联赛的赛场，然而是通过一种极不光彩的方式。在2006年的中甲联赛中，广州医药集团分别在第8、11、17、19四轮比赛向对手行贿，总计金额达到了295万元人民币。2009年，中国足坛掀起了“扫赌打黑”的风暴，广州医药集团的行径遭遇披露，球队被罚降级。同年12月31日，广州医药集团宣布撤资，俱乐部暂时由广州市足球协会托管。

广州队沉落谷底的这十余年来，这座城市的足球氛围受到了严重的冲击。表面上看，越秀山体育场的上座率仍然居高不下，2003年甚至位居全国三甲，超越了许多甲A的球队。但刘孝五深知，这其中的水分极大：“当时的羊城晚报的总编说，一支二级联赛的球队的上座率能够达到全国第三，需要好好报道。于是记者就来采访我，我说不接受采访，告诉他自己明白就好，之所以能达到全国第三，是因为我们的门票都是送的。”

“在二级联赛那么多年，先是国内人瞧不起广州队，渐渐地广州队自己人也瞧不起广州队了。”为了维持越秀山体育场的繁荣景象，刘孝五推行送票的三项基本原则——“送早”“送远”“送散”。要知道球场只能容得下32000人，而他一度单场派送了8万张招待票，最终到场15000人。同时，他坚持在球场门口设立售卖点，30元一张的球票雷打不动。“要为了让拿着招待票进场的人觉得自己赚到了。”最少的一次，俱乐部只售出了300多张票。

2005年8月27日，广州日之泉队迎来了“冲超”路上的关键一战——穗浙大战，这同时也是广州队把主场从越秀山体育场迁到天河体育场的第一场比赛。赛前，安保方面要求俱乐部只能出售1万张球票，不许送票。最终亲自掏腰包入场的球迷只有4800人，远不及越秀山体育场时期。赛后，刘孝五一度向媒体作出检讨，而如今的他回忆起来：“这就是当时广州球市的真实写照。”

一半火焰，一半海水

投资方退出，球队降级，元老出走，球迷倒戈，广州足球在2010年的春天走上了绝路。

危急存亡之际，曾经多次帮助过广州足球“腾飞”的民营企业再度挺身而出。2010年3月1日，恒大集团正式入主广州足球俱乐部。《足球报》记者白国华感叹道：“向来得风气之先的广州，锻炼出来的是对商机的异常敏感，兴盛时有太阳神接盘，低谷时有恒大抄底。”

随后的故事世人再熟悉不过了。在完成了“升班马”夺冠的中国式“凯泽斯劳滕”神话后，恒大足球俱乐部成就了中超七连冠的伟业；犹在中甲时，当时负责人“五年内必夺亚冠”的豪言壮语为天下人所笑，而如今两度登顶亚洲之巅的恒大足球俱乐部，已让所有中国俱乐部难以望其项背。

恒大足球俱乐部的彪炳战绩使得这座城市找回了熟悉的足球文化。作为恒大足球俱乐部的“德比”对手——富力队的球迷会原助威部部长李安坦承，必须要感谢恒大：“这是帮助广州足球从逆境中走出来的一支球队。2010年广州队降入甲级的那个时候，很多人其实很失望。而且前几年的时候，广州的球迷已经流失很严重了。直到恒大足球俱乐部的出现，它的战绩带动了广大的球迷群体和一批优秀的球迷组织，它让中国足球发现原来我们在亚洲范围是可以有竞争力的。”

恒大足球俱乐部用其特有的模式开创王朝，引无数豪强竞相效仿。而这座曾经三雄并立过的城市，也自然能敞开胸怀，迎接以另一种发展愿景立足的球队，那就是扎根于广州本土的广州富力足球俱乐部。

2011年7月1日，广州富力足球俱乐部宣布正式接手深圳凤凰队征战中甲联赛，当季即凭借12轮不败的骄人战绩冲超成功。值得一提的是，富力队

广州富力足球俱乐部“蓝色战魂”球迷会原助威部部长李安（艾少军摄）

入主4个月以来的净投入仅为4000万元人民币，远低于冲超球队投入的平均水平，更不用说与豪掷千金的同城球队相比了。

这支球队的前身一度辗转沈阳、长沙、深圳，最终落户广州。尽管流浪多城，但球队初来乍到便践行着“本土化”的理念。球队把主场设在了历史悠久的越秀山体育场，2016年更是将球场承租20年，并承诺投入6000万元人民币，将承租范围按欧洲顶级足球俱乐部主场标准建设成专业足球场。

而“重振南派足球”的目标，从最初的法里亚斯，到如今的斯托伊科维奇，历经四任洋帅的富力队始终坚持着。从数据上看，在2016年，富力队的传球次数与控球率在排名中均超第二位，而在过去的2017赛季，富力队在这两项的技术统计均排名联赛第一；从场面上看，球迷们很难在斯帅的球队比赛中见到高举高打、长传冲吊的情景。

纵使富力队举措良多，“本土化”之梦最为关键的部分还是球员。曾效力于广州松日队的射手杨朋锋深有感触：“中国足球的成绩不好，广州甚至整个广东足球也是有责任的。既然有责任，我们就要从‘草根’做起，培养出更多的广东‘国脚’，从而丰富国家队的打法。”而富力队就肩负起了这个责任。

上任之初，富力足球俱乐部副董事长黄盛华就谈到对球队人员架构的设想：“我们有一个建队方向，11名主力，有3到4个好外援，3到4个国内顶

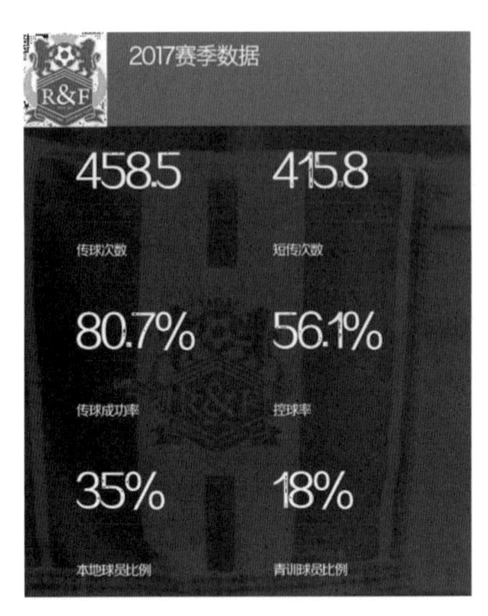

广州富力足球俱乐部2017赛季中超联赛部分数据（艾少军制）

级球员，以及4到5个自己培养的本土球员，替补球员中大部分都是本土球员。我们宁愿把大部分资金投入青训建设上。”这些年来，富力队在青训方面动作频频，主要通过三种培养模式为球队造血。其一是通过2013年开创的富力足球学校，以荷兰阿贾克斯青训团队的理念培养小球员；其二是立足于广州本土的日式青训体系，深入广州的中小学发掘人才；其三则是具有中国特色的专业模式，球队依然与广东省足协及广州市足协开展合作，共建梯队。这三种模式为富力队锻造了从U11至U19年龄段的10支梯队，从中走出的本土球员黄政宇已然担纲起主力中卫的重任。

李安对“谷河青年”说：“如果你是传统的广州球迷，或者说你更偏向于打法，而不倾向于战绩的话，你可能会更加喜欢富力队一点。因为它的打法和传统广式的小快灵很相似，更开放，更强调进攻，包括它的本土球员更多，更扎根于广东的青训。”他所说的“不倾向于战绩”只是相较于恒大队而言的。在中超的七个年头，富力队的排名基本稳定在联赛中上游，更是在2014年一度杀入了亚冠小组赛，创造了史无前例的“同城双亚冠”伟业。

广州城，一半火焰，一半海水。以红色为主色调的广州恒大队以财夺人，但也逐步放下身段，为实现全华班的梦想踏实行事；以蓝色为主色调的广州富力队大打“本土牌”，可也向老大哥恒大队汲取更职业的俱乐部运作经验，给予斯帅最大限度的资金支持。风格迥异的两支球队在广州包容的城市文化中互为对手，但也相得益彰，广州球迷们也以笑看云卷云舒的心态享受当下。

“城市竞赛体系才是足球第一城的基石”

眼前尽是“豪门盛宴”，广州球迷又怎能按捺得住性子“袖手旁观”。刘孝五认为这是一种健康的循环模式：“我们老百姓们看到恒大队拿冠军，富力队踢得好看，已经不满足了，我们希望亲自去踢足球；渐渐地也不满足了，我们希望参加比赛；渐渐地又不满足了，希望参加适合于我们身体、水平的比赛。”

回首往昔，是广州热忱的足球氛围根植出了发达的职业足球；而今，轮到了鼎盛的职业球队叶落归根，反哺“草根”足球的时刻了。网易体育的资深媒体人成金朝告诉“谷河青年”：“你可以看到各类富力冠名、支持的赛事在广州甚至是广东范围内遍地开花。”他所说的赛事包括在2017年吸引了全市共1222支学校球队、超过2万名学生参与的“富力杯”中小学校园足球联赛，以及包括“领馆杯”“CBD杯”等在内的许多“草根”足球联赛。“不是所有人都能够在越秀山体育场踢球，但富力应该让他们在广州的各个民间球场去展现自己的足球技术。”黄盛华对此表示：“社区足球才是城市足球的生命线。”

职业俱乐部致力于植根社区，而广州市足球协会则在顶层设计上为“草根”足球的发展保驾护航。2015年，广州足协让“管办分离”这个名词在中国范围内第一次落成现实，使自身真正作为一个民间团体来组织运营。

“脱钩”之初，广州足协主席谢志光便把协助教育系统、为校园足球提供专业教练员资源与打造广州业余足球品牌赛事体系列入了工作计划中。

最新数据显示，在2016年，广州足协共举办和承办了各类足球比赛3253场次，其中包括国际赛3场、全国赛90场、市内赛3160场，参赛人数达19511人，观众人数达132.24万人。在93场职业赛事之外，更多的是社会足球、青少年足球和校园足球的比赛。谢志光始终强调：“城市竞赛体系才是足球第一城的基石。”

关于谁是“足球第一城”这个似乎不会有定论的问题，谢志光轻描淡写地给出了答案。他的底气，不仅来源于乡土情结，更仰仗着这座城市深厚的足球底蕴与务实创新的开拓精神。

2018年1月18日，在广州足协第十届第三次理事会议上，谢志光告诉

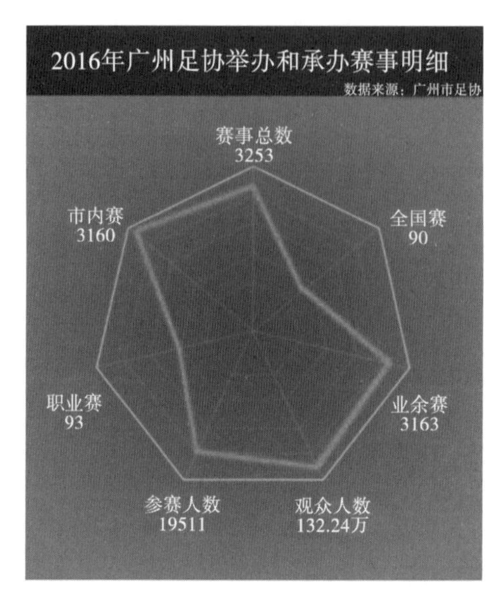

2016 年广州足协举办和承办赛事明细（艾少军制）

“谷河青年”，广州足协 2018 年的主要工作之一是要继续跟踪协调市政府尽快出台《广州市足球场地设施规划建设实施方案（2017—2020 年）》以及《广州市足球中长期发展规划（2019—2050 年）》两份政策文件。

可以看到，广州不仅要在目前已有的 100 座社区足球场的基础上继续满足市民们的需要，更要把目光投放到三十年之后。而这对于这座百年足球城来说，算不上是好高骛远。

紫荆诗社：没有一个时代可以没有诗歌

撰文　孙海蛟　王　雪　陈泽淳
编辑　许文宁
2021 年 5 月 10 日

最近，关于“文科生”或“文科无用论”的争吵又充斥在网络空间里，也重新唤醒了一本尘封近三十年的老诗集的青春时光。

在中山大学图书馆的馆藏查询里输入《南方以南》，可以找到 1994 年出版的这一本诗集：宝蓝色封面，白色宋体标题，内页纸张粗糙、泛黄略脆。

南方以南，我们的话：

“不管舆论如何喧嚣，我们始终认定：没有一个时代可以没有文学，没有一个时代可以没有诗歌。广州乃至广东目前的诗歌创作水平相对较低，这是事实，但正是因为如此，才更需要我们这些缪斯的追随者们去做点什么，去改变点儿什么，哪怕是在别人眼里很微不足道的一点成绩，都将使我们感受到前进之中的充实。”

“我们坚信，文学艺术的发展终将与经济社会变革同步。在经济上雄视北方的岭南人，应该有能力为中国新诗贡献自己嘹亮的合唱！”

《南方以南》书序

“紫荆诗社是中山大学学生自发建立的一个以创作和交流新诗为主的社团组织。该诗社始创于一九八三年，复办于二〇〇六年，以‘弘扬新诗’为宗旨，沿革至今。”这是来自百度百科对紫荆诗社的介绍。

五月，是“春天，十个海子全部复活”的季节，也是读诗的季节。“谷河青年”偶然觅得此本诗集，并联系到当年诗社的成员，寻觅封存已久的故事。

老书、诗社、康乐园……回看紫荆诗社，当年诗兴蓬勃的中大人，似乎为文科究竟是否“无用”留下了一个窖藏三十余年的答案。

“以诗的名义，朋友，携起手来！”

尚钧鹏，中山大学中文系1983级学生，是紫荆诗社首任社长。受朦胧诗影响，尚钧鹏在中学时已经开始了自己的诗歌创作。高考过后，为了心中的文学梦想，他放弃了北京大学其他院系的录取，南下至中山大学中文系开始大学生活。

广州九月仍似仲夏，雨水充沛，热带植物的翠叶被反复洗刷得更为鲜亮。尚钧鹏生长于甘肃玉门的戈壁滩，对这样慷慨的降水怀有原始的好奇，以致他赤膊在雨中漫步，感受雨滴撞击身体的力量。“夏雨诗社”就来源于此。尚钧鹏聚集了一小撮意趣相投的同学开办了夏雨诗社。

而当时的紫荆诗社，作为中山大学文学社的诗歌分支机构而活跃着。除了积极参与文学社刊物《红豆》的编辑外，独立编印的《紫荆诗集》在校园内的影响力也日益扩展。1981级的紫荆诗社负责人，打破了社内按序承递的传统，在毕业前找到了尚钧鹏，请求他把诗社做下去。

“那个年代，诗社好像是个很神圣的东西。”尚钧鹏感于前辈的诚恳，遂兼顾两方诗社。1986年3月20日，紫荆诗社经中山大学团委及学生会批准，正式注册为中山大学独立社团，由尚钧鹏担任首届社长。

诗社整合的过程中，大家得知“夏雨”其名已被华东师范大学使用，为了对诗社的发展阶段有清楚的划分，大家对诗社的新名字进行了广泛的征集。但最后尚钧鹏出于对前辈的尊重和传承性的考虑，还是“厚道”地选择了保留紫荆诗社的名号。这确实造成了对诗社创办时间的争议——至少作为一个独立社团，尚钧鹏是第一任负责人。

处于“解冻期”的20世纪80年代，在某种意义上成为年轻人的文化闪光年代。康乐园，丰盈着诗的冲动、诗的个体、诗的讨论和诗的集合。尚钧鹏联系散落在各院系的诗歌团体，将其纳入紫荆诗社，使紫荆诗社成为真正意义上的校级社团组织。

尚钧鹏在造势的宣传海报上写道："以诗的名义，朋友，携起手来！"校园中30多位年轻人的聚集，为广东诗坛带来了青年的啸鸣。

荒芜年代中的花开

紫荆诗社正式成立后，相继举办了首届紫荆诗歌大奖赛、现代诗歌讲座、世界流行音乐沙龙、东湖诗歌朗诵会等活动。社团刊物《紫荆诗集》根据来稿情况每月或每两月出版一期。

与当时所有的学生团体一样，紫荆诗社受限于匮乏的物质条件，诗集只能手刻油印，再编辑成册。创办一本由零开始的刊物，琐碎之事被塞在诗和诗的缝隙里。诗社成员们聚在一起，探索着版式设计、插图绘制，不去考虑编辑部分工的限制，能做什么便做什么。

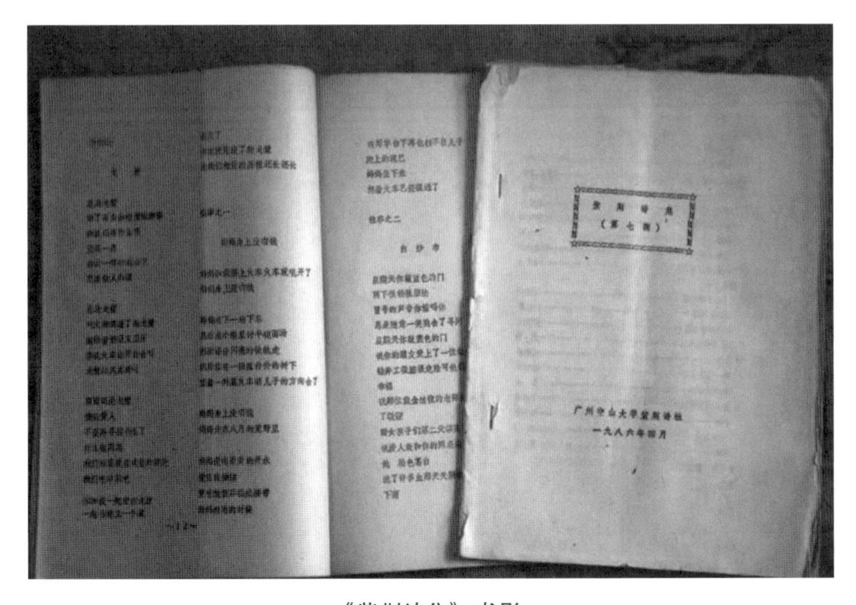

《紫荆诗集》书影

但这样还不够，学校有限的经费支持，连十几本诗集的发行量都无法保证。当时，尚钧鹏每月从家里拿20元生活费——10元吃饭、10元去北京路买书，在广州过着紧巴巴的大学生活，而20元已经是全家月收入的三分之二。

为保证这本油印刊物的正常出版，他勤工俭学做家教，把赚来的钱贴补到紫荆诗社。

经济的紧张状况最终通过一场大型的活动得到了彻底的缓解，尚钧鹏无意中做了一次“艺术经纪人”。最初，为了丰富同学们的文艺生活，诗社成员组织了多场音乐讲座。港台音乐率先与西方接轨，对大学生的吸引力不言自明。讲座从小课室换到大课室，场场满座。

一次机缘巧合，尚钧鹏结识了广东音乐界的朱哲琴等一批著名音乐人，并借举办世界音乐沙龙之际，邀请他们在中山大学举办一场大型演唱会。1986年梁銶琚礼堂刚建成不久，校方提出举办活动需要收取几百块的租金。这对当时清贫的学生来说无疑是难以想象的成本。

放弃之际，歌手们点醒了尚钧鹏：卖票回收成本。他大胆地和校方签了协议，活动先办，后续场地费再由票钱补齐。只在校内宣传还不够，尚钧鹏发动同学，将活动宣传到广州的各个高校。

最后的结局是原本的座位票一售而空，加增的站票也极其抢手，结算场地费后仍结余几百元。除去“犒劳”歌手们的餐费，结余费用仍能支撑《紫荆诗集》无忧出版，且可以被寄送到全国其他高校的诗社，作为交换的诗刊。

所有的聚集都是为了填补精神世界的空白——那是个荒芜的时代。渴求文学的灵魂太多而可供捧读的文字太少。同学的诗作，或显稚嫩却仍被视作珍宝。

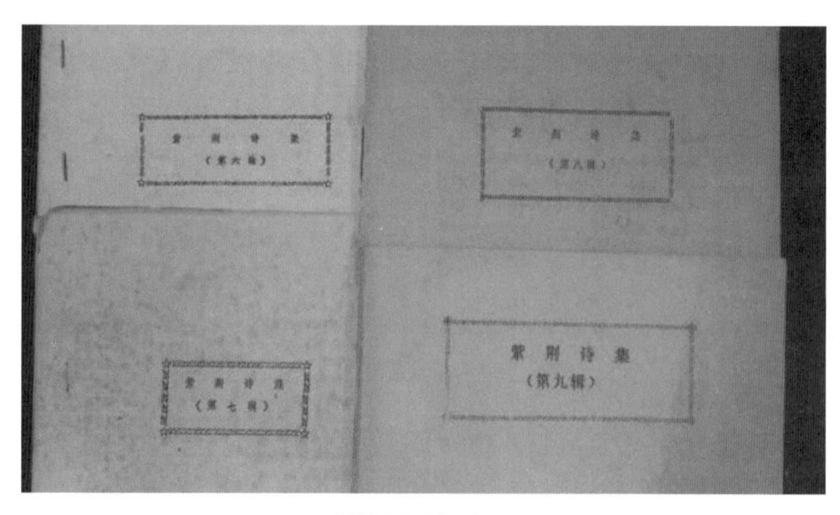

《紫荆诗集》书影

东湖湖畔常有诗社成员朗诵诗歌，在水波旁，在校园情侣的浪漫背景中，诗歌的音韵层层荡开。毕业多年之后，尚钧鹏和诗友聚会，有人眼含泪花回忆起当年他朗诵《小城》时的情景，那一刻让他真正领会到诗歌朗诵会的真正价值。

《小城》一诗是尚钧鹏个人创作的分水岭，作为领衔之作，《小城》带着紫荆诗社亮相《中国现代主义诗群大观》。相比于社团的名字，主办方更希望以口号和流派展示群体的风格，“小城诗派”就此诞生。受寻根文学的影响，小城隐喻着精神的故乡，承载着从各处奔赴广州求学的年轻人由于身份认同的缺失而产生的困惑和痛苦。

小城诗派

小　城

《中国现代主义诗群大观》书影，尚钧鹏《小城》被编入其中

一切的一切，糅合起来。在南国的紫荆花影下，20 世纪 80 年代中山大学校园内痴情于诗歌的同学们勇于去写、去表达、去反叛、去喧哗。

“还如故园树，忽忆故园人”

1987 年尚钧鹏毕业，被分配回原籍兰州，就此和紫荆诗社断了联系。1991 年重回广州时，他已经感受到了社会风貌的变化，学校中的社团合并和取缔切实影响到了紫荆诗社。他提示诗社的负责人，要为诗社“留下些东西”，让后来之人有迹可循。

1988 级哲学系的周伟驰和 1991 级政治系的单小海，接过了这个阶段性句号的书写任务。不久，周伟驰毕业赴北京大学求学，单小海接过任务。为此，他特赴兰州与尚钧鹏相见，紫荆诗社的两端自此连接成闭环。

而在此闭环中，曾经见过紫荆花瓣微丝的年轻人们，随着毕业四散天涯。诗歌成了过往青春的路标，与其同在，又与其被飞驰岁月驻留在原地。1993 年 7 月，广州恪守着高温的品格，彼时的康乐园当然没有空调，单小海在其中挥汗如雨。诗集《南方以南》就此诞生。《南方以南》更像是标记点的结合，一段高速公路上指示牌的难得聚首。

之后诗社停办，蓝色封皮的诗集也藏匿进更深的角落：校史馆、戴镏龄专藏、中文系书库、东校园图书馆，甚至小洲村私人图书阅览室的书架上，紫荆诗社和它理想主义的光荣不再言语。

就在前两年，尚钧鹏重回广州，着手出版一本紫荆诗人的新集子。当年肆意淋雨的年轻人，皆步入中年。尚钧鹏想收集起他们的诗歌从清纯稚嫩成长起来的痕迹，对个体生命做一个跨越年代的呼应。他相信，经历了生活的历练后，文字会更有质朴的力量。

然而在组稿过程中，他感到了断裂的痛苦。很多文学的追随者，已经彻底地离开文学世界，在现实生活中辗转。“生活已经一团糟了，我还写什么诗？”

与其说是失望，尚钧鹏更多的是感到惋惜。他反复地去做思想工作，督促甚至逼迫当年才华横溢的同学去梳理自己文学的印记，他相信有余力者或许就能再续前缘。在他看来，诗情不是清茶一杯的悠哉午后闲时，只要内心清醒，便能感受到每一瞬间的诗情。

单小海，诗人、理想主义者，20 世纪 90 年代以“四大才子”声名疾驰于康乐园中，为紫荆诗社和晨啸文学社挥洒才情。毕业之后，为了接近“正常的一日三餐生活”，怀着打通精神和物质壁垒的信心，他认真地开始了自己的公务员生涯。肖滨教授在课堂上对单小海的师弟师妹慨叹：“真没想到，最有诗意的人去了最没有诗意的地方。”

一年以后，他还是离开了自己无法与其一同磨损的居所，进入了《万科周刊》编辑部，文字助他从普通编辑做到主编。但如今再去搜索引擎输入他的名字时，那些久远的诗篇也因没有电子化而销声了。

我们能在网络上搜索到的只有其近况了。单小海，大连万科掌门人；周伟驰，入学北京大学后，一头钻进了宗教研究的学术瀚海。而尚钧鹏本人，则长期深居简出，中间多年淡出诗歌界，全部诗歌作品都深藏在其书房抽屉里。

尚钧鹏近照（王雪摄）

单小海在自己的游记《巴德岗：有些事情发生过》中写道："我曾经也写过诗歌，在中国我有很多写诗的朋友。我们见面时什么都谈，关于政治、关于金钱、关于女人，但就是闭口不提诗歌。好像那仅仅是曾经发作过的青春期的疾病，又好像有的事情从来没有真正发生过。"

但尚钧鹏仍然坚信，诗歌重于内、轻于形。诗歌，是荒无人烟的戈壁中自建的居所。无论什么年代、什么境遇，诗人都在那里。诗人可以一辈子不写一首诗，但坚守品格的沉默优于妥协。

至于大众的态度，向来都是不确定的，会受到政治、社会思潮、审美层次等诸多因素的影响。"文科无用论"的喧嚣波及不到真正的诗歌，在南国四季不断的紫荆花影下，20 世纪 80 年代中山大学校园中痴情于诗歌的人们勇于去写、去表达、去反叛、去喧哗。

任远作为师弟，在 1999 年的《中大青年》杂志上为单小海和朋友们的大学纪念文集《四海一心》发文：诗歌给予他们的远不止语言的欢悦或运思的共鸣，而是真正为他们提供了一套价值准则、一个生活基础，使他们在激情冒进的青春期得以安身立命。

重涉岁月之河，紫荆诗社、晨啸文学社已成为具有青铜器光泽的晦涩事物，隐晦地在暗中见证一场友谊、一次歌唱、一个小酒馆的破落、一个时代的掩面而去。最初的铭文依然闪烁地流传着：我从来不想感动你。

参考文献

[1] 周伟驰，单小海. 南方以南：中山大学校园诗歌精选［M］. 广州：中山大学出版社，1994.

被我们“吐槽”的这届国足，到底是什么水平？

撰文　陈郁涛　庞　博
编辑　宾宇轩
2021 年 11 月 16 日

国足又一次登上微博热搜了。世界杯亚洲区 12 强赛赛程已经过半，国足目前仅积 4 分，排名小组第五。再战澳大利亚队，将是国足的生死战，如不能获胜，国足前往世界杯仅剩理论可能。

对于这样的结果，从球员到球迷都难以接受。网络上对于国足的批评也此起彼伏，主教练李铁成为舆论的众矢之的。在一片质疑声中，我们究竟吐槽的是什么，是不是像有人说的，球迷们只是发泄情绪的“键盘侠”？对于这届国足，我们又应当有怎样的理性期待？

五场四分，进军卡塔尔希望渺茫

时间回到半年以前，2021 年 6 月 16 日，阿联酋迪拜的沙迦体育中心中，凭借着张稀哲、武磊和张玉宁的进球，国足在 40 强赛最后一轮力克叙利亚队，挺进 12 强赛。赛后的评论区中，大家纷纷赞扬比赛中球员们的拼劲，四连胜的国足让大家看到了进军卡塔尔的希望，还有球迷已经在畅想世界杯决赛圈的场景。

但球迷们的乐观心态在 12 强赛的第一场比赛便遭到当头棒喝，国足以 3 球完败给“袋鼠军团”。不过比起比分，场面上的被动局面更加让球迷绝望。随后的两轮比赛，国足以 0∶1 的比分不敌日本队，甚至球门的表现都比一些场上球员要好；3∶2 力克越南队，让范大将军昔日的采访不至于一语成谶，但东南亚球队也不再是昔日予取予求的鱼腩。

第四轮客战沙特队是让李铁背负了最大争议的一场球赛，李铁的排兵布阵和对于归化球员的使用在赛后都遭到球迷们的质疑。国足第五战 1∶1 战平阿曼队，这场比赛成也角球、败也角球，平局无论是对于国足还是对于熬夜看球的球迷来说，都是难以接受的结果。

五场球赛积 4 分，仅仅从在小组垫底且一场未胜的越南队身上拿到艰难的 3 分，距离排名第三位的日本队还有 5 个积分的差距，12 强赛后半段留给中国队的时间不多了……

12 强赛									
B 组	球队	场次	胜	平	负	进球	失球	净胜球	积分
1	沙特阿拉伯	5	4	1	0	8	3	5	13
2	澳大利亚	5	3	1	1	8	3	5	10
3	日本	5	3	0	2	4	3	1	9
4	阿曼	5	2	1	2	6	6	0	7
5	中国	5	1	1	3	6	10	-4	4
6	越南	5	0	0	5	4	11	-7	0

12 强赛 B 组积分榜

球迷吐槽，只是在发泄情绪吗？

12 强赛赛程过半，随着国足进入世界杯的机会愈加渺茫，网络上对于国足的批评声愈演愈烈。一片口诛笔伐之中，球迷们吐槽的具体内容是什么？他们真的只是网络“键盘侠”吗？

“谷河青年”分析了五场 12 强赛之后的各大体育 App 的评论区发现：不同于以往的刻板印象，评论区的高赞评论大部分都是比较理智的。

球迷们的批评主要集中于两方面：一是对于归化球员的使用，质疑李铁不给阿兰和洛国富两人机会的问题；二是对于主教练李铁的用人、排兵布阵上的质疑。

而接连的输球和失分让“李铁下课”的呼声充满评论区，在“懂球帝”平台上发起的一项关于“李铁是否应该下课”的投票当中，有 85% 的用户选择了“应该”，而李铁本人的微博的评论区里也被“李铁下课”这四个字所占领。

目前在国足大名单中，有四位归化球员的身影，分别是后卫蒋光太（有血缘归化）以及前锋阿兰、艾克森和洛国富（后三人为无血缘归化）。

对于他们的使用一直是饱含争议的话题，归化球员面临了很大的舆论压力，但随着比赛的进行，归化球员在球场上呈现的拼劲和实力，逐渐赢得了球迷们的认可。

从前五场 12 强赛四位归化球员的出场时间来看，蒋光太是后防线上的绝对主力，艾克森因为战术的调整导致上场时间有所不同，争议在于阿兰和洛国富在前四场的出场时间较少。

要知道，洛国富今年在联赛的出场都是替补登场，场均时间只有 30 分钟。而国家队比赛的激烈程度较联赛有过之而无不及。好钢用在刀刃上，因而要最大化阿兰和洛国富的冲击力，最小化防守压力和体能劣势。从这一方面上来看，在中日、中沙之战中，李铁安排两人作为后手没有问题。

问题在于，归化球员值得更多的出场次数和时间。从打澳大利亚队时两人枯坐板凳，到憾负沙特队时两人下半场联袂登场冲击对手防线，再到对战阿曼队时同时首发表现不俗，阿兰和洛国富用自己的表现回报了球迷与球队。

如果阿兰、洛国富两人在与澳大利亚队、越南队的比赛中有机会登场，对战日本、沙特队时能有更多的上场时间，或者对战阿曼队时没有被李铁觉得他们过于劳累而被换下……或许这几场比赛能够取得更好的结果。

12 强赛半程已过，我们逐渐看到归化球员对于现在这只青黄不接的国足的重要性，后半程想要杀出一条血路，还是得依靠归化球员和武磊组成的前场进攻组合。

评论区的另外一个观点是对于国内球员批评的毫不留情，而输球在很大程度上放大了这些声音。球员遭受批评确实有实力不济、发挥欠佳的因素，但球迷们也要看到国内球员青黄不接的现状。

20 年前打进世界杯决赛圈的时候，大家讨论的是谁更应该进入决赛圈大名单，而 20 年后大家却在为首发阵容而苦恼。毫不夸张地说，中后场球员谁上谁就会受到批评，于大宝、朱辰杰、李昂、张稀哲都因表现不佳被球迷们“狂喷”过。

但我们似乎又陷入了一个“怪圈”——球迷们责备场上那些犯错误球员，质问某某某为什么不上场；可是当那些被质问为什么不上场的球员上场后，表现也并不尽如人意，例如中沙之战的李昂。

相比较而言，目前应该得到更多机会的是徐新。前四场比赛中，国足的中场无论对阵澳大利亚队、日本队还是沙特队，在技术与身体上都不占上风，进攻中过多地丢失球权，无法有效组织，防守的硬度也不够。

面对这样的状况，徐新能够提供中场的对抗和覆盖面积。就中阿之战来看，徐新与吴曦对于国足中后场的保护做得还是很好的，同时其传球成功率（81%）也高于吴曦和蒿俊闵。下一场对阵澳大利亚队，徐新如果还能延续这样的表现，对于中国队孱弱的中场来说无疑是一大利好。

通过前几场比赛，归化球员用不用、怎么用，相信球迷与球队都有自己的答案。而国内球员青黄不接已是事实，在对战沙特队时交足学费的朱辰杰随后的表现有很大提升，第一次获得出场机会的徐新也会得到大家更多的信任。

在前场，能控制得住球、与对方后卫肉搏90分钟的张玉宁也需要替补，在郭田雨没有随队出征的情况下，将艾克森作为张玉宁而不是阿兰的替补似乎更加合理一些。

“数”说国足：背负爱与骂的是怎样的一支球队

球迷们对于国足爱之深责之切。这支背负关爱与骂名的中国足球国家队，究竟是怎样的一支球队？球迷们该如何更冷静、客观地看待目前国家队的水平？

1. 看球员身价与国际足联（FIFA）排名：国足已是亚洲二流水平靠后

从球员身价来看，国足的身价为1970万欧元，在亚洲球队中排名第8。艾克森、武磊和阿兰三人身价合计近一千万欧元，撑起国足身价的半边天。但对比日本队、韩国队、伊朗队等亚洲一流强队，我们高身价的亚洲顶级球星还是偏少。从基于球队正式比赛成绩的FIFA排名看，我们在世界排名第75位，在亚洲球队中位列第9。所以，无论是从球员综合实力，还是从球队成绩排名来看，将现在的国足划分为亚洲二流强队或许是比较准确的。

从20年来国足在亚洲的排名可以看出，国足渐渐从亚洲准一流的水平掉到了二流水平。虽然并非刻板印象当中的一代不如一代，但也没有让球迷看到太大的希望，更像是在原地踏步，与日本队、韩国队等队伍的差距渐渐拉大，又被身后的泰国队、越南队逼近。看到日本足球立足于青训的细水长流，还有卡塔尔近10年来足球水平的飞速发展，中国足球迫切需要找到一套适合自己的发展路线。

当然，球迷们并非不清楚国足目前的实力排名，但足球比赛并非靠数字排名来决定胜负的，大家期待看到的是国足有破釜沉舟、以弱敌强的勇气和决心。只要球队在竞技场上尽力拼搏了，出线是惊喜，出局了球迷也不会苛责。

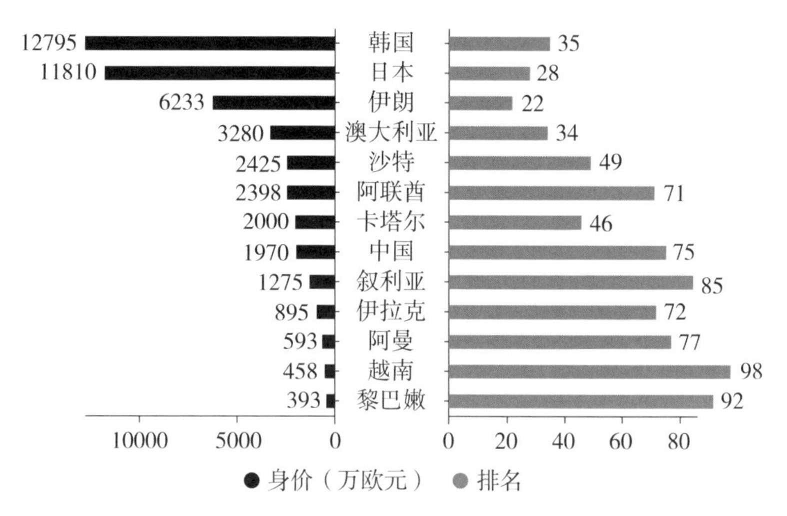

12 强赛各队伍及卡塔尔的身价和排名

但遗憾的是，前五轮比赛中国足并没有展示出这种精气神。

2. 看国际大赛成绩：从巅峰到低谷，正在缓慢复苏

距离中国队 2001 年首次打进世界杯决赛圈，已经过去 20 年了。这 20 年间，连续四届世界杯预选赛中国队都未能成功突围，这期间有过友谊赛 1：5 惨败泰国二队、0：8 惨败巴西队的耻辱，也有过亚洲杯小组赛首次三战全胜晋级淘汰赛的惊喜。

2000 年，国足获得亚洲杯第四名，紧接着 2001 年世界杯预选赛首次冲出亚洲，次年参加世界杯，2004 年又作为东道主获得亚洲杯亚军。这几年无疑是中国足球的巅峰，但让人惊讶的是，接下来中国足球的水平开始加速坠落……

2006 年德国世界杯亚洲区预选赛中，中国队在第二阶段与科威特队同为 5 胜 1 平，积分与净胜球都相同，因为进球数少 1 个而遭到淘汰，未能进入最后的 8 强赛；2010 年南非世界杯亚洲区预选赛，中国队在 20 强赛中 1 胜 3 平 2 负，共积 6 分，排名小组第 4 而无缘 10 强赛；2014 年巴西世界杯亚洲区预选赛，中国队依旧止步 20 强赛，无缘 10 强赛。

就连亚洲杯的赛场上，在 2007 年、2011 年连续两届亚洲杯中，中国也都无缘小组赛而出线。2004 年之后的 10 年，可以说是中国足球噩梦般的 10 年。

2014 年之后，职业联赛的兴盛（以恒大队在 2013 年首夺亚冠冠军为标志）也带来了国家队成绩的缓慢复苏。2015 年和 2019 年亚洲杯中，中国队进入 8 强，在 2018 年和 2022 年世界杯预选赛中，国足也都踢进最后的 12 强赛。

2000 年以来国足大赛成绩

世界杯预选赛	2002 年	2006 年	2010 年	2014 年	2018 年	2022 年
	出线	32 强（小组赛未出线）	20 强（小组赛未出线）	20 强（小组赛未出线）	12 强	12 强
亚洲杯	2000 年	2004 年	2007 年	2011 年	2015 年	2019 年
	冠军	亚军	小组赛未出线	小组赛未出线	8 强	8 强

然而，这次世界杯预选赛之后，中国足球能否延续复苏的势头？还是又将再次坠入深渊？目前，国足从教练到球员的全面落后，以及职业足球俱乐部举步维艰的困境，让我们很难乐观起来。

3. 看球员年龄结构，我们是在"老老交替"

征战今年 12 强赛的经历是特殊的：国足第一次拥有归化球员，因为疫情失去主场优势，联赛为国家队让路，等等。摆在这支国家队面前的，还有年龄上的问题。

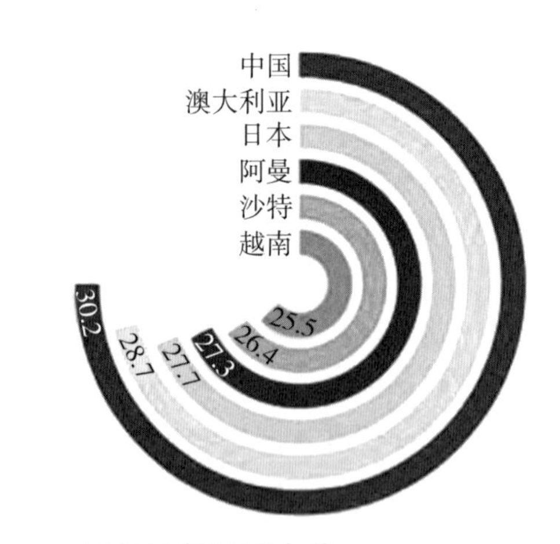

国足同组球队平均年龄

数据来源：德国转会市场

目前，这支国足的球员的平均年龄显然偏大了，整体的平均年龄达到 30.2 岁，是 12 强赛当中最"老"的球队。最年轻的朱辰杰与张玉宁分别是 21

岁和24岁，作为“全村的希望”，武磊也年满30，大部分球员的年龄集中在28～33岁，但参加了上一届的预选赛的球员却不足10人。而上一届预选赛中，国足阵容的平均年龄也将近29岁，大部分球员的年龄也是在30岁上下。

我们常说新老交替是球队发展的规律，但就中国队目前看来，却是“老老交替”，我们不知道国足球员是否都大器晚成，而实行了3年的U23政策又培养出了多少新人呢？靠着这一批归化球员与30岁左右的老将，我们还能撑进12强赛，下一个4年，又能依靠谁呢？

两次球赛中国球员年龄概览

单位：岁

2018年世锦赛亚洲区预选赛 中国2－14卡塔尔		2022年世锦赛亚洲区预选赛 中国1－1阿曼	
张稀哲	26	朱辰杰	21
张琳芃	28	张玉宁	24
任航	28	蒋光太	27
李学鹏	29	徐新	27
于汉超	30	颜骏凌	30
曾诚	30	武磊	30
郜林	31	吴曦	32
赵旭日	32	王燊超	32
肖智	32	阿兰	32
冯潇霆	32	张琳芃	32
郑智	37	洛国富	33
平均年龄	30.5	平均年龄	29.1

结　　语

如果要对今年12强赛的前半段做一个评价，显然结果是不能够令球队和球迷们满意的。在战平阿曼队之后，统计数据显示中国队的出线概率只剩下了0.1%，而沙特队、日本队、澳大利亚队分别以80%、78%、69%的概率居于小组前三。想要让这微小的概率延续下去，后面的比赛不容有失。

责之切，说明我们爱之深。或许国足冲击世界杯决赛圈还需要更多的时间，或许看完国足比赛的我们第二天依旧要上班、上学，可是只要国足比赛的开场哨一响，还是会有许多球迷熬夜守护在屏幕前，一边骂着这支球队，一边义无反顾地支持下去，无论输赢，一样爱它。毕竟，支持从来就不需要理由……

今晚23:00，国足再战澳大利亚队，我们依旧守在屏幕前，为国足加油！

即兴喜剧：用现实主义的方法去实现理想*

撰文　施毅敏
编辑　吴浩旖
2022 年 10 月 11 日

“早上醒来你会对闹钟说什么？”主持人在台上提问观众，观众随机给出的答案由工作人员记录下来放在台上。主持人接着发问：“你们想看他们演什么？”得到“母女情深”的回答后，两位演员前往后台进行准备。

不到一分钟，演员出场，男生的蓝色卫衣上印着小熊，他头上戴着蓝色浴帽，压住不太妥帖的假刘海，扭着身子笑问：“怎么啦？女儿。”

他是卡卡，广州第一家即兴喜剧剧团“即兴爆肚”的团长。即兴喜剧就是没有剧本、没有准备和计划，由观众给出故事前提等内容，演员即兴表演的戏剧类型。正在播出的《一年一度喜剧大赛》第二季中也有许多即兴演员的参与。

剧情推进，发现“女儿”早恋的“妈妈”卡卡在和女儿争执过后说起对她的爱，拿起纸条，念出观众提前给出的句子，“老公你压到我的头发了”。

他扭过身把纸条揉成一团，扔开，转回来抓住“女儿”的手，“看到你我就想起我的老公，你长得很像他”。“女儿”说她是女的。卡卡努力把极短的假发挽到耳后，“他也很像女的，我很像男的，所以我们才这么配”。全场笑作一团。

即兴喜剧最大的特点是演员和观众一样不知道台上会发生什么，演员处于极度高压的状态，需要快速做出反应。在这种情况下，卡卡说：“即兴喜剧就是把你内在的东西放大。”

---

* 应受访者要求，文中出现的人名均为化名。

“YES AND”

卡卡是广州人，毕业于中国传媒大学广播电视工程专业。在从事 8 年销售工作后，他辞了职，在 2016 年 12 月成立了广州“即兴爆肚”剧团。“爆肚”来源于粤剧行话，早年粤剧演出很多时候没有剧本，“爆肚”类似于即兴发挥，也有笑到肚子爆开的意思。

整个剧团的成员非科班、非全职，广州其他非职业戏剧圈都是做公益表演的，“卡卡不一样，他很明确我们要做商业化，当成一个事业去做”，“即兴爆肚”的演员亦真说。

“我绝对是一个现实主义者，”卡卡非常坚定，“之前广州除了专业话剧团，其他剧团没有人收费，但是想让整个团队持续运作下去，你必须要用很多现实主义的手段，让理想主义得到实现”。

即兴喜剧大部分从业者都是兼职表演，据武汉“饭粒”即兴喜剧主理人王欣然估计，全国专职从事即兴喜剧的演员不超过 50 个。

“即兴喜剧的知名度还没有脱口秀高，脱口秀演员都没办法全职表演，即兴喜剧演员怎么做全职呢？”广州“野人即兴剧团”的演员陈噗噗说。她的主业是负责人力资源管理。

卡卡从销售岗位辞职的念头萌生在跨过三十岁关口后。一天他正在洗澡，突然问自己：“难道要一辈子这么过吗？”他给出的答案是否定的。他交了辞职信，四处游山玩水，心里只觉得“解脱”。2016 年他偶然加入了一个剧团，发现观众喜欢自己的表演，才开始做即兴喜剧。

他甚至没告诉家里人，因为觉得这实在是太小的一件事情。直到 2017 年 3 月 11 日，“即兴爆肚”第一次登台表演，恰巧一位电视台的编导也在，演出结束后他们被邀请到珠江频道进行表演，节目录制结束后，卡卡才觉得即兴喜剧可以当成一份职业去做。

“即兴爆肚”是广东第一个把即兴喜剧这种形态带上电视的，后来“即兴爆肚”的一些团员成为广东综艺《真系好好笑》的常驻嘉宾，小众的即兴喜剧有了专属舞台。

2017 年 3 月的那场在 1200 书店的演出，红色的帷幕上贴着剪纸拼成的标语：青春是一场春梦。

梦就这样开始了。除了小剧场公演不断外，2018 年“即兴爆肚”入驻广州大剧院，有了排练场地，在大剧院演出即兴互动喜剧；2019 年受邀参加乌镇戏剧节；2020 年参加广东卫视珠江频道的《我要上外剧》；2022 年常驻广东综艺《真系好好笑》……

卡卡也没想到辞职的决定会带来这样的发展，“我觉得勇气更加重要，而不是分析。你到底想要什么，你愿不愿意承担一定的风险去探索”。

在广州从事 IT 行业的“即兴爆肚”粉丝廖先生说，卡卡是“即兴爆肚”的“灵魂人物”，擅长在转换台词时押韵。“遥控器”是即兴喜剧的一种玩法，当观众喊出“换”时，演员需要立刻转换台词或角色。

卡卡和小猪饰演在父亲留下的榴莲店里争吵的兄弟，卡卡说出自己真正想做的事，“我最想做的是市场营销”。“换!” “我最想做的是自我燃烧。”“换!”“我最想做的是马上长高。”观众继续喊“换”，卡卡停顿的时间开始变长。他攥着拳头挥在空中，嘴张开又闭上，满脸无奈，苦笑着朝“弟弟”扭过头去，“我没有什么想做的了”。

亦真说她喜欢和卡卡搭戏，即兴演员在台上懵住很正常，但是卡卡“不管怎么样他都会圆回去”。小猪回忆起自己在台上发懵的时刻，耳根发红发烫。卡卡走上舞台，看了看另一位演员，又看了看他说，“小猪，你为什么和我女朋友在一起”。

场景的不断建立和打破是即兴舞台的魅力，要做到这一点有一个重要原则是“Yes and”。在肯定的基础上添加新的东西，肯定队友提出的点子，以及肯定自己。

卡卡说他到现在都很少看自己在舞台上的表演视频，感觉“像看恐怖片一样”。“即兴爆肚”参加了《梗系要开心》的收官夜，播出时他们一起在房间里看作品，卡卡“抖了包袱”之后，一屋子的人都在鼓掌，笑得前仰后合。卡卡缩在沙发里，两只胳膊圈住一条腿，眯眼，牙露在外面，但是眉头皱着。

他说接纳自己是一个离散的过程，没有人是完美的圣人，接着讲了一句有点绕的话，“接受不接受自己的自己”。

白云山山脚

即兴戏剧起源于意大利文艺复兴时期，和近代即兴戏剧最相关的诞生地则是在美国，最初是一种心理教育方式，逐渐分离出来而发展成为一种戏剧形式。即兴戏剧的英文是“improv”，并没有所谓的即兴喜剧，但是在不可预知的情况下，人们常常会发笑，两个词就成了近义词。

观看一场演出总是会冒一定风险，笑着走进电影院的人可能会骂骂咧咧地出来，骂编剧、骂导演、骂演员。但是即兴演出的剧场里没有剧本，演员问你几个问题就开始表演，作为观众，你可能会笑，也可能看着台上的演员张牙舞爪而一头雾水，内心问自己：我为什么要来？

这是大多数人首次听到即兴喜剧后涌上心头的问题：我究竟是去看什么？

“好笑”总是第一期待。在抖音平台做护肤品主播的笑笑线下看过很多场即兴演出，遇到不好笑的演出她会感到失落。但是下次她还会买票，“就像开盲盒一样不知道有什么惊喜”。

谢枭枭在武汉读大三，有空就去看即兴演出或参加活动。她心中好的演出不局限于好笑，“他们一起在台上的状态，那种自信、那种嚣张”，虽然不一定是完美的，但是她很喜欢。

“闹即兴”创始人阿球（姜钰）曾在一次访谈中说即兴表演就是习惯不确定性，整个团队如何在丧失安全感的状态下互相支持。演员和观众一起踏上好奇心之旅，当然有可能演砸，“但是那又怎样”。

卡卡说，“喜剧讲的就是生活的真相”。因为没有剧本，所以演员的表演常常会是他自己内心的第一反应和潜意识。阿球解释即兴表演往往是喜剧而不是悲剧，因为如果即兴表演让观众落泪，那么一定是演员太过勇敢和真实地呈现了生活，“而生活中许多事都没什么好结果”。

出于这一原因，阿球甚至害怕在表演结束后收到好笑的评价，那意味着对观众的“迎合”，离他心中的即兴更遥远了。

“但我们就是要好笑”，卡卡同意不要刻意搞笑，只是因为刻意搞笑就不好笑了。

2017 年，脱口秀节目走入流行文化，脱口秀成为爆火的年轻态喜剧。2021 年，米未联合爱奇艺出品的《一年一度喜剧大赛》让 sketch（素描喜剧）、漫才等新喜剧形式进入大众视野。

这是一个需要欢笑的时代，只是即兴喜剧似乎还不足够立在潮头。《一年一度喜剧大赛》第一季中许多即兴演员在第一轮就被淘汰，第二季中即兴演员在专业演员如云的赛场上仍然显出劣势。即兴演员大都非科班出身，虽然“人人都能做即兴演员”正是即兴的魅力所在，但是这并不意味着即兴喜剧不需要学习和练习。

《一年一度喜剧大赛》的创作指导阿球在北京创立“闹即兴”，建立起即兴表演和喜剧创作教学体系。上海也有“飞来即兴”这个发展了很久的厂牌。两家厂牌和美国即兴剧场有着密切交流。

“广州什么都没有，即兴戏剧土壤很薄弱，完全空白，我们很多都是在自我探索。”卡卡承认“即兴爆肚”做的很多东西可能不完全在即兴戏剧的框架里，但是他们从对本土文化和观众的理解出发，觉得应该怎么做就怎么做。“世界要多元，只要观众喜欢，我也不是很 care（不在框架中）。”

比起艺术式的自我表达，“即兴爆肚”更在乎观众的反馈。表演后他们一起复盘，哪些表演观众笑了，哪些表演没有，为什么“包袱没响”。“即兴爆肚”的粉丝廖先生看过脱口秀和其他即兴剧团的表演，“比起来‘即兴爆肚’确实更好笑”。

虽然觉得有点戏谑，卡卡还是说要以“企业家精神”去做即兴喜剧，“像互联网产品一样不断迭代升级”。

卡卡说如果做即兴喜剧是爬白云山，那他们现在还在山脚。云雾缭绕的山顶，是做一档纯即兴的综艺、情景喜剧和喜剧电影这三个目标。《天外飞来一句》是美国的一档纯即兴综艺，卡卡羡慕里面的演员在六七十岁还能保持高反应度和热爱。

问及是否会一辈子做即兴喜剧，卡卡回答：“这个不好说喔，一辈子太长了。”

生活是更大的即兴舞台

巨大的落地镜前，七个人围成一圈颠球。大家都不认识，经常同时伸出手又同时缩回去。混乱中，一位高高瘦瘦的男生很不好意思，“我搞错了”。主持人声音坚定且清晰，“即兴里没有对错”。

这是广州“闹即兴”的一次体验课，主理人 Nicole 带着大家做即兴的游戏。除了观看表演外，参与即兴活动是享受即兴的另一种方式。卡卡认为没有合适与否，每个人都可以成为即兴演员，因为即兴就是一场“game”。

阿球参加综艺节目《奇葩大会》时说，“生活就是一个放大很多倍的即兴舞台”。

然而我们在生活中最常做的是否定和压抑。子莹刚从上一段工作离职，她一度觉得自己是“老好人”，“天生会说 yes”。但是在一次即兴活动结束后，老师问她为什么老是抗拒队友的提议，她才反应过来她的“yes”只是压抑了内心说“不”的想法。但即兴逼迫着你，在活动中主持人会倒计时催促演员快点做出反应，她没法继续“三分钟脑子里涌过一百万个念头”，只能听从内心。

子莹（左一）在参加即兴游戏

阿球说即兴的舞台营造了一个自由、没有评价标准和阴谋的乌托邦，他在B站的访谈中说，“如果在这里都不能做我自己，我还能去哪儿做我自己”。

噗噗的主业是人力资源管理，下班后会到“野人即兴剧团”排练。她最开始接触即兴的感受是恐惧，之前的生活中从来都是有计划和确定的事情，但在即兴的舞台上，“没有人知道会发生什么”。

阿球解释“闹即兴”中的“闹”是“Now”的谐音，未知让人恐惧，恐惧让人警醒，醒来回到“此刻”。

有一次“即兴爆肚”去深圳的富豪村表演，轮到他们的时候主持人大喊“上菜了”，所有人的头齐刷刷地低了下去。即兴喜剧最需要互动，当时却没人理睬，卡卡在心里安慰自己，“The show must go on”。

2021年，Nicole在北京学习了两个月的即兴表演，她说即使在北京，即兴也十分小众。即兴喜剧互动性极强，剧场的空间稍大一点，后排的观众就会失去体验感，更不用说像脱口秀一样出现在荧幕上。即兴演员们无法完全靠商演养活自己，也未建立起像脱口秀演员一样参加节目以及后续商业价值变现的发展路径，但是“即兴演员的心里都有一团火”。

卡卡最近在看阿城的《棋王》，主角王一生对吃极为虔诚，吃饭时一粒米都不剩。只有下棋比吃饭重要，让他忘了一切。

当询问及卡卡即兴喜剧是不是比吃饭更重要时，他大笑着说吃饭对他根本不重要，做销售的时候经常请客，“很早就把所有的好东西都吃了”。

闲说了几句后他渐渐敛了笑声，“即兴喜剧，在某种意义上确实比吃更重要”。卡卡早年做销售时收入可观，比刚做即兴喜剧时要多一些，“当你无论多贫穷，无论多富有，你都很想做这事情的时候，这个就是你真正喜欢的事情”。

《一年一度喜剧大赛》第一季结束后，被新喜剧打动的我截图了片尾的全部喜剧工作坊，就这样找到了广州的“即兴爆肚”。抱着试一试的心态我在微博私信发送了采访邀请，没想到很快就有了回复，迅速添加微信。虽然没得到确切的采访时间，我仍开始恶补即兴喜剧的知识，看相关的书，大海捞针般地做了几圈外围采访，通过喜欢即兴喜剧的网友采访到了武汉“饭粒即兴”的负责人。后来，约定的采访时间一再推迟，我几乎崩溃，在两次推迟后我发送了真挚的长文，得到了“太感动了，我们一定会接受采访”的肯定答复，遂安心。

可能做喜剧的人天然比较热情洋溢，加之即兴喜剧的小众化让他们更想将其介绍给更多人。我甚至联系到了詹瑞文老师的经纪人，可惜因为种种原因未能成功采访。我还线下去了一次即兴体验课，趁着大家相约喝茶的机会做了一圈圆桌采访。在采访后我仍不断联系主要人物，“即兴爆肚”的团长好几次问我，你究竟要写什么需要问这么多。

其实采访这么多，某种程度上就是因为我不知道要写什么，所以对每个人几乎是把所有可做的主题都问了一遍，以有备无患。这样我的心里是踏实了，却太消耗采访对象的时间了。离开了中山大学新闻传播学院和谷河传媒不知道还有多少这样的机会。从准备到成稿，前前后后估计有三个多月的时间，对奔波于时间之网的新闻人来说简直是奢侈得不得了。所以我由衷地感谢陶建杰老师和刘颂杰老师一次次的修改和对细节的修订，他们对这篇稿件有再造之恩，也很感谢谷河传媒的各位同伴们。

如同这篇稿子的题目：用现实主义的方法去实现理想。做喜欢的稿子就是我的理想，感谢新闻采写诸项规范给我的“抓手”，以及谷河传媒这一平台，让这个理想在现实里生发出那么一点点的意义。

最后，生活总是一团麻烦接着另一团麻烦，但喜剧的意义就在于：只要能开怀大笑，就可以凭空筑起一个乌托邦，接纳所有的情节和情绪，并生出面对的力量。

第七章

关注新闻业：历史与未来

从中山大学77级中文系走出的传媒名人*

撰文　黄晓韵　曾　乐　黄盈佳
编辑　王　浩
2018年6月9日

三十六年前从中山大学中文系走出的学生，扎根羊城，造就了南方传媒业的一个黄金时代。

这一切，还是要从那场考试说起。

在报名截止的最后一天，范柏祥才下定决心要参加高考。之前，他很是犹豫：自己只有初中学历，而且只有一个多月的准备时间。1977年10月21日，《人民日报》刊发《高等学校招生进行重大改革》一文，标志着中断十年的高考制度正式恢复。广东高考的时间定在12月11、12日。

让范柏祥喜出望外的是，考完后不久，他等来了中山大学中文系的录取通知书。再后来，他成为羊城晚报体育部主任，是国内知名的体育记者。

说起中山大学1977级（简称“77级”）中文班，著名古典文学和戏曲学家黄天骥教授如数家珍：“王春芙是我们班长，江艺平十分内秀，散文写得非常漂亮，我曾课上表扬过她的作品……”这么多年过去了，他仍难忘当年的学生。

今年83岁的黄教授从1956年开始在中山大学中文系任教。他说，在他62年教学生涯遇到的学生中，77级是最优秀的。

77级是恢复高考后中山大学中文系招收的第一批学生（1978年入学），共87人。这批1982届中山大学中文系毕业生中，有北京大学中文系教授陈平原、中山大学中文系教授吴承学等著名学者，也有原广东省委副书记蔡东士等政府官员。

虽然在全国院系调整后中山大学很长时间没有设立新闻学专业，但77级

* 本篇文章的图片来源于《南方日报》、《南方都市报》、中山大学档案馆及受访者。

中文班走出了一批著名报人，在往后的三十年，造就了南方传媒业的一个黄金时代，如南方报业传媒集团总编辑王春芙、副总编辑王培楠，南方周末主编江艺平等。他们的同学中，还包括中国青年报社长李学谦、光明日报副总编辑何东平、广东南方电视台副台长余瑞金、深圳报业集团党组书记兼社长黄扬略等等。

这一切，还是要从那场考试说起。

中山大学中文系77级毕业照

重拾诗和远方

当时，范柏祥是惠阳地区歌舞团的独奏小提琴手，他从小尤爱古典文学，小学便通读四大名著。1963年他考入华南师范大学附属中学，把求学目标定在了北京大学中文系后，更是如饥似渴地阅读古今名著。可惜，梦断“文革”。不过，响应知青下乡后的他仍坚持每天写近千字日记。

报名参加高考后，恰好团里放假一月，整整一个月，他就躲在姥姥家的阁楼里复习。没有教科书，他就找回十年前的教材“啃”。

恢复高考首年，积压了十年的学生按捺不住对知识的渴求，鱼贯涌入各地考场。广东省报考人数共计53万多，这个数据一直到三十年后的2007年才被超越。当年全广东省最终仅录取8752人，录取率也是“百里挑一”，仅有1.63%。

接到入学通知书时，范柏祥挥笔洋洋洒洒写下狂草：“即从巴峡穿巫峡，便下襄阳向洛阳。”以此抒发内心激动之情。

最初，范柏祥的第一志愿是华南师范大学，第二志愿是中山大学考古系。突然有一天，惠阳地区招生办打电话让他赶紧去一趟，“你的成绩考得太好了，我建议你赶紧改志愿”。就这样，范柏祥把高考志愿私下“违规”改了。

不仅仅招生办帮学生“违规改志愿”，当年，学校还“不拘一格降人才”，千方百计寻找特长生破格录取。开学后，中山大学中文系在第一批录取 61 人的基础上补录了 20 多人，还破格招入 2 名“文学特长生”：苏炜和马莉。

马莉当时是湛江卫生制药场的知青，感觉自己数学考砸了，已经准备第二年重考。两个月后，她突然接到了湛江市教育局转来的通知：中山大学将派老师来对她进行面试。

辗转反侧，马莉对第二天将进行的面试，不知道该如何准备，也不知道需要准备什么。马莉干脆起身铺开稿子，一气呵成写下十几页的长诗。第二天，她在面试时向中文系金钦俊教授展示了她连夜创作的作品。

几天后，电话通知她通过了面试，金教授把录取通知书交到了她的手上。

1978 年 4 月底，马莉坐上从湛江到广州的水陆（车船）联运汽车，来到中山大学报到，开启了她的大学生涯。

知识海洋里的干海绵

黄天骥教授负责给 77 级中文班讲授魏晋隋唐文学史课程。在他印象中，学生们勤奋，又极富独立思考能力。不过，他们的外语水平普遍不高。上课分为快班和慢班，划分标准是能否完整地写出 26 个英语字母。天刚擦亮，学生就开始早读。“池塘边，校道上，同学们学得十分卖力。”

范柏祥为了恶补英语，每天起床先背 10 个单词，再一边刷牙一边回忆。

“学生每人手抄一个小本，打饭排队，课间休息都拿出来看。晚上宿舍熄灯，还有同学在楼道里、卫生间里学习。”吴承学教授在毕业四十年同学聚会时回忆起。

课间十分钟，学生也不放过这丁点儿时间，围着教授探讨学术问题，“根本没办法休息”。

课余时间，学生直接登门拜访教授，黄天骥在家中招呼学生，开讲学术。“他们并不是老师说什么就记什么，总会提出很多问题。”

图书馆里，更是一派热火朝天的学习景象。为了能得到一个位置，每天至少需要排队十五分钟。黄天骥教授还记得那长长的队伍从图书馆（现中山大学人类学系办公室位置）一直延绵至黑石屋。

王春芙在之前接受媒体采访时说，在中山大学的四年是争分夺秒拼命学习的四年。一大早她就去图书馆抢座位，晚上一吃完饭就又到图书馆排队等座位。同学们除了必修课，选修课也都一定要选完。

在范柏祥记忆中，其他同学在学习上同样拼命。江艺平为了节省在图书馆排队的时间，选择留在宿舍学习，每天早上都买好几个馒头，中午在宿舍一边啃馒头一边学习。

范柏祥在回忆这段时光时表示，虽然主基调看似比较枯燥，但是大家都在拼命，想要弥补之前失去的光阴，像投进知识海洋的干海绵，努力汲取养分，充实自己，苦中作乐，是一段难忘的岁月。

部分 77 级同学旧日合照

黄天骥教授说，学生们荒废知识多年，本以为自己此生与高等教育无缘，有幸得到上大学的机会，自然倍加珍惜；同时，多年的上山下乡让他们接触到基层人民，从而了解民间疾苦、社会现状，所以对社会富有责任感。“遇上改革开放时代，这种责任意识在他们身处的各个行业中表现得淋漓尽致。”

中山大学中文系 77 级学生在 1979 年春季创办了《红豆》杂志，与北京大学的《未名湖》、武汉大学的《珞珈山》齐名。编辑出版这本当时热销的杂志，也使一些学子培养了对传媒的兴趣。王春芙就曾担任过《红豆》杂志的编委。

中文学子投身传媒

毕业后工作包分配，看似此生安稳无忧，范柏祥却一直担心着一件事。

“国家统一分配，不可能有自己的选择。所以我最担心把我分去什么机关，天天写那些公文。”他热爱文艺，一直希望能成为一名作家，笔下生花。他努力把主动权掌握在手，“成绩好了，别人才会看上你”。

他刻苦学习，挑灯夜读，不仅仅是为了填补失去的昨日时光，更是为了到达向往的明天。

毕业前夕，范柏祥在珠江电影制片厂的文学创作班上，遇到了时任羊城晚报体育部主任苏少泉。苏少泉对他赏识有加，“有空你到羊城晚报去看看呗”。于是，范柏祥开启了他在羊城晚报社将近一个月的“实习生涯”。期间他创作的文章让报社同仁眼前一亮，报社领导求贤若渴，主动到学校“要人”。这与当时的规章制度相悖，在羊城晚报社总编辑吴永恒出面协商后，范柏祥得以顺利入职羊城晚报体育部。

深厚的文学底蕴让他文思如泉涌，下笔如有神，一篇篇出彩的报道水到渠成。范柏祥的才思在撰写章回体系列通讯中发挥得淋漓尽致。体育报道相对于其他新闻更注重时效性，行文时容不得记者精雕细琢。只有多年的笔耕不辍，才能练就将古典文学笔法与现代体育赛事报道结合起来的本领。

范柏祥独创章回体的体育报道体裁，与中国青年报体育记者毕熙东并称“南范北毕”，1990 年世界杯预选赛“三进狮城”的系列报道一出，读者疯抢。一个记者、一组系列报道造就了《羊城晚报》每天加印 10 万份的纪录。

班长王春芙毕业后最先在广东省委宣传部新闻出版处工作，1997 年，他领导创办了《南方都市报》。后来为适应市场竞争，多次带领该报改版。他担任南方报业传媒集团总编辑、南方日报社总编辑，直到 2011 年退休。

1996 年，江艺平接替左方担任《南方周末》主编。到 2000 年，《南方周末》在江艺平的带领下步入鼎盛期，成为国内专业水准最高的新闻媒体之一，发行量超百万。“让无力者有力，让悲观者前行”“总有一种力量让你泪流满面”，这两句话打动了无数人的心。江艺平为人亲和低调，每天乘坐公共汽车上下班。在南方报业内部，员工都称呼她“江老师”。

吴晓南、范柏祥、金钦俊教授、黄天骥教授

2013年9月25日，江艺平提前从南方报业传媒集团副总编辑的职位上退休，年年底获聘为中山大学新闻传播学院（传播与设计学院）专业硕士生导师。

余瑞金曾任南方广播影视传媒集团副总编辑、广东南方电视台副台长。由其牵头投资并监制出品的《亮剑》《潜伏》等电视剧在全国热播，获得口碑和收视双丰收。其中，《潜伏》获得第27届飞天奖、第25届金鹰奖优秀电视剧奖。

马莉曾任南方周末报社高级编辑，现居北京，为中国书画院艺术委员、中国作家协会会员。

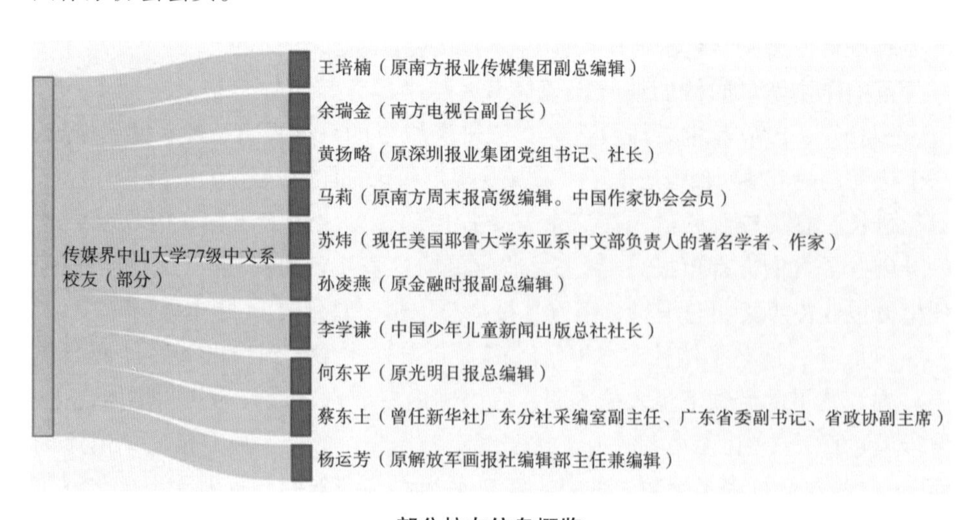

部分校友信息概览

沙数恒河千古憾，流星灿目一生期

2017 年 12 月 11 日，中山大学中文系 77 级以“高考改变命运”为主题，举行纪念活动，昔日师生齐聚一堂。“知识改变命运”这一句话在他们身上得到了深刻演绎。

“这很准确，当年高考改变了我们的命运，改变了国家的命运、民族的命运。”范柏祥说。从羊城晚报体育部退休后，他担任过企业的董事长、总经理，也做过旅游类杂志的总编辑。

顺利通过高考成为一名大学生的荣耀感延续至今。他说，这种荣耀感在 20 世纪 80 年代尤为明显，“（用人单位）抢着要我们”。

在花甲之年回望这段经历，范柏祥感慨万千，以一首《七律·六十抒怀》表达了他经历高考改变命运后的心境。

七　律

六十抒怀

范柏祥

生不逢时又遇时，霓裳曲里半蓑衣。
书山有路曾无路，艺海无涯幸有恃。
沙数恒河千古憾，流星灿目一生期。
结庐不羡彭泽令，退隐争如作范蠡。

他把诗中第三联作为人生座右铭：当如彗星一样在为之进取的文化事业中划上一笔，方不虚此生。

疫情报道，哪些大学的“准记者”在行动？

撰文　赵　萱　黄晓韵　赵佳欣
2020 年 3 月 13 日

因新型冠状病毒疫情暴发，2020 年 1 月以来，无法奔赴新闻一线的大学生记者们，分别用自己的方式记录下身边的点滴。南京大学、中国人民大学、复旦大学和深圳大学等学校的学生媒体，或持续更新“防疫观察”；或采用大数据研究方法，挖掘其背后真实的个体存在；或体现关怀，记录下每天悲欢离合交替的人间真实。还有在各家媒体实习的新闻院校的学生们，也在用一篇篇的文章，表达新闻学子的“在场”。

雪落无痕，时代的车轮滚滚向前，在新型冠状肺炎疫情集体记忆的建构中，我们能做的不仅仅是经历和缅怀。为了刻录下这个重大事件，中山大学“谷河青年”截至 2020 年 3 月 12 日已推出了 14 篇报道，内容涵盖湖北封城、医疗救治、志愿者、海外华人及大学生就业等领域。今天，我们把目光聚焦到新闻内容生产的背后，这也是未来新闻业正在长出的新芽的故事。

2020 年 1 月中旬，黄雯已经回到江苏扬州的家中。寒假生活开启，如无意外，今年春节将与以往无异，拜年探亲，和朋友相聚。不料，一场突如其来的疫情横挡在了她的面前，同时打破了所有人的生活轨迹——春节延长，停工停学，甚至不能出门。

和很多人一样，黄雯没日没夜地在手机上刷有关新型冠状病毒肺炎疫情的各种消息、报道。作为南京大学新闻传播学院的学生，她想，“一定要做些什么”。

2020 年 1 月 25 日，学院老师在微信群中给出了答案。

“特殊时刻，我们用专业的力量做一件有意义的事。”

在该学院 6 位老师的号召之下，一场覆盖全国各地的防疫观察记录由此展开，一股新生的力量也随即汇入奔腾不息的新闻“江海”中。

“参与到事件当中，而不是一个冷漠的旁观者”

“这个事情实在是太大了，影响到我们每一个人的生活，所以我们希望同学们能够拿起笔，记录这样一个特殊时刻。”谈到发起“南大学子防疫观察”系列报道的初衷，南京大学新闻传播学院的白净教授介绍说，这个活动由周海燕老师和王辰瑶老师发起，4 位教授采写业务课的老师随后加入，共同形成指导团队。

“南大学子防疫观察”最初有 30 多名学生参与，主要是湖北籍学生，既有新闻传播学院的学生，也有外院的学生。随着疫情扩大，遍及全国各地，指导老师们通过各自的班群，动员更多的学生加入其中，很快形成了 180 多人的规模。

即便是春节期间，每天早晨 10 点，线上选题会都如期进行，6 位老师轮流主持，每位老师都会单独负责一个选题，与学生进行沟通指导。自 2020 年 1 月 26 日至今，每日发布 1 ～ 2 篇报道，从未断更。

中国人民大学新闻学院运营的微信公众号“RUC 新闻坊”也在疫情期间做着自己擅长的事。

“虽然不能赴一线采访调查，但是我们是中国人民大学新闻学院，擅长做数据和新闻研究，我们可以研究疫情报道，给大家提供更多有价值的学术参考，生产有信息增量的新闻作品，不给这个信息爆炸的特别时期带来信息冗余。”RUC 新闻坊的指导老师方洁表示。

与“南大学子防疫观察”系列每天不间断的发稿不同，RUC 新闻坊是不定期推送，有来自疫情严重区域的约稿、来稿，也有编译及推荐，最重要的还有编辑部原创的数据新闻类作品，其中就包括那篇“刷屏”的《2286 篇肺炎报道观察：谁在新闻里发声？》（简称《发声》）。

新型冠状病毒肺炎疫情期间，新闻报道数量呈井喷式增长，RVC 新闻坊的老师和同学们却发现，有些报道的“消息来源”存在问题，并未完全遵循新闻采写中约定俗成的规范。

负责撰稿的葛书润同学回忆说，“其实一直有读者向我们留言‘催稿’，希望看到报道分析类作品，我们也希望做一篇这样的分量较重的稿子”。因此，2020 年 1 月 27 日，指导老师方洁在群里提出了做“报道的消息来源分析”的想法，想法一经提出，同学们便“按捺不住”，纷纷报名加入。第二天，新闻爬取、编码、分析、可视化、撰稿的所有工作均分工完毕，小组正式开始报道分析的编码表制作工作。编码表决定了整个报道分析的基础，这是第一步，也是最关键的一步。经过三天紧张的推敲，2020 年 1 月 30 日晚，大家向方洁老师最后确认了编码方案。

负责新闻爬取和编码的同学遇到了以往做内容分析不曾遇到的挑战。《发声》中负责新闻爬取的林子璐同学向谷河传媒解释，“爬虫爬取新闻的时候总是报错，最后发现报错是因为稿件的链接失效了”。

“2 月 2 日早晨的时候，负责界面新闻的师姐和我说一夜过去，发现少了七八十条稿子”，林子璐回忆道，为了保证效率，编码元素全部以报道链接形式整理，并未留有原文。在这种情况下，只能加速编码，确保在这一现象再发生前完成编码。

这个时候，老师在群里让大家赶紧进行“抢救性编码”，成员们当日通宵工作，编码和爬取同时进行。2 月 2 日晚上，林子璐和组员将 2200 多条编码元素的原样本交给了编码组。

除此之外，完成稿件对每一个 RVC 新闻坊的同学都是一个挑战。“其实一开始拿到数据分析后我们是懵的，那些数据代表着什么我们也不知道，只能不停地问数据分析组。”中国人民大学新闻系博士生王怡溪和往常一样负责撰稿工作，她和搭档葛书润以前都是面对面地边讨论边写稿，这次为了保证质量和进度，王怡溪笑称两人只能在家“连麦写稿”。

“这是微信端口的文章，如果把文献综述等全部按论文的思路写是没人会看的，要把观点提前”，这篇稿件推翻了王怡溪以往早已习惯的“论文思路”。说到互联网传播，王怡溪不由地敬佩还是本科生的搭档葛书润，“书润很擅长互联网传播，结尾的‘年度金句’就是她写的”。

在稿件推出后，RVC 新闻坊甚至收到了 100 多条留言，大家对媒体的关心让王怡溪感触颇深，“唱衰媒体已经很久了，但其实很多人都在关心媒体，也确实认为媒体对社会有很大的作用，认为这是一个‘负责任的新闻界’”。

回望参与报道制作的这段经历，林子璐也向“谷河青年”表示：“做这篇报道的时候，尽管我觉得自己非常微小，但是毕竟是在自己所熟悉的领域里，用一定的方式‘记录’这场灾难的记录者们，也算为他们做了一个刻印。我感觉我是参与在这个事件当中的，而不仅仅是一个冷漠的旁观者。”

无论是专业媒体还是自媒体，很多人都度过了一个没有休息的新年，关于新型冠状病毒肺炎疫情的报道铺天盖地，RUC 新闻坊的聊天群里，也早已处

RUC 新闻坊历届小编合影（部分）（受访者供图）

于“备战状态”。

然而，他们并未想到，制作《发声》一文的想法，会孕育出 RUC 新闻坊历史上的最好成绩。

“我猜会有 4 万或 5 万左右的阅读量，因为那是我们的最好成绩，但没有想到会这么高”，深知文章分析过程复杂的葛书润，没想到这样一篇更偏向“学术论文风格”的推送会达到 20 万的阅读量，“因为这是一篇比较枯燥的文章”。

王怡溪尽管对这篇稿件抱有期待，但同样对阅读量感到非常意外，除了稿件本身数据翔实外，她更认为这是常规报道以外的新意报道，“文章里面有很多人们没见过的‘新名词’，也给对常规报道已经习焉不察的读者们带来了新的感受，也算是时势造英雄吧”。

与此同时，“南大学子防疫观察”系列的创作者，也在笔耕不辍中收获了不一样的故事。

截至 2020 年 3 月 7 日，“南大学子防疫观察”系列已有 63 篇作品，多以第一人称进行叙事。刚开始的内容主要为湖北籍同学的所见所闻，例如该系列的第一篇文章《封村、封路｜来自荆门京山的防疫观察》。后来随着新型冠状病毒肺炎疫情波及范围的不断扩大，记录不局限于湖北，再往后的内容主体更从自身经历延伸至与新型冠状病毒肺炎疫情相关的工作人员，如基层干部、社区工作人员等的日常。从年年初各省市县开始进行交通管制、小区实行封闭式管理，到年后企业复工，众多社会聚焦的议题都能在“南大学子防疫观察”系列报道中得到体现。

在严肃而略显沉重的话题之下，有一篇文章显得格外不同。李亚宁在微信群中看到老师的征稿信息时，她一时间“想不出能写什么”，过了半会儿，她突然精神起来，“我跟从武汉回来的人相亲过啊”。

于是她开始翻查这一个多月来和对方的聊天记录，从2020年第一天零点对方发出的一句“新年快乐”为起点开始讲述，完成了《我和武汉回来的人相亲了》（简称《相亲》）一文。文章字里行间透露着两人趣味横生的日常。

对方从武汉回来后，向她发出只需5分钟的见面邀请时，她坚决回绝，“0.1秒都没有”；两人在小区封闭式管理期间隔着栅栏相见，好友听后感叹“浪漫”，她却说，“其实走到下一个路口就没栅栏了，我只是懒得走”。

看似嘻嘻哈哈的背后，李亚宁认为其中却存在着悲伤的内核：相亲对象不明情况地进入武汉，到达华南海鲜市场附近，一路上戴口罩的人屈指可数，而他回家后也出现咳嗽症状，所幸是虚惊一场。李亚宁在写文章时也是有所自我怀疑的，“是不是就不应该写这种比较快乐的文章出来？”她感觉自己在消解痛苦，心里有点负罪感。

李亚宁向“谷河青年”解释，发稿时疫情正紧张，自己心里感觉很难受，甚至有时候会想：在这场彻头彻尾的悲剧面前，自己还在创作这样轻松的文字，是不是不太好？

然而稿件发出后，却意外受到了读者的关注。学生负责人黄雯介绍道，这篇报道并不是主推，当时不过希望借此文，让大家暂时脱离疫情发酵多天来持续沉积的压抑苦闷，但却“意外走红”。评论区“在一起”的留言不断涌现，还有很多读者追问后续进展。也就是在文章发出后，李亚宁转念一想，也渐渐接受了自己：“人生就是这样的，没有说因为大家都在哭，我就不能写笑的东西。”

“也很奇怪，我确实没有犹豫的时刻”

“我们该做点什么？”发出这样的疑问并付诸行动的，还有复旦大学、深圳大学等校的新闻专业学子。

复旦大学新闻学院师生们依托的创作和发表平台是湃客号“复数实验

室”，这是由周葆华、徐笛、崔迪老师指导的数据新闻团队。“事实是神圣的，我们想做的就是无限接近事实，帮助公众甄别信息。”确定选题后，师生们首先讨论了编码表并进行了编码尝试。虽然老师们要求特殊时期不能熬夜，但“热情总驱动我们不要停笔”。学生们分成编码组、分析组和可视化组：编码组从晚上 7 点工作到第二天凌晨 4 点；第二天，编码组睡觉，分析组和可视化组开始工作。2 月 7 日和 2 月 17 日，他们分别从在线医疗与信息甄别的视角，发表了 2 篇数据新闻作品。

深圳大学传播学院新闻系同学们交出的作品，是在学院《新新报》上发表的“新战疫”系列报道。“我们的选题是从年轻人、学生的立场去看待事情”，学生负责人梁善茵说。目前，参与“新战疫”系列报道的学生已有 73 位，从聚焦疫区情况到疫情期间的社会话题，截至 2020 年 3 月 12 日，共发稿 27 篇。《疫情之下的汕头人》获得了较高的关注，记者从身边进行观察，以小见大，展现了疫情生活中普通人最真实的模样。

在梁善茵参与编辑与采写的多篇报道中，有一位“特殊”的采访对象。“他说 20 多年以来，都是他去采访别人，我是为数不多的几个采访他的人之一。他很高兴在记录别人的时候，有一个人能够记录他。”在《深圳记者李晶川亲历的“荆州战役”》一文中，梁善茵记录下了李晶川记者身处湖北抗疫一线的时刻，“联系他的那天，他晚上 2 点才给深圳发回稿件，早晨 7 点又去采访，真的很辛苦”。“我很钦佩他们的坚守”，完成这篇稿件后，梁善茵感慨万分，“真正从业了 20 年以后，他还能够坚持去保持这一份初心，去采访、记录身边的生活，我觉得这种热情和坚守是很难的”。“我记得大二刚开始上专业课的时候，有一位老师在课前问我们，以后有想当记者的同学举手，我们班当时 50 多个同学，勇敢举起手的，只有 2 个。”梁善茵不好意思地笑笑，“这可能也不太好写出来”。

这其实是各大新闻院校都已经无法回避的现实问题：新闻学子进入新闻业工作的意愿逐渐在降低。陶建杰等学者在论文《过渡性职业：新媒体环境下本科新闻学子的择业意愿及影响因素》中提到，如果以从事新闻工作为就业目标，当前新闻院校毕业生的就业对口率仅保持在 20%，甚至更低水平。

梁善茵便是这其中的 20%，但是根据她的观察，确实有很多新闻系的学生，当初抱着憧憬和理想进来，但慢慢地发现这个领域并不适合自己，或者和自己理想的状态差距有点大，最终选择离开。

在这段时间里，她原本要成为一名记者的坚定信念也开始动摇。她发现，媒体的作用没有想象中那么大，面对在疫情中逝去的生命，深深的无力感逐渐涌上心头。持续几天的情绪低落后，梁善茵开始重新思考，对这个行业也有了新的认识：虽然客观存在的事物是很难改变的，但是多一份力量也是好的。“我们做好自己应该做的事情就好了。”她说。

这20%的学生中，还有张瑾和陈晶。疫情暴发时，她们都在专业媒体实习。张瑾是南京大学新闻传播学院研二的学生，酷爱特稿写作。2019年7月，她赶赴新闻现场采写的报道《响水河边七病区》，获得澎湃新闻非虚构写作大赛一等奖。这次疫情暴发后，在时尚集团实习的张瑾一直想去武汉采访而不成。在线上接触到武汉的志愿者群体后，她选择了组织车队接送医生的黄晓民作为报道主角——那时候，从普通人的视角做的报道还并不多见。

2020年2月4日，《志愿接送医生的武汉司机》一文发表在时尚先生微信公众号。黄晓民告诉张瑾，自己组建的“123车队”有两层含义：一是车队是在1月23日成立的，二是在武汉话里“123”谐音“管得宽”，这是武汉人的自嘲式幽默。黄晓民说，“我没有像大家说得那么伟大、勇敢，我就是想证明一点：武汉人不是大家说的全部都是‘逃兵’，还有很多像我们一样连武器都没有的‘战士’在拼命作战”。

两年前，张瑾从会计学跨专业考研到新闻与传播学，在开学之初她便明确表示自己毕业以后要当记者。这个念头萌生于她本科实习期间，通过为弱者发声，报道他们的苦难，吸引到更多人施以援手。那一次，她感受到了文字传播的力量。近年来传媒业一直处于激荡变革和重构之中，张瑾却从来没有动摇过自己的目标，“也很奇怪，我确实没有过犹豫的时刻”。

中山大学新闻传播学院财经新闻专业研二学生陈晶的目标也很坚定，“从高中就想当一名记者”。作为《财经》杂志商业报道组实习生，尽管无法前往一线，她也一直在做疫情采访报道。每天早上一起来，陈晶便开始打电话采访，直到深夜。窗外，是春节连绵不断的鞭炮声。2020年1月24日除夕当天，陈晶与记者合作采写的《武汉“封城”首日实录》发表在《财经》杂志的“晚点 LatePost”公众号上。

“学生记者”和“专业记者”并非泾渭分明

相比进入专业媒体实习的准记者，古睿是在机缘巧合之下走进了新闻行业。古睿是中山大学传播与设计学院传播学系的大三学生，2020年1月初，在意大利中断中意航线之前，她作为交换生来到意大利特伦托大学。当时，意大利也处于全球新型冠状病毒肺炎疫情的风暴中心，全国累计确诊人数已经破万，古睿也正是这一切的见证者。

2020 年 2 月 25 日，古睿应“谷河青年”的约稿，在特伦托发出《作为“一级可能感染者”，我在意大利被隔离的 14 天》，这也是“谷河青年”继《疫情蔓延边缘：一个华人家庭在日本的“进退两难”》之后，再次将疫情观察的视野拓展到国外。稿件一经推送，便得到了多方媒体的关注，财新传媒邀请古睿作为特约记者，跟踪报道意大利疫情。2020 年 3 月 8 日，《意大利祭出非常手段 重现武汉封城》一文刊载于财新网；3 月 9 日，《财新周刊》发布特别报道《新型冠状病毒挑战全球》，她也是作者之一。

“开始写的时候，我有小小的不满意，尤其是他们对亚洲人的歧视让我非常不舒服”，古睿在《作为“一级可能感染者”，我在意大利被隔离的 14 天》中记录下了初到意大利的感受，其中不乏工作人员、新闻记者的冒犯或“特殊关注”，“但写稿的过程其实是一个回顾的过程，我发现其实在这个过程中，自己更多的还是接受了善意和温暖”。当她向“谷河青年”再次回忆这一切的记录时，古睿十分感慨，“说实话，我看了我的初稿，就感觉很多都是‘性情中人’的情感宣泄，而真正要把它发表刊登出来，更需要一种克制和理性，这也再一次让我觉得，做新闻真的是有门槛的！”尽管古睿并非专业记者，甚至不是新闻专业学生，但不可否认的是，她和众多新型冠状病毒肺炎疫情期间的记录者一样，向公众传递了可靠的信息。“如果一个专业记者没法按照专业的要求来约束自己，他可能算不上一个合格的记者，而一个学生，如果能够用专业的要求约束自己，让自己的稿件为社会提供丰富的信息增量，那么他也是合格的记者。”在 RUC 新闻坊的指导老师方洁眼里，“学生记者”和“专业记者”并没有那么泾渭分明，一个人的新闻专业操守更加重要。

“这就是我们要做的事情，用我们能做的方式去帮助到别人”，无论是 20% 还是 80%，在“谷河青年”的采访中，每一位受访的大学生“准记者们”都表达了类似的看法。

新媒体时代，内容生产主体增加，要成为一名见证者不难，但若想作为记录人，仍需勇气。“你是为数不多采访过李晶川记者的人，这一次，你也作为记者被我们采访了。”采访的最后，谷河传媒和梁善茵聊起这次记录的传递。“真的很激动，原来我们的声音也有被关注到。我们写的东西、我们的观点也是有人看到的！”她说。

第八章

用数据解读新闻

高楼火灾频发，救援为何困难重重？

撰文　赵佳欣　李钏瑜　孔倩敏　张心悦　郑其芳
编辑　朱昊宇　袁向南
2021年5月20日

城市可以“长高”，但是安全不能“悬空”，让“高耸的火患”从城市绝迹，需要政府、开发商、物业、居民多方面的努力和配合。

从消防监管和风险排查，到消防救援和安全教育，我国消防事业应该秉持“预防为主，防消结合”的方针，用更规范的手段、更完善的措施守护居民的生命和财产安全。

我们的高层建筑安全，不能等火灾来“验货”。

2021年5月17日19时，广州市荔湾区荔湾广场5号楼24层突发大火。据媒体报道，现场火光四射，不时有火苗坠落。经过消防人员的紧急救援，火情在一小时内得到控制，幸未造成人员伤亡；然而，90平方米住宅内的家具等物品被焚毁，造成难以挽回的财产损失。

荔湾广场5号楼共有30层，高度近百米，属于常见的高层建筑，也是火灾易发的场所。虽然广州市近年来持续对高层建筑进行火灾的隐患排查、整改和演练工作，但高楼火灾依旧让人防不胜防。

荔湾广场火灾并非个例，在中国，每年都会发生数千起高楼火灾事件。虽然近年来我国不断强化消防安全综合治理，使多数场所的火灾得到有效遏制，火灾数量也整体呈现下降趋势。但是，高层建筑火灾的数量与占比却在持续攀升，造成的人员伤亡与财产损失依然触目惊心。

在各大城市中，由于可开发的城市用地不断减少，建筑只得不断“聚集”“长高”，形成成片、成丛的高层住宅群与商用写字楼群。

据公安部消防局调查显示，截至2017年，我国已建成并投入使用的高层建筑有61.9万栋，高层建筑数量同比上升10.6%。其中，超过百米的建筑可称为超高层建筑，这类建筑在全国共有6457栋，且年均增长率高达8%，是世界平均年均增长率的2.5倍。

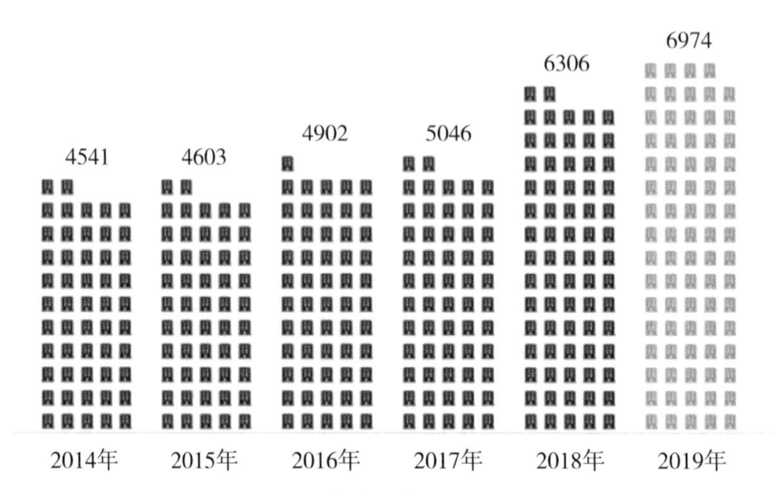

2014—2019 年全国高层建筑火灾数量

（数据来源：公安部消防局）

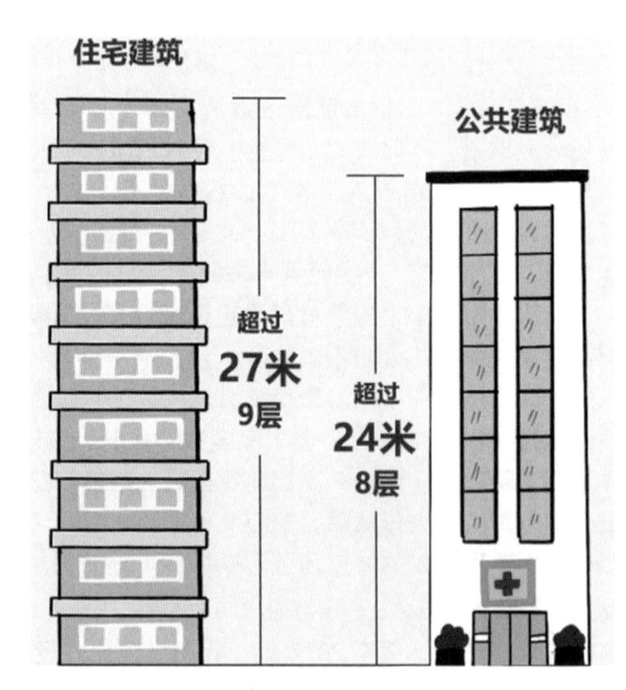

高层建筑的标准

［数据来源：《高层民用建筑钢结构技术规程（附条文说明）》］

相较于普通建筑火灾，高层建筑火灾带来的人员伤亡与财产损失更大。据公安部消防局统计，近10年来，全国高层建筑火灾共造成474人死亡，直接财产损失达15.6亿元，呈逐年上升趋势。其中，特别重大火灾3起、重大火灾4起、较大火灾24起。

电气失火、用火不慎、吸烟、自燃、生产作业、玩火是高层建筑火灾的主要诱因，其中，电气失火引起的火灾最为频发。

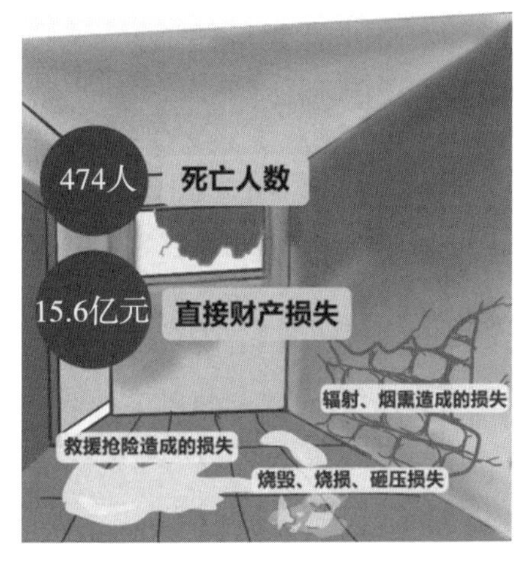

高层建筑火灾带来的人员伤亡和财产损失

（数据来源：公安部消防局统计数据）

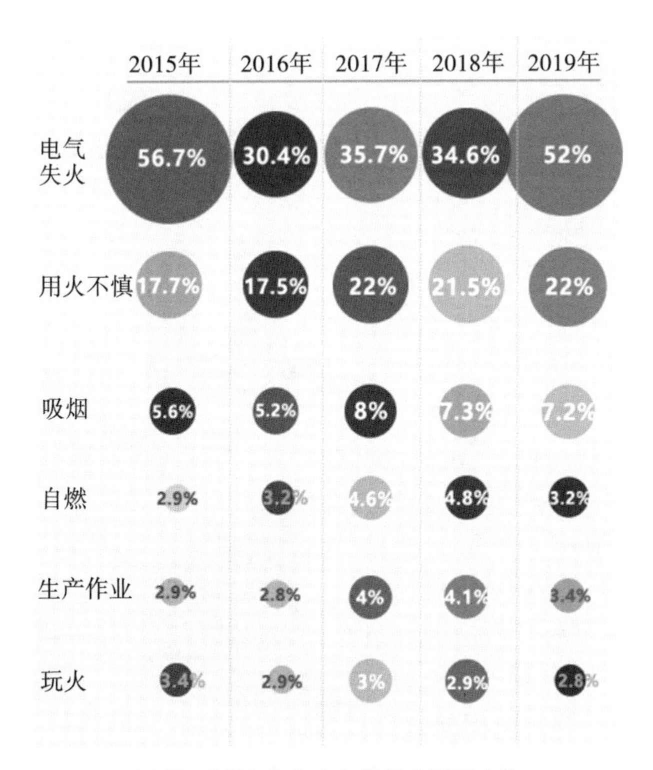

2015—2019年火灾各类起火原因占比

（数据来源：《中国消防年鉴》）

外部救援困境何解，救火路上“烟雾重重”

我国高层建筑火灾主要根据“内外同时扑火”的原则进行救援。在进行内部救援时，消防员乘坐消防电梯或者负重登高，进入建筑内部，然后开窗通风、开启消防栓；外部救援则依靠消防员在建筑外部利用举高消防车等设备扑火。

高楼火灾的内部救援比一般建筑火灾的内部救援风险系数更高。这是因为，当建筑物内部形成火势时，烟气因浮力效应向上流动，而高层建筑中的楼梯间、电梯竖井及管路间的垂直通路，正好提供烟流垂直流动的管道，形成“烟囱效应”。

烟气竖向流动速度极快，可达每秒 3 ～ 4 米，在 100 米以上的超高建筑里，大约 20 ～ 35 秒便可到达顶层。这意味着，留给消防员的登高施救时间急剧缩短，救援难度大大提高。

在内部火势难以预测、贸然进入楼内又极其危险的情况下，使用举高消防车、直升机等设备进行外部救援，是高楼火灾区别于一般建筑火灾的特有救援方式。

配置完善的消防设备是提高高楼火灾救援率、减少人员伤亡的关键因素之一。举高消防车是常用的消防车类型之一，主要类型包括云梯消防车、登高平台车和举高喷射车。

《关于提高我国高层建筑火灾扑救能力的若干措施》规定，拥有 200 ～ 500 幢高层建筑的城市需要配置云梯消防车或者登高平台消防车 7 ～ 10 辆；拥有 500 幢以上高层建筑城市，其配置则不能少于 10 辆。

从《2017 中国消防年鉴》的数据看来，各省的消防车配置已经较为充足。

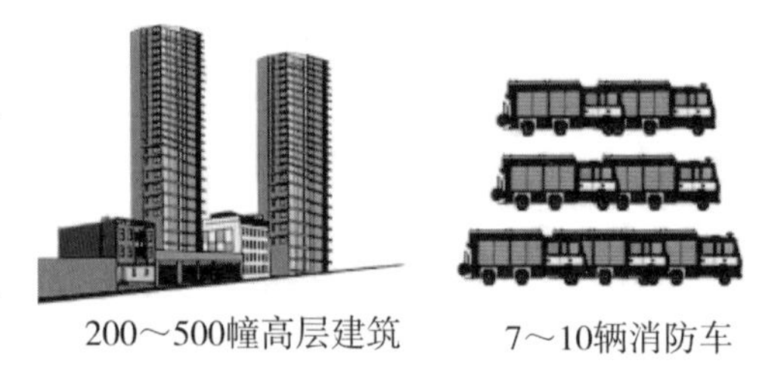

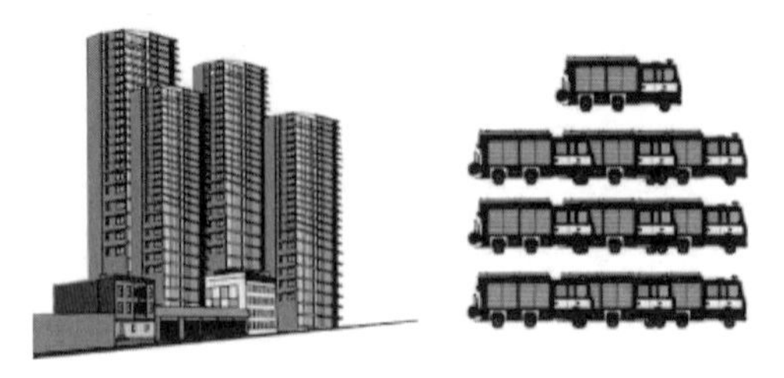

《关于提高我国高层建筑火灾扑救能力的若干措施》（第七条）

然而，即使数量达标，举高消防车也依然绕不开设备本身的限制。以云梯消防车为例，云梯高度难以超过 100 米：受消防车载重的限制和高处劲风翻折的影响，使用更高的云梯风险很大，其安装和使用也将变得非常困难。

并且，尽管我国最高的云梯消防车已经达到 101 米，但 150 米以上的高层建筑比比皆是，“高峰”仍不可攀。因此，高楼火灾救援难以仅仅依靠消防车。

如今，不少发达国家开始使用消防直升机进行火灾救援。广东省消防救援总队队员朱国营在其论文《消防救援行动中直升机的应用》中表示，直升机救援有着高效、精准等明显的优势，在消防救援中发挥着无可替代的作用。从前瞻产业研究院的数据看，美国每年用于森林灭火的飞机约 1000 架，加拿大约 500 架，俄罗斯约 800 架。应急救援都是以政府运作为主，救援网络则呈现密集状态。而我国消防救援直升机部队成立的时间较晚，消防直升机数量不到 100 架，且消防演练次数较少，总体水平还有待提高。

全国各机构消防起重机服役情况（截至 2019 年）

类别	服役地方	数量/次
森林部队	武警森林部队	18
森林部队	北方航空护林总站	64 以上
森林部队	国家林业和草原局、东北航空护林中心与中国飞龙专业航空公司	1
森林部队	青岛直升机航空有限公司	3
森林部队	中建投	2
各地消防局	国家林业和草原局南方护林总站、云南省	2
各地消防局	甘肃省消防航空应急救援	4
各地消防局	青岛市公安消防支队	6
各地消防局	上海市消防局	1
各地消防局	北京市公安局消防部门	1
各地消防局	广东省森林防灭火指挥部办公室	7
各地消防局	湖南省消防救援大队	6
各地消防局	浙江省消防救援部队	3 以上
各地消防局	海口市消防应急救援	未知
各地消防局	林芝市直升机空中消防应急救援	1
各地消防局	山东省航空救援	4

但直升机也受到起降场地、受灾地能见度和机身稳定性等条件的制约，使其在高楼救援中的应用受限。

楼体设计不利救援，源头治理迫在眉睫

尽管众多地区配备了完备的外部消防救援设备，火灾发生时，也积极开展救援，但这些举措在应对高楼火灾的实际过程中却都变得"难以施展"。因此，直接从源头对高楼火灾进行防范，成了更可行的选择。

疏通消防通道、建造避难层和使用防火性强的外保温材料，都是我国消防政策中的重要规定。

消防通道是大型消防车进入火灾现场救援的专门通道，能保证消防车在任何时间都能快速抵达火场。

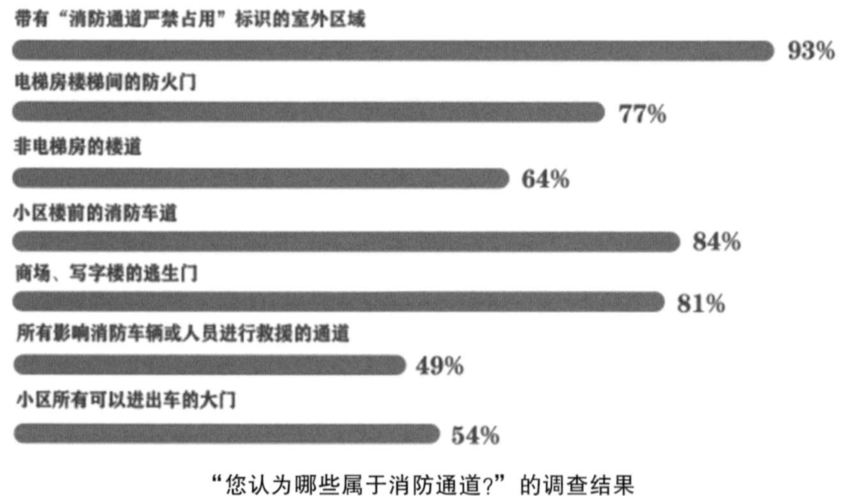

"您认为哪些属于消防通道?"的调查结果

（数据来源：中国消防微信公众号）

《中华人民共和国消防法》明确规定，任何单位和个人不得占用、堵塞、封闭疏散通道、安全出口和消防车通道。应急管理部消防救援局的官方公众号"中国消防"曾做过一项投票调查，调查结果显示，尽管绝大多数居民都了解这条法规，并表示"能在生活中严格执行"，但他们甚至不知道哪些地方属于消防通道。此外，超过 4000 位受访者表示其所在小区的消防通道常常被占用。

随着消防知识的普及，2020 年 1 月，由微博打造的"请为消防车让行"

话题引起民众的巨大关注和广泛支持。《2020 年消防微博大数据报告》中，“生命通道”“珍惜生命”“畅通”等词汇是网民提及的高频热词。

请为消防车让行 # 热点词云图

避难层，被网友称为危机时刻的“生命层”。

我国《高层民用建筑设计防火规范》规定，建筑高度超过 100 米的公共建筑，应专门设置供人们疏散避难的避难层（间）。

避难层内配有专业的消防设施，不能存放可燃物，也不可进行装修，供楼内人员在发生火灾时得以暂避，等待救援。

一栋高楼内，两个避难层之间的高度一般不超过 15 层楼。这是因为我国消防云梯的救援高度在 50 米左右，相当于 15 层楼高。

浙江省消防救援总队相关负责人接受《浙江日报》采访时指出，虽然没有经过全面统计，但避难层被挪作他用的现象是存在的；而避难层缺少明显提示标识、住户知晓率低的现象，更加常见。

在调查中，超过 9 成的居民不了解自己所在的小区是否设有避难层，超过 95% 的人不知道避难层的位置。这样的话，即使避难空间近在咫尺，许多人也可能因为缺乏了解而错失生存机会。

此外，避难层常常被挪用作办公室或临时仓库。高层楼宇在建成后，必须通过其行政区域内的消防部门（一般为县级以上地方人民政府住房和城乡建设主管部门）验收，方能投入使用。但在楼市寸土寸金的情况下，管理单位往往漠视管理规范，违法占用避难层，以求“能省则省”，却未意识到后果的严重性。

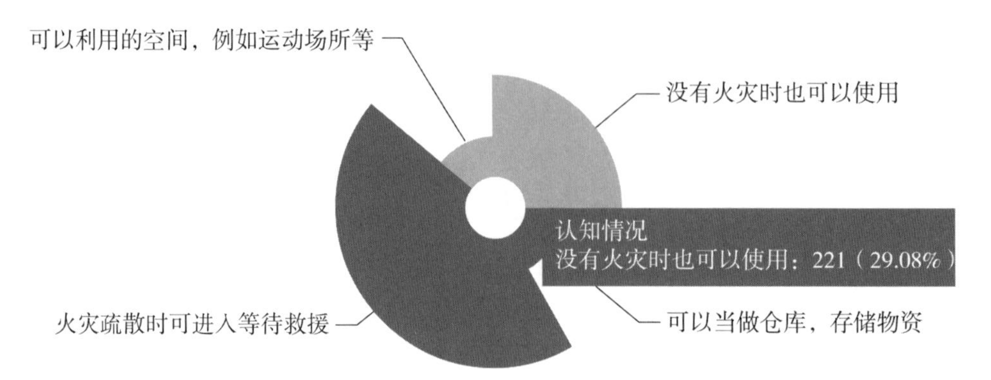

居民对避难层的认知

（数据来源：网络调查）

“生命层”要想真正惠及居民，离不开政府在政策制定上的更多探索。我国法规规定，100 米以上的超高层建筑须设置避难层，而对于未达到 100 米红线的其他高层建筑，则没有强制要求。

计算楼高的公式可表示为：楼高 = 首层挑高高度 + 层高（约为 3 米）× 层数 + 顶层设备房高度。通常，一栋 32 层楼的建筑就接近 100 米高。因此，开发商往往将建筑控制在 32 层以下，以规避建设避难层的成本。

乱象不止于此。河南省房地产商会常务副会长赵进京接受大河报采访时曾指出，截至 2010 年年底，郑州超 24 米的高层建筑有 3000 多栋，市区有近百栋 30 层以上的超高层建筑没有避难层。而消防云梯的救援高度只有 50 多米，这意味着遇到火灾时，16 层以上的居民都得靠自救。因此，建避难层不应仅限于超高层建筑，高层建筑也应考虑在内。

建设外墙保温层就是把保温层放置在主体墙材的外面。这种保温做法具有保温材显质轻、保温隔热性好且价格低廉的优势，得到了国家的大力推广，成为应用最广泛的楼体保温措施。然而，外保温材料却成为高层建筑火灾的罪魁祸首之一。

外保温材料主要分为 A（不燃）、B_1（难燃）、B_2（可燃）、B_3（易燃）四个等级。不同类型的高层建筑应使用不同等级的外保温材料，现行政策已对此作出明确规定。

但在实际情况中，规定的落实情况并不乐观。中国建筑科学研究院建筑防火研究所研究员季广其在央视节目《建筑保温材料易燃引堪忧》中表示，常见

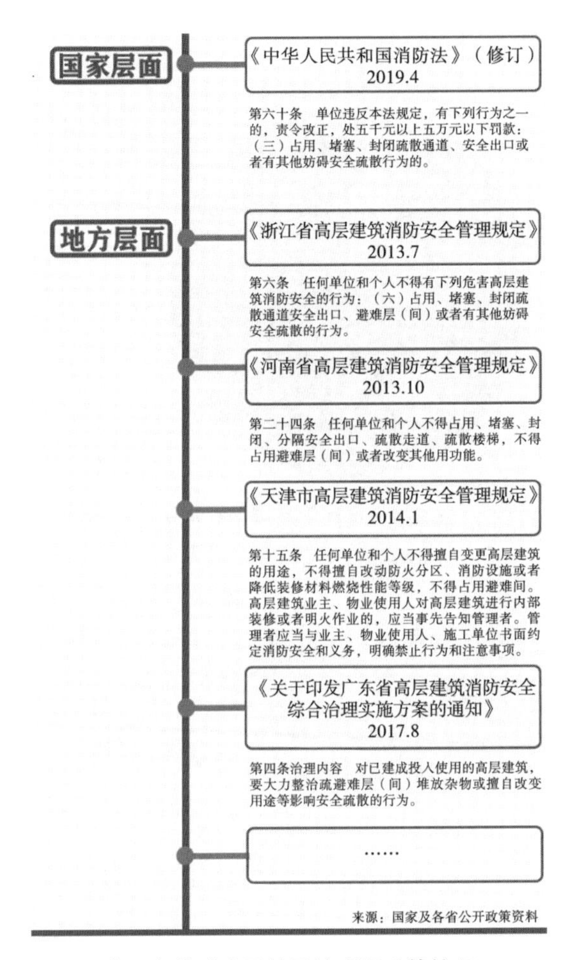

我国有关避难层使用的现行政策梳理

的很多保温材料都是不达标的 B_3 级产品，属于易燃材料，基本沾火就着，容易引发火灾。以挤塑板为例，符合防火标准的挤塑板比易燃的价格要贵一倍以上。

2017 年公安部牵头六部委部署，开展高层建筑消防安全综合治理专项行动（简称“综合治理”），排查 4.2 万栋高层建筑采用易燃/可燃外保温材料情况，涉及违规采用外墙保温材料的建筑共 6206 栋。

此外，旧楼外保温层年久失修，保温层改造也亟待推进。我国大部分高层建筑的外墙装修都采用整面墙铺贴网格布技术。这种技术易使墙面超负荷，导致外墙保温层脱落，如果缺乏定期排查和改造，铺贴网格布的外保温层即使不脱落，也很容易开裂、损坏。

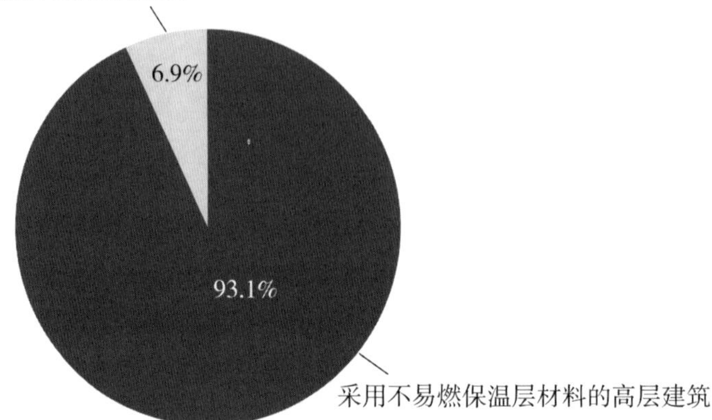

2017 年全国高层建筑保温材料消防安全治理

（数据来源：公安部消防局）

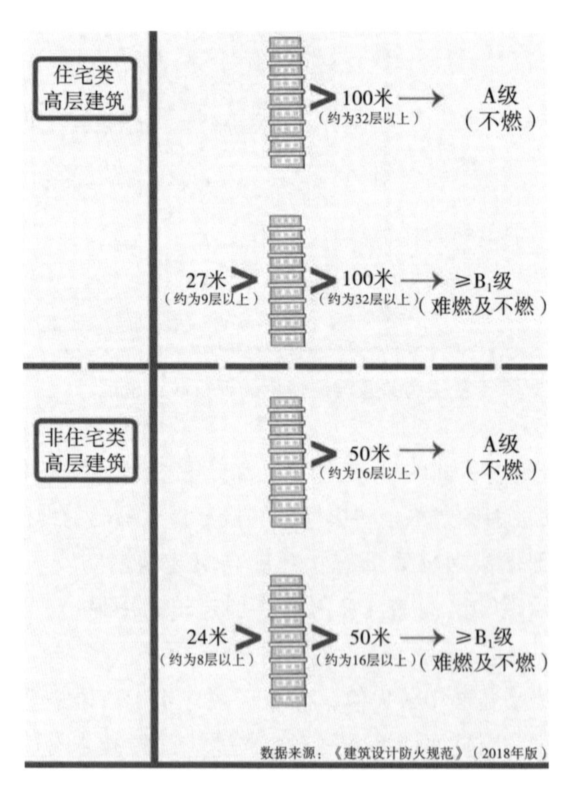

我国对种类高层建设外保温材料的现行规定

2017 年综合治理排查发现，4.2 万栋高层建筑中有 1.1 万栋高层建筑的外保温材料防护层存在破损、开裂、脱落现象。

2020 年 7 月 20 日，国务院办公厅发布《关于全面推进城镇老旧小区改造工作的指导意见》，要求各地着力推进 2000 年年底前建成的城镇老旧小区的改造，重点关注旧楼的消防排查和改造。

各地如何落实这一政策，如何翻新旧楼外保温层，值得社会持续关注。

参考文献

[1] 2019 年全国接报火灾 23.3 万件起 [N]. 新京报，2020 - 02 - 26.

[2] 高层民用建筑设计防火规范 [S]. 北京：中国计划出版社，2005.

[3] 高层民用建筑钢结构技术规程（附条文说明）[S]. 北京：中国建筑工业出版社，2015.

[4] "保姆纵火案" 拷问：多少消防系统形同虚设？[N]. 新京报，2017 - 06 - 28.

[5] 卞德龙. 建筑避难层少有人知，常被违法占用安全隐患较大 [N]. 人民网，2014 - 06 - 20.

[6] 超百架！中国消防直升机汇总：服役单位/机型/数量 [N]. 前瞻经济学人，2020 - 06 - 30.

[7] 丁怡婷. 消防通道堵塞调查：停车难、监管难、处罚难，违法成本低 [N]. 人民日报，2020 - 01 - 08.

[8] 范传刚. 隧道火灾发展特性及竖井自然排烟方法研究 [D]. 合肥：中国科学技术大学，2015.

[9] 公安部. 关于提高我国高层建筑火灾扑救能力的若干措施 [N]. 问法网，1990 - 01 - 01.

[10] 国务院办公厅关于全面推进城镇老旧小区改造工作的指导意见 [J]. 中华人民共和国国务院公报，2020，1705（22）：11 - 15.

[11] 今年以来我国高层建筑发生火灾五千余起 [N]. 新华社，2017 - 12 - 20.

[12] 全国开展高层建筑消防安全综合治理 [J]. 安全生产与监督，2017（9）：53 - 55.

[13] 石家庄一大厦起火，黑烟弥漫整栋楼……最新消息来了 [N]. 光明网，2021 - 03 - 09.

[14] 建筑外保温材料相关术语解释 [J]. 建材发展导向，2016（4）：105.

[15] 浙江多地高楼避难层存安全隐患 救命楼层岂能忽视？[N]. 浙江日报，2019-08-29.
[16] 朱国营. 消防救援行动中直升机的应用 [J]. 今日消防，2020，5（10）：29-30，33.

弩驰麂走：一个云南苗家的传承与改变

撰文　李牧云　刘诗琪　李润钰
图片　黄心语　唐　诗　邹欣芮
2022 年 11 月 5 日

当短视频平台和教育开始介入一户苗族人家的生活，为他们编织一种对现代都市的想象，承诺更好的生活时，他们会如何选择？

雨后的松林雾气蒙蒙，落木湿滑。52 岁的老苗王德荣背着小外孙，左手牵着大外孙，右手拿着弩，对灌木丛不断地发出“嗤嗤嗤嗤”的声音，老猎狗与小猎狗朝着德荣示意的方向不断前进。松林渐深，他拾起一块石头充当猎物，向前扔去，老猎狗带着小猎狗随之扑去。

这里是云南省临沧市凤庆县紫微村的一处无名陡坡，当地苗族多为青苗、白苗、花苗，先祖从贵州或广西迁徙而来。打猎、耕田、织麻、苗绣是传统苗族的日常活动。

如今，这些传统正在逐渐离苗寨而去。

务农间隙，王德荣背着小外孙在松林里训练猎狗，大外孙在树下休息（黄心语摄）

老猎狗正在等待王德荣发出指令（邹欣芮摄）

男耕女织

王德荣的捕猎史始于少年时期，那个年代物资匮乏，为了获取肉食，也为了在山中自卫，和其他苗族儿女一样，他从父辈那里慢慢学会了使用火枪，做弩打猎。少时，王德荣会和叔叔们牵着马，花费七八天前往大理雪山摘取草药并将其熬干，制作涂抹在竹箭上的毒药。麂鹿（俗称“麂子”），成体体重不超过35公斤，体长75～115厘米，善于跳跃，是王德荣最熟悉的猎物。发现麂子后，王德荣会给出指令，猎狗便将其追逐到他面前，他举起弓弩，将涂了自制毒药的竹箭从弩上迅速射出。

“毒药一剑封喉，麂子走十几米就倒下了，”王德荣说，“不过我还是更喜欢用火枪，比较快。”

但王德荣已经有二十余年没有与这种“逃跑迅速”的猎物对峙过了。20世纪90年代后，国内枪支管理趋严，紫微村苗寨家里的私人猎枪基本被收缴。2000年8月，麂子被正式列入中国国家林业局发布的《国家保护的有益的或者有重要经济、科学研究价值的陆生野生动物名录》，成为国家保护动物。临沧市森林覆盖率高、野生动物资源丰富，多数地区为保护区，因而也全面禁猎。王德荣的猎枪早已上交，但用弩的爱好没有远离他的生活，家里面堆满了大大小小自己制作好的弩。闲暇时，王德荣从山上砍些杉树，拿起锯子、凿子、刨刀做弩，打磨成型后安上麻线，全新的弩就诞生了，德荣拿着这些弩时不时地练习打靶。

王德荣的家族合影（1）

王德荣的家族合影（2）

王德荣的家族合影（3）

（照片多摄于20世纪末、21世纪初）（唐诗摄）

王德荣年少时熬药草制成的毒药——用于狩猎
（现已不再制作，仅残留一小块）/黄心语摄

王德荣家堂屋里的农具与自制木弩（唐诗摄）

沿着陡坡下山，王德荣把大外孙放到驮着木柴的骡子上，与在田里施肥的妻子、大女儿会合，变回一个普通的农民，忙于喂养牲畜、种田砍柴。

王德荣制作弓弩时用到的工具（唐诗摄）

王德荣一家干完农活准备回家（邹欣芮摄）

王德荣正在把拾来的柴火放在骡背上（唐诗摄）

王德荣弩上的麻线是由他的妻子杨柳政纺的，杨柳政是当地苗族织布的非物质文化遗产传承人。《屏边苗族》记载，麻布制作手续繁多，要经过绩麻、煮线、纺织等十五道工序。同时，麻布和相关制品对苗家儿女意义重大，在出生礼、成人礼等仪式中不可或缺。婴儿出生后，要用母亲穿过的麻布裙包裹住，寓意给婴儿带来温暖，传递母亲温良宽厚的品性；求子家庭用做过花杆的竹子做床，用杆顶上的麻布做衣裳，寓意经过富有生育潜力的青年男女载歌载舞熏染过竹竿和布条也会染上灵气，可助他们如愿以偿。

杨柳政背着孙女，在自家玉米地里播撒肥料（邹欣芮摄）

王德荣的大外孙罗金山骑着骡子回家（刘诗琪摄）

今年已经55岁的杨柳政，是紫微村麻栗树组整个苗寨里唯一还会织布的人。三年前，王德荣用木头为她做了一套全新的织布机与纺线机。一年后，在当地苗族人创办的传媒公司的帮助下，她成为苗族织布的非遗传承人。不下地的时间里，杨柳政搓麻、纺麻线、煮麻线，在织布机上拿起梭子织布，最后在织好的麻布或棉布上刺绣，把玫瑰、白云、流水变成穿在身上的图案。

延续之困

苗绣中的图腾记录了苗族的迁徙史与文化演变。但在紫微村，图腾的意义已渐渐淡化，杨柳政和大部分仍在织布刺绣的老苗一样，只是按照祖辈留下的花纹样式刺绣，无法探寻花纹背后的故事。

杨柳政的孙女小怀对带有苗绣的衣服有种天然的亲切感，一岁半的她会用婴儿特有的表达方式展示对这些衣物的喜爱。从襁褓到围兜，杨柳政一直在用这些衣物记录小怀的成长，也希望将这门手艺教给儿媳杨自花。“小孩喜欢这个嘛，看见（苗绣）就不哭了，就多给她做点。”但随着年纪增大，杨柳政的眼睛越来越不灵光，织布和刺绣的速度也渐渐变慢，能教给儿媳的东西也很有限。

杨柳政与孙女小怀（邹欣芮摄）

杨柳政正在展示她绣的苗绣（唐诗摄）

杨柳政绣好的围裙（黄心语摄）

织布的传统和现实的生存也有了新冲突。“一大捆棉线要纺两三天，还要煮三遍把上面的皮煮掉，做成布之后还需要洗，不然布会很硬。”织布的成本高、流程繁琐、利润低，杨柳政家又在大山深处，销售渠道有限，一家人靠织布挣不了什么钱。紫微村党支部副书记字继鹏介绍，杨柳政作为苗族织布非遗传承人，每年可以拿到一千元的补贴。对于一个只有儿子在外打工、以务农为主的五口之家来说，每年一千元并不足以维系家庭的运转。

疫情之前，王德荣家每星期最多会迎来三批游客，他们对苗族文化都有着或多或少的兴趣。妻子的文化水平和普通话水平有限，王德荣往往承担起介绍弓弩、狩猎与织布的任务。相比于滔滔不绝且乐在其中的丈夫，杨柳政多数时候只是沉默着，微笑地点头应和。

王德荣站在卧室门前（唐诗摄）

王德荣在帮杨柳政穿上苗服（唐诗摄）

游客的到来和年龄的增长都促使王德荣做出不再外出打工的决定。他和杨柳政留在麻栗树组，守着自家栽满玉米、核桃的十亩地和一间混杂着家禽味的老房。结束了一天的劳作后，他们会在院子里刷刷短视频。杨柳政的短视频平台主页都是和苗族文化相关的视频，王德荣则会看那些打猎经验丰富的"老铁"的视频，看他们如何区分猎狗的好坏、如何做弩等。

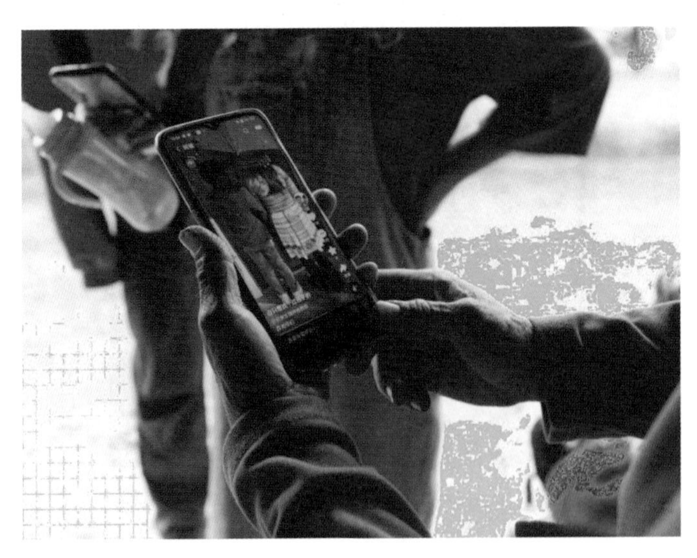

杨柳政平时会在短视频平台上看做苗服的视频（唐诗摄）

外出打工

传统的苗寨建筑旁，猪圈上面搭建了一层铁皮房，就像城市工地上临时搭建的活动房一样，这是王德荣儿子和儿媳的家。昏暗房间内，阳光透过黄色和蓝色间隔的窗帘，照到沙发上一幅未完成的十字绣上。杨自花三天前刚开始学习刺绣，上面还有蓝色粉笔的描摹线。她也是苗族姑娘，在嫁到王家的第二年，才开始向婆婆杨柳政学刺绣。

黔南布依族苗族自治州民族博物馆的罗林在一篇文章中提及，苗绣曾在婚姻过程中发挥了巨大的作用。苗族女子从八九岁起，就开始学习纺织和刺绣，到十四五岁时，就已经掌握了相当的技术。她们在出嫁前就得学会纺、绣、染等一系列服装制作技术。

和婆婆杨柳政自绣嫁衣不同，杨自花婚礼时穿的苗服是她妈妈绣给她的。杨柳政说，"杨（自花）现在才开始学十字绣，等熟练了，就绣出来了"。

杨自花的卧室一角（黄心语摄）

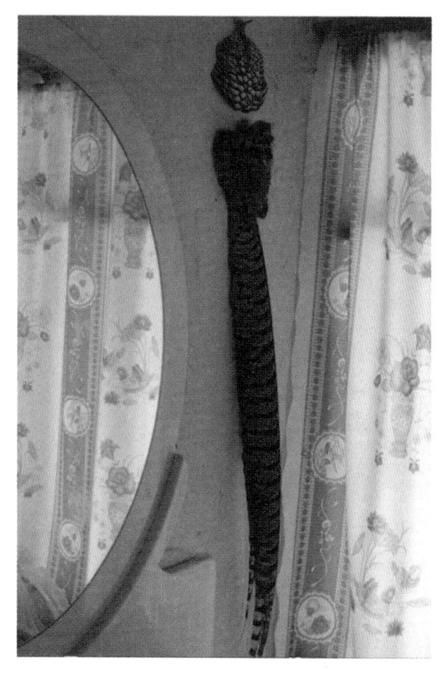

杨自花卧室里镜子旁边悬挂的锦鸡尾羽（黄心语摄）

杨自花总是微笑，很少主动说话，她总是拿着奶瓶，手上系着一条金色链子串起来的珍珠手环。在她房间的角落，放置着一张白色欧式宫廷风的化妆桌。杨柳政一件接一件地从旁边的衣柜拿出儿媳出嫁时的苗服——缝着红色胸花的上衣、坠着珠子的前后围腰和条纹百褶裙，裹腿和帽子上点缀着银光闪闪的铝片在走起路来叮当作响。

杨自花出嫁时穿的苗服（邹欣芮摄）

杨自花的眼神却总是望向远处，她悄悄地说了句：“我不喜欢（这些），我想穿白色的婚纱。”两个月前，她在短视频平台上点赞了一条网红的婚礼视频。黑白西装和白色婚纱在蓝色的水晶墙前显得极为梦幻，又那么真实，因为它就发生在自贡，四川的一个偏僻小城。屏幕上那些镶嵌着钻石的礼服在杨自花的生活中闪烁着真正的微光。

杨自花在短视频平台上还常看“ins 甜酷风妹妹西装外套”“在逃公主连衣裙”的网红穿搭视频，她最喜欢的是甜美公主风的连衣裙。2017 年 7 月，新华乡才有了第一个快递站点。此后的一年间，圆通、申通、顺丰等都开始像浪潮一样涌入这个西南的乡村，无限拉近了城市与乡村的距离。尽管杨自花有时需要沿着蜿蜒的小路步行 2 个小时才能到达快递站点，但她已经熟练地运用网络购买孩子的奶粉、尿不湿，还有那些俏皮可爱的鞋子和衣服。

县城打散工与务农的收入只能勉强维持家庭现在的开支。“我要去外面打工，挣（小怀的）奶粉钱和学费”，杨自花打算之后把孩子留给公婆一家照顾。短视频平台上有许多与自花出身相似的打工妹。她常常看她们的视频，从她们的日常中看到自己。自花的生活裂成了两半，一半是传统的、民族的、乡村的，一半是从未真正到达过的现代都市。

杨自花正在展示妈妈给她做的苗服（邹欣芮摄）

杨自花与她的女儿小怀（黄心语摄）

杨自花平时会在购物软件上购买衣服（黄心语摄）

外公的礼物

罗金山很喜欢打猎，他是王德荣的外孙，今年 10 岁，每当骑上骡子、拿起箭弩和猎狗玩耍时，他的眼睛会突然明亮起来，像星星闪耀。王德荣很疼爱这个外孙，假期大女儿带着孩子回来看望王德荣时，他会趁着务农的间隙，带着罗金山去树林里一同训练猎狗，也会让罗金山扔扔石头，体验打猎。不过大部分时候，罗金山都和小猎狗在一块玩耍。他会爱惜地抚摸他的小猎狗，小猎狗也会热情地去碰触他的脸庞。

王德荣从未教过罗金山开弓打弩，“现在一教他这些，就没有心思读书了”，王德荣所在的苗寨从前并不重视教育，直到旁边彝族的寨子里因出了大学生而开始生活变好，王德荣才开始坚持让小孩读完初中。他还计划等罗金山读完书，就把自己的手艺都一一教给他。除了会说苗语外，现在寨子里的少年大多已经不会苗族的传统手艺了。比起做弩吹芦笙刺苗绣，他们更喜欢刷短视频打歌。

王德荣现在每天都会带上老猎狗和小猎狗出去训练，让老猎狗教小猎狗捕猎。小猎狗是老猎狗的孩子中最像猎狗的，耳朵大、爪子大、四肢修长。王德荣最后只留下了它，把其余小狗都送了出去。小猎狗还小，总跟在老猎狗身后，常常慢半拍，时不时还会被其他声响吸引，自顾自地在一旁玩起来。

王德荣坚信“训练是不能停的，如果不带出去训练，狗就会瘦下来”。他要把小猎狗训练好，在罗金山长大后送给他。

但罗金山和父母住在隔壁的雪山镇，在镇上的小学读二年级，只有放假的时候，才能和他的小猎狗团聚。

继续接受教育和外出打工是这个寨子里年轻人最主要的两条出路。一个十岁的少年要如何在被切片的生活中进行选择？罗金山至今不知道外公留给自己的小猎狗意味着什么。

老猎狗与小猎狗（黄心语摄）

王德荣与罗金山，老猎狗与小猎狗（邹欣芮摄）

王德荣与大外孙罗金山（唐诗摄）

王德荣抽着水烟，与罗金山坐在正屋门前（唐诗摄）

我们希望记录民族文化传承人被夹在时代中的困境

2022年7月12日，是我们来到鲁史镇进行野外实践训练的第三天。小组成员原本计划采访当地苗族织布的非遗传承人杨柳政，却发现她的老公王德荣熟悉捕猎，家中保留着弓弩等传统苗族狩猎工具和较为丰富的影像材料。相较于苗族织布，苗族捕猎的故事更吸引我们的视线。于是我们初步构想，准备从“紫微村最后的猎户”的角度深挖个体故事（但最后还是改变了报道的角度）。在征得了王德荣及家人对采访和拍摄的同意后，我们开始准备第二次的入户调研，拟定采访提纲。

2022年7月19日，我们来到王德荣在麻栗树组的家。王德荣一家居住在村委会下方的山腰上，偏远难找。那天下着小雨，山路泥泞不堪，汽车没办法完全开到家门口，我们便中途下车步行。

王德荣一家的普通话大都带有比较浓厚的口音，在西南地区同学李牧云和村干部字继鹏的翻译帮助下，采访的过程还算顺利。王德荣总是热情地向我们展示自制的弓弩、猎鸟毒药、腰刀、羊皮外套和用鱼丝和蓑线做的捕鸟器。物资匮乏的年代，捕猎是当地苗族家庭获得肉食的方式之一，十几岁时，王德荣的父亲便开始教他打猎。

值得一提的是，让猎物“见血封喉”的竹箭上用的毒药是自制的，原材料来自大理雪山。那时，王德荣的叔叔会带着他骑着家中的毛驴花费七八天去雪山采药，路上就用背去的小锅煮玉米面和南瓜吃。2000年以后，禁猎大潮涌起，德荣渐渐不再打猎，但空闲时间还是会制作和把玩弓弩腰刀，训练猎狗。他家的墙上挂着祭祀“天地”的牌位。

不同于王德荣在我们面前的滔滔不绝，杨柳政总是沉默地微笑着。除了务农和操持家务外，织布占据了她日常的大半时间。在那间类似于工地活动板房的房间里，我们看到了她为儿媳织的婚裙和为孙女织的衣裳，完完整整地制作一套得花上一年时间。遗憾的是，苗绣上的很多图案代代相传，本代表了苗族的迁徙史，但现在苗寨里面的人都看不懂了，符号的象征意义无从破译。

王德荣的儿媳杨自花是我们的同龄人。比起传统的织布绣衣，她对于

“现代性”的东西似乎更有兴趣。她会在短视频平台上发视频、和姐妹互动，会在淘宝上买珍珠样式的手链和女儿的尿布，会遗憾自己结婚时没穿上白色的婚纱。随着聊天的深入，我们发现不只杨自花，王德荣和杨柳政也会在务农后、睡觉前刷短视频，作为一天的结束环节。

同时，杨自花和王德荣都看重孩子的教育问题，杨自花有外出打工的计划，目的是为女儿将来的学费做准备；王德荣不敢教外孙太多狩猎技巧，怕外孙沉迷于此耽误了学业。对于我们倍感新奇的苗族传统，王德荣一家的态度却不尽相同。在前期的走访中我们也了解到，其他家庭的老人也限制年轻人学习苗族的传统手艺，认为会影响到学习。对于年轻人而言，在努力学习和传承传统之前，他们需要克服的是短视频平台的诱惑。

在现代化的风吹到大山里后，家中男女主人部分的日常与思想也正被重塑。因此，我们报道的矛盾点和主题也更清晰了起来：老苗族传统在当代生活的留存与改变。

2022 年 7 月 20 日，我们继续跟着王德荣一家下地干活，记录着他们的日常。杨柳政背着外孙女、王德荣牵着老牛、老牛驮着外孙，一家人就这样浩浩荡荡地走进田野中砍柴、施肥。

那天，王德荣带着外孙在山林中训猎狗的场景给我们留下了很深的印象。他右手拿着弩，对灌木丛不断地发出“嗤嗤”声，老猎狗与小猎狗就朝着他示意的方向前进；他拾起一块石头充当猎物，向前扔去，老猎狗也带着小猎狗随之扑去。

回到当地宿舍，我们按照承诺，把外孙金山骑着老牛的照片发给了唯一留下了微信的杨自花，算作纪念。接下来的几天里，我们对影像和访谈资料进行了整理，撰写、修改报道，并于返校后在“谷河青年”微信公众号发稿。

媒介融合野外实践（Media Convergence Field Practice）课程介绍

中山大学新闻传播学院于 2015 年创设“媒介融合野外实践”课程，试图将先进的视觉技术与优质的视听觉资源结合，培养学生利用专门化视觉工具观看社会，形成专业化的视觉素养，全面提升影像认知能力与行动力，其实践被业界视为“可能的未来新型视觉传播专业人才的雏形”。经过 7 年的发展与演进，该课程进而以教育部卓越新闻传播人才教育培养计划 2.0 为指导，着力于“扶贫攻坚”（2015—2019 年实习地为“扶贫攻坚”主战场贵州省织金县）与“振兴乡村”（2022 年实习地为中山大学对口帮扶点云南省凤庆县）融合记录及“四力”养成，成为融入技术变革新趋势、媒体融合新动向和行业发展新动态的现场式、任务型集中性教学实践，为综合性大学新闻传播学科影像教学改革提供一种范式。

项目以中山大学新闻传播学院新闻与传播实验室、VR报道实验室多元设备为依托，2015—2022年间共有新闻学、传播学（影像传播、政务传播）、网络与新媒体等专业192名学生及教师（助教）44人次参与该实践（因疫情影响，2020年、2021年课程停开），项目累积经费支持103万元，6年生均实践经费4364元/年。实践年产出1—2部纪录片、1—2部VR纪录片、1个纪实摄影展览，并于2019年增设3D摄影测量项目。

该课程2020年被认定为广东省一流本科课程。

获奖情况：①纪录片方面，《三眼萧》（2015）获得第二届万峰林国际微电影盛典高校单元二等奖）；②纪实摄影方面，助教马敏慧、招凤仪作品入选2018年宁波国际摄影周“乡集”“长卷”单元；助教马敏慧作品入选2019年第十二届多彩贵州·中国原生态国际摄影大展；助教招凤仪作品《后寨儿童之眼》、学生王雪作品《布谷鸟不叫的头五天》入选2019年丽水摄影节；③VR纪录片方面，学生作品《日出乌蒙山》（2017）、《银匠村》（2017）获北京师范大学、人民网合办的金铎奖——中国VR/AR/MR创作大赛最佳VR纪录片奖；学生作品《我们村搬进了城市》（2018）获“金铎奖——致敬改革开放四十周年作品奖”；学生作品《八月花果八月梭——后寨脱贫清零进行时》（2019）入选人民视频《我们的70个中国故事》，被翻译成英语、日语、韩语等语言用于对外传播。

附录一　TA 们眼中的“谷河青年”

谷河传媒自 2015 年 11 月创办，一直受到中山大学、大学城其他高校乃至全国各地院校师生和传媒业内人士的关注，一篇篇专业性较强的报道也让谷河传媒收获了许多忠实读者。期间业界学界嘉宾、读者朋友们和谷河传媒历任学生主编献上了对谷河传媒的寄语（部分写于 2020 年 11 月谷河传媒创办五周年之际）。

张志安：复旦大学新闻学院教授

过去，校园媒体更多给新闻学子提供实践和实训机会；如今，置身于网络化社会和公共传播时代，有追求的校园媒体既是新新闻生态系统中新闻报道的积极行动者，也是大学社区内可持续发展的社群媒体，扮演着记录、观察乃至推动者的多重角色。经历了校园媒体的历练，未来的公共传播精英们对专业和责任会有更深体悟、对理性和共识会有更多期待、对公共价值和人文精神会有更强坚守。近年来，谷河传媒的校园媒体之路越来越趋向专业、融合，影响力也在逐步提升，成为国内新闻院校中令人瞩目的生力军之一。站在新的起点，期待谷河传媒更加重视融合生产、公共连接和专业价值，把青春力量、大学精神与社群媒体更有机地结合在一起，走出一条更有中山大学特色、粤港澳大湾区特色、公共传播特色的新路。

白净：南京大学新闻传播学院教授

11 月 8 日记者节，请记住，还有一群校园里的记录者，他们用理想、热情、执着和专业，关注校园和社会、呈现事实和观点、挖掘问题和真相，5 年 602 篇，这些年轻的声音，汇聚成清脆的“布谷布谷”，让我们看到青春的力量。

陶建杰：复旦大学新闻学院教授

我非常推崇和重视校园媒体，因为它对新闻学子的成长有特别的意义和价值。多年后回头看，你可能会发现，最能实践新闻理想的阶段、最有选题自主性的阶段、最有做稿热情的阶段，或许就是“谷河”时期。“谷河”的意义是由每一个谷河传媒人赋予的，每个人都在属于自己的时代里获得了独一无二的成长。追求事实、尊崇规则、探索真理、敬畏真相，“谷河”承载着大家共同的新闻理想。这段经历，很宝贵，也很难忘！

方洁：中国人民大学新闻学院副教授、RUC 新闻坊指导教师

祝愿中山大学谷河传媒产出更多有温度的报道，也祝愿校园媒体成为我们身处时代的见证者、记录者和影响者。

刘蒙之：陕西师范大学特聘教授、国际非虚构写作中心主任

作为国内高校中屈指可数的杰出校园媒体，谷河传媒在过去的五年中推出过大量有影响力的新闻报道，取得了卓越的成绩，令人由衷赞赏。未来的日子，希望谷河传媒越办越好，让更多的中山大学学子在这个平台得到前职业生涯的宝贵历练，更希望中山大学学子们孜孜不倦地产制出更多出圈的、有更大影响力的新闻作品。

林滨：中山大学马克思主义学院教授

为中山大学谷河传媒打 call！希望今后“谷河”能够更加关注大学的治理和师生的参与，通过报道师生对大学治理的体验过程和情感认同与否，记录个体的认同，反映校园的心态。或许这是一条艰难之路，但我们可以借由这种努力，追求共同体的“公共善”，建设一所被师生认同的好大学！

龚彦方：中山大学新闻传播学院（原传播与设计学院）新闻系主任

从谷河成立之初，我就没有将之看成一个学生媒体或其他的自媒体；在我心中，它的“基因”应该就是一个“专业媒体”。以它现在长成的样子看来，还好！没有长偏。

翻阅谷河五年来的优秀作品，发现确实如此。它对新闻事件的敏锐感知，对报道角度的准确深入，对事实采访的细致核实，对文字写作的客观克制，哪一个点不是专业媒体的范儿呢?！所以它经常被专业同行们转载、获奖无数也就不足为奇了。

讲真地，我着实对谷河感到满意，以至于经常无法自抑、到处炫耀。我从来不赞成克制这种荣誉感，或者骄傲感。记者们用来对抗世俗的压力、自我的困惑，以及职业的没落，很多时候就是依靠这种仅存一天、一时、一刻的社会荣誉感，这种感觉弥足珍贵，仿佛空谷足音！因为它是新闻能成为象征性的公信力，记者能成为职业的“真相守门人”最内在的驱动力。我曾经历过，也深知它对我的影响至深。

希望同学们——莫论今后是否成为一位职业新闻人——都将这种曾经在内心深处产生过的荣誉感，哪怕只有一丝丝微弱的感受好好珍藏，并转存为未来人生价值的某种基石。

陈敏：中山大学新闻传播学院（原传播与设计学院）新闻系教师

新闻是历史的初稿。当你们用稚嫩但严谨的文字撰写一个个新闻当事人的命运，用天真但无畏的眼光打量这个社会，求索事实真相，怀着新闻人神圣的使命感来记录历史的同时，你们也将自己编织进历史，回应历史赋予你们这一代人的使命。无论未来是否继续从事新闻业，相信在“谷河”的这段时光，都是你们青春岁月里闪闪发光的日子。雏凤清音，可喜可贺！

业界

王世军：广东卫视文化传播有限公司总经理

这是一个最好的时代，因为媒体有无限可能，这也是一个最坏的时代，因为媒体正无路可走。无限可能是属于“谷河”的，因为没有包袱所以敢于直面，因为媒体只能在一次次“无路可走”中找到新路！这是宿命，选择了就开心地走下去！

秦旭东：律师，原财新传媒、腾讯谷雨新闻实验室编辑

我与中山大学谷河传媒，算起来还有颇多缘分。和谷河传媒编辑部同学深度交流过，还曾合作把同学们的作品推到专业的媒体平台上，让更多读者看到来自校园的新闻创作。科技的发展尤其是互联网的赋权，给了我们更多的选择和尝试的机会；而转型社会的某些曲折，传媒变革间隙的某些坍塌，也限制了我们的探索与表达。庆幸的是，还有像谷河传媒这样的平台，还有一届一届的同学，在坚持真正的新闻创作。这不仅仅是你们的校园作业，还是这个行业发现、记录、思考的使命传承的“试验田”。祝贺谷河传媒五周年，祝愿中山大学同学继续这份美好的事业。

白皓：贵州求是教育培训有限公司副总经理、原中国青年报贵州记者站站长

中山大学谷河传媒的同仁们：

大家好。

感谢2017年在中山大学驻校治学的日子里结识了亲切、好看、有温度、有力度的谷河传媒和一群有激情、有情怀、敢想敢做的谷河传媒人。今日恰逢第21个记者节，祝福谷河传媒五周年生日快乐！也祝愿在“二五”时期取得更大的成绩。

我曾经也是一名校园媒体人，和印象中的谷河传媒人一样，怀着一腔热血，在一块属于我们自己的“试验田”里追逐着对新闻的狂想。我们应该都

是熬着最深的夜，讨论着最“大尺度”的选题，和指导老师争论得像电视辩论中的特朗普、拜登那样吧？

过去常有人说，新闻无学；现在常有人说，媒体进入寒冬，学新闻也没什么用了。不论丰满的理想和骨感的现实间有多大差距，我始终相信新闻是不会死掉的。总有人要带着理想去思考、去观察、去“扒粪”、去接近真相。新闻越有力，社会越干净，生活才会越美好。到地球走一遭最多也就3万多天，能做社会的守望者，多有意义。等我们都化为灰烬，至少还有我们记录过的人类史，至少还能让后代子孙有机会拿着这些文字和影像，和自己的同学炫耀上半天。

很遗憾，讲了这么多大道理，我先“逃”了。4个月前，我离开了工作了10余年的报社，但我始终感谢十余年的传媒生涯，让我这辈子有了两辈子的经历，让我褪去稚嫩，有了理解世界的独特方法。祝福各位同仁前程似锦！

杨奕群：中山大学心理学系硕士研究生

友院师生精心打造的谷河传媒是一个很有趣也很有份量的校园媒体，无论是学生生活之“小”，还是公共利益之“大”，它都能向你娓娓道来，带你感受“声不同、道不孤”的不一样的风采。五年来，谷河传媒从无到有、从小到大，正好陪伴我走在中山大学的求学路上；未来的日子，谷河传媒将从大到强，继续陪着我一起领略人生旅途的每一处风光！

席云：四川大学文学与新闻学院研究生

关注“布谷岛”以来，从“山竹”48小时、“马帮”的报道到近期的疫情系列报道，中山大学同学们的稿件中专业的新闻理念、认真的新闻态度都数度触动我，希望即将成为媒体从业者的我们都能始终保持对事实呈现的执着、对个体命运的关照，也希望谷河传媒能够愈稳愈强。

Mandy Chen：旅澳华人

短短两年时间的关注阅读，受益匪浅，刷新了我对新媒体尤其是90后媒体新秀的认知。每篇报道的切入点新颖独特，观点鲜明，内容真实深入，让读者能透过屏幕真切地触摸到校园与社会同频共振的脉搏。希望这只布谷鸟用急速穿越黑夜的眼睛透视社会，发出最响亮的鸣响。

杨柳：中国政法大学学生

作为一家校园媒体，谷河传媒的眼界从不局限于校园，限缩在学生群体。以社会媒体的标准去采编运作，稿件质量甚至高于许多社会媒体，谷河传媒做到了校园媒体应有的理想主义以及一定程度的无畏精神。作为关注了谷河传媒3年的读者，希望谷河传媒能开拓更多的选题方向，尝试更多元的栏目板块，提高产出的频率。

陈远林　任期：2015年11月—2016年9月

五年前，初来中山大学的我，在师友帮助下，创办了谷河传媒。从零开始运营“布谷岛”，和一批志同道合的小伙伴做新闻，虽然非常忙碌，但成就了我学生时代里最充实、最快乐的一段时光。

五年以来，我一直关注谷河传媒的成长，眼见它逐渐成为中山大学新闻人挥洒青春的阵地之一，很高兴也很骄傲。感谢优秀的小伙伴们的认可与努力。

五年所获，已然过去。

新的媒体格局已现，新的媒体融合时代已来。谷河传媒，或将迎来全新的机遇与挑战。

还记得张志安老师在给我们那届学生的毕业致辞中提到：在后真相时代里，我们要尊重事实、接近真相，在急剧变化的社会中保持情怀，在挑战不断的社会中自我更新，在各种利益诱惑面前不被冲动或情感所驱使，依然能够保持清醒和超越。

希望谷河传媒也能初心不变，在创新中坚守，在坚守中超越，积极拥抱变化的同时，传承新闻理想，永葆新闻情怀，在全新的公共传播时代，保持清醒与独立，做有价值的新闻。

王劲　任期：2016 年 9 月—2017 年 9 月

不知不觉，谷河传媒已经走过五个年头，看着它从一开始的一个想法到初具规模，从草创作坊到统一体系，中间经历了很多欢笑，也有太多艰辛，留下很多宝贵的探索和实践经验。

从黄牛票到图书馆，从 GOGO 新天地冲突到捞尸队，谷河传媒始终一以贯之地坚持关注社会、关注人的传统，始终保持新闻人的敏锐观察和深度思考。

作为曾经的亲历者，回想起奋斗的日日夜夜和一起同行的人，觉得这是自己一段非常难忘的经历，在友情和价值观方面的收获早已超越工作、组织和报道本身。

在此也非常感谢学院和小伙伴们的陪伴和支持，感谢后来的师弟师妹的坚守和传承，让我感觉无论身处哪里，“谷河”都像家一样。

衷心祝愿谷河传媒越来越好。

钟泽峰　任期：2017 年 9 月—2018 年 3 月

未到中山大学传播与设计学院之前就知道谷河传媒和“布谷岛”，前辈们对公共事务的关心和对真相的探求令人印象深刻。那个时候的我没有想过，谷河传媒和自己的研究生生涯会有这么深的交集。

在学生生涯里可以参与谷河传媒的工作是幸运的，因为可以在走向社会之前，用学生的身份去观察社会生活和公共事务，用记者的眼光去面对现实和探求真相，还能有更高的自由度去尝试新的载体和呈现方式，这种体验独特、美好又难忘。

如今数年过去，作为一个一直关心谷河传媒发展的粉丝，我很开心地看到，她一直在变得越来越好：更富有人文关怀和社会洞察力，有更多新鲜的传播尝试，也一如既往地保有朝气和锐利。

我想，带着这样的朝气，不管未来的社会现实、传媒环境如何变化，谷河传媒一定可以面对复杂、拥抱变化，带着对新闻理想的坚持和社会情怀的坚守，在媒体实践的道路上走得更远、走得更好。

王浩　任期：2018 年 3 月—2018 年 9 月

“谷河”五年了。这五年，“谷河”更像是一个引力场，经由“专业新闻”的感召，聚集一批批年轻人，展现对社会的观察、思考与讨论，再经由这个场，向社会传递来自校园的声音。

难得的是，发声于正义与良心，不经社会化的雕琢，这种声音纯粹、自由而热烈。

“谷河”五年了，希望她继续纯粹、继续自由、继续热烈，继续成为校园乃至社会的一面旗。

柳旭　任期：2018 年 9 月—2019 年 9 月

2015 年 10 月，中山大学谷河边，谷河传媒的诞生，谈不上早，甚至有些晚，但它的成长是快速的，铭记了学生媒体责任的健康成长。

回顾我在“谷河”的一年时光，我清晰记得最初被它吸引的原因：虽立足中山大学，却自创办之初便打开了视野和情怀，在纷繁复杂的各社会领域中坚持报道的广度和深度。这虽对于尚处学生时代的我们提出了不少挑战，但却有效磨炼了我们的家国情怀意识。于是那一年，我们团队既关注校园楼道设施的安全性、呈现院系体育建设的格局，更深入台风“山竹”一线、走进工地“水鬼”的日常，探索和践行着“谷河”的责任与空间。

如今谷河传媒五岁有余，依旧秉承广阔的报道视野和情怀，致力于提供亲切、好看、有温度和力度的新闻，在探索学生媒体新道路上笃定前行着。

郑植文　任期：2019 年 9 月—2020 年 9 月

接手“谷河”前，就被它出色的深度报道所吸引，尤其是作为一个关注社区、关注大学城生态、关注大学城岛民生活的校园媒体，谷河传媒是特别的。

接手“谷河”是荣幸的，但也倍感压力，不知道自己是否有能力带领

“谷河”进步成长。上半学期稳中有序，不曾想到下半学期由于疫情的影响，整个编辑部的运作遭遇巨大的挑战，这让我们措手不及。但很快，我们知道这对于“谷河”来说也是一次锻炼和成长的机会，整个编辑部同时运转不停歇地一起做重大公共事件的系列报道，所有稿件的组织都在线上完成。在短短的几个月里我们产出了大量的报道，涉及各个领域。第一次尝试就获得了不错的成绩，这是让我们感到十分惊喜的。

把“谷河”交接给下一任主编时，我是不舍的，因为仍有种种遗憾未能实现，但薪火相传，只有新鲜的血液不断涌入，“谷河”才会生生不息、越来越好。也希望并且相信“谷河”的伙伴们能保持坚定的热情，做时代的观察者和记录者，以校为根，心系社会，以岛为基，放眼世界。

谷河传媒，正如它的名字，以河为源，定会源远流长。

张田　任期：2020 年 9 月—2021 年 9 月

我是“谷河”的新人，我在任职的第一天就和“谷河”的小伙伴们这样说。“谷河”有神奇的号召力，每一位“谷河人”都在帮助我顺利开展工作：每周的选题会上都能看到大家闪光的灵感和激烈的争论；谷河前任的当家们给了我很多经验和建议，记者前辈们走出“谷河”后，仍热情地回来分享做新闻的心得和经验；还有颂杰老师和很多一直关注“谷河”发展的老师，为“谷河”指引方向，让“谷河”行稳致远。

我也是“谷河”多年的粉丝，甚至关注了很久才发现这是学生的媒体。我喜欢“谷河”文章体现的温暖和专业的操作。无论曾经作为读者还是现在作为参与其中的一员，“谷河”都不断地告诉我要有年轻人的视角，要包容我不了解的事物，要关注我应该关注的公共事务。

如今我是“谷河”的一员。整理过往的成果时我感到责任重大，阅读一篇篇优秀稿件时，我又重新感受到粉丝的憧憬和快乐。希望“谷河人”对新闻的热爱和理想能在这里生长，做好的、真的新闻，带给更多人积极的影响和思想互联的快乐。希望“谷河”可以在我们这届学生的努力下牌子更加响亮，让传播带来的价值感回流到一代代“谷河人”的身上，激励下一个五年、十年的“谷河人”继续勇敢前行。

宾宇轩　任期：2021 年 9 月—2022 年 9 月

做一家有价值的校园媒体，是很多新闻学子来到中山大学传播与设计学院的初心，也是我一直以来的心愿。因此，接手“谷河”的时候，我感到非常荣幸，也意识到责任的重大，尤其在这个充满不确定性的时代。

我们或许是特殊的一届学生，四年大学时光，三年都在疫情中度过。尤其在我担任“谷河”主编的日子中，我们一同见证了封校、封岛、封城等特殊时刻，这些事情如今想来恍若隔世，却在我们的记忆里挥之不去。疫情的阴霾不断笼罩着我们，限制着我们的自由，也让记者的采访和编辑部的运行受到挑战，“谷河”来到了最困难的时候。

好在疫情虽然阻隔了我们相见，却无法限制同学们的想象力和热情。面对环境的变化，新闻生产的很多步骤都转移到线上进行，同学们也逐渐适应新的工作模式，持续产出有价值的新闻。身处时代之中，“谷河”也针对疫情相关主题撰写出了许多高质量的稿件，获得了各界的肯定。格外感谢同学们的热情付出，以及老师们的帮助，让我们在困难的时刻坚持了下来，坚持就会有希望。

就像“谷河”的自我介绍中所说的，做亲切、好看、有温度的新闻，坚持专业、深度的品质，这就是我们在不确定的环境中所坚守的确定性。这是难能可贵的事情，也正是“谷河”能够代代相传的原因，是我们不能失去的东西。

史轩阳　任期：2022 年 9 月至今

很荣幸能成为“谷河”的编辑，第一次负责编辑部的日常运营，对我来说充满挑战。可喜的是，“谷河”就像一块磁铁，吸引着中山大学新闻传播学院最有创造力和执行力的同学。有趣、能干、出活，大抵是“谷河河童”的精准画像。在这里，大家遇到了志同道合的彼此，一次次选题会结束后并肩走回宿舍的路上，可以感受到团队作战的力量，以及一种久违的归属感。当我们的稿件被主流媒体转载，朋友对我们的稿件赞不绝口，看着学弟学妹第一次发稿时的欣喜和成就感，我由衷感叹大家的付出都很值得。

感谢学校和学院给予“谷河”公开出版作品集的机会。阅读“谷河”一篇篇过往的优秀作品，我仿佛亲历了一遍“谷河”的成长，看到了一届届“谷河青年”传承这种新闻精神的迫切感与责任感。亲切、好看、有温度，专业、深度、有品质，是“谷河人”一如既往的坚持。祝愿“谷河”越来越好！

附录二　谷河传媒发刊词（2015）：“布谷”的派对

虚拟世界里，看似被社交网络紧密捆绑，我们其实只是孤独的个体。现实世界里，大学城大道纵横四通八达，我们却被称为二十万人的孤岛（silo）。世界本不该如此，我们本不该如此。青春涌动如我们，若有一个精神世界的网络（network）连接彼此，我们就是不孤岛。我们相信，媒体可以承担这一功能。布谷，就是这样的媒体。

我们起于谷河之畔的传播与设计学院，取字“谷”；我们要让二十万年轻人不再孤独，取音“不孤”。所以我们叫“布谷”。我们愿如布谷清脆的鸣叫，给你带来亲切、好看、有温度、有力度的新闻。在这里，严肃与幽默，犀利与趣味，持重与活力，不再相对而立。这些看似矛盾的品质，在我们年轻热血的基因里和谐并存且自由绽放。

我们为你披露事实，带你涨“姿势”，帮你获取资讯，也给你讲段子。更重要的是，“布谷”是90后自己的媒体，在这块家园里，希望你找到你的归属。纸媒会不会死我们不知道，我们只坚信，阅读不会死。因为，阅读，并且经由阅读建立一个精神互联的网络，是我们这些不甘孤单的年轻人的存在方式。中山大学是一个盛产青年媒体的地方，我们躬逢其盛，也许来得有些晚，但派对远未结束。现在，该我们上场了。

加入我们，不孤的派对。

附录三　2016—2022 年历年荣誉

2016 年 *China Daily* 校园学报新闻奖

最佳新闻写作（中文组）冠军

最佳标题（中文组）亚军

最佳校园新闻报道（中文组）季军

2017 年 *China Daily* 校园学报新闻奖

最佳新闻写作（中文组）冠军和季军

最佳经济新闻报道（中文组）亚军

最佳新闻特写（中文组）季军

2017 年 中国青年报社、中国高校传媒联盟校媒·全国高校新媒体评选十佳原创内容奖

2018 年 *China Daily* 校园学报新闻奖

最佳新闻报道（中文组）季军

最佳新闻报道（中文组）季军

最佳校园新闻报道（中文组）亚军

2018 年 第五届红枫大学生记者节 十佳校园媒体

2019 年 *China Daily* 校园学报新闻奖最佳新闻写作（中文）亚军

2020 年澎湃新闻“最澎湃校园媒体奖”（共 5 家）

2020 年 第二届大学生校园媒体大赛

优秀作品奖（深度报道）

优秀校媒奖（共 10 家）

优秀指导老师奖

2020 年 *China Daily* 大学新闻奖最佳新闻写作（中文）冠军

最佳标题（中文组）亚军

最佳经济新闻报道（中文组）冠军、亚军和季军

2021 年 *China Daily* 大学新闻奖最佳新闻特写（中文组）亚军

2022 年 *China Daily* 大学新闻奖

最佳经济新闻报道（中文组）亚军

最佳科技新闻报道（中文组）冠军

最佳新闻报道（英文组）亚军

2022 年 第三届大学生校园媒体大赛

深度报道类 二等奖和三等奖

音视频类 三等奖

校园报道 优秀奖

优秀指导老师奖

组织奖